Y0-ATD-943

Library of
Davidson College

ANTOLOGIA DEL CUENTO ESPAÑOL

1985

RAMON HERNANDEZ

y

LUIS GONZALEZ-DEL-VALLE

ANTOLOGIA DEL CUENTO ESPAÑOL

1985

Colección Ambos Mundos - Siglo XX

SOCIETY OF SPANISH AND SPANISH-AMERICAN STUDIES

863.08
A6346

Copyright © 1986
Society of Spanish and Spanish-American Studies
All Rights Reserved

The Society of Spanish and Spanish-American Studies promotes biblio-graphical, critical and pedagogical research in Spanish and Spanish-American Studies by publishing works of particular merit in these areas. On occasion the Society will also publish creative works. SSSAS is a non-profit educational organization sponsored by The University of Nebraska-Lincoln. It is located at the Department of Modern Languages and Lite-ratures, The University of Nebraska-Lincoln, Oldfather Hall, Lincoln, Nebraska 68588-0316, U.S.A.

Library of Congress Catalog Card Number: 85-61850

ISBN: 0-89295-040-4

Todos los textos que integran la presente Antología han sido enviados por los propios autores, autorizando expresamente su publicación.

I. S. B. N.: 84-599-1338-4   AF0-7917   Depósito legal: M-8667-1986

Gráficas Sánchez. Larra, 19. 28004 Madrid (España)

ANTOLOGIA DEL CUENTO ESPAÑOL 1985

Editores:
Ramón Hernández
Luis González-del-Valle.

Lector Consultante:
Antonio Recuero.

Secretaria de Redacción:
María Jesús González

INDICE

Esta Antología del Cuento Español, 1985, se edita bajo los auspicios de la SOCIETY OF SPANISH AND SPANISH-AMERICAN STUDIES, *en colaboración con la asociación de hispanistas y escritores de habla española* TWENTIETH CENTURY SPANISH ASSOCIATION OF AMERICA, *entidades ambas no lucrativas y dedicadas a la promoción y divulgación de la Cultura Hispánica en todo el mundo y, especialmente, en los Estados Unidos de América y sus ámbitos universitarios.*

Con su publicación, los editores pretenden ofrecer un amplio panorama de la narrativa española actual, integrando en ella, junto a autores muy consagrados y de líneas estéticas suficientemente analizadas, a otros menos conocidos o ignorados en absoluto.

Muchos fueron los autores que enviaron sus textos aunque, lamentablemente, razones de espacio imposibilitan incluir a todos ellos en esta ocasión. Otros no pudieron incorporarse a la Antología por diferentes razones. A todos expresamos desde aquí, en nombre propio y en el de las entidades que representamos, nuestra más cordial gratitud por su valiosa colaboración, seguros de que iniciativas como la presente favorecen el que la literatura española actual sea más conocida y estudiada.

RAMÓN HERNÁNDEZ

LUIS T. GONZÁLEZ-DEL-VALLE

Diciembre de 1985.

MANUEL ALONSO ALCALDE *

¡AUDIENCIA PUBLICA!

—Continúen.

Las manos de la Incoadora Oficial, asomadas a las vueltas de encaje forense cosidas a las bocamangas del uniforme nacional, permanecían suspendidas sobre el teclado, desde que los presuntos se habían encerrado, al unísono, en un terco y cohibido silencio.

—Continúen, continúen.

En su larga vida profesional, la Incoadora se había enfrentado a menudo con incidencias procesales como aquélla. Por lo mismo, sabía de sobra lo que el mutismo de las dos Unidades productivas significaba: resistencia inconsciente a autodescubrir una culpa reveladora de insolidaridad personalista. Lo corriente, en una palabra. Los controles mentales inculcados a los ciudadanos más jóvenes desde el Educatorio Comunal, que los capacitaba para rechazar automáticamente toda acción contracomunitaria, solían provocar en ellos, caso de verse obligados a la autocrítica, una barrera de inhibiciones, que sólo tras un hábil y demorado interrogatorio era posible desmontar. Cometido que entraba de lleno en las funciones de la Incoadora, desde luego, especializada en psicología Jurídico-aplicada. Pero, como decía ella, una cosa era la teoría y otra la realidad, ya que una sesión inquisitiva que se ajustase punto por punto a las nuevas técnicas de persuasión procedimental, requería unos márgenes de tiempo que la praxis raramente acostumbraba a conceder. Ahora, por ejemplo: la Incoadora llevaba 37 minutos, contra los 15 que prescribía el Reglamento, en espera de poder transcribir, en la tarjeta perforada, una verdadera autoconfesión de ambas Unidades —primeras diligencias que hoy incoaba— y no las vaguedades que habían manifestado hasta aquel momento. Así que, como el tiempo apremiaba y los presuntos no parecían dispuestos a contribuir de manera espontánea al esclarecimiento de los hechos de autos, la Incoadora empezaba a mirar con

* Abogado, General del Ejército y periodista. Premios Sésamo de Novela Corta, Gabriel Miró y Lope de Vega.

disgusto aquellos rostros desvaídos de adolescentes, inmovilizados al otro lado de la máquina y como fundidos en el aura desteñida que parecía emanar de su respectivo uniforme nacional. Había un punto de impaciencia en su voz, al insistir de nuevo:

—¡Vamos, continúen!

¡22 minutos sobre el tiempo previsto para cada chequeo oral, cuando en el sábado que acaba de comenzar, tenía que programar un total de 44 procesos! ¡Como para volverse loca! Porque su trabajo había de quedar terminado dentro de la J.J.H., Jornada Judicial Heodomadaria, en la que el T.C.C.A., Tribunal Central de Conductas Antisociales, quedaba constituído en audiencia pública, ya que, durante el resto de la semana, por imperativo de la política de limitación del gasto público del Gobierno, se le confiaban otras misiones, todas de alto interés colectivo, por supuesto, como la balanza de pagos, el control de los índices de productividad o el reparto per capita de las cargas comunitarias. La misma política que había reducido el Cuerpo de Incoadores Oficiales a un único funcionario, ella. ¡Bonito panorama! ¡Cuatro fechas hábiles al mes, un órgano unipersonal, con jurisdicción sobre todo el territorio nacional, y un sólo funcionario para hacer frente a aquella marea de procedimientos criminales, que crecía continuamente! Ya, ya sabía ella lo que rezaba la Constitución de 1975: «Los españoles, sin discriminación de clases ni aceptación de personas, gozarán de una justicia democrática, ágil, objetiva e igual para todos». Pero lo cierto era que la enunciación constitucional, flotaba todavía en el limbo de los principios. Y, si no, allí estaba la prueba, en que los bancos, donde se sentaban, hacía unos meses, los presuntos, aguardando su turno para desfilar ante el estrado de la Incoadora, habían desaparecido de la sala de pre-reos. Estos, formaban ahora en una fila, que ya daba la vuelta a la esquina del P.J.C., Palacio de Justicia Comunitaria.

—Bueno, ¿hablan o no?

Esta vez, la voz le brotó tan conminativa que la Unidad Productiva Femenina se replegó sobre sí misma, en un gesto instintivo de autodefensa; pero fué la Unidad Productiva Masculina quien asintió con gesto apabullado, después de introducir dos dedos bajo el cuello del uniforme, como para aliviar el suyo de la opresión de las presillas.

—¡Adelante, entonces! Suelte lo que sea.

Nada, que, el día de autos, la U.P.F., aquí presente, se personaba en la Sección de Rendimiento T.B. 42, cadena de transistorización y bobinado, en la que un servidor cumplía también sus deberes de productividad.

—Nada de servidor. Esa expresión pertenece a un pasado feudal afortunadamente olvidado. Supongo que se lo enseñarían en el Edu-

14

catorio, pero tampoco está de más que le refresque ahora la memoria: siempre que deba usted referirse a sí mismo, diga su clave de identificación. Con eso basta. Siga.

—Pues, eso, que se presentó a ocupar la vacante de otra U.P. que acaba de accidentarse..., puesto que, casualmente se encontraba situado justo enfrente del que ocupaba un servidor, bueno, Z-4-003. De modo que nos correspondía laborar en el mismo elemento de serie a los dos. Con la cinta trasportadora por el medio, se entiende. Yo ponía un punto de soldadura por este lado y ella por el otro... Hasta que, de repente, sin saber cómo, zas, que se me escaparon los ojos y me puse a mirarle a ella. Le juro que era la primera vez que me sucedía nada parecido, yo soy muy mirado para mis obligaciones comunitarias. Pero, en esa ocasión, no me explico qué me daría, que me embobé. Total que se me pasaron seis o siete piezas sin aplicarles el soldador.

—¿Seguro?

—Puede que fueran ocho.

La Unidad Productiva Masculina enmudeció de nuevo. Tenía las mejillas encendidas y su mano derecha jugueteaba mecánicamente con uno de los botones del uniforme. La Incoadora esperó unos segundos, por si el relato pudiera proseguir todavía, pero, al ver que no ocurría así, inquirió una vez más:

—¿Eso es todo?

—Todo.

Ahora, la pregunta iba dirigida a los dos:

—¿Absolutamente todo?

La pareja, al unísono, afirmó con ademán, en silencio, mientras la Incoadora lanzaba una ojeada al reloj colgado en el testero opuesto de la sala. Y al comprobar que habían transcurrido otros cinco minutos, se sintió cáustica:

—¡Vaya! ¡Con que pretendemos llevarnos escondida en los bolsillos la tajada más gorda de la verdad de autos!, ¿eh?

Y al decir eso, dos pares de ojos, asombrados y temerosos, se clavaron repentinamente en los suyos. Pero, ¡qué estúpidos! ¿Por qué los pre-reos, sobre todo los procedentes del Educatorio, se empeñaban con tanta frecuencia en negar? Bien que los controles mentales actuasen en ellos para prevenir el delito, pero, una vez que había sido cometido, ¿qué objeto tenía tratar de desvirtuar la evidencia? Era ya del dominio público que los C.L., Comisiarios Locales, a quienes competían las diligencias preliminares de las infracciones perpetradas, jamás elevaban un asunto a T.C.C.A. sin que la persona implicada resultase convicta. Si no existían pruebas indubitadas que remitir con el pre-reo a la Jurisdicción Central, archivaban el caso, y listo. Claro que, por su parte, el reciente Código de Enjuiciamiento, igualmente estúpido, parecía ignorar dicha realidad, al disponer —Título I, artículo 9, párrafo b)— que «nadie podía ser condenado sin haber autoconfesado previamente» ¡Precioso! Porque, a ver cómo se las arreglaba ella, en el cuarto de hora reglamentario, para obtener una confesión espontánea si los reos empezaban a ponerse difíciles, como pasaba ahora. Aunque, en estas ocasiones, la Incoadora procuraba olvidarse del Código, hacer la vista gorda y provocar a su manera la autocrítica. Quizá el sistema que empleaba no fuese del todo legal, pero venía resultando efectivo. Consistía en acorralar a los presuntos, a base de ponerles de manifiesto las pruebas enviadas por el C.L. y que debía conservar en secreto. Pero, ¡qué demonios, la teoría era una cosa y otra la praxis!; y al fin y al cabo, ¿qué significaba una pequeña irregularidad si el objetivo principal, juicio y condena, se había cumplido?

—¿Qué me dicen de esto?

La Incoadora había extraído de un archivador tres grandes fotografías satinadas y las había extendido sobre su mesita auxiliar.

—Examinen, examínenlas. —Los presuntos se aproximaron.— Vean: tres clichés seriados, tomados por cámara oculta, y ampliados posteriormente en el D.F.O., Departamento Fotográfico Oficial. Sí, a fin de que no queden dudas acerca de su autenticidad.

Las dos Unidades Productivas contemplaban, abrumados, las ampliaciones: en la primera, se veían a sí mismos, durante el recreo colectivo, en el patio de la factoría, cogidos cautamente de la mano; la siguiente, les había sorprendido en el instante en que Z-4-003 tomaba suavemente entre sus brazos a su compañera de equipo, junto a los desiertos encofrados de una nave en construcción; la última instantánea, por fin, encuadraba sus rostros cuando iniciaban, apenas, un tímido beso.

—Qué, ¿confiesan ahora?

Las Unidades afirmaron, al unísono, con un hilo de voz, encendidos de vergüenza comunitaria, sin atreverse a levantar los ojos. A través de sus controles mentales respectivos, resonaba en su conciencia el reproche de la colectividad. Y, desde luego, con razón. Se habían besado, habían conculcado el artículo 22 de la Ordenanza de Comportamiento Social., que prohibía expresamente los contactos erógenos de la pareja antes de que la Computadora General hubiese autorizado su inscripción en el Registro de Uniones Procreativas. No había lugar a dudas; el principal deber del ciudadano consistía en producir a pleno rendimiento para cooperar al proceso expansionista del conglomerado comunitario; y los pre-besos atentaban contra ese deber. Lo sabían desde el Educatorio. Su memoria podía reproducir, en cualquier momento, los términos del módulo didáctico relativo a las exteriorizaciones erógenas: «Contactos erógenos entre Unidades no registradas y sus secuelas: 1.°—Mermas de rendimiento en la actividad productiva del agente; 2.°—Sustitución, en el citado agente, de psicología de masa por psicología individual. 3.°—Disminución económico-colectiva de beneficios en la parte proporcional afectada». Como que, sin haberse puesto de acuerdo, ambas Unidades veían ahora el castigo a que se habían hecho acreedores como una especie de liberación.

—Consignen aquí sus claves y rubriquen.

La Incoadora, que había terminado de teclear, sacó la tarjeta de la máquina y la puso a la firma de los presuntos. Ellos estamparon, en la casilla correspondiente, sus números de identificación y sus rúbricas.

—¡Por fin! Tomen su tarjeta y pasen a la sala de audiencia. ¡Y que conste que me han chafado ustedes la mañana!

Las dos Unidades Productivas franquearon la entrada, cubierta por una cortina de terciopelo color burdeos, con flecos en los bajos. Se trataba de una espaciosa estancia, provista de dos hileras de bancos destinados al público; uno aislado, delante, para los presuntos; un pasillo central alfombrado de rojo burdeos, y, al fondo, una tarima, la del Tribunal, acotada por un cordón burdeos, con borlas. Un ujier, con galones dorados sobre el uniforme nacional, tomó de manos de la U.P.M. la tarjeta perforada; indicó con un gesto a los pre-reos que se sentasen en el banquillo y se encaminó, con paso reposado, hacia la tarima del fondo. Una vez allí, anunció, solemne:

—¡Todos en pié! ¡Audiencia pública!

Como no había público en la sala, sólo los presuntos se incorporaron. Entonces, el Ujier, con la misma solemnidad, pulsó el botón de «open» de la Computadora General, constituida en T.C.C.A., como todos los sábados, y el aparato vibró sordamente, mientras un escalofrío de pilotos amarillos, rojos y azules recorría su superficie. A continuación, el Ujier introdujo la tarjeta por una ranura y, en respetuosa posición de firmes, permaneció a la espera de que el Alto Organismo de Justicia dictase su resolución. Cuatro segundos y dos décimas tardó el T.C.C.A. en redactarla. El Ujier oprimió el botón de «out» y la Computadora se apagó. El Ujier recogió la cartulina impresa que había en la bandeja y procedió a notificar la sentencia, en tono monótono, con rutina profesional:

—«En Madrid, a 7 de junio de 1998. Dictada sentencia firme por este T.C.C.A. y RESULTANDO probado que...»

BIBLIOGRAFIA:

Los mineros celestiales, Presencia de las cosas, La soledad y la tierra, Hoguera viva, Antología íntima, Ceuta del mar, Encuentro, Unos de por ahí, El golpe de Estado, año 2000, El agua en las manos, El país sin risa y cuatro piezas más, Noticia para dos parejas.

RICARDO ALCANTARA SGARB *

BETÂNIA

Para Betânia, que vivía en una pequeña aldea de pescadores, era normal oir hablar de Iemanjá, la diosa del agua.

Allí todos aseguraban, aunque nadie la había visto, que la diosa tenía una larga melena del color de la arena, que vestía una túnica plateada hecha con escamas de peces, que sus ojos eran tan negros como las noches sin luna.

Según decían, era Iemanjá quien cuidaba de que el río no se desbordara y que las aguas avanzasen sin deterse, indicándoles el camino hasta el mar.

Y era ella, la diosa del agua, la que hacía que las jangadas flotasen sin volcarse, habiendo enseñado a los pescadores a construir sus redes y preocupándose de que los peces nunca faltasen.

Betânia, al igual que el resto de los aldeanos, hablaba de Iemanjá con familiaridad, como si la conociera.

Nadie dudaba de la existencia de la diosa. Es más, la mayoría de ellos, en cuanto se levantaba, lo primero que hacían era acercarse a la orilla para saludarla.

Betânia, así que el sol la despertaba, saltaba de la hamaca y se dirigía a la margen del río. Se echaba de bruces, metía las manos dentro del agua y cerraba los ojos para sentir mejor las cosquillas que Iemanjá le hacía en la punta de los dedos. A veces eran tan fuertes que la niña reía entusiasmada. Entonces se incorporaba y pisando fuerte para salpicar más alto se metía en el río y allí se quedaba, rato y rato, jugando con el agua. Pero salía antes de que el sol calentara demasiado, pues debía ocuparse de su árbol. Lo habían plantado sus padres el día en que ella nació, como era costumbre en la aldea, y la niña sabía que debía cuidarlo.

---

* Premios de Literatura Infantil Gobernador do Estado (Sao Paulo, Brasil), Crítica Serra D'Or, Banco del Libro (Caracas, Venezuela).

Mientras el árbol creciese, se hiciera fuerte, tuviera las hojas verdes y no se quedase sin flores, a Betânia no podría sucederle nada malo. Era una especie de amuleto que la protegía.

La niña iba cada mañana a visitarlo y después de regarlo buscaba entre sus ramas la flor más abierta. La cortaba y se la engarzaba en el cabello, sobre la oreja.

Cuando el hambre le hacía pensar que ya era hora de comer algo, cogía unos cuantos frutos y se sentaba sobre las rocas. Allí aguardaba las jangadas, que solían regresar a media mañana.

Al verlas acercarse, Betânia daba voces y agitaba los brazos y corría hacia la pequeña playa donde los pescadores acostumbraban desembarcar.

Los aldeanos, al oírla, también se preparaban para recibir a los hombres que habían pasado la noche fuera de casa.

Entre todos ayudaban a varar las barcas y luego, mientras charlaban animados, repartían el pescado.

Pero una mañana como tantas otras, en la cual nada hacía presagiar algo extraño, los pescadores regresaron con las manos vacías pues sus redes no habían capturado ni un solo pez.

Los aldeanos, al enterarse de ello, tomaron el hecho a broma y en medio de sonrisas comentaron que, en vez de dedicarse a la faena, los hombres habían pasado la noche durmiendo.

Pero al día siguiente, al ver que las barcas regresaban nuevamente sin carga, se miraron unos a otros, extrañados, y no fueron capaces de hacer ningún comentario.

A medida que los días iban pasando, el desconcierto se hacía más palpable entre ellos. Ya no era necesario que los gritos de Betânia les anunciase la llegada de las jangadas, pues todos, de buena mañana, se reunían en la playa para esperarlas. Y al saber que aquella noche tampoco habían pescado, regresaban a sus chozas abatidos y preocupados.

—Nunca ha sucedido nada parecido —comentaban los más ancianos.

—¿Qué puede ser? —preguntaban otros bastante intranquilos.

—Quizá Iemanjá esté enfadada con nosotros —sugirió alguien—, provocando un murmullo inquietante.

Pronto se propagó por la aldea la noticia de que, seguramente, la diosa no les permitía coger peces porque estaba enfadada con ellos. Y eso les dejó aún más apesadumbrados.

A partir de entonces casi ni hablaban. Pasaban horas y horas sentados cerca del río, con la mirada fija en el agua. Cada atardecer era menor el número de barcas que salían a pescar. La mayoría de los hombres, habiendo perdido la esperanza de conseguir algo, ni siquiera lo intentaba.

Betânia, al verles muy quietos y callados y cargados de una enorme tristeza, no entendía cómo en tan poco tiempo habían cambiado tanto.

La chiquilla se preguntaba cómo era posible que la gente no confiara en que las cosas se arreglarían. Si en verdad Iemanjá estaba enfadada, ya se le pasaría, pues la diosa del agua les protegía y no iba a permitir que les sucediera nada malo.

Sin embargo, contrariamente a lo que Betânia pensaba, a los aldeanos se les hacía más insoportable aquel malestar. Peor aún al comprobar que los pocos alimentos que tenían almacenados comenzaban a escasear.

—Si no hacemos algo, pronto pasaremos hambre —dijo un viejo de cabello blanco.

—¿Qué podemos hacer? —preguntó uno que estaba sentado a su lado—. Nosotros solamente sabemos pescar, pero es inútil seguir intentándolo si Iemanjá no ha dejado peces en el río.

—Es verdad —afirmaron a coro los que estaban allí reunidos.

—Entonces —dijo el viejo con voz mansa—, tendríamos que pensar en marcharnos a otra parte antes de que sea demasiado tarde.

—Marcharnos... —repitió Betânia casi en susurro. ¿Cómo era posible marcharse a otra parte? Dejar la aldea, la playa, el árbol, la casa... No podría abandonar aquel sitio que ya se había convertido en algo propio de tanto mirarlo. Tendría que haber alguna manera de evitarlo.

Cuando el atardecer cubrió de reflejos el lomo del río, como alertando a los pescadores que había llegado el momento de iniciar la jornada, unas pocas jangadas se hicieron al agua. Si aquella noche tampoco conseguían pescar, a la mañana siguiente todos los aldeanos se marcharían a otra parte.

Poco a poco, la noche se tornó oscura e inmensa. Betânia, acostada en su hamaca, no conseguía conciliar el sueño y ni siquiera podía mantener los ojos cerrados. Con la mirada fija en el techo de la choza, pensaba y pensaba.

Al cabo de un rato, advirtiendo que el sueño no le hacía caso, decidió levantarse.

Suavemente saltó de la hamaca y salió de la choza sin hacer ruido.

Al alzar la cabeza, notó que en el cielo había muy pocas estrellas. Entonces permaneció un momento quieta, observándolas. Luego, sin prisas, se acercó a su árbol. Lo miró fijamente y hablando con un hilo de voz, como si temiera despertarlo, dijo:

—No puedo marcharme. No quiero irme a otra parte. Aquí está mi casa. Si pudiese hablar con Iemanjá y explicárselo. Si ella quisiera escucharme... ¡Lo intentaré! ¡Iré a llamarla!

Y corriendo se dirigió hacia la playa, deteniéndose tan cerca de la orilla que sus pies descalzos se hundieron en la arena. Con las manos alrededor de la boca, comenzó a llamar:

—¡Iemanjá! ¡Iemanjá!

Luego aguardó en silencio, segura de que la diosa respondería de algún modo a su llamada, pero... nada. Ni siquiera una débil señal avisándole que la escuchaba.

—Quizá en medio de tanta oscuridad no pueda verme y no sepa quién soy —murmuró Betânia—. ¡Ya sé! —exclamó casi en seguida. Sin pérdida de tiempo recogió leños y con ellos encendió una hoguera en la playa.

Las llamas se irguieron tan desafiantes que ahuyentaron la oscuridad.

—Ahora, si quiere, puede verme —dijo la niña en voz baja. Y casi en el mismo tono volvió a repetir el llamado:

—¡Iemanjá! ¡Iemanjá! Soy Betânia, quiero hablarte. ¿Me oyes?

Al notar que los escasos reflejos plateados que hasta entonces había en el agua, de pronto, aumentaban, Betânia comprendió que aquélla era la respuesta que la diosa le enviaba dándole a entender que sí la oía.

—Iemanjá, la gente de la aldea dice que estás enfadada. ¿De verdad lo estás?

Los reflejos, nuevamente, aumentaron.

—¡Vaya! Entonces era cierto... —dijo Betânia—. ¿Qué hemos hecho para molestarte? Si tú hablaras como nosotros podrías contármelo. Dime, ¿crees que se te pasará el enfado? Es que si no tendremos que marcharnos, pues de alimento ya nos queda poco y nada. ¿Se te pasará?

A la niña, que tenía la mirada fija en el agua, le pareció que los destellos aumentaban un poquitín, como si Iemanjá, indecisa, se lo estuviese pensando.

—Venga, no seas así. Seguro que tampoco es para tanto— dijo la niña animándola a hacer las paces—. Para que se te pase más pronto te haré un regalo.

Sólo entonces, al acabar de decirlo, cayó en la cuenta de que a Iemanjá siempre se le pedían cosas; se cogía lo que la diosa ofrecía, pero nunca le habían dado nada. Quizá por eso Iemanjá estaba enfadada.

«He de regalarle algo para que se dé cuenta de que ella es muy importante para nosotros y que no puede seguir enfadada» —pensó Betânia.

Por muchas vueltas que le daba no atinaba a descubrir qué podía ser. Hasta que, luego de buscar y buscar, comprendió que para ella lo más preciado eran las flores de su árbol. Entonces decidió entregárselas.

Las cortó una a una, a sabiendas del peligro que corría si su árbol se quedaba sin flores. Pero el mal, fuese cual fuese, no podría ser peor que el de tener que marcharse.

Al cabo de un rato regresó a la playa con un ramo de flores blancas. A Iemanjá tendrían que gustarle.

Con los pies dentro del río y el brazo bien estirado, le lanzó una flor. La flor permaneció un momento quieta, flotando, pero luego, empujada por las ondas del agua, regresó a la playa.

«No la quiere. Me la devuelve. ¡Está más enfadada de lo que imaginaba!» —pensó Betânia.

De todos modos volvió a intentarlo un par de veces más. Pero el resultado fue el mismo. Al parecer, Iemanjá no estaba dispuesta a aceptar sus regalos.

Betânia, al comprenderlo, bajó lentamente la cabeza, como si alguien la estuviese reprendiendo y ello le avergonzase.

—Lo siento —dijo la niña—. Luego permaneció en silencio pues no le salían las palabras. Dejó que el cabello se agitase con la brisa y le cubriese la cara, así nadie notaría que lloraba.

Miró las flores que llevaba. Como las había cortado para Iemanjá, decidió entregárselas a pesar de todo. Lanzó el ramo a modo de despedida. Ya no esperaba que la actitud de la diosa cambiara. Todo había sido en vano.

Y cuando se disponía a regresar a su casa notó algo que la obligó a detenerse. Las flores, flotando entre los reflejos que se hacían más intensos, no eran devueltas a la playa sino que avanzaban hacia el medio del río. Incluso las que habían quedado sobre la orilla, llevadas por la corriente, también se alejaban.

¡Iemanjá, finalmente, había decidido tomarlas!

La alegría de la niña fue tan inmensa que le pareció imposible poder guardarla dentro de su cuerpo.

—¡Póntelas en el pelo! —gritó Betânia—. ¡Pero engánchatelas bien para que no se te caigan!

Se estuvo, rato y rato, con los pies dentro del agua. El corazón le repiqueteaba tan alegre que le llenaba de sonrisas los labios.

Cuando las llamas de la hoguera se volvieron tan pequeñas que casi no se alzaban del suelo, la niña dio media vuelta y se encaminó hacia la choza.

Se acostó sin hacer ruido y casi en seguida se durmió. ¡Ya era muy tarde!

Pasaba de la media mañana cuando los gritos de los aldeanos la despertaron. Se incorporó sobresaltada y al darse cuenta de que el alboroto, sin duda, era por algo importante, salió de la casa corriendo.

Todos los habitantes de la aldea, reunidos en la playa, miraban y señalaban las jangadas que pesadamente se acercaban, sin parar de hacer comentarios.

Su impaciencia era tal que no podían estarse quietos. Estiraban el cuello y ponían sus manos sobre la frente, a modo de visera, intentando ver más lejos. Entonces, cuando pudieron distinguir el rostro de los pescadores que regresaban, antes incluso de que ellos dijeran nada, supieron, por la expresión que iluminaba sus caras, que traían buena carga.

Las exclamaciones y los gritos de alegría resonaron muy alto.

Entre todos, en medio de risas y abrazos, colocaron las jangadas sobre la arena. Repartieron el pescado y luego, como el bienestar que sentían era tan grande, decidieron celebrarlo.

Betânia, antes de reunirse con su gente, se acercó a la orilla y dejó que las ondas le mojasen los pies. Entonces, casi en seguida, vio surgir en medio del agua una de sus flores blancas, que rápidamente se acercó a donde ella estaba, como si una mano invisible se la entregara. Betânia la cogió, guardándola en su cabello, sobre la oreja.

A partir de entonces, cada mañana, apareció en la orilla una flor blanca, hasta que el árbol de Betânia volvió a florecer. Seguramente, como la niña ya no las necesitaba, Iemanjá había decidido guardar las que aún le quedaban.

VICTOR ALPERI *

EL REGRESO

Gritó en voz alta, diciendo: «Lázaro, ven fuera».
Y en el mismo punto salió el que había estado muerto, atados los pies y las manos con vendas y cubierto el rostro con un sudario.

Juan, XI, 43-44.

El viejo caudillo, cansado de contemplar desde el más allá las muchas tragedias que acaecían en su querida patria, y aconsejado y ayudado por Santa Teresa y otros muchos santos españoles, como San
Juan de la Cruz, San Pedro de Alcántara y Fray Melchor García
Sampedro, regresó a la tierra.

El magno suceso, que sorprendió y asustó al mundo, aunque ya
había sido vaticinado por diferentes personas, muchos periodistas entre ellas —los profetas de nuestro tiempo—, y también por un popular
escritor que se equivocó, de todas formas, en un año y unos meses,
se realizó en una fría mañana de enero.

Cuando el cansado general y caudillo salió a la gran explanada
del monasterio de Cuelgamuros, completamente desierta en aquellos
momentos, unas gotas de lluvia, mezcladas con nieve, caían lentamente
sobre las baldosas, sobre los árboles y esculturas del gigantesco mau-
soleo. El mundo parecía muerto, marchito y ceniciento; y aquel rincón
de la provincia de Madrid, perdido entre peñascales y argomas, ponía
una dolorosa melancolía en el corazón de Franco.

La cruz inmensa, los evangelistas y la Piedad, diseñado y trabajado
por Avalos, su amigo, estaban algo resquebrajadas y medio borrosas
entre las brumas de la mañana.

—¡Avalos! —suspiró el resucitado.

También el escultor pasaba por unos momentos difíciles. Los enemigos del Sha, en la lejana Persia, destruían las obras del artista es-

---

* Nace en 1930. Doctor en Derecho. Ensayista y crítico literario. Premio
Lengua Española.

pañol, las esculturas que el rey de reyes le había encargado. Todo un mundo, no muy lejano de todas formas, desaparecía para siempre: Salazar, en Portugal, el Sha, en Persia, Nixon, aclamado en Madrid, en los Estados Unidos, Pío XII, el muy amigo de España... Todo un mundo glorioso bajo la ceniza del olvido y de la incomprensión.

El viejo caudillo meditó. El frío y la duda se apoderaron de él durante unos momentos. ¿Para qué volvía? ¿Merecía la pena? No se podía dar marcha atrás a la historia. Las páginas escritas quedaban. En el reloj del tiempo estaban señaladas unas fechas fijas, eternizadas y concretas. Los años de cada hombre y de cada mujer, los destinos del ser humano, de los pueblos, de las naciones grandes o pequeñas... Las más grandes esculturas, que se alzaban sobre la tierra, mirando desafiantes a los cielos, terminaban por caer en el polvo de los caminos y de los desiertos.

El estaba muy bien allí, en aquel rincón de Cuelgamuros, entre las montañas, entre el olvido y el pequeño recuerdo de algunos... Un lugar gris y tranquilo para retirarse por toda la eternidad. Y no salir de él, permanencer bajo la losa, sin prestar oídos a los gritos y clamores del mundo. Pues siempre pasaría lo mismo: iguales resultaban los gritos de las nuevas generaciones, iguales los suplicatorios de los artistas, iguales los llantos del campesinado, las protestas de los mineros y de los trabajadores de las fábricas. Las mismas historias de siempre, de España y de Roma, de Nueva York y de Tokio, de Rabat y de Atenas. El hombre tenía una voz para gritar, para pedir, para protestar siempre; incluso pedía a los muertos, cuando los vivos se hacían los sordos. Y los muertos alguna vez, aunque no muchas, tenían que responder, presentarse así, de buenas a primeras, para dar testimonio y consejo, para señalar algunos caminos... Tal cosa pasó con Lázaro, como cuenta la Biblia, aunque Lázaro, después, permaneció callado, sin decir una palabra, sin comentar la verdad o la mentira del más allá. Lázaro. Su misión, de todas formas, resultaba muy distinta y mucho más complicada.

La lluvia, fina y silenciosa, dejó paso a la nieve. Y el horizonte comenzó a cerrarse por el fondo, por el lado de Madrid. Los bosques miserables, temblorosos en su raquitismo, se movían entre los montes, dentro de la dura borrasca. Cuando el bosque camine será el fin de todo... Cuando los árboles... Franco recordó la frase de la sublime comedia. Cuando el bosque camine será el principio de un tiempo nuevo y dichoso, el momento señalado para salir de la muerte.

El anciano estadista, bajo la nieve, se sintió más solo que nunca. Tendría que ir a Madrid, al palacio del Pardo, a las habitaciones donde se ponía a trabajar por las tardes, pensando en España, en aquella tierra dura y desgraciada. Por otro lado, en un cajón secreto de una mesa, en el despacho rojo... Sí, tenía que dejar aquel lugar de muerte y de desolación, y tomar de nuevo el pulso de la vida y de la sangre resucitada.

En el coche de un guardabosques, que no preguntó nada, y que pasaba por casualidad por allí, pudo llegar al Pardo. El palacio borbónico estaba cerrado a cal y canto; incluso el pueblo del Pardo, tan alegre otras veces, estaba más muerto que Cuelgamuros. ¿Qué podía hacer? La pregunta de siempre, la que tenía metida en su cabeza desde el primer momento, no dejaba de resonar una y otra vez. ¿Qué podía hacer?

Por fin, después de meditar unos momentos, y en el mismo coche, se presentó en Capitanía General, donde todos se quedaron mudos, pegados a las paredes, sin comprender nada de lo que sus ojos veían. Franco. Otra vez allí. O por primera vez... ¡No podía ser verdad! Una broma inmensa y de mal gusto, lo último que faltaba para colmar la copa de los últimos años. Aquella frase se representaba frente a ellos, frente a los generales... Pero después, tras muchas consultas recelosas, los generales terminaron por rendirse a la evidencia. Una luz certera se posó en ellos.

Más tarde, roto el silencio, la sorpresa y el miedo que estaba mezclado con unas gotas de terror, pues pensaban en los denarios que tendrían que entregar al señor que llegaba, todos comenzaron a hablar al mismo tiempo, a dar consejos y cientos de sugerencias raras. Algunos gritaban, medio locos, historias pasadas de moda.

Franco, con gesto severo, impuso silencio. Todos permanecieron a su lado, en espera de unas palabras salvadoras. El caudillo declaró que se retiraba unos días a Galicia, para decidir ciertas órdenes que tenía que dar, para estudiar los primeros pasos.

Completamente de incógnito, en un coche oficial, se desplazó hasta su tierra natal y pasó, nada más llegar, por los jardines del Pazo de Meirás, donde pudo apreciar los estragos del incendio.

La primera noche de su regreso al mundo la pasó en un hotelito, en La Coruña, cerca de la Plaza de María Pita, el famoso personaje gallego que él tanto admiraba desde niño. El dueño del hotel, medio ciego, no pudo reconocer al anciano caballero que llegaba a descansar a las doce de la noche.

A la mañana siguiente, y cuando contemplaba la calle desde el balcón de su dormitorio, pudo ver un coche negro, que pasaba silencioso y lento; en su interior, con gesto entristecido, doña Carmen Polo, con ropajes negros, mostraba una sombra de profundo pesar en el rostro. La familia, se dijo el general.

La idea de España, sus problemas y sus muchos engaños y mentiras, no le habían permitido pensar en la familia, en lo único seguro del mundo, en lo más bello... Se sintió, lejos de ellos, como perdido y sin fuerzas para continuar la complicada tarea.

Precisamente, con paso seguro, dejó el hotel y comenzó a caminar por la calle, sin rumbo fijo, sin ideas en la cabeza, detrás de un presentimiento, de una sombra de mujer, de una familia que no estaba lejos.

Todo pasó en unos segundos. El viejo caudillo no pudo oír las llamadas, las voces, ni el ruido del autobús. Se notó en el suelo, con el peso de una inmensa rueda sobre su pecho. Y después, nada.

Una paz blanca, una luz en el cerebro, la cama de un hospital, y unas monjas, y unos médicos que hablaban a su lado... Pero algo más importante, con otra fuerza, se presentaba frente a su lecho.

Al otro lado de la ventana, entre unas nubes blanquecinas, los amigos del más allá le llamaban. Tenía que volver con ellos, no quedaba otro remedio. La historia del regreso, las treinta horas justas, se terminaba. Mejor así; no se sentía compenetrado con lo que pasaba en aquel mundo de dementes. Total, nada. Una mañana de nieve en Cuelgamuros, una charla con unos generales, un viaje a Galicia, una noche en un hotel, un coche negro que pasaba con una dama dentro, unas gentes que le llamaban en la calle, unos médicos que discutían. La eterna farsa de la vida; el principio y el final.

Resultaba delicioso meterse en la nube blanquecina. Flotar en ella, al lado de los amigos que tenía a su lado para toda la eternidad.

BIBLIOGRAFIA:

La batalla de aquel general, El rostro del escándalo, Una historia de guerra, Dentro del río, Flores para los muertos.

JESUS ALVIZ *

LA ECHADITA DE CASA

La echadita de casa salió del inmueble emperejilada dentro de un caos: pelucón albino desmadejándosele como un inmenso suflé; el tizne del rabo de los ojos hasta las sienes; los paraguas de sus largas y densas pestañas negándole la visión, para lo que hay que ver, mascullaba en momentos de breve hastío; parchetes de incendiario bermellón sobre las mejillas brillantes, como una muñecona hinchable, sí, pero el exceso niega el cruel paso del tiempo; el toque apache de un pañolón rojo al cuello; un traje de chaqueta, la faldita más ciste que una apea, al igual que aquellas «maggioratas» italianas de los cuarenta y cincuenta, que eran su furor.

Avanzaba tan ufana en su piel, que padeció un suave temblor. Tomó apoyatura en un quicio, y aire. A poco, reanudó la marcha, pero, fruto del gozo irreprimible, sus piernas, como tarabillas descompuestas cada vez que las agujas afiladísimas de los zapatos se asentaban volátiles en el suelo, comenzaron a cimbrearle peligrosamente el cuerpo todo... Sus zapatos, siempre de negro charol, refulgentes siempre, falsos espejos de sus cuitas, ora uno ora otro, cuando torneando la pierna en reposo, al dictado del eterno aquél de ellas, los contempla sin verlos, fija su atención en redondear el chafarrinón carmín de la boca después de una mamada a pelo, o cuando, para atraer a un cliente, simula distanciamiento, gacha la cabeza, los ojos de par en par al vacío, tencos, como si arduas cuestiones metafísicas le devanaran los sesos, lo mismo que todas, apostillaba, en ese papel que ellos siempre nos jalean...

Observó, ahora sí, el charol, pues aún no había llegado al lugar de las interpretaciones, constatando con orgullo que su labor de limpia no había sido en balde: reflejaba con nitidez hiperrealista las rejillas de los albañales que iba dejando atrás.

Sufrió otro repentino escalofrío, de tan explosiva satisfacción. Podría estallar en pedazos. Soltó un chillido, y fue la primera en atur-

---

* Nace en 1946. Licenciado en Filosofía por la Universidad de Valencia. Profesor de Lengua y Literatura Española.

dirse por el borborigmo que, a renglón seguido, le brotó; y también los hombres, pasmados a su paso. Miró a su alrededor, no pudo menos de lanzar una carcajada Era tan, tan, pero que tan feliz...

Iba, claro es, de carrerón, pero no buscaba el hociqueo del hombre por industria, como las demás pirujas, ni por conmiseración y de modo indiscriminado, como aquella santa tan antigua y tan tirada. Tampoco, cosa extraña, era su norte la hermosura del macho. Lo suyo era vicio, soberano y puro vicio. Y sólo la arrebataba de ellos la cosicosa que arrastraban entre las piernas, y su entorno. Así, su mariposeo rayaba en delirio al vislumbrar a alguno jugando a las tragaperras, y que para ayudarse en el empeño meneaba la pelvis, endurecía los glúteos, arremetía contra el artefacto como si buscara desollarla, a ella, a ella, La echadita. Así, su goloseo se horneaba atisbando a otro que, acodado en la barra y encandilándole el oído a una pindonga, se ponía verrihondo, y exhibía pierna abajo, tras la tela del pantalón, restallante, amenazador, un culebrón. Jamás los miraba a la cara, ¿para qué? Una condición: que no fueran conscientes de que ella los espiaba en tales trances. ¿Por qué?, se preguntó alguna vez, pero jamás procuró hallar la respuesta, temiendo que si la encontraba se le aminorase el gusto.

Llegó por fin a la zona de los bares de alterne, aunque de suyo los esquivaba, huyendo de las lenguas venenosas de las coimas, que no le perdonaban que fuese más mujer que todas ellas juntas, y su correlato: que por lo mismo se entregara gratis a la vecería, aguachinándoles el asunto. Y dos, también por ellos: no podía sufrir sobre su hombro los tufos de eres la mujer de mi vida, en casa no me comprenden, mi suegra, etcétera, identidades, culpas, baboseos de bebencios y moralinas.

Al grano, al grano, se alentó, y remolineó el bolsito de sky, le tintineó la bisutería, sonrió a los aleros, se despelujó viva, miró descocada a los viandantes, se lanzó imparable al frenético callejeo.

Turbaba al furtivo, que emprendía carrerilla si volaba tras él. Algún osado la esperaba quizá a lo lejos, simulando mirar escaparates. Y cuando ella, desalada porque le columbró eso que literalmente la enchochecía lo alcanzaba, si le daba el santo y seña de que de dineros nada, el valiente alzaba las cejas perplejo, reculaba, temeroso de la faca alevosa que aquella carmen escondiese en la liga, porque ¿una mujer que se ofrecía así, sin más ni más?, ¿dónde estaban las leyes del mercado?, ¿dónde la delicia secreta del marchante?, ¿dónde la mostrenca pasividad del fardo? Y, natural, huía.

Quien superaba impávido la prueba podría ser el elegido. Ella ya no sabía si aquel tipo de hombres la ponían febricitante y abobaban por reducción al absurdo, o por ser calcos perfectos de un intenso fetiche. Pero un hecho era cierto: ante un ejemplar perdido así, se le acuaban los ojos abrasados, carraspeaba incesante para aclararse la voz estrangulada, le asfixiaba el pecho un pálpito atronador, le temblaban las corvas, se desencajaba por momentos, buscaba estribo en las paredes, se candaba avara a ellos, farbullaba síes por sus bocas para alentarlos en su resolución, y si alguno, por reserva o temor, se negaba a seguirla al inmueble, lo arrastraba a un portal, a un ascensor, a la más oscura rinconera, en medio de la calle si era su gusto, donde quisiera y como quisiera, por favor, por favor, que si no voy a dar en loca.

Y es que al qué prometedor que les barruntaba, se añadía, porque así lo procuraba ella, ya que así lo había dispuesto y anhelado, un decorado : silencio, soledad y noche, que ascuaban su deseo, que eran ya como un orgasmo crepitante abrasándole desde el meñique a la cresta. Así que, cuando buscaba su arrimo, ya iba empapada. Y si el qué era pollón en bruto, a saber, que su portador careciese de luces, bien por ser un borrachuzo desnortado, un grifota sin tino, alguien ciego por su indomable propensión a lo exótico, un loco de veras, algún alevín buscando hacerse hombre y a la procura de caer en la trampa que tanto había soñado turbiamente en la soledad de su alcoba, entonces..., entonces, lo de La echadita era, simple y llanamente, un estertor de endemoniada. Cuántas veces, concurriendo todas las mágicas circunstancias, era su propio estado quien los espantaba... Así que, calma, hija, calma, no seas lobona.

Miró a su alrededor... ¿Deliraba? ¿No era aquello uno? Y si veía bien, por el espigue, niñato y, Dios mío, ¡orinando! Se pellizcó la frente para sentirse real. Al biés observó perfectamente La echadita el chorro de oro que de aquel bajo vientre manaba, el arco vigoroso de su trazo, el vaho que el orín despedía, resuello del fuego interior de un potranco sin desbravar.

¿Se sintió caminar? No. Como entre nubes enfiló hacia él, que ladeó discretamente su cuello moreno hacia el taconeo de ella. Cesó en la meada, pero no hizo el gesto de curvar el trasero para guardar el tesoro... Mira que si la estuviera esperando... ¿Cómo la tendrá, Señor? Y saltó de su acera a la de él, pero allí consiguió refrenarse, sobreponiendo a su alma de puta desbocada la escasa pátina de mujer que aún le restaba, con enorme esfuerzo, bien es verdad, y atolondradas amonestaciones : Nosotras no debemos tomar iniciativas, se asustan ; déjalo hacer a él ; que sean ellos, como siempre, quienes lleven las riendas ; atóntate..., pero ¿cómo lograr esa perfección con estos nervios? Y su denodada lucha interior afloraba : pataleando el suelo a ritmo atroz, como si tocase el bombo en orquestina tropical ; espachurrando el bolso entre las manos, como una ínfima actriz meritoria ; mirando a un lado y a otro de la calle, con tal avidez, que no parecía estar conjurando temores sino invocándolos a todos ; atusándose con dedos trémulos la estopa del pelo hasta arrancárselo, y, cómo no, pasmándose también ante el cielo, igual que una panfilita... Cualquier cosa, con tal de acertar con el deseo de él y que no se le escapara... Claro que, en la crispación de la demora, ¡era tan grande el placer que ya había!... Por eso, hiciera lo que hiciese, esnucada, le era imposible despegar los ojos de aquel cuerpo. ¿Qué hace ahora? Gira sobre sí, rotundo aploma los pies en el suelo, viripotente enarca las piernas, expeditivo arroja hacia adelante el vientre, como para que el peligro que sostiene en una mano, y que mima moroso con las yemas de los dedos, puje más amenazador... No puede ser todo suyo, tan grande, tan grande, tan grande..., tenedme, que me caigo... Consigue mirarlo por vez primera a la cara: sonrisa blanca y generosa, gestos breves y afirmativos de cabeza invitándola a acercarse...; trastabillea La echadita, duda si podrá llegar hasta él. Pero él la ayuda en el empeño aproximándose, con el cucañón al aire, bamboleante, bestial, aturdiéndola, hechizándola..., aferrándose a... aquello como a un pasamanos de gloria, para no caer hecha un rebujo al suelo. Tarumba aún, lo requetesobetea: la piel, aterciopelando como una finísima película el soberbio ensamblaje acerado de venas y nervios; la bellota, libre de veladuras, tersa, cárdena, carnosa; por su lustre tumefacto el índice de La echadita patina a la deriva, cosquilleándolo con la uña verde y afilada; cabecea la bellota, lanza envites, busca un hueco; en su meato oscuro, de rebordes densos, brilla todavía una gota de oro; se agacha La echadita, delicadamente le recoge con la punta de la lengua temblorosa, se humedece los labios con ella, la paladea, y, ojos en blanco, un inmenso hummm en las entrañas, se derrite dudando por dónde empezar.

El muchacho, que indolente la había dejado hacer, encalabrinado de repente, batiendo hasta la brama, con sus manazas la levanta del suelo: quisiera desgarrarle el pañuelo, la blusa, la falda; la pellizca, la despelleja a caricias; le amasa los senos, se los lame; la abraza por la cintura, la partiría en dos, la iza en el aire, la suelta; quiere finalmente roerle el centro..., pero ella lo oxea con remilgos y como ofendida. Se recompone, con un gesto le indica otro lugar, su inmueble. Y él la sigue, guardándose el emblema, que le abomba la bragueta y le impide caminar. Después de unos pasos, y de arañarse obsesiva la melena, y de mucho vira y torna, lanza La echadita un suspiro y consigue hilar;

—Eres tan guapo, que será gratis..., pero, siempre tiene que haber uno, ¿verdad?..., pero la flor, tú me entiendes, ni se te ocurra tocármela; tengo un novio celosísimo, que antes de beneficiársela a diario, cuenta una por una las hebras que la adornan; con que tú me dirás.

Y se aferra a su brazo, lo mira con ansia, esperando superar esta prueba última y suprema; añade:

—Comprobarás, si te empeñas, que es... flor de invernadero, o sea..., que él mismo me la tiene obturada con requilorios y gasas; como lo quiero a rabiar, le consiento esta cruz...

¿?, sonrió él.

Ciertamente convencida de que el peor enemigo de su placer era el recuerdo, fuese del pasado remoto o de hacía un minuto, La echadita, cuando salió de batalla al atardecer siguiente, restregó las suelas en el felpudo de su inmueble en un gesto despiadadamente simbólico, y, como si lo de la noche anterior hubieran sido pelillos a la mar, se embocó a la calle tan campante y cascabelera. ¡Aire!, regurgitó, y con las muñequitas laxas se lo echaba a la máscara de la cara.

Cierto también que con ella iban sus esfínteres, que de cuando en cuando, con un relampagueo doloroso, le advertían que no hacía tanto aquel mozángano le había hecho mucho y bueno en ellos con un paramento descomunal e inexperto, pero es lógico, ¿no?, que de tales polvos vengan estos lodos...; sin embargo, convéncete de que aquellos es historia, si no leyenda ya, ahora, ¡a por otro, a por otro!

Y como tenía por norma, brincó retozona, soñando en el contacto con un machazo, que podría ser ahora mismo si quisiera, con tantos que pasaban a su vera, silbándole, entonteciéndola con chicoleos. Dios de los ejércitos, ¿a quién le tocaría esta noche? Y deambulaba un poco, pero ignoraba el rumbo de sus pasos, malo; y se descubría con el índice perplejo en los labios, peor. Voy como sonada, y hasta el grito de guerra me sabe a impostura, a amargor..., y aunque intentaba cifrarlo en algo, no sabía bien en qué...

Huía más que buscaba, abstraída, cecijunta, como perseguida por una sombra...; la imagen del muchacho de la noche anterior cruzó fugazmente por su cabeza. ¿Es eso? Como conocía harto bien su inclinación al desquicie, no alentó la presencia de la imagen, pero tampoco procuró desembarazarse de ella a la fuerza, pues sabía por experiencia que cuando un hombre comenzaba a flotar por su cerebro, extravío que podía durar días enteros, se le grababa tanto más a fuego cuanto con más ahínco pretendía desembarazarse de él. Los jirones de aquellos seres usados y abusados eran como futesas y vilanillos, que sin ton ni son venían, y con la misma se iban. Ahora ya no, pero al principio llegó a creer que eso era el amor pugnando por asomarse a su vida. Qué risa, sólo de pensar en una tontuna semejante, de la que se hallaba tan curada sin haberla padecido y, tocaba madera, ¡que no me postre jamás esa epidemia!... Así que, como tantas otras veces, lo mejor era consentir que aquel individuo jugase al escondite en su mente, divagase por allí hasta que se cansara, que disfrute... Pero de pronto se rebelaba, y y miraba a su alrededor parpadeando, pues la vaga melancolía que iba anegándola era como una espesa opacidad interponiéndose lentamente entre la vida y ella: esta esquina misma, y manoseó la dureza de la piedra. Dio un fiero taconazo: ¡Tanto alifafe! ¡Lo que quiero es un semental!, le espetó a un mozallón que la observaba lelo, y que rehecho la esquivó con sonrisa de humillado. Pero no lo persiguió, sería incapaz de hacer nada con él, presa como andaba con el runrún del otro...: ¿Por qué esto a mí?, no tengo ni quiero calma chicha para vivir entre sombras, ¡no la tengo, y no la tengo!, y menos aquí, en mitad del verbeneo; que me venga luego la depre, que me ronde en casa mientras me limo las uñas o le doy al vídeo, ahora ¡no y no!, pero vamos a ver, ¿qué tiene ese ser que no tenga cualquiera de éstos, arrastrada?, ¿algún centímetro más de polla, quizá?, ¿y qué?, ¿es eso razón para que vayas por ahí como una atorranta? Porque además, de él es que no recordaba nada, ni cara, ni cuerpo, ni nada de nada, sólo la carnicería que hicieron juntos, tan aplicados el uno como la otra, mudos, abriendo el pico a lo más para los besos y algún ay, chipén, todo chipén; ¿qué más?, que saltó de la cama dos o tres veces para ir al váter, que al final se fumó un cigarrillo en silencio creyendo que yo dormía, que se vistió, me besó en la frente, salió de madrugada, y punto, no hay más, nada más...

Pero sí había, vaya que sí, y mucho, pues cuando volvió a posar los pies en la realidad que tan afanosamente buscaba, ¿dónde se halló?: en idéntico sitio que la noche anterior cuando el encuentro. ¿Deliraba? ¿No era aquello él mismo? Se pellizcó la frente para sentirse real. Al biés observó perfectamente La echadita el chorro de oro que de aquel bajo vientre manaba, el arco vigoroso de su trazo, el vaho que el orín despedía, resuello del fuego interior de un potranco que... ¡era él mismo!, sí, ¡él mismo y en el mismo lugar! ¿Qué hacía allí? Y sin terminar la pregunta dio la espalda al cuadro, con el firme propósito de no mirar atrás ni por asomo, huyendo de algo que era ley rigurosa para ella: como nunca segundas partes fueron buenas, no repetir refocile jamás con un mismo cuerpo, para no tener que comprobar en crudo la penuria del ingenio humano en asuntos de sexo, y su consecuencia: topar con tristes artilugios suplantando la escasez de la fiebre. Pero no era sólo eso, corría a escape de algo infinitamente peor: ¡la ciencia ficción! ¡A ella una mujerona pirrada únicamente por la carne palpitante, que le vinieran con fantoches y marcianos! ¡Ni hablar! ¡Estaría bueno!, a otro perro con ese hueso; tú corre, mi vida, corre...; bien está que el pasmarote se te enquistara en la sesera para darte la noche, pero de ahí a tenerlo que aguantar cara a cara, que no, que no...; eso si es real, que lo mismo es de verdad un fantasma de esta cabecita tan espejo alucinado..., ¡así, menos!...; no mires ni muerta, vuela, vuela.

Pero alguien la asió del brazo. ¡El!

¿Qué quiere usted?, se volvió biliosa.

A ti.

¿A mí?, ¡suélteme! ¿Cuántas veces hemos comido juntos?

Todas, hasta que te fuiste de casa.

¡Ohhhhhhh!, y arqueó las cejas invisibles, frunció la boca roja en una o minúscula y tremante.

No hagas visajes, te lo suplico...; ¡la pareja del portarretrato de tu cuarto de baño son mis padres con el mico que se asoma tras la oreja del sillón..., y tú... tú estás detrás de ellos, de pie, con tus manos en sus hombros.

¿Quiere usted decir que...?, y una aparatosa carcajada le ahogó la frase, bailándole el satén de la blusa con el epiléptico subeibaja de los pezones.

Que somos hermanos.

¡Ay..., pero..., ay!, ¡qué confusión la suya, caballero!, no tengo a nadie, vivo solita en el mundo, y hubo de llevarse ambas manos teatralmente a la cara para no desquijarse de las risas.

¡Tú eres Manolo!

Pero..., pero..., ¡qué tarambana!..., ¡lo que hace la poca edad, el colocón, o los tiempos que corren!... Manolo, ¿qué Manolo? ¡Yo, una mujer hecha y derecha, y Manolo! ¡Ande, váyase de mi vera! Y sus labios, desjarretados hasta lo indecible alrededor de los marfiles, perdieron repentinamente lustre, se cuajaron de tintes violáceos, reduciéndose la sonrisa, que le ocupaba por completo la cara, a mueca vana.

Ese ha sido tu deseo de siempre, hermano, según pude ver desde niño, y oír a nuestros padres, que no se cansan de llorarte; y que como se negaban a aplaudirte el capricho, te largaste con viento fresco de casa, y nadie volvió a saber más de ti... hasta anoche.

¡Y dale conque que anoche! ¡Pero si yo a usted no lo conozco de nada! ¡Déjeme! ¿Pero qué pretende?, y con un rictus en los labios plegados le dio un empellón y emprendió un simulacro de carrerilla; las agujas de los zapatos y la faldita le impidieron hacer más; el muchacho, obviamente, la alcanzó al punto.

Pretendo lo mismo que tú.

¿Acaso buscas hombres también?, y en el tempo maligno de cada palabra, en el tono abyecto, en la salivilla que acompañó a la frase, deseó lanzarle un curare que le petrificase en el acto.

¡Sí!

¿Sí...?, dio un traspié.

Sí.

Entonces..., ¿por qué, siempre según usted, se fue conmigo anoche, nada menos que hasta el *bondoir* de mi casa?

Porque tú eres un hombre.

¡Soy una mujer, una mujer, una mujer, una mujer, una mujer!, gritó aturullada, los ojos volteados, los puños golpeando el aire.

Ese es el bulo que te cuentas a diario..., pero tu exceso de maquillaje, tus espaldas, tus manos, tus pies, tu barba..., tanta gasa en la parte..., lo van cantando; y en la cama me lo confirmó tu miembro tieso entre tapujos.

Mi miembro..., habla de mi miembro..., ¿por qué no me lo habré tajado de una vez?, monologó, definitivamente perdida.

¡No, no!, desaparecería tu encanto...; lo que debes hacer es lucirlo..., barrunto que es más grande aún que el mío.

¡Qué vulgaridad! ¡Cállese, cállese!, lívida, se tapó los oídos.
....

Y el falsario es usted, ¡impostor, impostor!

Mira mi carné, mira tus apellidos, soy Emilio.

¡Aparte eso de mi vista!, y se lo suplico, si tanto le gustan, ¿por qué no se busca un maromo de verdad por ahí, y me deja en paz?

Porque a ti te quiero, más, y así.

¡Qué horror! ¿Yo, así?... No entiendo nada, ¡me abomba la cabeza!

Es fácil.

Pero, ¿que usted...?

Tutéame.

Siempre que me trate usted como lo que soy, una señora...; ¿pero..., que tú..., si es verdad lo que dices de hermanos..., que tú...?

Sí.

¿Y no te da como un poco de...?

Mentira parece que un... una mujer que se ha puesto el mundo por montera, venga ahora con dengues.

Todo esto me vuelve loca, así, tan de golpe, sin saber cómo... ¿Pero tú sabías anoche que yo...?

En la calle, no; cuando te penetré por segunda vez, sí; ya había descubierto la fotografía.

¡Me abochornas!

¿O no sentiste el cariño con que lo hice la segunda vez, y la tercera?

No.

Incluso te llamé por tu nombre al despedirme, pero no lo oíste, dormías...; ¡la de veces que habré ido a tu casa hoy!, porque apunté todos los datos.

De día vivo del valium, y no me entero del mundo.

Por eso vine a buscarte esta noche aquí, y me puse a hacer lo mismo para atraerte.

Me descabalas, de verdad..., pero, ¿por qué, gustándote los hombres, como dices...?

Me gustan, sí, a rabiar, y yo creo que por contagio tuyo; todos mis pasos me los has ido marcando siempre tú; ¡lo que te habré admirado, lo que te admiro!, ¡lo que te quiero!; pero, por otra parte, han sido tantos los perros que te han echado en casa por ser como eres que..., más cobarde que tú, tuve miedo de mis tendencias... y las desvié hacia el hombre-mujer o la mujer-hombre, como prefieras..., porque parece que es menos..., menos...

Pues si actúas con todo el mundo como conmigo anoche, cuánto mejor sería que te dedicaras a una real hembra, ¡te evitarías tantos sinsabores!

Pero es que..., verás..., no sé cómo decírtelo..., es que del travestí espero siempre que sea él quien me folle.

¡Jesús, José y María!, se santiguó atropellada.

Y si a ti no me atreví a pedírtelo anoche...

¡Fue porque jamás lo hubiese hecho!

Por cariño a mí terminarás cediendo, ¿verdad?, no serás tan mala.

¡Vivir para ver! ¡No había bastante con una en casa y...!

Te he querido tanto, te he tenido tan grabado aquí, que no he dejado de buscarte desde que desapareciste de casa...; ¡cómo gocé anoche!

Debes de ser mi hermana, sí, porque eres peor que yo.

¿Peor, mejor? ¿Qué es eso?

Tienes razón, ¿qué es eso?... La tristeza del cuento es que la ciencia ficción haya venido a dar en vulgar folletón por entregas.

¿Qué dices? Ahora no te entiendo yo a ti.

Nada, nada; cosas mías.

Escucha las mías, son más prácticas ¿por qué no nos liamos los dos?... Yo no digo que para siempre..., hasta que nos cansemos; estoy tan perdido en este mundo todavía, tengo tanto que aprender, es tan difícil encontrarte con alguien que te comprenda, hay tantas enfermedades... que, por favor, contéstame, ¿por qué no nos liamos tú y yo?, ¿eh?

Y La echadita, que había ido amilanándose amilanándose hasta el extremo de que los postizos de las hombreras le penduleaban lacios sobre el pecho, que se había ido quedando petrificada y uva pasa, lo miró por vez primera y:

¿...? aupó los hombros.

BIBLIOGRAFIA:

Luego, ahora háblame de China, He amado a Wagner, El frinosomo vino a Babel, Calle Urano, Trébedes, Un solo son en la danza, Inés María Calderón, virgen y mártir, ¿santa?, Concierto de ocarina.

JAVIER DEL AMO *

EL DIA EN QUE UN RELIGIOSO PEDAGOGO RECIBE LA MEDALLA DEL MERITO AL TRABAJO

A unos centímetros de la mesa, sobre la pared, estaban los libros agrupados en dos tablones de pino. Pocos libros le habían acompañado en los últimos treinta años: la psicoterapia de Rogers, un tomito de los Evangelios, algunas revistas de sociología, una edición ilustrada del Quijote y poco más.

La psicoterapia de Rogers la había leído cientos de veces; algunas páginas, de tan leídas, se habían acabado desprendiendo del libro y él las tuvo que pegar con papel de goma. Los Evangelios los tomaba en las manos antes de acostarse, costumbre no siempre respetada.

Miró para la cama, el reclinatorio que nunca usaba, sus plantas. Ahora había llegado la noche, que precipitaba los acontecimientos pues pronto —unos días después— partiría para la Casa de Ejercicios donde el Provincial, por jubilación, lo recluía.

Ahora sólo pensaba en algo que aparecía en su mente con la imperiosidad de una idea obsesiva.

Se asomó a la ventana y vio la luna: rosada, flotando en la oscuridad, las nubes la movían en la retina del sacerdote.

Abajo, las casas, los hangares, los descampados. Abajo, ascendiendo, el callejón que traía cada día —por el puente romano— a los colegiales del otro lado del río.

El sacerdote se quedó mirando perplejo la luna, esa luna, como si estuviera desligada de su mundo.

Toda su vida había dedicado los esfuerzos al pensamiento; quizá por eso, sí, quizá por eso, aquel sentimiento de no pertenecer a la realidad, le había torturado tanto.

---

* Nace en 1944. Licenciado en Derecho por la Universidad de Oviedo; Diplomado en Psicología en la Escuela de Psicología y Psicotecnia de la Universidad de Madrid. Premios Ateneo Jovellanos de Novela Corta, Café Colón de Almería.

Library of
Davidson College

39

A, lo largo de los días, siempre iguales, de su vida —en la oración, en el estudio, en el trato con los muchachos— había sentido lo mismo, como si esa senseción fuera tan suya como su piel misma: la sensación de no estar en el mundo, que llevaba como consecuencia un deseo angustioso de beber hasta las heces todo lo que goteaba más allá de su piel.

Y además: esa falta de habilidad para los recuerdos: no es que no recordara, no era eso: es que cuando funcionaba la memoria parecía que no podía controlar sus propias imágenes.

Así, inopinadamente, recordó a la madre.

La vejez formaba espesos tejidos, con los que no se identificaba: por ejemplo, ahora con el recuerdo de la madre, no sentía que aquella mujer con el vestido blanco esperándole en la calle fuera su propia madre, aunque lo era, y cuán dolorosamente, ahora, que era viejo y la vejez borraba hasta la misma nostalgia. Además: toda una niñez con la madre y he aquí que sólo quedaba la imagen no de su rostro ni de sus manos, sino sólo del vestido blanco que llevó a la calle aquel día inolvidable.

Nunca había temido a la muerte y de pronto: el cansancio que aleteó en el pecho fue demasiado fuerte y eso atrajo a la muerte, quizá.

Todo esto sucedía en los breves minutos antes de acostarse: siempre había dormido bien: la existencia se había dignado concerle este reposo.

Junto a la sensación de estar fuera de la realidad —que había presidido toda su vida— había otra extraña sensación que lo embargaba; la de no haber avanzado, en santidad, absolutamente nada. Su pensamiento se había aligerado en estos años de pesos muertos, de impurezas, miserias, pero el chorreante egoismo de la niñez volvía ahora a la vejez en un retorno implacable. Por eso inquietaba su espíritu la sensación de estar a cero, como el primer día que hizo los votos. Había envejecido, sí.

Su cuerpo se había estilizado. Sobre la mente inmóvil había pasado el tiempo pero la santidad no había llegado.

Tocó la medalla civil que estaba sobre el escritorio: notó frío en el metal, asombrado de sentir esa sensación con tal nitidez.

Seguidamente se quitó los zapatos.

En voz baja pronunció su propio nombre.

Fuera de su habitación, en el corredor, alguien arastraba una silla.

Miró para el radiador: sobre él, había colocado una espiral de papel que había hecho él mismo para saber en invierno si en el ala sur, del colegio, el Hermano Casto, había encendido la caldera.

Se desnudó, tumbándose en la cama: la idea de que su proceso de santificación se había detenido el mismo día que tomó los hábitos le devolvía a esa realidad que siempre había estado lejos. Por otra parte, la sensación misma del frío producido por la medalla civil era una señal pequeña, de que el mundo, por fin, se acercaba.

No importaba que su trabajo lo viviera ahora como un fracaso, que fracaso fuera su vida como hombre dedicado a Dios, que hasta la misma relación con Dios también lo fuera.

Ahora, echado en la cama, como un estudiante ocioso, en la habitación en que la luna bañaba el aire seco, se sentía vivir o creía que se sentía vivir y esto tocaba en el acordeón de su cuerpo anciano una melodía antigua, medieval, sombría, solitaria y profunda.

BIBLIOGRAFIA:

El sumidero, Las horas vacías, La espiral, El canto de las sirenas de Gaspar Hauser, Kappus, Literatura y neurosis, Una lectura de Azorín, Literatura y psicología, La neurosis del escritor español, La creatividad en la investigación médica, Mente y emotividad, La nueva ciudad, La niña que no tenía nombre.

MANUEL ANDUJAR *

HACIA EL ULTIMO MIEDO

Todavía una de las pesadillas del diablo —existe y encarna, palabra de honor— que se presentó con un disfraz de Obispo —¿era Carnaval?— y sus coletazos de angustia y cansancio. Como si yo fuera otra persona y la espiara. Veo que se levanta y a tientas, cerrados los ojos, llega al lavabo y se acaricia con agua, probablemente fría, los párpados. Y se produce la mutación de identidad. Vuelvo a ser yo misma. ¿Los habré limpiado del color violeta, que denuncia, a fuerza de repeticiones, mi desconcierto? No, debo cerciorarme aún. Y una regresa sin detenerse, errante en el poco espacio, con andar de sonámbula, atravesado el pequeño vestíbulo, al sofá-cama. Nuevamente acostada, reproduzco la escena con mi amigo, uno de los médicos mundanos más famosos, por su enciclopedismo y temperamento jovial. Más fiel a mi suerte que los propios hijos. Ayer, y al cabo de una ristra de años en que cuida —y nunca ha querido cobrar— de mi «salud mental», que lucha, suave y firme, contra mis zozobras, me desahució. «Entiéndeme, prefiero que dejes de venir por aquí. He utilizado el recurso del psicoanálisis riguroso, fiable, mediante el colega que me inspira mayor confianza, y lo he supervisado, al igual que los métodos más eficaces que recomendé o practiqué. Así falló, meses atrás, la grata sorpresa, tan humana, de abrazarte súbitamente. Y no me rechazaste, pero te noté terriblemente rígida y ladeaste la cabeza para esquivar el beso al que no ibas a corresponder. Ha fracasado la «confesión», según la llamada. Nada te interesa vitalmente, que yo sepa. Y apostaría, lo que me duele y remorderá, que nadie te importa». Y en sueños, casi enlazado con el desdoblamiento que me impuso aquel muñecón de Lucifer, te presentas a repetírmelo. «Sólo tú puedes curarte, o permitir, sin espíritu de resistencia, que tu ánimo flote en un lago estancado, podrido. Entérate, es una depresión profunda, que estaba larvada en tu interior, hace mucho, y que de pronto, cuando ningún síntoma me hacía sospecharlo, estalla». Le encantan al doctor, que ha sido muy generoso y paciente conmigo, los juegos de imágenes, de «restauración» en mi caso, a lo que contribuía con las más persuasivas frases de aliento de su repertorio.

---

* Nace en 1913. Crítico. Estuvo exiliado en México.

Yo, claro, me muevo en una suma de tinieblas fijas, al fondo de la visión, que son incapaces de captar los «normales». Tendrían que compartir mi trastorno. Y conste que no descuido las exigencias de un aseo completo y minucioso. ¡Qué irritación y qué asco sentiría al olerme mal! Pero no me pinto, a pesar de la palidez creciente y de los labios algo agrietados, cada vez más resecos. Tampoco caigo en la tentación de que el descuido se apodere de mi pisín-estudio, un pequeño lujo, al igual que unas horas de asistenta, por días alternos. La pensión y los intereses de los ahorrillos y la venta de la partición que correspondía a Domingo en el apacamiento, me proporcionan una holgura que incluye el placer, con los familiares, de los regalos de buen gusto y no demasiado caros. Con precauciones administrativas, sin derroche ni ostentación. Las necesidades elementales y accesorias, por llamarlas de algún modo y a mi aire, cubiertas, lo mismo que la futura independencia económica, si fuera concebible en mí una prolongada «tercera edad».

Por un esfuerzo, que no sería prudente prodigar, visito, de tarde en tarde, a las «crías». Debo disimular mi crispación, con los nietos. Les he prohibido que aterricen por aquí sin avisar. Puesto que prescindí del teléfono, se les dificulta. Si es demasiado urgente, una nota bajo la puerta o en el buzón. No quiero que perturben mi paz. O con telegrama, que inspira expectación. Me preguntan si no añoro el departamento espacioso, donde nos reuníamos, los de la tribu, en fiestas sonadas. Hablaba de mi «paz». ¿Que «paz»? ¿Que significa esa palabrita? ¿Con quién o quiénes estuve nunca y menos hoy en guerra? ¿Qué viene a decir esa palabrita? La lucha es una forma del amor, afirman. Sin embargo, yo no aspiro a vencer. ¿Por qué la gente lee periódicos y revistas, incluso libros, o escuchan, hipnotizados, los informativos de radio y televisión, caminan con unas prisas que, generalmente, les sería imposible justificar? Ojalá entrara una mosca y me distrajese su vuelo. Descorro los visillos y abro las hojas del balcón. Ninguna aparece. No me quedará más remedio, hoy, que ir al supermercado —enjambre, codazos, un zumbido de colmena— y abastecerme para una o dos semanas. Evito cocinar, me irrita representarme el proceso de la alimentación y de la digestión, lo humillante que es evacuar. Pero no estoy dispuesta a declarar mi «huelga de hambre». Exige temple, sería un disparate, la tensión fatigosa, escapar por la puerta falsa. Intentaré peinarme como una ciega, al tacto. Taparé los espejos con cortinas de lona o gasas tupidas. Que guarden mi estampa anterior: melena de paje, que no revela primor ni coquetería, que no lo «pide», mejillas que traslucen los pómulos, una cicatriz mediana, imperceptible casi a pocos metros, cruza la sien izquierda. El tipo fino, a pesar de los partos, me rejuvenecía. Más bien estrecha de cintura y caderas, todavía disimulo la edad de «madurez pasada». (Reviven en mí las expresiones de Domingo, él escondió la llave de sus saberes). Me tornearon en cinco partos, no lo aparento. Tres persisten en hijos, dos se malograron. Sigo acostada, hablo con voz de susurro lo que esta mañana experimento o me balancea. A duras penas, pues descanso con intervalos de somnolencia, proyectaré la jornada. Sigue una especie de vía muerta, no cambian los componentes ni su orden. Al fin me levanto. A ducharse tocan : no reparo en los pechos, escurridos ya, en las teticas pequeñuelas y caídas, ni en el vientre y su absurdo florón negro, ni en las piernas flacas, con un resto de esbeltez. Las cosas carnales, de este cuerpo, que moldearon mi carácter, impresionan y atormentan por postizas. Me sobran, ¡si lograra eliminarlas! Sólo en contadas ocasiones, por espalda y costados, en la palpitación del vientre, renace la presión cariñosa y ávida de Domingo, las fogaradas que se extinguieron. Se desvanece en un tris y me cuesta trabajo —con sucesivos frotes de esponja enjabonada— quitar la huella de sus cenizas, borrarla. Me vestiré para salir. Volví a sestear. Sencillo e incomprensible es desprenderse de la cama. Prefiero blusa blanca de seda, la del bordado en el cuello, y falda marrón o jaspeada, que no ciña demasiado, que no sea provocativa. Desayuno, ¡qué monótono!, una taza grande de café, bien cargado, sin azúcar. Soy una muñeca, la autómata. Me refugio en el vaivén de la mecedora, donde dormitaron los abuelos y suspendo el rumiar y el vago sufrir, limados por la costumbre. En el entronque de calles aumentan los ruidos, cansinos, de los vecindarios, adivino los estrépitos de la circulación. Me tapono los oídos —los algodoncitos preparados, en un platillo— y me libro de soportar sus rudezas. Escucho las ondulaciones del silencio, compruebo que para mí se verifica, en los éxtasis alcanzados, el vacío absoluto. Y que lo demás —movimiento, habla, agitado corazón— representa la discordancia. Y en la nada reposo, hasta cuando recorro la habitación, más en busca de aturdirme que por ejercicio, comparable al caminar enjaulado de un asesino condenado a cadena perpetua.

Con un gesto de traviesa complicidad y atenazada pesadumbre, nuestro médico de cabecera, nunca mejor dicho, colocó un papel arrugado en la mesita de noche. En blanco salvo el garabato de sus iniciales en un ángulo. Confirmó de esta manera su despedida irrevocable. Sería una receta, pero no me sorprendió, al alisarla, que se haya limitado a ese oculto testimonio, que avala su membrete. Sin los rasgos típicos de su escritura. Me indica, clara su intención, qué horizonte me espera, me da por incurable, una completa negación. Terminan las relaciones con él, que nos asistió con celo ejemplar, lo admito, ya en vida de mi padre, que le aventajaba en edad —se conocieron en la Universidad : lazos del profesor prestigioso e influyente y del alumno que descuella—. No les faltaban motivos para encontrarse y charlar, gran confianza mutua la suya, personalísima, y ese primordial respeto por las opiniones y trayectorias distintas, pero a trechos convergentes. Y fue de lo más espontáneo que al morir papá —me consideré huérfana del todo, aunque permaneciera la madre, como un mueble antiguo, arrumbado, que en ocasiones parloteaba con la rasposidad de un gramófono de bocina el médico-protector, su alumno más brillante, trasladara a Domingo aquella familiaridad, sus cercos de simpatía y discreta, amable tutela. Ya de recién casados, Domingo —me desagradó llamarle marido— no cesaba de consultarle, de «contrastarse» en cuestiones políticas, teóricas, y hasta filosóficas y sociales. Asistió a Domingo en sus enfermedades, graves y menores. A mi hombre —era la exclamación en la intimidad, sobre todo cuando nos debatíamos en fusión, y nos prodigábamos entrega, escarceos, placer, la fatiga deliciosa— a Domingo me dirigía también con un diminutivo caprichoso, «dueñito», que aceptaba, no sin miradas de asombro y leve reproche, que disminuyeron y se esfumaron, en los períodos de convalecencia, sólo se manifestaba en un vislumbre quemante. Temporada normal, tranquila, aquella. Me atendía y estimulaba, sorteamos amenazadores trances de ruina, con una solidaridad sencilla. Al recordarla me brotan lágrimas ardientes. Y los hijos, tres, espaciados, que me sembró. Se anudaban, se relacionan con episodios que resaltaban nuestros pactos secretos, paladar adentro. Orgullosa, siempre, de que a Domingo lo admiraran. Poseía una especie de atractivo e influencia particulares, de dominio paternal en los demás, por encumbrados y célebres que fueran: artistas, escritores, críticos. Sí, «carisma» en su radio de acción. Y con los modestos y tímidos, una llaneza que los conquistaba. Y benévolas sus ocurrencias de humor. Sin esforzarse lograba adhesiones, nada de lazos pasajeros, sino de pareja fidelidad. Demasiados recuerdos de esos tiempos apacibles, con la sola excepción del miedo que, por sus ideas y la intrepidez y tono provocativos al exponerlas en público, en corrillos de simpatizantes y hasta cara a cara con los partidarios de la dictadura, me hizo padecer, por si le acarreaban persecución y castigo.

Trazo —es una cinta grabada, puesta al revés, con su cacareo e incoherencia— las líneas de un ayer que ya no me importa, que se adhirió a un ser extraviado y que no acierto a localizar. Lo juro, aunque fuese una relativa felicidad. Gozábamos de una moderada prosperidad. Los anocheceres inspiraban a Domingo y se animaban con ingeniosas pláticas y bromas. Pero, de tanto reproducírmelas, la memoria se atrofió y no me sirven de consuelo ni de asidero. Sí, acorchada la tanda de evocaciones. Ese paño de quejumbres y respiros finiquitaron para mí. Algo nos atrapó, al escapársenos la juventud, aunque la enfermedad crónica de Domingo, que comenzó entonces, nos uniese en una dimensión estable. Y ni siquiera una huella de los detalles de su agonía, cuando intentaba, para que no sufriese ni me alarmara el largo trance, la débil sonrisa. Fui, creo, una enfermera infatigable, alentadora. Fluían de mí las frases que intentaban aliviarlo. Fingía serenidad para esperanzarlo. ¿Fraternal, maternal?

¿Y los hijos y los nietos? Ahí están, pero son mucho más de Domingo, del todo no los considero míos. Apalabro esas entrevistas

46

desde un teléfono de cabina. Son frutos de mi carne y sin embargo transparentan su espíritu. En definitiva, una es tierra llana, un empalme de calveros, sin un cogollo de árboles acogedores, de los que te tienden sus ramas. Flores silvestres y arbustos punzantes, junto a las salpicaduras de piedras y guijarros. En ocasiones me preguntaba, cuando Domingo no existía, si yo no lo observaba con una especie de admiración envidiosa.

Más temible, en esta dispersión, lo que experimento con las amistades más significativas de la época del matrimonio, que en su mayoría eran de Domingo. Se reflejaban en mí los afectos, aprecios y afinidades que sólo él buscó o cultivó. Pretender ahora que lo continuemos, que nos frecuentemos, sería una clase especial de farsa, un traspaso engañoso. Se figuran que atenuarían —calendario y reloj en mano— mi soledad. Equivocación de bulto. Los he rehuido repetidas veces y ya no insisten más. Sombras de Domingo. Resolví suprimirlas y ellas y ellos, con sus empeños, me lo facilitaron. Una a coser y a cantar, a gemir, sin testigos. Ni pizca de arrepentimiento, más bien una bocanada de júbilo.

¡Sombras de Domingo!, ¡qué gracioso, Domingo en sombras! He rellenado, de mi puño y letra, el papel casi en blanco, como quien comete una travesura: «Depresión absoluta, seguramente incurable: quizá se etenúen las crisis periódicas y luego, de improviso, la arrebatarán columnas de humo». Veo en la receta lo que no está escrito.

Ni el más apasionado recordar me prestará una almohada. Sus términos punzan, se eliminan. Estorban, pues te ablandan y es preciso torearlos. La tarea que los corrientes y molientes no te perdonan. ¿Para qué ir por ahí, lo que puede provocarte el espejismo de unos episodios sumidos en la charca inmunda? Te empujarían a estúpidas ilusiones.

Domingo —que me habituó a la lectura y a los monólogos diálogos de los que presumen de intelectuales—, citaba un pensamiento de Gorki, que decía, aproximadamente: «para vivir de veras, con la realidad a cuestas, el hombre ha de quemarse, igual a una vela prendida, que se consume por la luz y el fuego». Extinguirme en su meta, agrego.

Roto el afán de la decisión, anulada la voluntad, me convierto, por esta odiosa apatía, en cera que el Omnipresente, a buen recaudo desde su misteriosa distancia, derrite.

En un sueño de duermevela, me dirijo, en el patio de aspecto lunar, al brocal de un pozo. Y desde allí, asomada a su verdinosa aguada, levanto o desciendo la voz y empiezo a llamarme por el nombre que me pusieron; la bóveda de los ecos se estremece. Pero falta aún el impulso salvador, de renunciamiento. Lo intentaré hasta que se me quiebren las cuerdas de la garganta y divise las fronteras del último miedo.

BIBLIOGRAFIA:

Lares y penares (ciclo novelístico que consta ya de siete obras), *Los lugares vacíos, La franja luminosa, Secretos augurios.*

ENRIQUE DE ANTONIO CARPETANO *

Y SE ROMPIERON LAS ESTRELLAS

—¿Qué, tío Orencio, descansando?

Al tío Orencio le despabiló la voz. Dejó de cabecear sobre la comba de la cachava y fijó sus miopes ojos en el recién llegado.

—Ve ahí... —contestó mortecinamente.

—Hoy ha calentado, ¿eh, tío Orencio?

—Más bien.

—Ya cuesta echar un párrafo con usted, ya. No anda usted muy hablador últimamente.

El tío Orencio se echó la capona boina sobre los ojos y vió alejarse al Sabino, balanceando sobre sus espaldas las cabezadas de cuero.

¡Qué sabría el Sabino de sus ganas de hablar!

El tío Orencio removió las nalgas sobre el cemento del cantón y con cansino gesto sacó un manoseado papel del bolsillo de la chaqueta de pana. Lo desdobló y se lo acercó a los ojos. Amohinando los labios, releyó en un premioso deletreo:

«Querido padre: Deseamos que al recibo de ésta se encuentre bien, nosotros bien, a Dios gracias. Por aquí como siempre, trabajando mucho y la Andrea aperreada con los chavales, que nos han salido guerreros como no quiera usted saber. A ver si no es usted tan perezoso y nos escribe más a menudo, pues si sabemos de usted es porque nos ha traído razón el Hilario, que como usted sabe trabajamos juntos. Ayer tuvimos carta del Fulgencio, desde Alemania y nos dice que está muy bien colocado. Usted, ¿cómo va de la salud? No se abandone y tómese las medicinas que le mandó don Isaías y no coma nada de cerdo, que ya sabe que le va mal. Quería decirle, padre, que ya nos gustaría tenerle con nosotros, pero ésto no es posible, pues ya sabe

---

* Nace en 1927. Colabora con artículos en diversas publicaciones. Premios Villa de Colmenar Viejo, Novela Corta Pedro Chamorro.

que nosotros estamos de pupilos en una casa donde no nos podemos ni rebullir, pues los dos críos y la Andrea y yo dormimos en la misma habitación. Ya sé que la prima Patro le echa un cuidado de vez en cuando. Nosotros no queremos que le falte a usted de nada y con lo de la pensión y el arriendo de las tierras se va usted apañando, ¿verdad? Que nos escriba usted y sin más se despide este que lo es, Felipe. Nuestras expresiones para don Isaías y para don Basilio»

¡Qué sabría el Sabino de sus ganas de hablar!

El tío Orencio, doliéndole sus ochenta largos años, se levantó trabajosamente del poyete. El relente de la anochecida se le metía en los cueros haciéndole tiritar. Se metió en la casa, empujando la media puerta de cuarterones. Encendió la luz de la sala y allí se dió cuenta que todavía llevaba en la mano la carta del Felipe. Contemplando la desgarbada letra que se desparramaba entre los rayados azules del papel, pensó en sus dos hijos, el Felipe y el Fulgencio. El primero en Bilbao, con la mujer y los dos zagales. El segundo en Alemania, después de muchas porfías y desazones.

«—No sé que se te ha perdido a ti en esas tierras, Fulgencio.»

«—Ya ve, padre. A algún sitio hay que ir a ganarse los garbanzos.»

«—Los garbanzos crecen aquí, al pie del surco. No creo que haya que ir tan lejos a buscarlos.»

«—Es un decir, padre.»

«—Ya sé que es un suponer; no me creas tan jumento. Lo que te quiero decir es que el trabajar se puede hacer aquí. Teniendo ganas, ¡claro! Los dos únicos hijos que me viven, después de los seis que me dio Dios, me habéis salido ariscos con la labranza. Mira tu hermano y la Andrea. Un día agarraron los bártulos y a los chicos, y para Bilbao. Vamos, que allí atan los perros con longanizas, ¿no?»

«—Pues yo también me voy, padre.»

«—Haz lo que te venga en gana. Aquí me quedo yo para apencar con lo que sea. Pensar que yo ya no soy ningún mozo...»

«—Es ley de vida, padre. Además, está la prima Patro, que siempre le echará un cuidado.»

¡Qué sabría el Sabino de sus ganas de hablar!

La voz le sorprendió desde el portal de la casa.

—¿Da usted su permiso?

El tío Orencio reconoció la estropajosa voz del Adriano, el medio bobo.

50

—Pasa, hijo, pasa. ¿Qué se te ha perdido por aquí a estas horas?

—Ya ve... Que me dije, voy a echar un rato con el tío Orencio ¿Molesto?

El Adriano, el medio bobo, estaba clavado en las losetas de la entrada, haciendo visajes con los ojos.

Escarbando en su memoria, el tío Orencio se acordaba del día que el Adriano, el medio bobo, apareció por el pueblo. Le encontró el Quirino, el herrador, en el juego de pelota, hecho un gurruño, aterido de frío y envuelto en unos periódicos. Se le llevó a casa, y entre él y su mujer encandilaron aquel trozo de carne amoratada.

Y el Quirino, el herrador, y su mujer se encapricharon con el chiquillo, y como no sabían si tenía nombre, se le llevaron a cristianar a don Basilio, el señor cura.

El crío fue creciendo, pero el Quirico y su mujer advirtieron que a los tres años el Adriano no decía palabra ni tampoco arrancaba a andar. Don Isaías, el médico, decía que tenía cogido raquitismo a las piernas y por eso no echaba los pasos, por más que se esforzaba el Quirico en intentarlo, asobacando al crío con sus recias manos, y su mujer le embuchara con aquellas espesas sopas de anises.

Al año siguiente, el Adriano logro decir «bu» ante el arrobamiento del herrador y de su mujer. Cuando el Adriano cumplió ocho años, según las cuentas de sus padres adoptivos, ya hablaba algo, en palabras sueltas y deslavazadas. También se decidió a andar, aunque fuera de forma zancajosa e inestable.

Al Adriano le quedó una manía. Siempre se estaba succionando el dedo pulgar derecho que se metía en la boca hasta el pulpejo, mientras hilazas de baba gris le resbalaban por la barbilla.

Las gentes del pueblo decían que todo esto era porque tenía la cabeza trastornada y que era bobo de solemnidad.

El tío Orencio no pensaba lo mismo. El se maliciaba que todo eso del dedo gordo, las contorsiones en los ojos y el zancajoso caminar eran trápalas y artimañas para confundir a la gente. Por eso, el tío Orencio admitía a medias lo de la bobera del chico y desde tiempo le llamaba medio bobo para sus adentros.

Hacía un año, cuando el Adriano cumplía trece, siempre según las cuentas de los que le prohijaron, el Quirino, el herrador, y su mujer murieron en un choque de trenes, cuando iban a Valladolid a comprar hierros para la fragua.

El Adriano se quedó solo en el pueblo y por una misteriosa querencia, se aficionó a ir por casa del tío Orencio, cuando a éste se le marcharon los hijos.

—Me cojes en mal momento, Adriano— le recibió el tío Orencio.

El Adriano, el medio bobo, seguía clavado en las losetas del portal, aunque ahora tenía los ojos en reposo y las manos embolsilladas, formando bultos en el deformado pantalón de pana, sujeto por un atillo de esparto.

—¿Y eso? —se interesó el Adriano.

—Ya ves; cosas mías.

El tío Orencio puso la mirada caducada y luego continuó:

—Pasa, hombre. No te quedes ahí quieto como un espantajo.

Los dos se sentaron alrededor de la mesa de la cocina. El tío Orencio se levantó y trasteó en la alacena.

—¿Quieres un cacho, Adriano?

—¿De qué?

—¿De qué va a ser? De tocino frío, del de esta mañana. También te puedo dar un trozo de chorizo y una rebanada de pan. Otra cosa no tengo. Hasta que mañana venga la Patro a hacer las hazanas y a aviarme la comida, ya ves.

—Esas cosas del cerdo le hacen a usted mal.

—Más mal me hacen otras cosas, hijo. ¿Qué te parece lo que me ha dicho antier el señor cura?

—¿Qué?

—Que así no puedo seguir. Que me tengo que marchar a un asilo para que me atiendan. ¿Tú entiendes eso?

El Adriano, el medio bobo, hizo un amago de chuparse el dedo gordo, pero se frenó ante la mirada socarrona del tío Orencio.

—¿Tú entiendes eso? O sea, que ahora que estoy con más goteras que el tejado de la torre y a dos palmos del camposanto, me tengo que ir a un asilo para que me atiendan. ¿Qué te parece?

El Adriano, el medio bobo, le miraba comprensivo, mientras inflaba los carrillos masticando pan y chorizo.

—¿Y usted se va a ir? —preguntó, escupiendo migas.

—¡Qué demontres me voy a ir! Don Basilio dice que él me lo apaña en seguida y allí estaré recogido. Como yo le digo, acuérdese del tío Leoncio, el del molino, que por poco la espicha allí, cuando le entró el ansia de verse fuera de su casa y se escapó del asilo en ese medio tiempo y le tuvieron que traer los civiles, que se le encontraron dando tumbos por los campos. Vamos, que no me voy ni aunque me achis-quen.

—Yo también me he quedado solo, tío Orencio —apuntó el Adriano.

—Pero tú, desde que te quedaste huérfano, ya va para más de un año, estás como el Niño de la Bola. Que si hoy comes en casa de éste y mañana en el otro lado. Nunca te falta comida ni cobijo. Pero fíjate en mí. Mi difunta, que en gloria esté, y yo, criamos seis hijos y los dos que me viven se han ido lejos; sobre todo el Fulgencio que no sé como se las apañará con lo del lenguaje. Es ley de vida, como dice el Fulgencio, pero me barrunto que me estoy convirtiendo en un estorbo. Si me acerco los domingos por la cantina a dar un vistazo, mientras los mozos echan la partida, pues les caigo mal y no me dejan ni rechistar, con eso de que me dejan mirar, pero no meter baza. Si me doy una vuelta por las tierras a ver como van los trigos, me echa el alto el Boni, el hijo del tío Prisco, y me dice que ya las tierras no son mías que para eso se las arrendé a su padre y que él hace los surcos como le da la gana. Y el señor cura erre que erre con que me vaya al asilo. Y digo yo que si ésto es lo que me he ganado después de muchos años de aperreo, que venga Dios y lo vea. Eso y las cuatro perras de la pensión como autónomo», que no me alcanzan ni para comprarme otras abarcas. Y encima el Sabino, hace un rato, me viene con que no hay quien eche un párrafo conmigo. Te digo, Adriano, que esto es una agonía... Esto de quedarse solo...

El Adriano, el medio bobo, con los codos en la mesa, sujetándose la rapada cabeza entre las manos, escuchaba sin pestañear la larga peroración del tío Orencio.

—¿Y eso quién lo tiene que remediar? —preguntó al rato.

—Eso me pregunto yo, hijo —respondió el tío Orencio, rascándose la cabeza por debajo de la parda boina.

—¿Le ayudo a llenar los cántaros?

—Como quieras.

El tío Orencio recuperó la cayada y se enderezó trabajosamente. El relente de la noche, agazapado en los corrales, le volvió a herir los cueros.

Desde el broncal del pozo, el Adriano, el medio bobo, lanzó la herrada contra el agua. El húmedo «plof» le hizo exclamar:

—¡He roto las estrellas, tío Orencio!

—¿Qué estrellas?

—Las estrellas del pozo. ¿Cuáles han de ser?

El tío Orencio miraba asombrado al Adriano. Este continuó:

—Cuando todas las noches miro las estrellas allá arriba, me acuerdo de lo que me dice el señor cura. Que en ellas están ahora mis padres. Y yo he roto las estrellas que estaban bebiendo en el fondo del pozo.

—¡Qué cosas más raras dices, hijo!

—¡Que sí, tío Orencio, que he roto las estrellas! —insistía lloroso el Adriano—. ¡Tengo que arreglarlas! —añadió, mientras inclinaba peligrosamente el cuerpo sobre el broncal.

—¡Cuidado! —chilló el tío Orencio, tratando de sujetar por las perneras del pantalón al medio bobo.

Cuando el Nicetas, el alguacil, aupó los cuerpos con ayuda de unos garabatos de hierro y la de dos o tres vecinos que le echaron una mano, el señor juez de instrucción, que vino desde la cabeza del partido para hacerse cargo del caso, reparó que el tío Orencio y el Adriano, el medio bobo, tenían cogidas las manos en una trabazón difícil de deshacer. Después de muchos trabajos, el Nicetas, el alguacil, y los otros lograron desunir los agarrotados dedos. Por entre ellos vieron brillar unos trozos de estrellas.

BIBLIOGRAFIA:

Las cuatro obradas, Los repartos y las lindes, Una noche.

JOAQUIN ARNAIZ *

NECESIDAD DE ARENA EN NUEVA CARTHAGO

*En Carthago de Hispania hay rosas tempranas en
el invierno.*

(PLINIO. Naturalis Historia. XX)

Un mensajero me ha traído noticias de las colonias de Hispania.
Le pregunté por ti, Taber, y poco pudo decirme. Te vio un día en
esas fiestas donde derrocháis el vino y las frutas de Tartessos. Estabas,
al parecer, entre tu pequeña corte, como un joven reyezuelo que, en
la suavidad y pereza de sus gestos, nos habla más hábilmente de su
poder no ejercido sino mediante intrigas. Así le pareciste. Tu rostro
de piel aún más blanca que las túnicas de nuestros enemigos, ciertos
pliegues de la túnica entre tus muslos, y tus ojos, tus ojos mi lapislázuli
de los días de invierno (¿te acuerdas que más allá de las Columnas, en
aquella casa de lirios y pensamientos, yo te llamaba así?), eran, según
me cuentan, como entonces.

Pero la misión del mensajero no era informarme sobre ti. Era otra.
Todos por aquí estamos preocupados por el estado de esa hermosa
ciudad. Habían llegado rumores de que las raíces de las palmeras so-
bresalían con exceso de la tierra, que en los pozos nadaban pequeños
seres de alas verdes y cola de pluma, que aquellas rosas tempranas que
tanto recuerdo se agostan antes de nacer. Y es que, afirmaban algunos,
toda la arena, ese maravilloso sustrato, mitad cristal, mitad espejo,
que conformaba la base del suelo de tu ciudad está desapareciendo.
En su lugar, una extraña masa, como un oscuro sedimento, se mezcla
con la tierra. Y lo más curioso es que la ausencia de aquella deliciosa
arena es como si también os afectara a vosotros. Dicen que vuestro

* Nace en 1951. Licenciado en Periodismo por la Universidad Complutense de Madrid. Cofundador de las revistas literarias *Taller* y *Las
afueras*. Trabajó en Televisión Española y fue columnista del diario
El Imparcial. Ejerció de crítico cinematográfico de la revista *Entre-
sijos* y de crítico teatral de *30 Días*. Ha colaborado en diversos periódicos y revistas. Actualmente, es Director Literario de la colección de
novela de la Editorial Akal y escribe en *Diario 16*.

carácter se transforma, que vuestra mirada se oscurece. Que oscuras sensaciones y deseos os invaden. Gritáis por la noche, y por la mañana os encuentran enlazados a los cuerpos de vuestros amantes, como si nada hubiera sucedido.

Por eso te escribo ahora. Quisiera saber cómo se han modificado tus gestos, qué ha sido del color de tu piel en el baño (¿recuerdas cuando yo te ayudaba con los paños a dejar tu piel sólo con la humedad necesaria, tú abrías las piernas y yo me apoyaba sobre tu espalda, apretando el otro cuerpo inaccesible con fuerza, como ahora en esas fiestas donde te acarician hasta el cansancio de los músculos?). Aunque quizá tú también, como aquellas rosas tempranas, ya no existas, y agostada hayas sido lo que ausente es siempre recordado porque se conoció así, como una rosa temprana que desaparece en la arena que la acaba de ver nacer.

Antes de terminar, te contaré que ya están en camino numerosos barcos cargados de arena en esa dirección. En uno de ellos te llegará mi carta. Pero si allí ya sólo quedan ruinas, si las casas y palacios y pozos y jardines se han hundido y anegado y arrasado, sabe que siempre tendré en mi recuerdo a esa ciudad y a ti, Taber, que alcancé a conocer cuando érais como rosas para siempre tempranas en la memoria.

BIBLIOGRAFIA:

La renuncia y otros textos, Fernando Sánchez Dragó: Una vida mágica.

56

RAFAEL BARBERAN *

POEMAS DE MUERTE

Dedicado a Dante G. Rossetti
(1828 - 1882)

Dudé, no sabía si aquel hombre era real o fruto de mi mente alucinada. Era alto, muy alto, tremendamente alto, me llevaba un palmo, quizás más.

Huesudo, esquelético, de piel rugosa, me daba la sensación de que no pertenecía a este mundo, que era un ser surgido de entre las grietas abiertas por un seismo que hubiera rajado la tierra de cementerios olvidados.

Abandoné mi casa, un chalet que yo había convertido en excesivamente umbrío por haber plantado una gran cantidad de coníferas, árboles de hoja perenne que habían encontrado una tierra húmeda y generosa donde sus raíces pudieron profundizar.

Había pretendido aislarme del resto del mundo para pintar mis óleos y escribir mis poemas, siempre arropado por el influjo poético de Lizzy. Lizzy había muerto hacía tiempo, mucho tiempo, ¿cuánto tiempo? ¿Acaso lo había olvidado? El tiempo pasa, los dolores se mitigan. Animal de costumbres, me habitué a la nueva vida pese a las cicatrices de las profundas heridas, llagas de larga y penosa curación. Aún podía decir que al oprimir con los dedos, con la mirada, con el pensamiento, una de aquellas heridas, me dolía y dolía hondamente, dolía tanto que vertía en mi dolor el alcohol terapéutico, un alcohol embotellado, con vistosas etiquetas, whisky, vodka, coñac...

Anduve en la noche por las calles anchas de la solitaria urbanización. El autillo voló silencioso sobre mí, reverberando reflejos plateados de la luna grande y hermosa que, enigmática, se ocultaba tras las copas de los grandes árboles. Y a medida que yo avanzaba, ella se asomaba, vigilándome coqueta, como presta a entregarse.

---

* Nace en 1939. Químico. Premios Hucha de Plata, Radio Nacional de España en Narraciones Navideñas, de Cuentos del Ateneo de Valladolid.

Algunos perros, cercanos y lejanos, ladraron al oir pasos, al oir y oler a otros perros. Ladraron y ladraron, agresivos, y luego semejaron quejosos por quedar tras las vallas, tras su propio miedo que les impulsaba a ladrar.

El pequeño castillo se recortaba entre el punteado de estrellas. Un muro pétreo lo cercaba, protegiéndolo. Entre las hojas de las gigantescas hiedras, los murciélagos se habían abierto paso para vivir la noche, para vivir su vida.

La divisé a lo lejos. No era una gran luz, era una luz débil amarillo rojiza. Se hallaba junto a la puerta de gruesas rejas que cerraba los muros del viejo castillo, abandonado según se decía, mas yo sabía que no estaba abandonado.

Seguí avanzando, lenta y pesadamente. A cada paso, oía el crujir de mis pisadas, como si avanzara aplastando insectos de cuerpos duros, de élitros que ejercían como escudo protector.

Cuando llegué ante la puerta, allí estaba él, le descubrí como en otras ocasiones. En una de sus manos sostenía la lámpara de queroseno encendida. Mirar su rostro siempre me había impresionado, hasta el punto de estremecer mi espinazo y sentir una suave sudoración fría. Su rostro esquelético era infrahumano.

—¿Quieres entrar? —me preguntó con su voz grave, una voz que semejaba el rumor del viento desgajándose entre las rocas húmedas de alguna profunda quebrada adonde no llegaba el sol.

—Sí, para eso te he llamado.

Sacó un manojo de llaves y escogiendo una de ellas, la introdujo en el ojo de la cerradura de la recia puerta que chirrió, oxidada en sus goznes. Con un gesto, me invitó a pasar.

La puerta fue cerrada con llave tras de mí para que ningún intruso pudiera seguirnos. Avanzamos sobre el suelo de grasa en dirección al castillo propiamente dicho y nos detuvimos frente a la puerta de sólida madera que impedía ver lo que había tras ella, y él, ¿quién era él, el cancerbero infernal?, con otra llave la abrió.

Cruzamos un oscuro túnel, siempre iluminados por la lámpara que oscilaba al avanzar. Llegamos al gran patio de armas y nos dirigimos a una ancha puerta que se hallaba al otro lado. El cancerbero avanzaba en silencio como yo, aunque dudo que él tuviera pensamientos humanos. Otra llave.

Descendimos por una escalinata mohosa y fue como si bajáramos hacia el centro de la tierra.

Acompañado de aquel ser, tan alto como esquelético, entré en una sala muy amplia. Dos hileras de columnas sostenían el techo y al fondo brillaba una luz tenue. Se podían oir susurros, cuchicheos, quizás carcajadas rebosantes de malignidad. Vi sombras humanas oscilantes, sombras que parecían fruto de la interposición de unos cuerpos fantasmagóricos entre la pared y una hoguera de llamas cambiantes. Las sombras se alargaban, se elevaban, se reducían, se hacían muy puntiagudas mientras se oían carcajadas que yo ya conocía.

Lo que estaba viendo eran las sombras de las brujas, unas brujas que no estaban allí. Yo las temía pese a que jamás las había visto. Sólo veía sus siluetas, como sombras chinescas, contra el muro pétreo, al fondo de la nave que se hallaba en el subterráneo del viejo castillo.

Ellas debían estar entre el fuego de la enorme chimenea y la pared, pero yo no las podía ver, eran invisibles a mis ojos, pese a que no dejaban pasar la luz a través de sus cuerpos. Lo que más me preocupaba era que las siluetas de aquellas cuatro o cinco brujas se entremezclaban, y me era difícil saber a ciencia cierta cuántas eran.

—¿Qué quieres? —interrogó una de ellas, terminando su pregunta con una carcajada sarcástica, maligna.

—Vengo a solicitar vuestros favores.

—Siempre estás pidiendo, siempre estás pidiendo... —Y siguiendo riendo.

—He venido, y sabéis que me horroriza estar aquí.

—¿Nos tienes miedo? —preguntaron, y continuaron riendo, seguras de su superioridad sobre el hombre que acudía a ellas.

—He de recobrar mis poemas, los necesito.

—Ya no son tuyos —replicó una.

Otra, con su voz rota, me gritó:

—¡Se los entregaste a Lizzy para toda la eternidad!

Las carcajadas se unían al crepitar del fuego que yo no veía, pues sólo veía el muro iluminado donde se proyectaban las diabólicas sombras.

—Lizzy no hace nada con mis poemas y yo los necesito, es vital que los recupere —supliqué con la angustia en mis ojos, en mi boca, en mi respiración, en el sudor que mojaba mi cara.

—Lizzy murió y tú se los entregaste para toda la eternidad.

—¡Para toda la eternidad! —corearon las otras.

—¡Los quiero! ¡Quiero releerlos, publicarlos, lanzarlos al mundo para que todos sepan que soy el mejor de los poetas! —grité, para que mi voz pudiera oirse por encima de sus carcajadas rotas, chirriantes a veces, ofensivas siempre.

—Los poemas te los inspiró Lizzy, no son sólo tuyos —me puntualizó la bruja que más gritaba.

—Ella está muerta, no los necesita. Yo los publicaré, el mundo los leerá y todos recordarán a Lizzy. Será como ofrecerle la inmortalidad. De nada le sirve que los manuscritos de mis poemas se pudran dentro del ataúd con sus despojos.

—Tú viniste a suplicarnos que Lizzy no muriera cuando ya había muerto —me recordó la bruja que parecía reina entre ellas.

—Os supliqué que su cuerpo no se corrompiera y a cambio, vosotras me exigisteis que depositara mis poemas, mi obra, mi arte, sobre su cadáver. Así lo hice y desde entonces, me he sentido seco, he sido incapaz de crear. Cuando pinto, mis obras son burdas, sofisticadas, carentes de arte y cuando escribo, ¿qué digo, escribir? De mi pluma sale la nada. Soy un artista y no puedo soportar verme convertido en un manantial seco, no puedo.

Caí de rodillas, mesé mis cabellos. Las lágrimas saltaron a mis ojos y la voz se rompió en la caverna enrojecida de mi garganta, dolorida de tanto y tanto llorar la angustia de la soledad yerma.

—Tenías que pagar con algo su incorruptibilidad —me replicaron.

—Pagué, pagué, pero yo creí que daba mi obra hecha y que podría seguir creando. Antes de morir Lizzy, yo era un manantial fecundo al que no se le veía fin, pero desde que encerré mis poemas en el ataúd donde ella yacía, me sequé y ya han pasado años.

Sólo podía recuperar mis manuscritos suplicándoles a ellas, las brujas. Sabía bien que el ataúd sepultado bajo la tierra del cementerio no contenía los restos de Lizzy. Ellas habían cambiado el ataúd, colocando en su lugar otro en el que habían encerrado despojos humanos sacados de la fosa común. ¿De quién eran aquellos restos? Era imposible saberlo, quizas de varios seres. Yo ignoraba dónde estaba el ataúd en el que reposaba el cadáver de Lizzy sobre el cual yo había depositado mis manuscritos.

—Si quieres recuperar tus poemas, tendrás que dar algo a cambio —me dijo una de aquellas sombras, siempre cambiantes, fantasmagóricas e infernales. Las otras, la corearon.

—Tendrás que dar algo a cambio, tendrás que dar algo a cambio...

Hincado de rodillas, empapado en el sudor de la angustia y el miedo, musité:

—Pedidme lo que queráis.

Sabía que con la recuperación de aquellos poemas que el mundo ansiaba leer, aquellos poemas que mi editor pedía, que los críticos aguardaban con las uñas listas para rasgar la vejiga de la hiel, recobraría también mi arte, la fecundidad literaria y pictórica, aunque la pintura estaba en mí por debajo de mi inspiración poética. ¿Que podía negarles yo, si ellas podían devolverme todo lo que daba valor a mi vida?

—En el momento mismo en que saques los manuscritos de su ataúd, Lizzy dejará de ser incorrupta —me dijeron aquellas voces cambiantes que hablaban de complicidades satánicas.

¿Qué conseguía con que Lizzy permaneciera incorrupta, si yo no podía verla ni ella misma contemplarse?

—¡Sea! —grité.

Tendí mi mano con los dedos abiertos hacia adelante, como si con ellos ya pudiera atrapar mis manuscritos, perdidos dentro del ataúd donde yo mismo los depositara.

—Jura por Satanás o que tu alma se precipite en las simas más profundas del averno donde reina nuestro rey y señor, que aceptarás a Lizzy, tu musa inspiradora, como única compañera hasta el fin de tus días.

—¡Juro!

Las sombras de las brujas semejaron bailar entre carcajadas en la pared donde se proyectaban, aquellas brujas que parecían vivir eternamente en el subterráneo del castillo. La luz del fuego se hizo más intensa y noté un calor vivo que se me acercaba, quemándome casi.

—Sígueme —pidió el cancerbero.

Abandoné el amplio subterráneo, lleno de columnas, donde el miedo flagelaba mis sentidos.

Subimos las escaleras de piedra mohosa. Guiado siempre por la luz de queroseno, avancé por distintas galerías subterráneas que me parecieron un laberinto interminable hasta que nos detuvimos frente a otra puerta de recio aspecto.

El alto y lacónico cancerbero agitó su manojo de llaves. Introdujo una de ellas en la cerradura y franqueó la puerta. Pasó al interior de de lo que se me antojó una lóbrega mazmorra donde las telarañas colgaban del techo. Un rayo de luna se filtraba por un agujero pequeño que hacía de respiradero, muy cerca del techo.

La luz de la lámpara iluminó la inquietante estancia donde ni las ratas querían anidar.

Sobre unos bloques de piedra se hallaba el ataúd que reconocí de inmediato, un ataúd del que yo me había preocupado de arrancar la cruz de plata que llevara primitivamente. Telarañas y mohos se habían prendido en él.

Alargué mi brazo e intenté limpiarlo con la mano. Me volví hacia el cancerbero, aquel hombre inquietante que un día encontré en la noche, merodeando alrededor del castillo, un ser que vigilaba que nadie tocara siquiera los muros donde moraban las sombras de las brujas. El había clavado sus ojos de muerte en mí y yo le había seguido en silencio. Así las había conocido, porque él me había conducido hasta ellas.

—Abre —le exigí.

Seguro de que en su manojo llevaba también la llave del ataúd, insistí.

—¡Abre!

Me obedeció.

La llave elegida giró dentro del ojo de la cerradura y yo, sin miedo a Lizzy, ansioso por recuperar los manuscritos y con ellos, el arte perdido, alcé la tapa con mis manos. Allí estaba ella...

—Lizzy —suspiré de admiración, apenas sin voz.

Se conservaba tan hermosa como yo la recordaba, ni la palidez de la muerte había mermado su belleza. Sus largos cabellos rubios seguían suaves, brillantes. Sus ojos, ocultos bajo los párpados cerrados, parecía que fueran a mirarme de un instante a otro como tantas veces hicieran. Sobre su cuerpo estaban los siete manuscritos. Sentí un ahogo de amor, fue como un vómito en el que el corazón se me vino a la boca, pero yo sabía que estaba muerta, siete años de soledad.

—He jurado serte fiel eternamente, Lizzy. Si no lo cumplo que mi cuerpo y mi alma se precipiten a los infiernos para sufrir bajo la ira de Satanás los peores tormentos que allá se puedan dar.

Recogí los manuscritos con la ansiedad del que mucho ha esperado. Instintivamente,, besé sus hermosos labios. Al separarme, ella abrió los párpados y yo me asusté. Los ojos que siempre habían sido hermosos ahora eran de muerte, ojos vidriados.

—¡No, no, vuelve a cerralos! —supliqué, sosteniendo con dificultad los manuscritos que caían de entre mis manos.

—¡Cierra el ataúd, ciérralo! —ordené al cancerbero.

La corrupción comenzaba y sus despojos no tardarían en destilar un hedor nauseabundo. Sus carnes hermosas comenzarían a agusanarse, a corromperse, a desprenderse. Lo sabía, lo sabía, me lo habían dicho las brujas.

Huí del lóbrego panteón y a tientas, tropezando, llegué a la escalera. Ya sin luz, corrí por los túneles laberínticos. Me caí, creí perder mis manuscritos, pero volví a recuperarlos babeando terror.

Logré escapar del castillo y corrí por el crujiente camino mientras algo volaba sobre mí. Llegué a la puerta del muro, la abrí y la dejé abierta tras de mí. Busqué aire fresco y limpio para mis pulmones que se ahogaban. Anduve por las calles de la urbanización donde todo parecía oscuridad y llegué a la puerta. La abrí y penetré en ella. Cuando hube encendido mi propia chimenea y recibí el reconfortante calor de sus leños, me dejé caer en la butaca.

Respiré hondo, todo me parecía una alucinante pesadilla, pero los manuscritos estaban sobre mis piernas, allí estaba el fruto de mi inspiración, el arte que asombraría al mundo cuando por decenas de millares de copias los lanzara a las gentes para que supieran de mí.

Llevaba muy pocos versos releídos cuando la puerta de la casa se abrió. Sorprendido y asustado por la intromisión, miré hacia la entrada y allí estaba el cancerbero, también tenía en su enorme manojo la llave de mi casa. Clavó una vez más en mí sus ojos de muerte y dijo:

—Lizzy es tu compañera. Vivirás con ella hasta tu propia muerte.

Cuando el hombre se apartó, vi a Lizzy en el umbral. Estaba de pie, era una muerta viviente. Aún conservaba una belleza que la corrupción de la carne no tardaría en hacer desaparecer.

—¡No, Lizzy, no! —grité lleno de terror, y en las niñas de mis se reflejaron las llamas del fuego que enmarcaba el rostro de Lizzy.

Han pasado los años. Sigo escribiendo, pintando.

Lizzy es mi compañera, fiel hasta mi propia muerte. Ahora la estoy pintando, ella posa para mí sentada en una butaca.

No puedo abrir las puertas de mi casa ni las ventanas para que el horror no haga enloquecer a quien pueda ver a mi musa, una horible calavera que pinto por enésima vez. Mi casa está llena de cuadros que reflejan a Lizzy en los distintos períodos y etapas de su corrupción. Mis libros están llenos de alusiones a ella, a su aspecto, a su degradación.

Oigo ya la sirena que ulula en la noche. No abriré la puerta, que la derriben si quieren. En el manicomio la seguiré pintando, juré que ella sería mi compañera inseparable hasta la MUERTE.

TERESA BARBERO *

UN ESPACIO OSCURO

—Realmente, nada de lo que te pueda decir tiene importancia —-empezó por advertirme— porque mi vida es tan pobre, tan pequeñita, como unos granos de anís, fíjate, que dan sabor a la comida, pero en sí mismos, como cosa aparte, son algo tan sin importancia, tan intranscendental que tú llegas y soplas y todo sale danzando por el aire y se disuelve. Porque ¿tú has intentado acaso recoger del suelo unos granos de sal? No, ¿verdad? Con un soplo los has perdido para siempre y además ni siquiera te importa.

Lo dijo así, mientras servía el café en tacitas festoneadas con ramajes verdes y blancos que yo había alabado al verlas.

—Sí, parecen antiguas, ¿verdad? —pero me lo habían dicho como si le importara bien poco mi opinión sobre si las tazas eran bonitas o feas. Sirvió el café y la leche con el mismo gesto de autómata a pesar de que su voz al hablarme había adquirido una entonación vibrante, cálida. Era como si sólo su voz dejara paso a la angustia que se agitaba en su alma, esa angustia que yo había casi palpado a través del teléfono cuando ella dijo:

—Perdóname, estoy llorando, no me hagas mucho caso —y me dejó estupefacta porque en aquellos momentos ella me estaba hablando de Enrique y los niños y de que ya Martita había empezado a juntar las letras... y de pronto aquel llanto.

—No sé, creo que no me encuentro demasiado bien...— y casi me cuelga el teléfono a mí, a su mejor amiga, a su amiga desde la infancia, con la que nunca ha tenido ningún secreto. Le dije:

—Invítame esta tarde a café; cuando los niños estén en el colegio y Enrique en la oficina.

---

* Nace en 1934. Maestra Nacional, bibliotecaria y crítico literario. Premios Placa de Plata Villa de Madrid, Imagen de Prensa Hispanoamericana, Sésamo, Asturias de la Fundación Dolores Medio.

Y ahora ella me hablaba de los granos de sal y su voz parecía diferente, como más cálida, como... sí, como asustada, y yo sabía que si la interrumpía en su monólogo ella dejaría de hacerme confidencias, porque había algo que la mantenía alejada de mí psíquicamente, como suspendida en un espacio en donde yo no podía llegar por mucho que me esforzara.

—Y ultimamente me está ocurriendo algo extraño. Y es que me miro al espejo y casi no me veo como soy; más bien me parece que estoy reflejada allí como fui, con aquel pelo cortito y aquella chaqueta de pana ¿te acuerdas? de cuando las dos íbamos a la facultad y... —de pronto se calló y se puso a revolver el azúcar en el fondo de la taza sin mirarme a la cara y absolutamente silenciosa.

Yo esperé un rato a que ella volviese a hablar y ella seguía callada y entonces yo dije:

—¿Y...? —y ella alzó sus ojos azules y me pareció que se sorprendía de pronto de verme allí, frente por frente y era como si su mirada viniese de muy lejos o hubiera perdido su mente el hilo de la historia que me estaba contando.

—Porque me parece —dijo después; y entonces comprendí que sí recordaba y que aún estaba a mi lado— que estos últimos años ni siquiera los he vivido.

—Pero esto te ha empezado a ocurrir ahora mismo, ¿no? El asunto comenzó hace unos días, quizá porque no te encuentras bien físicamente. Tú misma me lo dijiste... Deberías ir al médico.

—¿Y qué se supone que debo decirle? ¿Que me miro en el espejo y me veo a través de mí misma?

—Que estás deprimida, cansada...

—¡Ay, Ana! Me parece que no me entendiste bien cuando te dije al teléfono que no me encontraba bien.

—Mira, Marta; si una persona se encuentra mal físicamente es que le duele algo, la cabeza, el estómago, ¡qué sé yo!, o que está cansada del trabajo, necesita vitaminas o tiene la tensión baja o alta...

—Pero no es eso —me interrumpió ella, y la noté irritada, como si fuera yo la culpable de su confusión..

—Pues explícate, por favor.

Pero en vez de explicarse me espetó una pregunta:

—¿Piensas que tengo motivos para estar contenta con la vida?

—Creo que sí... —titubeé, porque siempre me ha resultado extremadamente difícil juzgar si una persona puede ser feliz o no con el bienestar que le rodea.

—Sí, claro *que sí*; claro que debo agradecer a mi buena estrella el tener un marido bueno, trabajador y unos niños preciosos. Pero resulta que yo no estoy con ellos, estoy *fuera de* ellos. Es lo mismo que con el espejo, ¿comprendes? Mi imagen está aquí, pero allí no está, allí está la otra, la que yo era antes.

—Perdóname, Marta, pero...

—Sí, lo sé; no puedes entenderme. Es natural. Fíjate. Yo estaba muy enamorada de Eduardo cuando me casé, tú lo recuerdas perfectamente y no me costó sacrificar mi carrera y darle hijos y atenderle en todo, pero él me ha eliminado poco a poco de su vida y cuando me he dado cuenta al fin de que esto ocurre me he encontrado proyectada hacia la nada, hacia un mundo en donde unos niños me necesitan como necesitan a la niñera o a la señorita que les atiende en el colegio.

—¿Piensas que Enrique tiene otra mujer?

Esta vez se irritó de verdad.

—No entiendes nada, no te das cuenta de nada, Ana, ¿es que has perdido tu sensibilidad? Enrique no me engaña con nadie, simplemente *me elimina.*

—Perdona, querida, pero no te entiendo...

Apartó la taza de café lejos de sí y me angustió aquel gesto suyo porque era como si eliminase mi presencia, mi amistad.

Empezó a morderse las uñas furiosamente y aquel gesto suyo me devolvió a los años de nuestra adolescencia cuando Ignacio, Marta y yo compartíamos la misma pensión en la pequeña ciudad gallega en donde siempre había que refugiarse bajo los soportales antes de correr escapado de la lluvia hacia la Universidad.

—No sé si podré aprobar los exámenes— decía Marta mordisqueándose las uñas. Y ahora, al mirarla, la veía envejecida y total eran 35 años los que había cumplido, como yo, pero tenía ojeras profundas y un rictus marcado a ambos lados de la boca como dos siniestras arrugas que presagiaban una prematura vejez.

No tenía ni la menor sospecha sobre que ella supiera algo de la llamada de Ignacio hacía casi un mes; una llamada desde el hospital de Santiago de Compostela en donde él era director y pedía que yo colaborase... No podía saber nada, era absurdo. Pero en aquellos momentos yo sentí la lluvia salpicándose en la cara, la risa de Ignacio encogiéndose todo, con el pelo chorreándole desde la frente. Y no pude evitar un extremecimiento.

—Marta...— le apreté un brazo— quiero que me acompañes a que te vea Javier; que te haga un reconocimiento en nuestra clínica...

Y entonces fue cuando se puso furiosa. Apartó mi mano bruscamente, se puso en pie, haciendo crujir la silla de anea y empezó a pasear por la cocina, arriba y abajo, mientas yo desde el otro lado de la mesa de madera la contemplaba estupefacta. Entraba un sol tamizado por las cortinas de florecitas rojas y era un sol que suavizaba el color verde intenso de los fincus y el lomo de madera barnizada de los armarios colgados, y los frasquitos de especias bien colocados en la repisa labrada, adosada a las blancas baldosas relucientes de limpias.

—Te estoy hablando de una desintegración y tú me quieres proporcionar recetas médicas ¡Ah! ¡Cuánto has cambiado! Te sientes realizada con un marido que comparte tu mismo trabajo, con vuestra consulta médica, vuestros hijos sanos y alegres a los que dedicáis las horas libres del día, y ese intercambio de opiniones entre tu marido y tú sobre los resultados de las investigaciones que lleváis a cabo...

(Luego... no sabía nada)

Tuve una amarga impresión de que me estaba atacando.

—Marta —susurré—; tú tienes las mismas posibilidades que yo de ser feliz.

—Yo cometí la estupidez de dejar mi trabajo y mi vida privada.

—¡Oh, Dios! —dije de pronto— Te aburres. Ese es tu mal.

—¿Me aburro?

Me arrepentí de mis palabras cuando vi su rostro demudado, sus pupilas azules como cruzadas por relámpagos blancos de locura. Y era como aquella otra vez, hacía tantos años, cuando le reproché que dejase la carrera.

—¿Mi carrera? —dijo— Yo intento realizarme de otra manera con la medicina. Yo estoy enamorada de Eduardo y de su lucha política y ahora sé que tengo una misión que cumplir y...

—¿Me aburro?— repitió, y no me dio tiempo a defender mis aseveraciones porque ella dio un zarpazo sobre la mesa y derribó al suelo el lindo juego de café festoneado de verde y blanco. La cafetera y una de las tazas se hicieron añicos y la mancha de café se extendió por las baldosas del suelo y salpicó las pulcras puertas de la nevera y el lavavajillas.

68

Después de unos segundos de desconcierto, de confusión, hice ademán de inclinarme para recoger los pedazos rotos de las piezas, para poner remedio a semejante desbarajuste, y lo hice como una defensa ante Marta o ante mí misma, sin saber dónde estaba el ataque ni qué había hecho yo para merecerlo. Pero entonces ella se inclinó ante mí y me apretó un brazo; de rodillas, su rostro junto al mío, muy pálida:

—Por favor, por favor, perdóname...— balbuceó— Perdóname; deja que arregle todo esto. No sé cómo pude...

* * *

—Nuestra generación vivió en la hipocresía toda la adolescencia, toda la juventud y ahora ya no sabemos hacer frente a la realidad de los hechos. Nos resistíamos a aceptar el mundo tal como era, pero ni siquiera teníamos el valor de confesárnoslo a nosotros mismos. A los jóvenes de ahora les llamamos cínicos porque nos dicen cara a cara sus verdades, sean éstas buenas o malas, pero nos las dicen. Y, o lo aceptas, o te sientes humillado o les partes la cara. Pero ¿qué hicimos nosotros? Defendimos una postura que a la hora de la verdad fuimos incapaces de llevar a la práctica y entonces, ¿qué hicimos con esa postura? La escondimos en el fondo del baúl de los cadáveres, ¿no es así? Porque yo, por ejemplo, no creo haber sido una tipa despreciable cuando luché por mis ideales desde el colegio de monjas, desde la facultad de medicina, cuando entablé combate con mi ángel de la guarda porque «mi reino sí es de este mundo» y amé a Eduardo furiosamente porque su vida y la mía eran paralelas. Luego ¿dónde empezó la quema de los ideales, cuál fue el primer paso para la sumisión a la costumbre, a la monotonía, a esta vida, en fin? Porque ahora me sale Eduardo contando eso de que «estamos situados en la vida», «vivimos una democracia», «es tiempo de recoger los frutos», «tengo mucho trabajo y vengo muy cansado» y tú lo rematas diciendo: «Tienes todo para ser feliz». ¿Hace quince años hubieras aceptado que esto es «todo para ser feliz»? Nos hemos desacostumbrado a la sinceridad porque nuestros primeros contactos con el mundo fueron hipócritas y porque esa hipocresía nos hizo resistir al asedio de los mayores a nuestra intimidad. Pero ahora los mayores somos nosotros y hay un instante en el que la vida debe justificarse por sí misma. Y lo más horrible es que estoy tratando incoscientemente de volver a la adolescencia para ver si algo puede aún salvarse de aquel fuego vital que entonces ardía en mí.

Empezaron a darme miedo sus palabras; empecé a sentir un furioso deseo de alejarme del saloncito aquel en donde ambas nos habíamos refugiado después de haberme ella pedido disculpas, haberlas yo aceptado y haber, entre las dos, arreglado del desaguisado de la cocina. Y el miedo venía del choque con una realidad que estaba vislumbrando tras las palabras de Ana, una realidad en la que jamás me había querido detener, precisamente por aquella costumbre adquirida en la infancia y a la que mi amiga aludía: la hipocresía.

—Porque después de todo— seguía ella, y se había incorporado un poco para servirse otro whisky y había recogido las piernas como cuando un gato se enrosca en su sillón —teníamos la inocencia de creer que el amor era eterno, que la democracia existía en alguna parte y que la realización personal era posible.

Dio un profundo suspiro y me miró fijamente, como intentando que yo rebatiera sus palabras, pero yo me sentía incapaz de decir nada y estaba como un reo ante ella, absurdamente como un reo.

—Lo siento —dijo de pronto—. Tal vez no debí hablarte nunca así porque te quiero desde hace tantos años... y esto que digo no es bueno y a mí se me ha hecho patente pero tú *aún* no te has dado cuenta. Y tal vez sea mejor, tal vez sea mejor...

—Mira, Marta... —me pareció que tenía que decirle algo, que tenía que decirle cualquier cosa antes de que me derrumbara yo también y entonces no nos cabría otra salida que llorar una sobre el hombro de la otra y no estaba dispuesta a eso— hemos luchado contra ideas del tipo de «nuestro destino en lo universal» y no vamos a caer ahora en otra estupidez semejante. Los ideales de la adolescencia se trasforman, el amor sufre modificaciones y la democracia está ahí y aún cuando no sea la misma con que soñábamos, está ahí y es importante que esté. ¿Comprendes?

—Vale —dijo ella, vale— y me pareció que se daba cuenta de que yo estaba demasiado segura de mis palabras. Porque tenía miedo y ese miedo era como un reflejo del suyo y empezaba a comprender que en alguna parte estaba el error y no quería encontrarlo—. Hay un momento en la vida —continuó ella, y esta vez me pareció que aludía a mí directamente— en el que, aún en contra de todo razonamiento, hay que pensar que nos hemos equivocado y partir de cero. Pero para ello se necesita un aliciente exterior, un empujón de alguien o de algo y para quien carece como yo de este aliciente— y suspiré aliviada porque comprendí que no me estaba aludiendo —empieza la desintegración, la vuelta a la memoria del pasado, el mirarte a un espejo y verte como fuiste y no como eres en realidad. Y a partir de ese momento es inutil que intentes decirte que tus hijos te necesitan, tu marido te necesita o que todo funcionaría mal en casa si tu desaparecieras; es inútil, porque tú ya has desaparecido y ni siquiera se han dado cuenta y repitió, subrayando mucho las palabras— *ni siquiera* se han dado cuenta...

La misma mañana que le confesé a mi marido que me iba con Ignacio a trabajar en el hospital de Santiago de Compostela porque las investigaciones que estaba llevando a cabo me parecían tan importantes como para dedicarles una vida, me anunciaron la muerte de Marta.

—Un paro cardíaco —dijo Enrique impactado por el hecho ¡Estaba tan sana! ¡Dios mío!

Pero a mí no me dolió en exceso su muerte, porque ahora sabía que Marta hacía tiempo que había dejado de existir.

BIBLIOGRAFIA:

Una manera de vivir. El último verano en el espejo, Un tiempo irremediablemente falso, La larga noche del aniversario, Y no serás juzgado.

JOSE MANUEL CABALLERO BONALD *

NUNCA SE SABE

La polvareda, estacionada a media altura sobre el tramo de grava de la carretera, se precipita en busca del coche, arremete contra el embudo que iba dejando atrás el brusco desplazamiento del aire. Empecé a sentir entonces una especie de momentánea pérdida del equilibrio, un amago de ofuscación quizá, mientras las bocanadas del calor volvían a taponar la distancia, parecían obstruir el campo visual con una incandescente cortina de bruma. De modo que lo único que se me ocurrió hacer fue vigilar ansiosamente a uno y otro lado de la carretera, intentando descubrir algún lugar propicio para estacionar el coche y poder recuperarme un poco, si es que todavía estaba en condiciones de admitir sensatamente esa posibilidad. Accioné entonces (me parece que fue entonces) el botón de la radio y se me echó encima una espantosa maraña de voces inarticuladas e instrumentos de percusión, entre cuyo estrépito creí reconocer la gangosa quejumbre de la ninfa negra, cosa que me resultó aún más intolerable y me obligó, en un súbito conato de lucidez, a interrumpir aquel hediondo reguero de música que parecía alimentar con nuevas calenturas el horno del coche. Posiblemente en ese momento (cuando volvió a hacerse audible el motor) empezaron a menudear algunas manchas de verdura, cuya simple propuesta de alivio desvaneció un punto el fétido y asfixiante aliento del pedregal que había venido atravesando durante no sabía ya cuánto tiempo.

A poco trecho de allí, al trasponer un cambio de rasante, se me entró por los ojos como un fogonazo de cal y sentí algo parecido al barrunto de una proximidad del agua. Un caballo no lo habría previsto con mayor exactitud. No sé si frené entonces para arrimarme a algún desvío camuflado entre aquel somero verdor, pero lo más seguro es

---

* Nace en 1926, de madre francesa y padre cubano. Ha sido profesor de Literatura Española y Humanidades en la Universidad Nacional de Colombia y ha trabajado en el Seminario de Lexicografía de la Real Academia de la Lengua. Premios Boscán de Poesía, Biblioteca Breve de Novela, de la Crítica (tres veces; dos como poeta y una como novelista).

que acelerase, porque medio entreví, no lejos de donde estaba, un calvero orillado de una polvorienta cerca de evónimos, con un cobertizo lateral de podridos puntales clavados en el fango reseco. Y allí me acerqué acometido de un confuso automatismo, con todo el cuerpo chorreante de un zumo pegajoso y como entumecido por esa delectación en la tortura que precede al letargo.

El sombrajo de cañizo estaba separado de la puerta del ventorro por no más de una veintena de pasos. Algo viscoso y ululante me lamió ferozmente la cara cuando bajé del coche. El ventorro era de una sola planta y los encalados ladrillos de las paredes estaban mordidos de pequeños derrumbes y tumefactos orificios, circunstancia ésta que favorecía la suposición de que allí debía estar depositándose los residuos de los cuerpos calcinados por el calor, fermentados ya en la atroz gusanera de la memoria. Una maloliente racha de viento sacudió la puerta justo en el momento en que iba a abrirla. Sospecho que hasta que no me encontré delante del mostrador y me acodé en él para pedir una ginebra con mucho hielo, no empecé a ver claro o, mejor, no empecé a distinguir entre la evidencia de estar en aquel desconocido refugio y la eventualidad de seguir obnubilándome bajo la insolación. Era como si me liberase con despiadada lentitud de esa tórrida mezcla de abulia y ahogo que había estado actuando sobre cada poro de mi cuerpo, por espacio de un ya incalculable número de horas. O de días, según.

El camarero hablaba con un hombre sin nariz que permanecía apoyado de espaldas contra el tabique medianero, al otro lado del mostrador. No se acercó cuando le pedí la ginebra ni tampoco me miró mientras machacaba un irreconocible trozo de hielo untado de serrín y destapaba una botella de aspecto por lo menos repulsivo. El hombre sin nariz cambió de postura en un repentino quiebro y emitió un sollozo de lo más desconcertante. Apoyó un hombro en la pared y se restregó el tacón de un zapato contra el otro pie. Tenía un gesto entre angustiado y atónito y daba la impresión de estar allí a pesar suyo, como si le hubiesen amputado sañudamente el perfil y no quisiera mostrarlo. Creo recordar que me tomé de un trago aquella basura con hielo y que sentí en el estómago el arañazo del hielo, a la vez que ese mismo arañazo me latía dolorosamente entre las sienes. Observé un momento a través del vidrio del vaso la cara del hombre sin nariz convertida en una concavidad monstruosa.

Después de haber bebido y no vomitado la ginebra, me fui para el retrete sin preguntar dónde estaba, previendo que iba a averiguarlo por un simple procedimiento de exclusión. Pero antes vi entrar a dos mozos con pinta de camioneros que se sentaron en una mesa situada entre el recodo del mostrador y lo que tenía que ser la puerta del retrete. Uno de ellos tuvo que apartar su silla para que yo pasara, si bien el espacio que dejó practicable difícilmente podía ser salvado sin ostensibles esfuerzos de contracción muscular. Oí que hablaban de un accidente que había ocurrido por allí cerca, o eso fue lo que me pareció entender, pues debido posiblemente a la particular acústica de aquel rincón del local, las voces me llegaban como a través de un tubo. Un detalle que no dejó de producirme cierta enojosa intimidación.

El retrete era angosto, si es que se puede llamar angosto a un cubículo donde malcabían un lavabo de leproso cuenco y una letrina adosada a un poyo, con su mefítico boquete central y sus resaltes limosos para los pies. Me eche agua en la cara y luego oriné mirando al techo y sin secarme el agua de la cara. El espejo consistía en una minúscula lámina de material indefinible, amén de inútil, todo salpicado de manchas purulentas. No conseguí encontrar ningún resquicio mínimamente adecuado para poder mirarme: una sombra con telarañas, un bulto deforme se me acercó desde el fondo del espejo al tiempo que yo me acercaba a él, eso fue todo.

Cuando regresé al mostrador, el hombre sin nariz había sido solapadamente reemplazado por un muchacho al que le sobraba buena parte de la suya y que me recordaba a alguien que acaso había visto en un imposible recodo de la carretera, grotesco episodio que no dejó de suministrarme un nuevo remanente de confusión. El muchacho movía la boca sin cesar y sin motivo aparente y llevaba una camisa estampada, de largos faldones, abierta y flotando por fuera del pantalón. Me dirigió una mirada fugaz, como punteada de un asombro insolvente. Volví la cara con ánimo de pedir otra ginebra o lo que fuese, pero no juzgué discreto hacerlo. Sabía que me iba a sentar mal y todavía me quedaba por cubrir un trayecto ciertamente alarmante, suponiendo que siguiera conservando esa mínima dosis de inconsciencia que necesitaba para no desertar del todo. Tampoco me decidía, sin embargo, a reemprender el camino. El hielo continuaba circulándome dolorosamente de un rincón a otro de la cabeza y tenía el pecho como agarrotado por la presión de un émbolo ardiente, cargado y descargado allí dentro una y otra vez.

El muchacho de la camisa estampada se fue pausadamente hacia la radiola que quedaba por detrás de la mesa de los camioneros. En cualquier otra circunstancia, me habría percatado enseguida (suele ocurrirme) que esa operación respondía a la puesta en marcha de un resorte que había permanecido interceptado desde que el dueño del ventorro, o quienquiera que fuese, procediera a la compra de la radiola. Entiendo, de todos modos, que tal vez convenga buscar a este respecto una motivación de más inmediato alcance. Es decir, que podría suponerse que el muchacho de la camisa estampada se dirigía hacia la radiola ajustándose al engranaje de unos hechos que había sido rectificado, pongamos por caso, en el preciso momento en que emprendí aquel maldito viaje en coche o, más concretamente, cuando opté por refugiarme en el ventorro. Tiendo a dar una decisiva importancia a estos mecanismos de sustitución de la voluntad. A veces (no siempre), retrocediendo por la cadena de actos de tan banal naturaleza como el que me ocupa, he obtenido muy sorprendentes conclusiones, relacionadas con mi innata curiosidad por la nigromancia. Es una simple cuestión de fe: lo que no se puede adivinar, tampoco se podrá recordar nunca.

Ahora estaba sucediendo algo presumiblemente similar a lo que ya había experimentado en otras ocasiones, sólo que con palmaria clarividencia. Sabía, por lo pronto, con una certeza sobre la que no hubiese admitido la menor objeción, que el muchacho de la camisa estampada no llegaría a la radiola, al menos en aquel instante en que todo hacía presumir que llegaría. Algo iba a suceder previamente: no una conmoción anómala, desde luego, ni ninguna otra supuesta variante del peligro (que eran los motivos más frecuentes), sino una simple y fortuita posibilidad de elección intercalada en el normal desarrollo de los acontecimientos. Lo del desbarajuste más irreparable vino después. Me importa mucho convencerme de que explico con suficiente rigor, es de las cosas que más me importa, sobre todo porque no existe argumento alguno (de ninguna clase) que pueda ayudarme a potenciar ahora ese convencimiento. De manera que el muchacho de la camisa estampada se detuvo a un paso de la radiola y, justo entonces, volvió la condenada cabeza de antropoide que tenía a uno y otro lado, se pasó el revés de la mano por la pringosa frente y se desvió con ingrata jactancia hacia la mesa donde estaban los camioneros. Hasta ahí llega (o llegó en aquella ocasión) mi facultad premonitoria. Tal vez oyó algo, o bien lo olfateó, que pudo soliviantar un viejo y latente interés suyo por el riesgo de las aventuras irrepetibles.

Uno de los camioneros parecía extenuado y tenía los ojos impresos de tupidas hebras de sangre. No miró al muchacho de la camisa estampada cuando éste se acercó y, sin que mediara ninguna invitación previa, cogió una silla, la hizo girar sobre una pata y se sentó a horcajadas, cruzando sus brazos sobre el espaldar mientras señalaba con la cabeza a la radiola.

—¿Qué—dijo—, le damos al manubrio?

El camionero extenuado no respondió directamente, sino que después de mirar sin entusiasmo ninguno para la radiola, soltó un resoplido aproximadamente descomunal y masculló algo que lo mismo podía identificarse con un eructo de toro que con el eco de la palabra cabrón, sólo que más ronco. Y dijo el otro camionero:

—Pon ahí ese disco de uno a quien le metieron candela—se apretó los lagrimales entre el dedo pulgar y el índice—. Anda, ponlo, no te prives.

El muchacho de la camisa estampada abrió la boca como si quisiera engullir más aire, aunque no era ése ni mucho menos su propósito.

—Despacio —dijo—, que yo no he venido aquí de comparsa. ¿Tengo yo cara de comparsa?

—Denegado —repuso lacónicamente el mismo camionero—. Permiso denegado.

Se adelantó entonces el camarero y le preguntó al muchacho de la camisa estampada que qué iba a tomar, a lo que contestó éste que lo que iba a tomar, si no ocasionaba mayores trastornos, era un carajillo con más carajo que café.

No llegué a enterarme de lo que el camarero le replicó, porque en esas empezó a gotear del techo y a correr por la junturas de mugre de la solería un líquido con cierta consistencia a jugo de carne corrupta, a eso era a lo que más se parecía incluso en el olor, con unos sanguinolentos coágulos flotando en las lagunillas que iban formándose en el piso.

—Mierda —supuse que había dicho alguien que no estaba allí.

Y al punto apareció, no sé de qué suntuosa guarida, de qué espléndida covacha del verano, una adolescente de churretosa hermosura, el vestido desgarrado por encima del vientre y los ojos titilando como pabilos. Permaneció un momento indecisa y se encaramó después en una banqueta como para dirigirse a un inexistente auditorio.

—Lo siento mucho —dijo—. A ver si alguien se va a manchar de pringue —levantó una mano hacia el techo con ademán tribunicio—. Es que se ha volcado en la azotea el caldero de la comida de los peones.

Se quedó luego como esperando un turno de preguntas que nadie parecía dispuesto a consumir, así que descendió de la banqueta y ensayó unos pasos de equilibrista tan lúbricos como intempestivos. Ignoro si permanecí observando sus evoluciones con una ilusoria excitación o cerré los ojos para superar algún vértigo repentino aunque tal vez hiciera lo menos razonable. No la idea del nauseabundo caldero derramado encima de donde estaba, sino la sola presencia de aquella sucia y bellísima mensajera del caos, me sugirió otra vez el despropósito de intentar traspasar la intraspasable plancha de calor que me separaba del coche. Pero sólo me moví para cambiar de sitio en el mostrador y poder mirar más de cerca el efébico cuerpo de la adolescente, la cual se aventuraba ahora fuera del ventorro a saber con qué súbitos presagios, quizá para anunciar a los peones de la carretera que iban a tener que esperar un buen rato si querían comer caliente.

Mi desplazamiento hacia la parte del mostrador que no había sido alcanzada por la inmundicia, coincidió con las más airadas aclaraciones de uno de los camioneros ((el menos extenuado), quien gesticulaba aparatosamente mientras decía:

—Ya ha oído aquí a mi compañero, de modo que punto en boca —cambió de postura, aflojándose la tirantez de los pantalones por la entrepierna—. Lo menos que se puede pedir es un respeto.

—Con este calor no se oye —dijo el muchacho de la camisa estampada, desabrochándosela del todo como para mostrar una espantosa cicatriz que le corría entre las costillas.

—Un desastre —dijo el camionero extenuado—, fue lo que se llama un verdadero desastre. Tuvimos que bajarnos, claro, pero allí ya no había nada que hacer, qué va.

—Me cago en quien lo inventó —dijo el otro camionero.

—De acuerdo —dijo el muchacho de la camisa estampada, y se pasó la lengua entre los labios—. Suelte ahí dos duros y le coloco una pieza de entierro. Yo funciono así.

El camionero menos extenuado se levantó de la silla y dijo impávidamente:

—O desaparece ahora mismo o yo me encargo del transporte.

Algo iba a alegar el muchacho de la camisa estampada cuando intervino otra vez el camarero, que parecía salir defectuosamente de la modorra que lo mantenía derrumbado sobre la pileta, buscando con la pálida mejilla la pestilente frescura del cinc.

—Ya lo está oyendo —murmuró con un aburrimiento inmejorable.

—Hay que joderse —dijo uno de los camioneros—. Estamos que no nos llega la camisa al cuerpo y aquí el amigo dando la tabarra, una función de balde.

Yo, en el fondo, casi me ponía de parte del muchacho de la camisa estampada, me imagino que porque se había subordinado (no sin manifiesta brusquedad, debo reconocerlo) a la dinámica de las transgresiones imaginativas, maniobra que, según es notorio, ha puesto en peligro más de una vez la integridad psíquica del protagonista. Pero ya no había tiempo de que se produjera ningún otro reajuste en el casual desarrollo de los hechos. Y más si se tenía en cuenta que una vieja desdentada y de hirsuta pelambre de gorgona, asomó de improviso su furibundo rostro por la andrajosa arpillera que cubría un hueco al otro lado del mostrador. Y desde allí, con las fauces sumidas y mostrando una garra, le gritó al camarero:

—A ver si espabilas, criatura, que estás con la torta. ¿Qué es lo que pasa ahí?

Pero la criatura ni respondió ni se esforzó en volverse hacia quien así le hablaba, limitándose a enderezarse con descarada indolencia y a deslizar tediosamente sus manos desde los costados a las nalgas. Y ya volvía circular por el cada vez más asfixiante recinto el ladrido de la gorgona.

—Lo que hay que aguantar —acertó a balbucir—. Para eso igual si estoy yo sola —se rascó un sobaco que probablemente no le picaba—. ¿Te gustaría coger la puerta, corazón, es eso lo que te gustaría?

El camarero replicó que no iba a caer esa breva, o algo parecido. En todo caso, la contestación no mereció exactamente el beneplácito de la gorgona, la cual salió manoteando y con la perversa intención de arrastar al camarero a su cubil, no mordiéndolo, creo, sino sometiéndole a una vergonzante sucesión de empellones, sólo interrumpidos cuando entraron en el ventorro dos ciudadanos con irreprochable traza de alguaciles. Hubo un breve silencio que parecia acrecentado por la grasienta sustancia que seguía goteando del techo.

Los dos presuntos alguaciles pidieron naranjadas y los dos las consumieron a la vez y con desprecio, hasta tal punto que llegué a imaginarme que eran una sola persona duplicada por algún delirante efecto óptico. Sólo se escuchaba el trasiego del líquido (aliado al miserable jadeo de la gorgona) y la ya casi imperceptible voz del camionero menos extenuado, que continuaba explicándole a nadie lo ocurrido.

—Así que los tres se han quedado ahí —decía—. Todos los ocupantes de los dos coches, zas, el que iba por su lado y el que se le echó encima, qué cabronada.

—Si hubiera habido más ocupantes —añadió el otro camionero como si no quisiera decirlo—, más muertos. Seguro.

—O sea, que yo no estaba allí —me pareció que decía el muchacho de la camisa estampada, mientras se hurgaba por la cintura abajo del pantalón con una tenacidad por lo menos grosera.

—De modo que la pareja nos mandó para acá —dijo tal vez el camionero menos extenuado—. Que esperásemos por si teníamos que contar algo más. Un numerito.

—No encaja —dijo sin más el camarero, y se limpió la frente con el trapo de limpiar el mostrador.

Sentí que me ardían las rodillas y me latían los pulsos en las sienes con un punzante ensañamiento. Apreté los párpados y, al volver a abrirlos, vi salir de una de las botellas de naranjada una larva marrón, no, un espeso chorro de vómito que iba salpicando las greñas de la gorgona sin que ella ni nadie de los que allí estaban se diesen por enterados. Uno de los alguaciles se acercó a la puerta con fingido formulismo y me miró de pasada como si me reconociera, sus ojos saltones alarmantemente clavados en los míos. Empezó a oirse una sirena, cercana o lejana, no sé, enroscándose en los graves para volverse a desenroscar en los agudos, un mugido agónico de buey confundiéndose con la acuciante lamentación nasal de la ninfa negra, que ahora medio volvía a escucharse una vez que el muchacho de la camisa estampada consiguiera manipular en la radiola. Daba la impresión de que había algo oculto que podía ponerse de manifiesto con impensable violencia de un momento a otro.

El círculo se cerraba : era la ocasión oportuna para que se verificase la confluencia de contrarios, es decir, para que la pieza que faltaba se incorporase a la realidad y pusiese en funcionamiento la cadena de episodios que había quedado interrumpida poco antes. Dada la exactitud de mis predicciones, estaba casi decidido a pedir una ginebra con mucho hielo y a compartir incluso aquella pócima con el muchacho de la camisa estampada, que ahora parecía venir hacia mí a una velocidad decididamente irrazonable. Pero la voz vaginal de la ninfa negra me sometía, sin embargo, a una absoluta incapacidad para frenar aquella acometida o, al menos, para desembarazarme de la viscosa y agobiante mordaza del calor. Era como si me estuviese quedando ciego y palpase en el vacío con unas manos inválidas. Fue entonces cuando el coche se me fue a un lado, ya a la vista de una escuálida cerca de evónimos, y giré bruscamente el volante. No tuve tiempo de deducir con una mínima coherencia la terrible estupidez que iba a desencadenarse sin ninguna probabilidad de rectificación. Lo único que intuí fue que era definitivamente imposible evitar la embestida contra el coche que venía en sentido contrario. Sentí un empujón brutal y como un latigazo de fuego dentro de los ojos. Algo que goteaba del techo me llenaba la boca o, al revés, algo salía de mi boca que empapaba el techo. Hacía, efectivamente, un calor terrorífico. Uno de los camioneros levantó los ojos inyectados de espanto y miró al sitio donde se suponía que debía estar la nariz del muchacho de la camisa estampada. Llamé otra vez al camarero, pero ya no me oía entre aquel caótico estruendo que se iba catapultando hacia el fondo del pedregal.

BIBLIOGRAFIA:

Vivir para contarlo, Poesía, Selección natural, Dos días de septiembre, Agata, ojo de gato, Toda la noche oyeron pasar pájaros, Laberinto de Fortuna.

CAMILO JOSE CELA *

NOVICIADO, SALIDA NOVICIADO

Estanislao Centenera, en los ruedos Pacorro de San Salvador de Cantamuda IV, le dijo a Wenceslao Quintanaluengos, o sea Jerónimo de Santibáñez de Resoba III, también matador de reses bravas (novillos-toros):

—Te espero en Noviciado, salida Noviciado, a las cuatro. Entonces nos vamos al café bar La Alcazaba, donde el Cinema X, y le decimos al encargado, bueno, se lo dices tú: Oiga, usted, Simeón de la mierda, o nos fía la consumición o le decimos a la parroquia que se entiende usted con la señora de Gómez, bueno, del ortopedista Gómez, usted ya me comprende, ya nos comprende, la Engracia la Bragas, que es una asquerosa, está muy buena, eso sí, ¡vaya si está buena! Pero es una asquerosa sin reparos, ya se las arreglará usted con Gómez, recuerde que Gómez ni las piensa, es una mula de varas, lo echaron del seminario por pegón, lo más probable es que la parta la cabeza con una pierna artificial forrada de hierro, a lo mejor le da a usted una coz en las partes, eso nunca se sabe, ¡usted verá!

—Oye, ¿y si Simeón no me deja terminar?

—No te preocupes, que yo te defiendo.

En la boca del metro de Noviciado, salida Noviciado, vende pitillos sueltos la Encarnación Tejuelo Tejuelo, que es hija de primos y que tiene el marido en la cárcel por rojo, había sido de la UGT y lo metieron en la cárcel a ver si escarmentaba.

—¡Lo tengo rubio y lo tengo negro! ¿Un pitillo, caballero?

* Nace en Iria Flavia (La Coruña), en 1916. Periodista, poeta, novelista, pintor, Académico de Número de la Real Academia Española, conferenciante, fundador de la revista «Papeles de Son Armadans», doctor «honoris causa» por diversas universidades, premios de la Crítica y Nacional de Literatura, traducido a todas las lenguas, senador en las Cortes Españolas en 1977, su ingente obra ha sido reeditada y reimpresa múltiples veces.

Los siete hijos de la Encarnación, siete y el que viene de camino viven de milagro, la verdad es que morirse de hambre debe ser muy difícil, ¿no viven los perros de los solares y los gatos en los tejados?, ¿no viven las cabras de Carabanchel y de Getafe, que se alimentan de periódicos porque los cardos hace ya tiempo que se acabaron?, para tenerse en pie tampoco hace falta mucho.

Estanislao Centenera Pérez, quiere decirse Pacorro de San Salvador de Cantamuda IV, descarga pescado en la Plaza de la Cebada, está más frío que Dios, y después se mete en el metro a coger las calorías. Wenceslao Quintanaluengos Pérez, bueno, Jerónimo de Santibáñez de Resoba III, que es primo del otro, primos como eran primos los padres de la Encarna, o sea primos entre sí, barre los billares ABC, en la calle de la Estrella, son unos billares muy aseados y de confianza, dan gusto las carambolas, vacía las escupideras y desatasca el wáter y le renueva el zotal, si falta, y después espera a que sea el día siguiente; torear, lo que se dice torear, no toreó ninguno de los dos nunca, pero eso tampoco es culpa suya sino de las circunstancias.

—¿Y el miedo, no cuenta?

—Hombre, sí, contar sí cuenta, pero no me negará usted lo de las circunstancias.

—No, al César lo que es del César.

—¡Coño, qué tío! ¡Parece Castelar! ¡Oiga, que tampoco es para tanto! Vamos, ¡digo yo!

El Estanislao y el Wenceslao ven con suma lascivia las turgentes formas de la Encarnación.

—¡Tía buena!

—¿Mande?

—Nada, ¿me da usted un pitillo de noventa?

Engracia la Bragas, la señora del ortopedista Gómez, esto ya se dijo, Don Braulio Gómez y Schutze-Leppmann (su mamá era Bavaria, vamos, Baviera), era hembra muy temperamental a la que le gustaba mucho viajar en metro.

—La concentración de sobo-parcheo-magreo por quince céntimos o lo más un real es sumamente intensa.

Sí, señorita, y usted que lo diga, la verdad es que tampoco puede pedirse más.

—No, ni tampoco lo pido, eso sería tentar a Dios, en las horas punta es que la amasan a una, todo hay que decirlo, hay días en los que me dejan como para hacer empanadillas con las posaderas.

—¿Sentándose encima de la masa?

—No, no: usándola como materia prima.

—¡Ah, ya!

Cuando el Estanislao y el Wesceslao entraron en el café bar La Alcazaba, dijeron con un hilo de voz raspándoles el gaznate:

—Un corriente con leche.

—Que sean dos.

Simeón, el encargado, los miró con infinito desprecio y les sirvió la leche antes que el café, como si fueran señoras. El Estanislao y el Wesceslao disimularon, a veces en el disimulo está la clave de la supervivencia, se bebieron cada uno su corriente con leche, pagaron y se fueron sin decir ni palabra.

—¿Queréis algo para la Engracia?

—No, señor, nada.

Cuando Pascual Duarte se llegó hasta Madrid anduvo en metro, dio unas vueltas para arriba y para abajo, la verdad es que se va bien y de prisa, muy de prisa, y se apeó en la estación de Noviciado, salida Noviciado; eso fue hace ya tiempo, antes de la guerra, y ahora las cosas han cambiado mucho, para mí que ahora está peor y manga por hombro.

—Hombre, ¡según cómo se mire!, eso va en gustos.

Bueno, un servidor no discute pero a un servidor se le hace que las cosas están ahora peor, ¡dónde va a parar!

Estos sucesos que se cuentan acaecieron hace cerca de medio siglo, a lo mejor están muertos la mitad de los personajes, eso es lo mismo, ya se sabe, el mundo sigue dando vueltas como si nada y la historia tampoco se detiene por muerto de más muerto de menos, los muertos cuentan poco, bueno, la verdad es que no cuentan casi nada.

—¿Qué fue del Estanislao Centenera Pérez, creo que se llamaba Pérez de segundo apellido, el que quería salir en hombros por la puerta Grande de la Monumental y que se le dijese Pacorro de San Salvador de Cantamuda IV?

—No sé, nunca más se supo, cuando se le fue de la cabeza lo taurino se metió a sepulturero, dicen que también fue donador de sangre, lo probable es que se haya muerto, la última vez que lo vi estaban ahorrando para irse a morir a su pueblo, ya sabe que la querencia tira mucho, ¡ya lo creo que tira!

—¡Y tanto, amigo mío, y tanto! ¿Y sabe usted si acabó beneficiándose, o sea cepillándose, ya me entiende, a la Encarna Tejuelo Tejuelo, la señora del rojo?

—Pues no sabría decirle, la verdad; con quien sí tuvo su apaño, bueno, eso dicen, fue con la Engracia la Bragas, la del ortopedista; lo dejó porque el Simeón, el encargado del café bar La Alcazaba, le arreó semejante tunda que le rompió varios huesos, el último el coxis o hueso palomo, de un punterazo que ni Monjardín, el hombre estuvo en el hospital cerca de un año, mi primo el Camilo se lo recomendó al Doctor don Julián de la Villa, que era muy buena persona, muy caritativa y complaciente.

Un hijo del Simeón llegó a delegado de abastecimientos y transportes en una provincia de Castilla la Vieja.

—¿Y se acostumbró al sosiego?

—¡Así, así! Lo que echaba más de menos en la provincia era el metro. Aquí no lo necesito para nada, solía decir, aquí está todo cerca, pero, hombre, ¡si al menos lo sintiese trepidar bajo mis pies!

—¡Qué moderno! ¿Verdad?

—¡Ya lo creo! El hijo del Simeón se llevó de ordenanza al Wenceslao Quintanaluengos Pérez, que había renunciado ya a pasar a la historia como Jerónimo de Santibáñez de Resoba III. ¡Aquellos fueron locos pecadillos de juventud!, solía exclamar de vez en cuando, los miércoles y viernes, por ejemplo, ahora lo que quiero es sentar la cabeza y ahorrar unos duros para poner una pajarería y comprarme una sepultura perpetua, ¿y no echa usted en falta el metro, como su jefe? Pues sí —respondía—, no se lo puedo ocultar a usted, pero ¡qué quiere!, ¡tampoco se puede tener todo!

Doña Engracia Botorrita Jaulín de Gómez Villadoz, el ortopedista, alias Engracia la Bragas, fue hembra que pasó por la vida (y se habla en pretérito porque ya falleció, descanse en paz) pidiendo pelea: sobre la superficie del planeta, o sea en la ortopedia o en medio de la calle; por debajo del santo y duro suelo o sea en el metro, o por encima, o sea en globo aerostático, a ella le era lo mismo, a ella lo que le gustaba era el tumulto y el cachondeo.

—Una mujer bien hecha y como Dios manda no tiene bastante con un hombre, necesita lo menos tres, el marido y dos suplentes o adláteres o ayudantes, uno para el decúbito supino, otro para el decúbito prono y otro para el follen al sesgo o aquí te pillo aquí te trinco. ¿Está claro?

—Pues, mire, usted: según.

A Engracia la Bragas le gustaba el vermú con sifón y pinchito de anchoa, su marido, cada vez que vendía una ortopedia, la que fuere, la invitaba a vermú con sifón y pinchito de anchoa, el ortopedista Gómez jamás reparó en gastos.

—¿Y dice usted que conoció a Pascual Duarte?

—No, yo no: el que lo dice es él. Dice que lo conoció en el metro y que coincidió con él lo menos cinco veces en Noviciado; salida Noviciado.

—¿Y usted cree que eso es cierto?

—¡Anda! ¿Y por qué no? Pascual Duarte era un muerto de hambre, eso lo sabemos todos, pero Gómez, por aquellos años, tampoco crea usted que andaba nadando en la abundancia, Gómez empezó a hacer algún dinero después de la guerra, vendiendo piernas artificiales a plazos, las guerras son muy buenas para los ortopedistas.

—Sí, eso también es verdad, ¡alguna ventaja habían de tener!, ¿no le parece?

El ortopedista Gómez se murió hace dos años de un entripado de caracoles, apostó que se comía mil caracoles pero se conoce que midió mal las distancias porque, cuando andaba por el caracol trescientos veintisiete, expiró.

—¿De repente?

—Casi de repente; primero palideció, después arrojó; a renglón seguido dijo «¡la jodimos, Gómez!», a continuación perdió el sentido y cuando lo llevaron, con toda diligencia, eso sí, al equipo quirúrgico del callejón de la Ternera, ingresó ya cadáver.

—¡Pobre Gómez! ¿Y qué hicieron con él?

—Pues nada, lo de siempre: la autopsia, el sepelio y la misa, por ese orden, la costumbre es la costumbre.

En el café bar La Alcazaba se renueva el personal según la hora, el más manso es el del desayuno, se conoce que están aún adormilados, y el más jaranero es el del aperitivo. Por las tardes van a tomar café algunas suripantas de las calles de la Palma o del Cardenal Cisneros.

—¿Y de la Cruz Verde?

—También, claro, el café es algo que gusta a todo el mundo.

Los hijos de la Encarnación Tejuelo Tejuelo, cinco varones y tres hembras, fueron creciendo con mucho instinto y eficacia, los hijos le salieron trabajadores y las hijas, guapas, ¡así cualquiera!, el marido murió en la cárcel puede que de las privaciones. En la estación de Noviciado, salida Noviciado, ya no vende pitillos sueltos la Encarnación Tejuelo Tejuelo, alias Lagarterana, los hijos la retiraron en cuanto pudieron porque la pobre andaba ya muy achuchadilla y medio temblona, los años no pasan en balde para nadie y además ella, bien mirado, ya había cumplido.

—Lo mejor es que madre se muera en la mesa camilla y no en medio de la calle; ahora que podemos hacerlo, vamos a probar a que se muera bajo techado y no al raso.

—Claro.

Cuando el Estanislao Centenera Pérez, ex Pacorro de San Salvador de Cantamuda IV, dio cristiana sepultura a doña Engracia Botorrita Jaulín de Gómez Villadoz, en el siglo Engracia la Bragas, exclamó para sus adentros:

—¿Y de qué te ha valido darte a la disipación, ¡oh, hembra rijosa y concupiscente!, si ahora te ves reducida al polvo?

Al llegar el Estanislao Centenera, etc., a este punto de su discurso, recapacitó y se dijo:

—¿De qué te valió tanto polvo, dime, indina, si te ves fundida en polvo que se han de comer los gusanos?

León el de telégrafos le preguntó al cronista de esta veraz historia:

—¿Y eso, al Estanislao, se le ocurrió solo?

—No; según parece le ayudó algo el ángel de la guarda. El Estanislao tenía buena voluntad, eso es cierto, pero no era hombre de muchas luces ni de mayores alcances.

El Estanislao Centenera se murió en la sombra, eso suele ser costumbre entre sepultureros, y en el café bar La Alcazaba, mismo en la estación Noviciado, salida Noviciado, nadie lo echó de menos.

—¿Se acuerda usted de aquel inflagaitas del Estanislao, que quería ser torero?

—Pues, no, ¿dice usted uno que era tartamudo y algo bizco?

—No, no, tartamudo no era y bizco tampoco, bueno, a lo mejor sí era algo tartamudo, no recuerdo bien, y medio bizco, hay hombres de los que ni se sabe si tartamudean y bizquean.

—Sí, puede que tenga usted razón, pero yo no lo recuerdo, perdone, se conoce que con los años voy perdiendo la memoria.

Cuando se encendieron las luces de la ciudad, las tres clases de luces, las municipales, las del metro y las del comercio, salió volando un fantasma por la boca de la estación de Noviciado, salida Noviciado.

—¿Vió usted quién era?

—No; cuando me quise percatar, ya había volado. A lo mejor era el general Polavieja, capitán general de Cuba.

—No creo, ése no suele andar por aquí casi nunca, ése vuela más alto.

BIBLIOGRAFIA:

Pisando la dudosa luz del día; La familia de Pascual Duarte; Pabellón de reposo; Nuevas andanzas y desventuras del Lazarillo de Tormes; Esas nubes que pasan; Nueva revuelta; El bonito crimen del carabinero y otras invenciones; Cancionero de la Alcarria; Viaje a la Alcarria; El gallego y su cuadrilla y otros apuntes carpetovetónicos; La Colmena; Timoteo el incomprendido; Santa Bibiana, 37, gas en cada piso; Del Miño al Bidasoa; Avila; Baraja de invenciones; Café de Artistas; Mrs. Caldwell habla con su hijo; Ensueños y figuraciones; La Catira; Mis páginas preferidas; Judíos, moros y cristianos; El molino de viento y otras novelas cortas; Cajón de sastre; La rueda de los ocios; Historias de España; Los ciegos; Los tontos; Pintiquinnestras; Serie de las gigantas amorosas; La cucaña; Primer viaje andaluz; Notas de un vagabundaje por Jaen, Córdoba, Sevilla, Huelva y sus tierras; Cuaderno del Guadarrama; Los viejos amigos; Cuatro figuras del 98 y otros retratos y ensayos españoles; Tobogán de hambrientos; Gavilla de fábulas sin amor; Toreo de Salón. Farsa con acompañamiento de clamor y murga; Garito de hospicianos o guirigay de imposturas y bambollas; Las compañías convenientes y otras figuraciones y cegueras; Once cuentos de fútbol; Izas, rabizas y caripoterras. Drama con acompañamiento de cachondeo y dolor de corazón; Viaje al Pirineo de Lérida. Notas de un paseo a pie por el Pallars Sobira, el valle de Arán y el Condado de Ribagorza; Nuevas escenas matritenses; Páginas de geografía errabunda; Nuevas escenas matritenses; María Sabina; Diccionario secreto; Víspera, festividad y octava del día de San Camilo, del año 1936, en Madrid; El carro de heno o el inventor de la guillotina; Al servicio de algo; La bola del mundo; Oficio de tinieblas; El tacatá oxidado; Minúscula historia de España contemporánea con Cristino Mallo trasparentándose sobre el telón de fondo; Balada del vagabundo sin suerte; A vueltas con España; Cuentos para leer después del baño; Mazurca para dos muertos así como artículos, poemas y relatos breves no recopilados.

EUGENIO COBO *

MAÑANA SERA NADA

Creerás que te estoy haciendo un examen, y en realidad es verdad, me gusta saber con quién estoy hablando. Sí, dirás —en el mejor de los casos que qué curioso, y si no, que es una defensa, que me quiero sentir seguro, quién no quiere sentirse seguro, o que tengo voluntad de dominarte, o cualquiera de esas cosas que ahora tanto decís. Pero no, yo he sido sempre un hombre seguro. Siempre. Y no he necesitado de nadie para saber lo que quería hacer en cada momento. Ah, perdona, qué quieres tomar, sin inhibiciones, ¿eh?, sí, sírvete el güisqui, lo que te apetezca.

Porque lo que no aguanto es la gente indecisa y melindrosa. Y eso es lo que os sucede a casi todos vosotros, lo más jóvenes, cómo vais a hacer algo si ni siquiera sabéis lo que queréis. ¿Qué, que dices que tienes miedo? ¿De fracasar? Mira, no, ningún hombre puede fracasar, eso sí que no, da igual lo que piensen los demás, eso es falta de personalidad. A mí, te lo digo muy claramente, no me importa en absoluto la opinión de los demás, si uno hace en cada momento lo que quiere hacer no puede fracasar nunca.

Y tampoco me tengo que comparar con nadie, en ese sentido no me gusta la competición. Mira, por ejemplo, yo jamás me he presentado a los concursos de pesca submarina que había en Ciudadela. Yo sabía sencillamente que era el mejor, para qué me iba a presentar, prefería dejarle ganar a otro. No tenía rivales, ni emoción, ni nada, pobrecillos. No había nada que demostrar. Pero tampoco me gusta perder, por eso cuando sé que no soy el mejor tampoco compito.

No estoy acostumbrado a perder. Por supuesto que algunas veces he tenido delante obstáculos y he podido tropezar, pero al final siempre he ganado, nada ha podido conmigo, y menos el desaliento. Globalmente, definitivamente, soy un triunfador.

Y desde luego me considero feliz, he logrado los objetivos que me he propuesto, vivo bien, mi familia vive bien, muy bien, cosa que mi

---

* Nace en 1951. Colabora en diversas revistas. Actualmente redactor jefe de la revista *La hora de Castilla-La Mancha*.

padre debo decir que no consiguió nunca. Hizo lo posible por vivir a costa de alguien, incluso de mí, sobre todo de mi hermana. Ahora los que viven de mí son mis hijos, sí, hija, sí, no pongas esa cara, que da igual que digas que no, da igual que tu amigo crea que no, he sido yo quien he levantado todo esto, y sigues viniendo a comer aquí cada dos por tres, o si os falta dinero también venís aquí, para eso está el padre, ¿no?, y no lo digo porque me moleste, qué va, pero cuando falte a ver cómo os las vais a arreglar. A veces dudo si terminaréis muriéndoos de inanición o de inanidad.

¿Te molesta la televisión? Bueno, es lo mismo, no hace falta que me contestes que no importa, y que por ti que nada, de todos modos no la iba a quitar, y no porque la vea, no ya estás comprobando que apenas si he mirado alguna vez a la pantalla. Yo estoy trabajando todo el día, viajo mucho, mi función es traer el mayor dinero posible a esta casa, y cuando por fin estoy aquí, en mi casa, necesito ruido, es mi forma de creerme que de verdad estoy en casa. Incluso cuando leo tengo la televisión encendida. ¿Qué si es porque me siento solo? Te equivocas, no es nada de eso, bueno, además de que no es cierto que me sienta solo. En vuestra generación, desde luego, todo lo mezcláis y en todo veis complejos. Ya te digo que no tengo miedos. Cuando tanto habláis de complejos es porque debéis estar forrados de ellos.

No, gracias, no fumo cigarrillos, sólo pipa, tabaco holandés; por cierto, hay mucha gente que no sabe fumar en pipa. Coge otra y así me acompañas. La verdad es que tampoco me aburre trabajar. No digo que a veces no canse, yo trabajo hasta muchos domingos y no puedo hacer otra cosa al mismo tiempo. Llevo ya cincuenta años moviéndome y, sin embargo, si no trabajo qué voy a hacer. Porque con lo que tengo para mí es suficiente, sabiéndolo colocar, mi vida económicamente está segura, y para mis hijos..., pues que trabajen ellos también. Pero trabajo porque me divierte. Les puedo cantar las cuarenta a muchos clientes que son estúpidos, porque es que de verdad que son tontos, con una falta de responsabilidad, de profesionalidad. Y les digo que las personas se dividen en dos grupos, la de la parte de ellos, gente, la otra, señores.

En eso sí que me tengo que aguantar, aunque qué importa, yo trato con gente que no comprende mis inquietudes. Mis propios compañeros, ¿sabes?, opinan que estoy loco (¡Y hasta puede que sea verdad!), ellos llegan a nada de lo que te estoy contando, es otro mundo. Hablo seis idiomas, y he leído mucho, de todos los temas, sí, he querido estudiarlo todo, saberlo todo, por eso lo sé casi todo, porque soy ambicioso, eso es lo que os falta a los jóvenes.

Y encima habláis de anarquismo y ni tan siquiera leéis a Bakunin. Cómo voy a permitir la entrada a mi casa a uno que no ha leído a Bakunin. Y no os interesa Miró, D'Ors, pero bueno, qué hacéis, en qué dedicáis el tiempo. Estáis aburridos, todo el día mano sobre mano, esperando que se pase o que venga Blancanieves. Anda, sírvete otro güisqui, sin remilgos, que veo que estás seco. Decidme que soy un carroza o un desfasado, a mí ciertamente me da igual, porque pretender, por ejemplo, que Darwin esté pasado de moda es un disparate, el Origen de las Especies sigue siendo fundamental, digáis lo que digáis, que no comprendo cómo podéis soltar tantas idioteces. Que si yo me pusiera a escribir... Pero no, no me gusta escribir, prefiero vivir, vivir.

En cambio yo sí que estoy mucho más joven que vosotros, conozco los últimos descubrimientos, lo que se está haciendo en estos momentos. Los desfasados sois vosotros, que os habéis quedado anclados hace mucho tiempo. Es curioso que sea yo quien no tiene nostalgia de nada, mientras otros con cuarenta años menos piensan en el año que acaba de pasar, eso es de una personalidad débil. Hay cosas que antes hacía y ahora no puedo hacer, es evidente, las fuerzas físicas no son iguales. Antes me podía estar bailando un día entero, que tú no sabes cómo bailaba yo, me tenías que haber visto, dejaba a todos tirados. Ahora ya no puedo, claro, me canso enseguida. Antes me miraban las mujeres por la calle, tu madre lo puede decir, que a veces hasta le molestaba, no te digo más. Ahora con estos años ya me contarás. Pero no voy a tener nostalgia por eso. A cada tiempo lo suyo. También he pasado dificultades, no creas, sobre todo en una época, y ahora mismo con trabajar cuatro meses tengo ya para todo el año, aunque últimamente no van muy bien los negocios.

Porque es lo que yo digo, que con la democracia esta que se han inventado estamos peor, y estoy en contra de ella igual que estaba en contra antes de la dictadura, porque es verdad que no se podía ni respirar. Pues cuarenta años he militado en contra de la tiranía. Pero la situación actual ha hecho buena la anterior y me he pasado del socialismo a la derecha. Estamos en un momento de ruina económica, muy difícil de sacar adelante, y sí, puede haber problema energético y todo lo quieran —yo me he gastado en el último viaje quince mil pesetas en gasolina—, pero a eso sólo no se debe la bancarrota, la administración es pésima, pésima, sólo un gobierno fuerte de derecha podría intentar levantar esta barca que se nos hunde. Y no es ya la cuestión económica o la incompetencia en la gestión, es que en este momento no se sabe quién es cada cuál, ni de qué parte está ni nada de nada, hay una desorientación mayúscula, y esto no puede seguir así, antes al menos se sabía con qué se luchaba, eran más sinceros.

Y eso que yo ya no tengo futuro que valorar, pero es otra cosa que no tiene nada que ver. Me siento satisfecho de lo que soy y no quiero nada más. Estoy al final del viaje, ahora os toca a vosotros decir algo, que ya va siendo hora, caramba. Y sé que me la puedo pegar en la carretera en cualquier momento. No tengo paciencia y quiero llegar cuanto antes a casa, voy a una media de ciento veinte. Si me estrello, pues se acabó y en paz, ya me recogerán. La vida no es un valor supremo, ni un valor en sí misma, sino en relación con lo que hagas, y yo ya he terminado mi viaje. Y tampoco tengo que pensar en los demás, si dejo esto o lo otro, lo primero soy yo y hago lo que me plazca.

Y bueno, aunque me encuentro muy bien hablando contigo y veo que me aguantas más de lo que esperaba, mañana tengo que salir de viaje y voy a dormir. A ver si vienes otro día y dices algo, hombre, que vosotros es que nunca tenéis nada que decir, no sé lo que guardáis en el cerebro.

BIBLIOGRAFIA:

Pasión y muerte de Gabriel Mercadé, Andares del bizco Amate, Antonio Machado Núñez y Antonio Machado Alvarez «Demófilo» (en colaboración con José Blas Vega).

CARMEN CONDE *

INCONGRUENCIA

Toda la casa repleta de libros importantes. Toda. Sentado en su despacho, girando la mirada complacida en la grave consideración de sus tesoros, de repente, le sorprende una suave y deslizadora presencia de bichitos en correlativo avance... Aumentan a cada segundo.

De momento, ¿surgen de los libros; de dónde vienen? Se levanta con cuidado de no alarmar a los llegados para averiguar su origen. Sí. Allí está. Efectivamente son los libros. ¿Cómo, si él sabe muy bien los afanes caseros por la limpieza de la casa y, en especial, de su biblioteca que ocupa hasta los pasillos e incluso el dormitorio?

Piensa que es lógico: hay libros viejos, antiguos, papeles amarillentos entre carpetas, eso sí, de buena clase. Recuerda que en sus macizas investigacones por archivos, a veces encontró unos diminutos y oscuros seres que poblaban lo sagrado sin el menor respeto. Pero, ¡en su propia casa...! Inimaginable.

Erguido hasta cuanto le permite su artrítico esqueleto, el hombre decide seguir el rastro de sus inesperados huéspedes. Porque avanzan con lentitud, sin solución de continuidad. Seguros, pero discretos.

A este hombre, naturalmente, se le ocurre averiguar a qué especie pertenecen. En los libros lo sabrá. Más, si se detiene a encontrar aquel donde pudiere encerrarse el misterio, no podrá entregarse a detenerlos en su avance. Será preciso agacharse, recoger algunos ejemplares, situarlos bajo una lente y estudiar sus cualidades y calidades. Es lo más rápido.

Y con verdadero castigo a su cuerpo un tanto —empezó hace pocos años— anquilosado, se agacha para coger... ¿Coger, piensa?

* Nace en 1907. Título de Magisterio y estudios de Filosofía y Letras. Fue profesora del Instituto de Estudios Europeos y colaboró en la *Revista de la Universidad Complutense*. En 1978 fue elegida por la Real Academia de la Lengua Española como Académica de Número de la misma. Es Honorary Fellow de la Society of Spanish and Spanish-American Studies. Premios Elisenda de Montcada, Internacional de Poesía, Nacional de Poesía Española, Novela Ateneo de Sevilla.

Se han ido esparciendo más bichitos y tiene que arrastrarse, ¡ay, mi espalda, mis piernas!, por el suelo a la caza de aunque fuere uno solamente.

Parece una pesadilla. Acude a todos lados y alarga las manos sin éxito. ¿Es que él, que tantas cosas supo asir con sus manos, no va a lograr su propósito?

Sus libros, sus tan acosados libros por estos ojos que supieron ver todas aquellas palabras mal puestas en su sitio, ¿no van a conseguir apreciar estos extraños aparecidos, sin duda desde los libros? Tendrá que pedir cuentas a quienes, él lo creyó siempre, se esmeraban en la pulcritud de su biblioteca.

Los visitantes se han extendido tanto que ya salen del estudio para poblar el pasillo. Los sigue. No muestran temor, la verdad; son una gente desprocupada cuya finalidad es manifiesta: llenar la casa de su presencia sin la menor consideración.

Ya están todos juntos; unos siguiendo a los otros con dramático empeño. No puede consentir semejante invasión, tan descarada e improcedente. Habrá que acabar con ellos aunque, eso no hay que olvidarlo, antes es imprescindible fijar sus características: qué son, de dónde vienen y a qué (esto es muy necesario) y sus antecedentes. Los libros determinarán. Entre tanto, jadeante por las molestias que le causa la postura casi reptante, sigue tras los bichitos. Si en realidad proceden de la biblioteca, hay que destruirlos y buscar a los que por fuerza seguirán infestando los volúmenes.

Tánto como ha trabajado él a fin de que aquellos disfruten de limpieza a fuerza de su afán, continuo y repleto de voluntad esclarecedora, y ahora todo se vendrá abajo y no habrá paz en su ánimo.

¡Por fin! Bajo sus manos, abiertas hasta el dolor por así mantenerlas, se detienen unos ejemplares de los intrusos. Cuidadosísimamente junta sus dedos y los apresa para depositarlos en la mesa de trabajo; la gran lente descifradora de signos difíciles, cae sobre aquellos... Ya.

Y bien. No sabe a qué especie aplicarlos; su voracidad lectora no abarcó lo científico plural. Lo único que puede saber en este momento es que son unos bichitos inclasificables, de súbita e incomprensible aparición y que él, con tanto leerse todo lo impreso bajo sus ojos, está incapacitado para clasificarlos. Desgraciadamente cosas hay en este mundo que escapan a su ordenación por mucho que se haya aprendido en los libros. Porque son ellas por sí mismas, evidentes con su aire propio sorprendiendo erudiciones que, a la larga, van resultando pobres ante la realidad concreta en increíble presente.

No han muerto, no, los que soportan la lupa y hasta ésta se sorprende ante su propia inutilidad; los aumenta permitiendo clara visión al empecinado rastreador de lo que ha caído en su poder e intenta ser estudiado y colocado en su sitio. Atónito se dice que al no poder comprender lo que está viendo es porque no *es*; al no alcanzar su lugar en el entendimento debe ser borrado y sustituido por lo que hombres atragantados de análisis precisos, puedan dictaminar.

Decepcionado, decide acabar con todo y aplasta con la lupa cuanto ella se permitió agrandar. Una mancha, levemente rojiza, aparece bajo el cristal de aumento. Mejor que se aparte de la vida lo que no se sabe por qué está en ella. Estar aquí o allí significa obediencia a clásicos-autoridades que, si ha de decirse la verdad, conquistaron su eficacia cuando sus autores ya no existían. Tan insólita tropilla de bichitos se aparta de clasificación por su falta de historia o uso.

Mas, ¿qué hace después de aplastarla en su pesada lente?

Encendido por afán vivisecionador se agacha de nuevo, se arrastra para buscar y chafar inclemente el resto de los invasores. El suelo se va manchando, colmando de cascaristas apenas crujientes..., mientras él, tan aferrado a colocar en donde ha de estar lo que posea manifiesta entidad en este tiempo. Mas, ¿quién sabe si lo que ve se salió del pasado y quién sabe si está perteneciendo ya al futuro?

Bochorno quizás el de unos libros que no disponen aún del método que se necesita para definir en favor de su aplicado sirviente, la verdadera especie —¿futura?— de estas semillas de vacilación cuya pesadumbre excita nervios, acostumbrados a escrutar y acertar, de quien se aferra a lo que *está aquí*; aunque sin el don de la perspectiva para *entender* y aceptar la dínámica de una creación en progreso.

Desolado, niega el derecho a la existencia de lo que en su cerebro no encuentra cabida, pues lo que no responde a su conocimiento carece de aprobación. Se estima objetivo.

BIBLIOGRAFIA:

Brocal, Júbilos, Empezando la vida, Sostenido ensueño, Mientras los hombres mueren, El arcángel, Mío, Ansia de la gracia, Mi fin en el viento, Mujer sin edén, Sea la luz, Iluminada tierra, Vivientes de los siglos, Los monólogos de la hija, En un mundo de fugitivos, Derribado arcángel, Poemas del mar Menor, En la tierra de nadie, Su voz le doy a la noche, Jaguar puro inmarchito, Devorante arcilla, Humanas escrituras, A este lado de la eternidad, Corrosión, Cita con la vida, Días por la tierra, El tiempo es un río lentísimo de fuego, La noche oscura del cuerpo, Obra poética, Desde nunca, Derramen su sangre las sombras, Vidas contra su espejo, Soplo que va y no vuelve, Cartas a Katherine Mansfield, Mi libro de El Escorial, En manos del silencio, Cobre, Las oscuras raíces, Acompañando a Francisca Sánchez, Un pueblo que lucha y canta, Al encuentro de Santa Teresa, La Rambla, Creció espesa la yerba, Soy la madre, Escritoras místicas españolas.

MIGUEL DELIBES *

LA CONFERENCIA

La ciudad había dado la mínima, y en las bufandas enroscadas hasta los ojos, y las solapas erguidas, y los tapabocas, y los bustos encogidos bajo los gabanes, se adivinaba ese puntito de orgullo y vanagloria de saberse los más extremosos en algo. Quince grados bajo cero eran muchos grados bajo cero y era la temperatura mínima registrada en la Península, y la gente decía: «El invierno viene con ganas este año.»

Cuando José abandonó el trabajo era casi de noche y las luces urbanas empañaban su brillo de una friolenta opacidad. José sintió frío y apretó el paso y embutió sus manos sucias y amoratadas en los bolsillos del tabardo. Pensó: «La Elvira cose hoy fuera; hasta las ocho no habrá lumbre en casa.» Y la evocación de un hogar destemplado y vacío le produjo un estremecimiento. «No iré hasta luego. Esperaré», se dijo. Y divisó a una muchacha de caderas redondas, con una carpeta bajo el brazo, que entraba en un edificio inmediato, y se aproximó y le dijo:

—¿Qué ocurre ahí que entra la gente?

La muchacha le analizó un momento de arriba abajo y respondió:

—Una conferencia.

—¿Una conferencia?

—Un discurso —aclaró ella.

—¡Ah! —dijo él.

Y la jovencita subió en dos saltos los cuatro escalones, y luego se volvió a él:

* Nace en Valladolid, en el año 1920. Licenciado en Derecho. Intendente Mercantil. Periodista. Catedrático. Conferenciante. Ex director de «El Norte de Castilla». Traducido a todas las lenguas. Premios Nadal, Nacional de Literatura, Fastenrath, Crítica. Académico de Número de la Real Academia de la Lengua, miembro de la Hispanic Society of America y de la Society of Spanish and Spanish American Studies.

—Es una cosa técnica —dijo—; no creo que le interese.

Había en su voz un asomo de condescendiente intelectualismo que José no advirtió. José permaneció un instante indeciso. Luego chilló:

—¡Eh, eh, oiga! Hará calor ahí dentro, ¿no es así?

—¿Calor? —preguntó la muchacha.

—Sí, calor.

—Creo yo que sí que hará calor. Es decir, es posible que haya calor y es posible que no lo haya. Hoy no hace calor en ninguna parte, que yo sepa. Además, ¿le interesa a usted la Economía?

El rostro de José se ensombreció.

—¿Economía?

La muchacha frunció levemente el entrecejo. Dijo:

—¡Oh! ¿No sabe usted lo que es la Economía y quiere asistir a una conferencia sobre «La redistribución de la renta»?

—Oiga, oiga —atajó José—. Yo no he dicho tal. Yo sólo preguntaba si hará calor ahí dentro o no.

La muchacha de las caderas redondas dijo:

—¡Ah, bien!

José ascendió los escalones tras ella. Huía del frío de la calle como los gatos del agua. Divisó a un hombre uniformado y se dirigió a él, y el hombre uniformado dijo, antes de que él le preguntase nada:

—Es ahí.

Y José penetró en un salón alto de techo y se sintió un poco cohibido, y para aliviarse se soltó el tapabocas. Hacía buena temperatura allí; pero, a pesar de ello, José se sentó en una silla junto a un radiador y asió sus manos amoratadas a uno de los elementos. Abrasaba. La Elvira decía que salían frieras por agarrar así los radiadores; pero a José no le importaban ahora las fricras. Tenía frío, mucho frío, y deseaba calor a costa de lo que fuese.

Había poca gente allí y José descubrió al primer vistazo a la muchacha de las caderas redondas que escribía afanosamente en la primera fila. Sólo entonces reparó José en el conferenciante. Era un sujeto gordezuelo, de mirada clara y ademanes exagerados, y a José le pareció que se escuchaba. No le gustó por eso; por eso y porque dijo: «El beneficio del empresario tiene carácter residual.» Ello le sonó a José a cosa desdeñosa, y él sabía que el beneficio del empresario no era como para desdeñarle. «¿Qué carácter tendrá mi beneficio entonces?», pensó. Y arrimó nuevamente las manos al radiador.

El conferenciante hablaba, en realidad, como si se escuchase, pero no se escuchaba. Trataba, al parecer, de hallar para el mundo, y los hombres, y los pueblos un noble punto de equilibrio económico. Y decía cosas del empresario, y de los trabajadores, y de la empresa, y de los salarios, y de la renta, y del beneficio residual. Era un sujeto gordezuelo que trataba de arreglar el mundo hablando, y hablaba como si se escuchase, pero no se escuchaba. Y decía: «En la redistribución de la renta nacional funcional...» Y pensaba simultáneamente: «¿Gente? ¡Pchs! En provincias no interesan estas cosas. Mil pesetas y gastos pagados. No es mucho, pero no está mal. Esta chiquitina de la primera fila lo ha tomado con calor. Es preciosa esta chiquitina de la primera fila. Me gustan su nariz y sus caderas y su afanosa manera de trabajar. Aquel ganapán del radiador ha venido a calentarse. Deberían reservar el derecho de admisión. Yo no vine aquí a hacer demagogia ni a halagar los oídos de los ganapanes, sino a exponer un nuevo punto de vista económico.» Dijo: «El orden, la solidaridad, el bienestar, la justicia se esconden en una equitativa redistribución.»

La muchacha de las caderas redondas levantó los ojos de las cuartillas y miró al conferenciante como hipnotizada. Pensaba: «¡Oh, qué maravillosamente confuso es este hombre!» Le interesaban a ella las cuestiones económicas. A veces se desesperaba de haber nacido mujer y de tener las caderas redondas y de que los hombres apreciasen en ella antes sus caderas redondas que su vehemente inquietud económico-social. Para la muchacha de las caderas redondas, la Humanidad era extremosa e injusta. Pensar en el equilibrio social era una utopía. En el mundo había intelectuales e ignorantes. Nada más. El claro era ignorante; el oscuro, intelectual. Ella era una intelectual; el tipo del tapabocas que venía allí a buscar calor era un ignorante. Tratar de reconciliar ambas posiciones era una graciosísima, y mortificante, y descabellada insensatez. Ella escribía ahora frenéticamente, siguiendo el hilo del discurso. Escribía y, de cuando en cuando, levantaba la cabeza y miraba al orador como fascinada.

José, arrimado al radiador, se hallaba en el mejor de los mundos. Tenía que hacer esfuerzos para no dormirse. La voz del orador en la lejanía, era como un arrullo, como una invencible incitación al sueño. De cuando en cuando, las inflexiones de voz del conferenciante le sobresaltaban, y él, entonces, abría los ojos y le miraba, y con la mirada parecía indicarle: «Eh, estoy aquí; estoy despierto. Le escucho.» Pero de nuevo le ganaba la grata sensación de calor y cobijo y, más que nada, la conciencia de que, por fuera de aquellos ventanales, la gente tiritaba y se moría de frío. En su duermevela, José pensaba: «Este hombre se está partiendo la cabeza en vano. El mundo es mucho más sencillo de lo que él piensa. La Humanidad se divide en dos: Los que tienen calor a toda hora y comida caliente tres veces al día y los que no lo tienen. Todo lo demás son ganas de hablar y de enredar las cosas.»

El conferenciante dijo: «Apelando exclusivamente al aspecto funcional, la solución es arriesgada.» Pensaba: «En el mundo hay tres clases sociales: La alta, que tiene para comer y para vicios; la media, que tiene para comer y no tiene para vicios, y la baja, que tiene para vicios y no tiene para comer. La vida ha sido así, es así y seguirá siendo así por los siglos de los siglos. De todas formas, a Carmen le compraré el sombrero. Se lo prometí si me encargaban la conferencia. Me he ido de la lengua, pero ahora no me queda otro remedio. Al fin y al cabo ellas tienen caprichos y nosotros vicios. Me gusta esa chiquitina de la primera fila. ¿Para qué tomará notas con ese ardor? ¡Oh, tiene unas caderas excepcionalmente bonitas!»

El conferenciante pensó decir: «Hay que tender al equilibrio entre los que tienen mucho y los que tienen poco», pero dijo: «Hemos de allegar un criterio de armonía entre los dos puntos más extremosos de la sociedad, económicamente hablando.»

La muchacha de las caderas pensó: «¡Ah, es maravilloso! Un cerebro dedicado exclusivamente a la ciencia y a arreglar el mundo es algo hermoso que deberíamos agradecer con lágrimas. Este hombre es un genio, un soberbio intelectual. ¿Y qué? Ocho filas de butacas. ¿Quedarán hoy localidades libres en los cines? ¡Oh, oh, es una vergüenza, una deplorable vergüenza!» El orador hablaba de prisa y ahora ella escribía angustiosamente, podando las frases, abreviando las palabras, pero procurando dejar la idea intacta. Ella celebraba íntimamente la exposición compleja, cruelmente enrevesada, del conferenciante. Para la muchacha de las caderas redondas, lo confuso era profundo; lo claro, superficial. La ciencia verdad había de ser, pues, necesariamente confusa. Un libro que no hiciera trabajar a su cerebro no valía la pena. Una idea, aun pueril, solapadamente dispersa en un juego de vocablos innecesarios, la entusiasmaba. Ella gozaba entonces desentrañando el sentido de cada palabra y relacionándolo con el conjunto de la frase. Y pensaba: «Este hombre es un talento.» A veces, el sentido de la frase se le cerraba con un hermetismo obstinado, y ella, lejos de desesperarse, se decía: «¡Oh, qué genio poderosísimo, no me es posible llegar a él!» Su padre la decía: «Todo lo que no sea cocinar y repasar es modernismo en una mujer, querida.» Su hermano Avicto decía: «Eres una angustiosa de cultura.» Ella pensaba: «Mi padre y Avicto preferirán también unas caderas bonitas a una cabeza en su sitio.» Y sentía asco de sus caderas.

José dio una cabezada y al abrir los ojos advirtió que llevaba unos segundos en la inopia. Pensó: «Acaso la Elvira esté ya en casa y haya puesto lumbre.» Miró una vez más al hombre gordezuelo y se esforzó en aferrar alguna de sus palabras y desentrañar su significado. Su esfuerzo estéril le irritó. Casi sintió deseos de gritar e interrumpirle y decir: «¡No se ande usted por las ramas! ¿A qué ese afán de no llamar al pan, pan, y al vino, vino?» Pero se reprimió y se dejó ganar de un apacible sopor, un sopor que le subía de los pies hasta los ojos y le cerraba dulcemente los párpados, como dedos de mujer.

Se despertó despavorido pensando que el edificio se derrumbaba, y al abrir los ojos vio que el auditorio aplaudía al hombre gordezuelo, y el hombre gordezuelo sonreía al auditorio y hacía inclinaciones al auditorio, y él, entonces, comenzó a aplaudir; mas en ese instante crítico el auditorio cesó de aplaudir y sus palmadas detonaron en el vacío, y el tipo gordezuelo le miró como con cierta irritación, y él se azoró y se incorporó e hizo dos reverencias, y como viera que la muchacha de las caderas redondas le miraba desde la primera fila, le sonrió, cogió el tapabocas y se dirigió a la puerta.

Al conferenciante le brillaba en la calva una gota de sudor. La muchacha de las caderas redondas pensó: «¡Qué esfuerzo!» El la miró a ella y ella se ruborizó. El se volvió entonces al presidente, que había dicho al comenzar: «Nadie con mayor competencia que el señor Meléndez, director del Grupo Económico, miembro activo del Instituto Financiero, orador y publicista, para desarrollar un tema tan sugestivo y candente como este de 'La redistribución de la renta'.» El conferenciante preguntó al presidente: «¿Quién es esa muchacha?» La muchacha recogía cuidadosamente sus apuntes. El presidente dijo: «Tiene un cuerpo interesante. ¿Es eso lo que quiere saber?» Prosiguió Meléndez: «Oh, ya lo creo! Más que la redistribución de la renta.» Los dos rieron. La gente iba saliendo y la muchacha de las caderas redondas pensó: «Hablan de mí, ¡Dios mío! Están hablando de mí. El ha debido notar que tengo inquietudes.» Recogió la cartera y caminó despacio hacia la puerta. «¡Oh, oh! —dijo Meléndez—, mi querido presidente, observe usted, por favor. ¡Qué cosa maravillosa!» La muchacha pensaba: «Ha notado que tengo inquietudes. Ha notado que tengo inquietudes.» Ella no sabía que sus redondas caderas ondulaban deliciosamente al andar. En la puerta tropezó con José. Le sonrió piadosamente. Dijo:

—¿Le gustó?

José sujetaba el tapabocas.

—Hace bueno ahí —dijo. Y antes de salir a la escarcha, y a la noche y a la intemperie, añadió—: ¿Tiene usted hora?

—Son las ocho —dijo la muchacha de las caderas redondas con cierta desolación.

José dijo: «Bien, gracias.» Y pensó: «La Elvira estará al llegar.» Y se lanzó a la calle.

101

BIBLIOGRAFIA

La sombra del ciprés es alargada, Aún es de día, El Camino, Mi idolatrado hijo Sisí, Diario de un cazador, Siestas con viento Sur, Diario de un emigrante, La hoja roja, Por esos mundos, Las ratas, Cinco horas con Mario, Vivir al día, Parábola del naúfrago, Con la escopeta al hombro, Un año de mi vida, El príncipe destronado, Las guerras de nuestros antepasados; S.O.S.; Europa, parada y fonda; Aventuras, venturas y desventuras de un cazador a rabo; El libro de la caza menor, Mis amigas las truchas, El disputado voto del señor Cayo, U.S.A. y yo, Las perdices del domingo, Viejas historias de Castilla la Vieja, Cartas de amor de un sexagenario voluptuoso, La partida, La casa de la perdiz roja, La primavera de Praga, El tesoro.

ANTONIO FERNANDEZ MOLINA [*]

EDGARDO Y ALICIA

I

En una ciudad de paso.

«Este comedor parece inundado por el eco. En la mesa de al lado abren una gran botella. Casi son las tres de la tarde. Frente a mí hay una grieta en la pared y cuando levanto la vista y la miro parece haberse deslizado ligeramente hacia la derecha.»

«En la mesa del fondo hay una muchacha enfundada en un abrigo de pieles. Yo no tengo ninguna sensación de temperatura pero ella come con precipitación la sopa, como si fuera un remedio urgente contra el frío.»

«Disminuye el eco del eco. Casi se desvanece. Aprovecho unas favorables condiciones acústicas y la pregunto:

—¿Puede prestarme el paraguas?

¿Por qué la he preguntado antes de ver el paraguas entre sus pies?»

«Ella dice sí con un gesto. Me levanto y lo recojo, pero antes de alzar la vista contemplo cómo ascienden sus piernas, enfundadas en las botas, entre el abrigo. Son las tres en el reloj de bolsillo que cuelga de su cadena. (Dios mío —me digo— he de apresurarme). Salgo decidido con el paraguas en la mano, pero una dificultad interior me impide seguir. Sentado con mala postura en un banco, cierro los ojos. (Tengo que llegar, tengo que llegar ¿cuál es el camino?).»

«Hago un esfuerzo y me levanto. De buena gana me quedaría acostado dentro de un escaparate, pero he de seguir. El paraguas es una buena ayuda. Quiero llegar. Pero antes podría volver, a dar fin a mi

---

[*] Nace en 1927. Pintor autodidacta. En 1951 fundó la revista *Doña Endrina.* Ha sido redactor jefe de *Despacho Literario* y secretario de redacción de *Papeles de Son Armadans.*

almuerzo y reemprender la marcha. En otras condiciones no me va a ser posible seguir adelante por mucho tiempo.»

«Retrocedo sobre mis pasos. La muchacha no está en su sitio pero nadie ha ocupado mi puesto en la mesa ni han retirado el plato. Habrán pensado que fuí a remediar una necesidad inaplazable. Me siento otra vez y termino mi comida con gran satisfacción.»

«Estoy en un comedor bastante amplio. El olor de los guisos es agradable. Hay un ambiente tranquilo, el de una pequeña ciudad alejada del bullicio de la vida moderna. A todos los gestos de esta ciudad les acompaña una sensación de reposo. El tiempo transcurre muy despacio. El hecho de que yo tenga prisa es otra cuestión aparte.»

«Ya he comido y tengo la cuenta sobre la mesa. He de marcharme. Dejo el dinero y el paraguas y me voy. Afortunadamente el caballo está ahí, esperándome a la puerta. Si no me encontrara relativamente cansado acudiría corriendo y lo montaría de un salto. Como en los buenos tiempos.»

En aquel momento sintió una mano sobre su espalda. Al volverse vió a la camarera con la nota de la cuenta sobre un pequeño plato.

—Señor, señor, no ha recogido la vuelta.

Antes de contestar advirtió que era una muchacha menuda, limpia y comunicaba muy agradable impresión. Ofrecía aspecto de ser muy trabajadora y de pasar la mayor parte de su tiempo libre arreglándose la ropa, cepillándose el pelo y sacándole el lustre a los zapatos. Sus ojos parecían expresar el asombro de haberse abierto al mundo por primera vez. Al mismo tiempo mostraban una actitud humilde.

—¿Te llamas Alicia, verdad?

—Sí, ¿cómo lo has sabido? ¿Y tú?

—Edgardo.

—Los dos tenemos nombres muy bonitos.

Lanzó una risita simpática encogiendo sus hombros. Parecían conocerse desde siempre.

Ella le ofrecía el dinero de la vuelta.

—Lo he dejado de propina —dijo él—. Me marchaba porque tengo prisa, pero ahora me quedo un poco más. Antes quisiera charlar contigo.

—Si tienes prisa no podemos hacerlo pues he de volver a mi trabajo. A las seis quedo libre. Entonces ya estará oscureciendo.

Edgardo no quería renunciar a verla después. Se mantuvo un instante pensativo y le dijo:

—Si pudiera encontrar un sitio para dormir hasta esa hora luego recuperaría el tiempo, pero, ¿dónde?

La muchacha señaló al portero y le dijo.

—Si quieres dormir díselo. El te lo arreglará. Espérame luego a la puerta y daremos un paseo. Adiós. Ahora no puedo estar más tiempo contigo.

Edgardo se dirigió hacia la portería. En cuanto estuvo junto a él, sin esperar a que le hablara el portero, le dijo.

—¿Quieres dormir, muchacho? Ven conmigo. Eso te lo arreglo ahora mismo. Vamos de prisa pues he de volver en seguida a ocupar mi puesto.

Entraron en un pasillo y a los pocos metros el portero encendió un fósforo. Bajo el hueco de la escalera había un jergón.

—Aquí dormirás tranquilo. No hace ni frío ni calor, ni llega el ruido de la calle. ¿A qué hora quieres despertar?

—Un poco antes de las seis.

—Ahora, tome.

Le alargó unas monedas.

—Gracias. Te dejo a oscuras porque así estarás mejor. Nadie te molestará. Yo me ocupo de ello.

El portero dió media vuelta. El sonido de sus pasos se extinguía al tiempo que la felicidad iba cerrando sus ojos. Enseguida se quedó plácidamente dormido.

I I

Algunos sueños que tuvo Edgardo después del almuerzo.

I. El caballo desaparece de la puerta. En su lugar se sitúa un carro de la basura. Unos hombres asoman la cabeza entre el estiércol y sacan la lengua burlándose de los demás. Ello está a punto de originar un grave tumulto. La gente se ha arremolinado alrededor del carro y profieren denuestos y amenazas. Entonces llega el basurero, sube parsimoniosamente al carro, toma entre sus manos las cabezas y las arroja a la multitud que las deja caer al suelo y las rodea, mirándolas con curiosidad, sin acercarse. Poco a poco las cabezas se hunden en la superficie. El carro prosigue la recogida de la basura y la multitud se dispersa.

2. Un muchacho, con un paquete de periódicos bajo el brazo vocea la noticia. Un caracol de enorme tamaño ha comenzado a devorar el planeta.

3 y 4. Una muchacha canta subida en la rama de un árbol.

Dulce tiempo de juventud.
El verano casi acabó
Y algo se va para siempre.
Cuando vuelva a montar en bicicleta.
Habrá pasado algún tiempo.
Y aunque la vejez no haya llegado aún.
Ya no seré la misma de ahora.
Y quien sabe si el amor no me habrá hecho
    desgraciada.

Se rompe la rama y la muchacha cae al suelo de pie. Entonces se quita la careta y aparece con hocico de mono.

Un joven barbero viene con los trebejos, embadurna su cara con espuma de jabón y comienza a afeitarla mientras canta con recia voz.

Llegó la gran ocasión.
Y la hemos de aprovechar.
El águila está volando.
Somos fuertes, somos fuertes.
Nada impide la victoria.

En aquel momento hace un gesto, probablemente de involuntarias consecuencias, con el brazo y la navaja barbera secciona el cuello de la muchacha. No sale ni una gota de sangre, pero su cabeza rueda más allá de la puerta. Enseguida entra con ella bajo el brazo, el gran Leopoldo Lugones.

5. Un joven está leyendo un poema de Max Aub. Cuando vuelve la cabeza ve que, a su lado, hay un bosque incendiándose. Corre hacia él, parece que con la intención de apagarlo. Pero en el ímpetu de su carrera atraviesa las llamas sin quemarse y cae al mar. El mar se incendia.

Se encienden las luces de la sala y la gente se incorpora con cierta desgana porque se ha terminado la película bastante antes de lo previsto.

6. Papanópulus sale de un callejón montado en una bicicleta. En un cesto pendiente del manillar lleva lechugas y alcachofas. En el soporte, sobre la rueda trasera lleva un saco de carbón. Papanópulus

106

está notablemente envejecido y cubre su cabeza con un sombrero agujereado.

Baja de la bicicleta y desinfla las ruedas, luego desinfla a la misma bicicleta. Antes de guardarla en un bolsillo eleva sobre el al saco de carbón y a la cesta de verdura. Ascienden como globos en el espacio.

7. Una mujer vestida de amarillo, que, aunque no la conocía, enseguida supo que era la madre de Papanópolus, salió a la plaza principal de la ciudad. Tras ella iba una manada de conejos, seguida de otra de perros, todos perfectamente formados. Papanópulus se cruzó con su madre sin saludarla porque iba leyendo un poema de Hesiodo. Su madre no quiso distraerle y siguieron en direcciones contrarias aunque cada cuatro o cinco pasos se cruzaban de nuevo.

III

El paseo.

El portero le despertó unos momentos antes de las seis.

—Hala, muchacho, ha llegado la hora.

No hubo de decírselo dos veces. Se puso en pie y lo adelantó antes de llegar a la puerta. Su caballo no estaba allí.

«Se habrá marchado a pastar. Nada le gusta más que la hierba fresca de los prados. Ya lo llamaré cuando lo necesite pues si ahora diera el silbido podría detener la circulación y en este momento es asombrosamente densa. Automóviles en manadas. De toda clase y condición. Por el tipo de automovil y los aditamentos que cada cual le coloca al suyo, es fácil deducir el caracter de su dueño. Además circulan bicicletas y motos, camiones, autobuses y tranvías. Y un tren se acerca lanzando pitidos y echando humo. Y el cielo está surcado de autogiros y aeroplanos, helicópteros y globos. Si ella se retrasa cuando llegue será de noche.»

Pero Alicia apareció a las seis en punto con su rostro casi perfecto de piel tan lisa y blanca y los mismos ojos asombrados. Apenas había cambiado su indumentaria con algunos detalles que le favorecían mucho.

—Ya estoy aquí ¿Has dormido?

Edgardo tardó un poco en contestar. Mientras la miraba hacía recuento de los sueños.

—Perfectamente.

—¿Te pasa algo?

—Se ha ido mi caballo. Pero ya lo encontraré cuando lo necesite.

—¿El caballo, dices? ¿Es un caballo vivo?

—Claro, es un caballo de verdad.

—Y... ¿viajas con él?

—Sí, me traslado sobre su grupa.

Alicia no sabía si darle crédito a sus palabras o si las decía en broma. Había desaparecido la circulación. Ni siquiera se veían peatones por la calle. Caminaban sobre muchas bolsas de papel y cáscaras de frutos secos, hundiendo plácidamente los pies como en una mullida alfombra.

—Es un poco largo de explicar. Antes que hablarte del caballo tendré que hacerlo de otras cosas.

—Bueno, haz lo que quieras. Te escucho.

El viento llegaba de frente y ponía las sílabas a sus espaldas.

—Mi viaje tiene por objeto encontrar una ciudad, y a una persona en ella. Esa persona ha de darme un paquete para llevarlo a otro sitio.

—¿Qué ciudad es?

—Lo ignoro. Unicamente sé que está cerca de un río. Pero la conoceré cuando ponga los pies en ella.

—¿No me estás contando una fábula?

—De ninguna manera. Ven conmigo.

Entraron al amplio portal de una casa próxima. Allí Edgardo dio un silbido que parecía atravesar las paredes. Al momento, cruzando el patio por el fondo del portal, apareció su caballo.

—Un caballo —dijo Alicia—. Es una criatura hermosa.

—Es el mío. Quiero llegar a esa ciudad montado en él.

—¿Cómo es esa ciudad?

Abrió el bolsillo de la montura, sacó un dibujo y se lo mostró. Representaba el frente de un edificio de tres plantas con una amplia puerta y ningún detalle especial que la singularizara.

—Mira, a la entrada de la ciudad hay un edifico con esta portada.

—Ya he visto antes esa casa —dijo Alicia.

—¿Dónde?

—No lo recuerdo.

—A ver si eres tú quien ahora bromea.

—No, esa casa me es muy familiar. La he visto y no puedo recordar donde, pero se me ha quedado grabada en la memoria. No he viajado mucho. Déjame que piense. Quizás la haya visto en un libro. Será eso. ¿Quién te ha dado el dibujo?

—No estoy autorizado a decirlo. ¿Puedes ayudarme a encontrarla?

—No lo sé.

Alicia expresaba en el rostro su doloroso esfuerzo por recordar. Al advertirlo Edgardo desvió la conversación.

—Vamos a dar un paseo. Ahora es eso lo más importante.

Caminaban por una avenida poblada de árboles. También crecían árboles dentro de los portales de las casas, en grandes tiestos sobre los balcones y en el interior de los escaparates. Las hojas desprendidas por el viento bajaban en línea inclinada, como si ingénuamente llevaran la agresiva intención de cortar el paso. Pero sólo les proporcionaban la ligera incomodidad de su choque que les divertía cual un obstáculo fácil y entretenido de romper.

De repente Edgardo se sintió preocupado.

—¿No se te hará tarde?

—Por la noche no trabajo. Quizá tú tengas que hacer. ¿Qué hay de tu viaje?

—He de proseguirlo.

—Te estás entreteniendo conmigo. Vete.

—Aún dispongo de algún tiempo. Ahora recupero fuerzas.

—Entonces sentémonos.

No le dió tiempo a reaccionar. Había tomado su mano y le llevó al interior de un café con amplios divanes donde se podía reclinar la cabeza.

—¿Hay un río en esta ciudad? —preguntó Edgardo.

Alicia cambio el tono de sus palabras.

—La ciudad que busca no es esta.

—Ya lo sé. No lo digo por eso. Quiero arrojar una moneda al río. Trae buena suerte.

—Deposítela en el vaso, es igual.

El vidrio del vaso tenía irisaciones distintas y en su interior había vetas como las nervaduras de las hojas. Se advertía a la legua que, sobre todo en un café, sería muy difícil encontrar otro vaso como ese.

—Tienes razón. En este vaso, sí.

IV

El discurso que no pronunció Papanópolus.

Papanópolus no llegó a pronunciar el discurso. Ocupaba el estrado del salón y tenía a todo el auditorio reunido cuando comenzaron a repiquetear gordas gotas de lluvia sobre las tejas, como si fuera granizo. Habían pasado muchos meses sin llover y la gente, un poco exaltada con ese acontecimiento, salió fuera para mojarse en el agua bienhechora que llegaba en auxilio de la salud y de las cosechas. Algunas personas sacaban la lengua para recibir la lluvia.

Mientras tanto Papanópolus, que seguía sentado ante la mesa, abrió la botella de agua mineral, llenó un vaso y bien troceados los papeles del discurso se los tragó, ayudado por el agua. Salió afuera con el estómago lleno. En la calle nadie le reconocía.

De haberse pronunciado hubiera sido su discurso número veintisiete.

En los otros veintiséis siempre hubo alguna clase de contratiempo. Por eso este no le cogió de sorpresa y le alegraba la lluvia aunque ahora nadie le pagaría el discurso impronunciado.

La gente circulaba bajo los paraguas pero él levantaba la tapadera de hierro, en la calle, de una galería subterránea hasta un salida próxima a su casa.

Cuando entró apenas llovía pero después arreció la tormenta. Y ocurrió que durante la noche llovieron chuzos de punta y al día siguiente amaneció pinchada toda la ciudad. Desclavar y reparar los desperfectos ocupó muchas jornadas.

BIBLIOGRAFIA:

Biografía de Roberto G., Una carta de barro, El cuello cercenado, Semana libre, Las fuerzas iniciales, Sueños y paisajes de raqueos, Poemas en la aldea, En la tierra, Cinco sonetos pánicos, La corbata, Jinete de espaldas, El hueco del pensamiento, Platos de amargo alpiste, De un lado para otro, Homenaje, La flauta de hueso, Humo de pensamientos y sueños, Sólo de trompeta, Un caracol en la cocina, El león recién salido de la peluquería, La tienda ausente, Los cuatro dedos, En Cejunta y Gamud, Las tanguistas, Dentro de un embudo, Arando en la madera, Adolfo, de perfil, Pompón, Cuatro piezas sumergidas, Cinco piezas breves, Margarita o el festín de los caníbales, La Generación del 98, August Puig, Rivera Bagur.

JOSE ANTONIO GABRIEL Y GALAN *

CONFESIONES DE UN «NECROPHORUS FOSSOR»

Fue una luminosa mañana de junio cuando ocurrió *aquello*. No sabría explicar cómo se arrugó la piel del mundo. El caso es que todo se convirtió en polvo. El suelo era una nube de polvo integral que no dejaba resquicio alguno; el cielo, una férrea corteza de polvo amenazando con desplomarse; la franja intermedia debía haber desaparecido si es que existió alguna vez. Los colores, la brisa, los destellos, ¿dónde estaba el suave olor a resina de los pinos? Todo era opaco y arenoso. Ya no volví a ver nada de la misma manera. Una fuerza soberbia me lanzó por los aires bamboleándome de un lado a otro como hoja de árbol, durante un tiempo que yo imagino exiguo y angustioso. Fui a aterrizar a una especie de páramo, sin duda recién formado por efecto de la conmoción universal. Me palpé aquí y allá para comprobar el estado de mi anatomía y por fortuna todo parecía en orden, salvo que el pelo y las cejas se me habían cubierto de una fina capa de ceniza, como si fuera un penitente, y en verdad había comenzado el miércoles de pasión. Y las uñas: penetradas por la ceniza hasta su más honda intimidad. En vano traté de sacudirme aquella favila que había cobrado carta de naturaleza en mí, quizás para transformarme en un viejo.

Perdí la noción del tiempo y del espacio. Cuando el panorama se fue despejando y el horizonte comenzó a abrise entre la leve gasa polvorienta, inicié otra inspección corporal, pues sentí que algo no iba bien. Me resultaba imposible saber si estaba de pie o sentado, o aún flotando; si podría sonreir o practicar algún gesto quejumbroso. Lo único cierto era que no me encontraba los brazos, ni las piernas, ni la cabeza. Tampoco hallaba mi sexo. ¿Para qué seguir el prolijo recuento de mis pérdidas? La realidad resultaba tan simple como abrumadora. No había espejo que lo demostrara, pero estaba seguro de que me había trans'ormado en escarabajo. Quizás en escarabajo patatero. Sentí esa identidad genérica como una conversión; no se trataba de aceptar o rechazar algo, sino de *saberse* escarabajo. En aquellos momentos no pude ni acordarme de Kafka: hubiera sido una frivolidad.

* Nace en 1940. Licenciado en Derecho y en Periodismo.

Pronto pude comprobar la intensidad de mi drama: era estrictamente un *necrophorus fossor* o escarabajo enterrador. Casi no me atrevo a contaros mis inclinaciones: vivo sobre y de los cadáveres, en ellos pongo mis huevos y de esa manera aseguro el alimento de mis larvas. Sé que os doy asco, pero ¿qué puedo hacer? Os invito a cerrar mis ojos hundidos, a apartaros de mí inmediatamente como del enemigo vuestro que soy. En nada puedo ayudaros, ni siquiera me han dotado con el don del suicidio. Así es que en tan lamentables circunstancias, y con mi abyecta condición a cuestas, eché a andar hacia adelante, carretera y manta, como si dijéramos. Andar por andar, no tenía ni la más remota idea de lo que podría hacer conmigo mismo, salvo arrastrarme por el suelo quemado, aprovechando las ranuras más favorables del terreno, con dirección a ninguna parte.

Os avanzaré, para tranquilizaros, que estaba dispuesto a no hacer uso de los repugnantes instintos que me había asignado la madre naturaleza, o mejor, el hijo de la gran puta que puso en marcha la explosión nuclear que asoló el planeta. Mi cabeza funcionaba perfectamente. ¿Y qué quereis que os diga? Yo me sentía homínido (perdonadme la expresión) y, en este sentido, me repelían de igual manera que a vosotros mis sucios reflejos. Sería preciso hacer grandes esfuerzos para resistir la duras tentaciones que se me avecinaban, pero por nada del mundo renunciaría a la inteligencia restringida que aún me era fiel.

Lo más curioso es que no vi un solo cadáver en mi largo caminar, lo cual, por un lado, me produjo consuelo ético-moral, pero por otro me provocaba unas hambres pavorosas. He de decir que aborrecía las verduras con las que se alimenta el escarabajo de la col, o las rosas y frutales que tanto gustan al escarabajo del Japón, o la harina, alimento preferido del *tenebrio molitor,* etcétera. Lo mío eran los cadáveres, dieta insustituíble y, al parecer, desaparecida de la faz de la tierra. ¿Qué triste destino me esperaba?

En el fondo buscaba un refugio, no había perdido el sentido de la orientación ahora descendido al ras de la tierra. Aunque de reojo observaba los bordes de los caminos por si divisaba algún cadáver despistado, os repito que estaba dispuesto a morir de hambre antes que abjurar de mi más noble y auténtica condición. Mi objetivo era el refugio, algún refugio donde pudiera exponer mis problemas de identidad con la esperanza de encontrar un antídoto que resolviera la cuestión o, en el peor de los casos, exigir que una sólida pierna dotada de una implacable bota aplastara mi caparazón, hundiendo así mis perentorias contradicciones.

En esta tesitura marchaba yo camino de Talavera de la Reina, donde sabía de la existencia de un amplio refugio antiatómico adornado con los mayores adelantos, cuando súbitamente oí una especie de zumbido a mi lado. Luego, otros mil zumbidos remotamente familiares. Me asusté pensando que se iniciaba una nueva verbena atómica que podría hacerme descender aún más en la escala de las especies. Pero lo que ví me dejó todavía más perplejo. Detrás de mí, y hasta donde me alcanzaba la vista, se arrastraba una interminable columna de *necrophorus fossor*. Hermanos mios al fin, ¿no? El corazón me dio un vuelco, ya que la mayoría de ellos estaban lisiados; quién tenía una patita destrozada, quién un borde del caparazón horriblemente abrasado por las radiaciones, quién un ojillo colgándole de un hilo. Sentí un movimiento de solidaridad universal, al mismo tiempo que constataba que los individuos a los que la explosión había pillado desprevenidos se habían convertido en *necrophorus fossor*. Era, pues, también mi caso. ¿Y qué íbamos a hacer si no existía un solo cadáver sobre el que acunarse? Ciertamente, yo era superior con mis facultades mentales intactas. De ahí que aquella infinita cofradía me siguiera instintivamente. La conmiseración se superpuso al asco que me producían los desgraciados. ¿Qué podía yo hacer con aquella procesión de kilómetros y kilómetros de escarabajos enterradores que confiaban en mí como si yo fuera Gandhi? ¿Cómo presentarme ante la puerta blindada del refugio de Talavera con esa patética brigada de sepultureros?

Ya he explicado las alternativas de mi corazón. No podía abandonarlos a su suerte porque ésta ya estaba echada. Eran sus heridas e invalideces las que me conmovían. Subido sobre una piedra calcinada y tratando de rodear con mi vista la caótica hilera de derrotados, les propuse diversas opciones. Estuve francamente brillante, demostrando unos conocimientos que no sé de dónde salieron. En síntesis: les pedí que se agruparan por ideologías. Los prosoviéticos podrían dirigirse al país que había construído nada menos que 175 millones de plazas de refugios antiatómicos. A los partidarios del libre mercado les señalé el camino de Estados Unidos o Alemania Occidental. A los socialistas pragmáticos les marqué una cruz sobre Suecia donde, según mis noticias, había sitio para ocho millones de personas. «¿Personas?», dijeron ellos. Miré hacia otra parte ruborizado. A los místicos les hablé del maravilloso refugio del Vaticano, en el que sólo estarían junto a la consoladora sombra del Papa, sino que además podrían entretenerse contemplando cuadros, joyas, tapices y demás reliquias que la Curia había logrado introducir allí para salvar el tesoro de cualquier holocausto.

La respuesta fue emocionante. Todos los escarabajos se sintieron españoles por los cuatro costados. Nadie quiso saber nada de la URSS, de USA, del Vaticano. No sé si lo hicieron por patriotismo o porque no estaban en condiciones de dar un paso más. El caso es que con sus pitidos de lisiados y su batir de alas interpretaron el himno nacional. Tuve que esconder la cabeza bajo el caparazón para que no me vieran llorar. Me habían demostrado que todos merecían ir a Talavera de la Reina.

Total, que hacia allá nos fuimos. Resultó una peregrinación penosa, al mismo tiempo que un ejemplo de hermandad en la especie. El recorrido fue lento, dificultado por el considerable deficit de las fuerzas. Hubo numerosas bajas; algunos cayeron rodando por las pendientes sin posibilidad de reintegración, otros quedaban inmóviles en el camino, panza rojiza arriba, sin que pudiera hacerse nada por ellos, a pesar de que se registraban frecuentes casos de heroismo. Pero la mayoría resistió y finalmente logramos alcanzar nuestra meta a base de gritos de ánimo, canciones folklóricas y marchas militares.

El refugio era en verdad precioso y la esperanza renació en todos. Quien más quien menos confiaba en que allí encontraría antídotos, principescos besos transformadores o, al menos, tenaces botas eutanásicas.

Rodeamos el edificio de hormigón armado sin ninguna intención de cerco o asedio. Yo me dirigí resueltamente hacia la compuerta blindada. El cielo era cristalino, la calma total, recuperamos incluso el olorcillo a retama característico del monte bajo. Me alarmé porque la compuerta estaba abierta de par en par. «Son unos imprudentes», pensé. Penetré en el interior lleno de raras sospechas. Todo estaba iluminado, el aire acondicionado quizás un poco fuerte. Ni un solo ruido. Lo que vi me hizo llevarme las patas a la cabeza. Muertos, estaban todos muertos. Cientos de muertos en las más naturales posiciones. Los había en la ducha, los había cocinando, jugando al mus, haciendo el amor. Todos impecables, magníficos, sorprendidos. Perdonadme una vez más: mis ojillos brillaron de emoción, los jugos gástricos se me revolvieron. Mi lucha interna podría calificarse de dramática. Los principios morales, la solidaridad homínida, las promesas repetidas combatían sin piedad contra la vorágine del apetito. Quise reir altaneramente pero no pude. Quizá fue esa imposibilidad la que me decidió a volverme hacia la compuerta de entrada y lanzar desde allí un silbido intensísimo que todos mis hermanos entendieron a la perfección.

Y aquí estamos, felices, en Talavera de la Reina. Viviendo una nueva existencia fácil y ordenada, fieles a nuestra condición de escarabajos enterradores. Mis larvas crecen sanas y robustas, gracias.

BIBLIOGRAFIA:

Descartes mentía, Un país como éste no es el mío, Razón del sueño, Punto de referencia, La memoria cautiva, A salto de mata, Tiempo del 68.

114

JOSE ANTONIO GARCIA BLAZQUEZ *

LA MIRADA DE LAS ESTATUAS

Aun sabiendo que está definitivamente perdida temo que vuelva. Que de un momento a otro aparezca ante mí, y todo son pesadillas y obsesiones. Percibo su presencia en cuanto apago la luz, escucho en la oscuridad su respiración anhelante, creo ver una especie de plasma que, de una manera burlona y esquiva, me toca y deja en mi piel un picor indefinible. Sé que si enciendo la luz no veré nada extraordinario. Astuta, se habrá escondido en las rendijas del armario o en alguna grieta de la pared. De todos modos, suspiro con alivio cuando pienso en que ya pronto abandonaré París y podré entrar en casa, libre para siempre de semejante carga.

Oigo llover desde este cuartito de hotel, modesto, casi pobre. En principio, no estaba previsto que ella y yo fuéramos a alojarnos en un hotel. Nuestra familia nos había dado la tarjeta de una amiga. «Una gran señora —había especificado mi padre— que os acogerá con los brazos abiertos». En la tarjeta aparecía un hermoso y novelesco nombre: Clara Isabel de la Falaise, 24 rue de Berri. Esa calle se encuentra cerca de los Campos Elíseos, y la supuesta casa de la supuesta amiga de mi familia es un palacete decimonónico en cuya fachada todo es curvo: geniecillos, atlantes y sirenas navegan entre olas de piedra, pues el sitio que ocupan nunca parece el definitivo y lo mismo descansan sobre las retorcidas verjas de las ventanas como están a punto de emprender el vuelo desde el tejado, limitado por dos pequeñas cúpulas de pizarra con historiadas coronas de hierro en sus cimas. Ya estaba yo saboreando el placer de habitar esa casa cuyas dimensiones me prometían independencia y comodidad cuando, alertada por el timbre, abrió la puerta una vieja desabrida que, mirando a mi acompañante con cierta prevención, declaró que la señora no estaba allí. «Elle est partie», dijo, y la puerta, enorme díptico de espesa madera reforzada por adornos de hierro forjado, se cerró contra nosotros de tal manera que, de no estar la calle detrás, habría creído que íba

---

* Doctor en Filosofía y Letras, ex-profesor de español en Inglaterra y ex-funcionario internacional en Ginebra. Premio Nadal.

a sepultarnos. Así es que no pudimos encontrar los acogedores brazos de la, ya para mí misteriosa, Madame de la Falaise.

Sigo escuchando la lluvia, y la imagino caer sobre las estatuas, a las que me ha dado por considerar como amigas mías, y que contemplo en mis vagabundeos, encaramadas sobre las cornisas de las estaciones y de los teatros, mientras huyo de ella, o ella me persigue, no sé. Puede que las estatuas, bondadosas, me indiquen los caminos

El agua cae con fuerza y huele a humedad. La habitación tiene forma de pentágono y da a un patio oscuro y desolado, al amanecer poblado de palomas que me despiertan. El papel floreado de los muros me inquieta. Tiene motivos que se mueven. Las pálidas rosas que lo adornan forman calaveras que me miran de reojo. Una de ellas me recuerda a la cara de mi abuela, cuando murió de consunción a los ciento diez años. Otra tiene el gesto de papá, en los momentos en que se disgusta y se pone lívido; otra, cercana al balcón, es mamá, gozando de los resultados de su último régimen dietético. Y también aparecen allí plasmadas las caras de diversos personajes con los que me he cruzado en la vida, y quién sabe, algunos que me quedan por conocer. Mientras miro hacia la pared me doy cuenta de que odio a mi familia. En cuanto regrese, solo, no volveré a ellos. Seré libre, y podré alquilar un apartamento y disponer como quiera de mis horas.

Ante esta perspectiva la alegría me recorre los miembros, como si la sangre se me llenara de burbujitas. La libertad. ¿Y qué será la libertad? El cuartito se me antoja casi acogedor. Es posible que, en tiempos, esta habitación fuera una salita de estar, habitada por una vieja señora, sentada ante una mesa camilla, y por un gato que imagino grande y amarillo, ronroneante y con cara enfurruñada, alerta a los revoloteos de las palomas. Algo debe latir detrás de ese papel descolorido y debajo de la moqueta, verdosa, raída y manchada, que despide un denso olor a ropa vieja y sugiere aburrimiento, provisionalidad. Recreo también a los solitarios huéspedes que habrán pasado por este cuarto, y veo a uno de ellos, escribiendo junto al balcón una larga carta, acaso sobre un amor frustrado, o un libro que no publicará nunca, o quizá sí, o puede que sólo cuentas, números relativos a gastos diarios y a hipotéticos ingresos.

Y cuando me doy cuenta de que esas reflexiones no son más que vulgares tópicos para defenderme, me asalta el miedo otra vez. Los psiquiatras hablan de pérdidas de la realidad. Yo diría más bien que se trata de la conciencia absoluta de la realidad. Que cuando se dice de los locos que han perdido la razón no se piensa en que han adquirido otra cosa: han entrado en el mundo de lo real, tal como es. La postiza razón ha ido imponiendo sus artificiales criterios, y cuando éstos ya no se sustentan, el universo se muestra con su auténtico aspecto: el caos. Así, miro el teléfono y creo que va a estremecerse, visualizo sus estridentes vibraciones. «Monsieur, la police vous attend

dans le hall», diría la vieja de la recepción con su acento seco, plano.
Yo desciendo, me envuelvo meticulosamente en mi porte de persona
normal y recta, apenado por la desaparición de la hermana. «Vous
l'avez trouvée», preguntaría, fingiendo una frágil esperanza. Y ellos
moverían la cabeza. «On ne trouve les morts que d'une certaine facon».
Ignoro por qué he imaginado esa frase. Sin duda, a ningún agente de
la policía se le ocurriría pronunciarla. El caso es que esa escena se
ha grabado en mi mente y que, por tanto, ha sucedido, o va a suceder. La acabo de registrar. He visto a la vieja recepcionista, en pie
ante la policía, lanzándome una mirada maligna, y he visto la cara de
los gendarmes. Dos: uno maduro, otro más joven. Más agresivo el
mayor, el otro con pinta de novato. Es el mayor el que dice a los
muertos sólo se les encuentra de cierta manera.

Pero todo esto termina por parecerme algo sin importancia. Una
defensa más. Lo que me aterroriza son sus pasos. Presentidos, lentos,
igual que en una película de horror. Y también de esta última su-
gestión trato de protegerme: casi todas las películas de horror son
ridículas. Los espectadores se ríen y bromean ante las escenas más
atroces.

Maldita. Obscena muñeca de porcelana vieja y pintada. Basura
envuelta en sedas y gasas manchadas de pontigues. Monstruo mudo
para todo el mundo, ¿por qué sólo delante de mí te salía la voz?
¿Por qué únicamente conmigo podrías comunicarte? Rosa podrida.
Aborto.

No me extraña que la familia me lo haya echado a mí sobre las espaldas. Que sea su hermano quien cargue con ella, puesto que a los
demás no puede o no quiere hablarnos. Que nos deje libres de su
presencia, que tanto nos perjudica. Mejor que sea él quien lo saque. Su
hermano. ¿Y es ella mi hermana, en realidad? Qué sé yo. Es archi-
sabido que la opresión adquiere las formas más caprichosas. Que nos
acecha y atrapa y en ocasiones nos enloquece.

«La sacarás esta tarde», decía papá, y a mí, ese verbo, sacar, me
revolvía. Pero es que ya tenía ella la esencia de cosa, de animal, de
fenómeno. Mamá trataba de dorar la píldora. (Al fin y al cabo —ra-
zonaba— es lógico que los hermanos salgan juntos. Y te quiere tanto.
Hay que tener piedad». Yo protestaba. Les recordaba lo que hizo la última vez que la «saqué»: cuando robó las pulseras en un comercio,
cuando arañó a una señora en el cine, cuando se metió en la fuente de
las cigüeñas, cuando gritaba de improviso. Pero a ellos no les interesaban aquellas travesuras de poca importancia. Es más, sospechaban
que las inventaba yo. Tretas para conseguir que la internaran, y bien
sabía yo —recalcaban ellos— que para eso no existía motivo. Que la
solución era dejarla vivir su vida, a ser posible junto a la persona que
élla eligiera: yo, claro.

Me he quedado dormido, y cómo no, he soñado con ella. Pero no ha sido una pesadilla ni he despertado entre sobresaltos. Los dos estábamos nadando en el mar. Un mar plomizo, de amplias olas que no estallaban en crestas de espuma, sino que ondulaban, lentas, hasta lamer la lejana orilla. Había una corriente que nos arrastraba mar adentro, y esta corriente era dulce y cálida, me costaba mucho trabajo luchar contra ella. No obstante, era consciente de que si me entregaba a la corriente moriría, aun sin dejar siquiera de flotar. Lo curioso es que ella estaba sin estar. Yo sabía que nadaba más o menos cerca de mí. Pero no podía verla.

Bien, que me visite en sueños si quiere. No voy a obsesionarme más. Soy libre, estatua repentinamente móvil que baja de su pedestal y camina. He aprovechado este viaje a París para deshacerme de ella, fracasadas aquellas otras intentonas más ingenuas, en la provincia. Y es que allí siempre encontraba su camino. Tenía perfectamente registrados los necesarios puntos de referencia. Pero aquí será inútil. Si ha despertado en las tinieblas de ese cine de perversos adonde la llevé, alguien se la habrá apropiado, y si no ha despertado porque los somíferos que le hice tomar bastaron para causarle la muerte, descansará ahora en el depósito de cadáveres, y nadie irá a reconocerla. Con todo, me sigue poseyendo ese temor irracional de verla aparecer como si tal cosa. ¿Cuántos comprimidos le hice tomar, previamente machacados y diluidos en un vaso de cocacola? Los suficientes para que perdiera el sentido, por lo menos. El cine estaba cerca de la cafetería en donde nos paramos un momento para que ella bebiera eso, y al cruzar la antesala me pareció ver que enormes monstruos bípedos sacaban sus lenguas enormes para absorberla y tragarla. Poco después ella dormía.

El cine. De nuestra ciudad recuerdo aquella sala cubierta de espejos en los que ella, al encenderse las luces, se empeñaba en buscarse, mientras yo empezaba a temblar, temeroso de que llamara la atención. Pero era la sala más cercana a nuestra casa, y así se me ahorraba el tener que caminar juntos y soportar las curiosas miradas de la gente (pues se nos quedaban mirando, algunos se reían bajito, y es que ella, a lo mejor llevaba los ojos rabiosamente pintados o se había puesto alguna extravagancia en el pelo, cosas que a mí me pasaban inadvertidas, tan costumbrado estaba a sus locuras). En otras ocasiones visitábamos el pequeño zoológico que había en el parque, y lo que más le gustaban eran las aves. Los pavos reales, con el abanico abierto; los ibis, que extendían un ala para poder verse en el agua. También le atraían los mandriles y los casuarios, que de repente se engarzaban en violentas peleas. «Los colores —exclamaba—. Quiero llevarme los colores». Cuando se le antojaba algo que no podía conseguir le daba por llorar y gritar, y había que irse apresuradamente de donde estuviéramos. Ocultarse. «Yo quiero los colores, las plumas».

Aprendí a ser cruel. Ella me enseño a serlo. «Plumas ya tienes bas-tantes», le decía empujándola. La pellizcaba en el cuello, en los brazos, pero o no le hacía daño o le gustaba sentirse martirizada. Me miraba con unos ojos vacíos. Como los de las estatuas. Y estiraba los labios en una sonrisa de enigmas y amenazas veladas.

—Te gusta que te pegue, ¿he?

Su pasividad me dejaba sin recursos. Ella estaba dentro de mí, como un mal. La veía al mirarme, al oírme, caminando o durmiendo en mis ensoñaciones. Progresivamente acentuaba yo los castigos. Un día, en la calle, pisoteó la quincallería que un vendedor había espar-cido sobre una manta. Hubo gritos e insultos y tuve que dar al hombre el poco dinero que llevaba. La gente se había arremolinado alrededor de nosotros, y yo sudaba de vergüenza y de rabia. Después, cuando todos se dispersaron y ya en otra calle me encontré solo con ella, la tiré al suelo y la pateé hasta hartarme. Decidí que, aunque ellos in-sistieran, no volvería a sacarla.

Pero aprendió el camino de mi academia y le dio por esperarme a la salida. Mis compañeros empezaron a reírse y a cotillear, y los amigos que tenía se fueron alejando de mí. Orgulloso, no me digné explicarles el asunto, pero pasaba muchos apuros y humillaciones. Me sentía marcado en aquella ciudad de la que ya deseaba huir. Traté de sobornarla: si no vas a buscarme a la academia te compraré un es-tuche para tus joyas, o una pistola como la de papá. Pero yo no podía comprarle todo lo que le prometía y ella insistía en esperarme. Se quedaba estribada contra la pared y encendía un cigarrillo, imitaba a las putas haciendo la carrera. Muchas veces pasé de largo ante sus contorsiones, pero entonces se ponía a correr y me alcanzaba, me cogía de la mano. Se aferraba a mí cada vez más, se integraba a mi cuerpo y a mi alma. Me absorbía. Una tarde de invierno, ya oscurecido, pa-samos por el puente mientras yo cabilaba en cómo podría castigarla. Hice lo primero que se me ocurrió; la levanté y la senté sobre el pretil, con las piernas pendiendo sobre el vacío. A intervalos regulares la empujaba, pero ella reía, sin miedo alguno. Volvía la cabeza y me miraba con sus ojos lejanos, me sonreía, impávida, con sus estirados labios de cariátide.

La primera vez que intenté hacer que se perdiera fue en un re-vuelo que se organizó en la plaza principal a consecuencia de las reivindicaciones de unos obreros. Era un día de lluvia, y la plaza bri-llaba abarrotada de paraguas abiertos. A mí me levantaron dolor de cabeza los discursos, los pareados incensantemente repetidos y los broncos vítores. Aproveché la confusión final y eché a correr, me abrí paso entre la gente, y hubo algunos que me miraron asustados, pen-sando acaso que algo había ocurrido. No volverá nunca, confiaba yo, mientras subía la escalera de casa. Sola no sabrá volver. Me sentía nervioso, pero liberado y casi feliz. Se ha perdido, se ha perdido, canturreé, y jamás seré vencido. Era como si por un milagro me hubiera curado de un dolor.

Pero ella ya estaba allí. Me di cuenta de que se me encorchaban las mejillas. Se había metido en mi cuarto y me esperaba, mojada, tiritando, pero con esa sonrisa llena de toda la perversidad del mundo. Y tuvo el cinismo de decirme:

—Te perdiste.

Aquel día decidí que el castigo consistiría en no castigarla. En no hacerle caso. Y me puse a leer, ajeno a su presencia. Luego, como continuara zascandileando en torno mío, me harté y salí de casa. Por casualidad, o por necesaria coincidencia, me encontré con una compañera de clase que me gustaba mucho, pero que se había ido alejando de mí al ver que ella me esperaba todos los días a la puerta de la academia. Esta vez estuvo simpática, sin embargo, y me preguntó por qué faltaba tanto a las clases. Y yo estaba dispuesto a confesarle la verdad, a pedirle un poco de comprensión, cuando de improviso la vi venir hacia nosotros. Y eché a correr como un memo, no se me ocurrió otra cosa. Todo el resto del día me debatí tramando proyectos disparatados, y ya de noche, gacha la cabeza, regresé a casa.

La segunda vez que traté de desprenderla de mi vida fue en una verbena. Compré una botella de coñac y me dediqué a emborracharla. Le ponía el gollete en la boca, y ella tragaba y le brillaban los ojos, reía, lanzaba grititos contenta de que por fin la estuvieran castigando. Se nos acercó una vieja que comía churros y se metió conmigo. Me increpó con la boca llena: «Deje usted a la chica, bruto, mala bestia». Luego nos siguió un tipo gordo, con unos ojos calenturientos, aceitosos, que parecían resbalarle por la cara como cucarachas, y yo me detenía de vez en cuando para que no nos perdiera de vista. Había mucho humo de frituras y el aire estaba impregnado de un denso olor a comida. Pero ella no terminaba de marearse. Atravesaba la fase alegre de la borrachera y no paraba de reírse. El mundo era como un caleidoscopio, estallando en cantidad de visiones mágicas. Los ojos viciosos del tipo gordo flotaron como abejorros, se fijaron en ella y después bailotearon, acercándose, sus manitas fofas, que se posaron en la cintura de mi hermana, al tiempo que yo me escurría detrás de una caseta.

Poco más tarde estaba yo en mi cuarto, acostado, cuando mamá vino a preguntarme: «¿Qué has hecho con ella? ¿Dónde la dejaste?» Yo respondí que se me había escapado. Que salió corriendo y no pude encontrarla entre tanta gente como había en la verbena. Mi madre movió la cabeza, y comprendí que no me creía, que sospechaba mis intenciones. Pero advertí algo raro en su cara. Una expresión de ansiedad, no sé, que reflejaba un deseo parecido al mío: liberarse.

De todos modos, a la mañana siguiente ya estaba de vuelta. Escuché sus pasos y yo mismo fuí a abrirle la puerta de mi cuarto. Sonreía, y sus ojos y su boca componían gestos inquietantes. Era como si le poseyera una sabiduría especial. Puede que careciera de las condiciones normales de raciocinio, pero estaba dotada de un sentido que nadie tenía, y parecía comunicarme: Es inútil, jamás podrás deshacerte de mí, me he metido ya en tu vida, o lo he estado siempre, y tu vida es mía, y serás como yo, y los dos seremos uno. Sus palabras, no obstante, fueron las mismas que las de la primera vez:

—Te perdiste.

Repliqué, rabioso: «No, no me perdí, te perdiste tú. Te quedaste con el gordinflón de ojos de cucaracha. Anda, dilo, rompe de una vez a hablar con los otros».

Pero los otros, ¿qué eran para ella? ¿Los veía, siquiera, los oía, sabía al menos que existían? En esa esfera cerrada de su mundo solamente yo tenía cabida. Los dos delante de un espejo, mientras se entregaba a sus insensatas metamorfosis de maquillaje, a sus diabólicos desdoblamientos, observé, horrorizado, que nos parecíamos y que tal vez era esa semejanza lo que le conducía a mirarse en mí. Decidí que, en cuanto me saliera más barba, me la dejaría crecer. Determiné también ensayar una nueva intentona de deserción.

Esta vez fue en la laguna del parque. Era un día nublado y apenas había gente por allí. Una pareja remaba calmosamente, pero acudieron a devolver la barca en cuanto comenzó a chispear.

—¿Te apetece que demos un paseo en barca? —le propuse.

Palmoteó, ilusionada, y fui a alquilar la misma barquita que había dejado la pareja. Remé con fuerza hasta el centro de la laguna —lástima que no fuera un auténtico lago, borrascoso y profundo—, y ella chapoteaba con el agua, no se estaba quieta, le poseía una de esas explosiones de alegría que le ponen a uno frenético, y clamé por una milagrosa ola gigante que se levantara y la hundiera en un fondo inexplorable. Bien me conformaría con que cubriese lo suficiente, y aprovechando una de sus posturas más inestables, la empujé. Mi hermana sabía no nadar, y ya lejos de mí le sería imposible articular una palabra. No miré hacia atrás mientras remaba hacia la orilla. Se ha ahogado, me dije, con cierta esperanza y algo de terror. Esta vez es seguro que no volverá. Devolví la barca y me puse a caminar entre los árboles, libre, pero sintiendo en mi mano el vacío de la suya, una especie de antimateria, una cavidad despojada de su familiar contenido. Esta sensación desagradable, como un picor, no me dejó de atormentar durante todo el día. Entre dormido y despierto imaginé aquella noche que ella tiraba de mí, que se empeñaba en atraparme hacia el fondo cenagoso de la laguna, y me iba hundiendo, percibía en torno a mis miembros el agua espesa, y era tan dulce dejarse llevar. Cuando desperté, sin apenas haber descansado, el sol entraba por la ventana. Ella estaría atrapada entre las viscosas plantas entre el barro y las piedras.

Pero reapareció aquella tarde (yo había dicho a mis padres, como para darme tiempo, que la había dejado jugando en casa de unos amigos y que tal vez dormiría allí), y sus ojos y su sonrisa eran más terribles, más vacíos, más ajenos al mundo. No era mi hermana ni nada mío. Era un ser remoto delante de mí, embadurnado de barro reseco, la cara pálida de payaso, murmurando: Te perdiste, te perdiste.

A todo esto siguió una tregua porque al haber obtenido excelentes calificaciones en mis exámenes de fin de curso mis padres decidieron obsequiarme con un viaje a París, ciudad cuyos planos y vericuetos había yo estudiado teóricamente. Ella vendría conmigo, claro, y yo confiaba en lo fácil que allí me sería perderla. Hasta la fecha de nuestra salida me resigné pues a su compañía. Paseábamos por el parque y nos sentábamos en un banco al sol, como dos viejos. Mi estado de ánimo era ansioso y ausente a la vez. De vez en cuando sacaba del bolsillo la tarjeta de mis padres con el nombre de su amiga, que nos acogería en su casa, 24 rue de Berri. Y cuya puerta se cerraría en nuestras narices.

La camarera que sirve el desayuno en el hotel es española. Se llama Alberta y habla traduciendo del francés, en ese idioma híbrido de los emigrantes. Dice «orduras» por basuras, «salopería» cuando encuentra algo sucio o manchada, y «desolada» por lo siento. Su única frase invariablemente correcta es una muletilla que agrega al final de cada observación: «¿comprende usted lo que le quiero decir?» Con lo cual siempre parece que está tratando de comunicar algo difícilmente comprensible.

—Hoy no desayuna su hermana, ¿verdad? —me ha dicho al verme solo en la mesa.

Mi seca negativa, un simple movimiento de cabeza, parece irritarla: «Se lo pregunto para saber si puedo retirar el servicio —aclara—, ¿comprende usted lo que le quiero decir?»

Hago sí con la cabeza.

—Aunque, la verdad —añade—, no debería usted dejarla sola. Es una chica muy guapa. ¿Comprende usted lo que le quiero decir?

Vuelvo a realizar un signo de asentimiento, mientras ella persiste en su deseo de entablar conversación.

—Nosotros éramos diez hermanos. Yo, la mayor. La más guapa era la menor, se fue a servir fuera y no volvimos a saber de ella nunca jamás. ¿Comprende usted lo que le quiero decir?

122

Termino mi café y me acerco al mostrador de la recepción. La vieja encargada se encuentra en ese momento cosiendo una media negra en la que ha metido un huevo. Se ve el huevo a través de la malla, y yo me pregunto si el huevo será de verdad. Con la aguja va espesando la malla, pero se detiene para levantar los ojos hacia mí por encima de sus gafas, con gesto interrogativo. Entonces tiene lugar un incidente absurdo. Yo trato de decirle que pasado mañana dejaré el hotel, que me prepare la cuenta, pero las palabras no me salen y además ella dice algo que no comprendo. Me parece que ha preguntado por mi hermana, pero no estoy seguro, y voy y le pregunto yo, ella no me entiende y me pregunta a mí, y entre tanto se le ha estallado, dentro de la media, el huevo dichoso, que sí era de gallina, y se mira las manos manchadas. Se pone en pie ,histérica y lanza un chillido penetrante. Yo me escapo hacia la calle, poseído de risa y del inexplicable temor.

Hay algo que me hurga en la cabeza mientras camino desde el hotel hasta la Gare du Nord, y contemplo las estatuas, apoyadas en la cornisa, tan tranquilas. Ha dejado de llover, y las nubes sueltas, se desplazan hacia el Este. Decido no bajar al Metro y camino por la rue Lafayette, hasta Opera. Estatuas doradas y verdes presencian la vida de abajo. Hay una muchacha, junto a la boca del Metro, que se ha puesto a gritar. Es como un eco multiplicado del chillido de la vieja recepcionista. Lanza agudos alaridos de loca. Es gorda y va vestida con un blusón blanco, balancea una bolsa de plástico y persigue a un tipo al que llama «satyre» y «salaud», y continúa gritando. Nadie le hace caso, y yo la miro como los demás, como se considera a un elemento perfectamente integrado en la locura de la masa. Lo que me bulle dentro, de repente, pues hasta ahora no se me había ocurrido pensar en ello de esa manera, es esa generosa, condescendiente actitud de mi familia. «Nada, nada, te mereces un viaje a París, que tantas ganas tienes de conocer», había dicho papá, a la vez que mamá asentía con una sonrisa cuya amargura no advertí en el momento pero que recreo perfectamente en la memoria inspirado por una de las estatuas de la Gare du Nord: una mujer recostada, de aspecto laso, como resignada a tener que mirar eternamente lo mismo. A no ser libre. ¿Y qué será la libertad?, vuelvo a preguntarme. ¿Cómo sabré reconocerla? No bastaría imprimir movimiento a la estatua. Sería necesario algo más. Estoy entrando, creo, en un juego de asociaciones. Pienso en lo que me contó mi hermana uno de estos días: había irrumpido en el salón, toda desnuda y pintarrajeada precisamente cuando papá y mamá charlaban con un matrimonio amigo que había ido a hacerles una visita. Al parecer, aquello había tenido consecuencias. Tuvieron que seguir, supongo, las inevitables explicaciones, los lamentos y las excusas. Y la vergüenza. Una situación que no debería repetirse jamás, decidirían, y para ello, ¿qué más fácil que ese viaje a París donde, sin duda, mi tentativa de perderla quedaría lograda? La tarjeta de la señora de La Falaise podría significar dos cosas: en el caso de encontrar a la señora, dejarle a ella

123

mi carga; y en el de no encontrarla, actuar por mis propios medios. Así pues eran ellos, mi familia, eran ellos quienes estaban dictándome todos mis actos. Ellos, los jueces; yo, el verdugo.

No obstante, la conclusión a la que llego termina por disgregarse, enmarañada, y sólo me cabe pensar : puede que sí, puede que no. Acaso sea eso, pero es posible que me equivoque. Y la vida me parece tan confusa, tan injusta y enigmática que me abandono a otros pensamientos, y entre ellos surge el recuerdo de una cartera de cuero rojo que había visto ayer precisamente frente al cine en donde dejé a mi hermana. Rue du Dragon. Tengo que comprar esa cartera. Antes, como para hacer durar la expectación, entro en el drugstore de Monsparnasse y devoro una hamburguesa con patatas fritas, bebo dos cervezas y me entrego al sueño de mi futura libertad. Nadie deberá meterse en mi vida, decido. En esa cartera que iba a comprar, uno de sus departamentos sería para mis notas secretas, otro para los documentos, otro para la agenda y los bolígrafos. Como hay gente que espera una mesa libre, pido la cuenta y abandono el lugar. La rue du Dragon es la segunda a la izquierda. Estrecha y corta, quebrada. La tienda no está abierta todavía, o acaba de cerrar, pero la cartera sigue allí, afortunadamente, junto a un cubo para hielo en forma de piña, unas cajitas de papier maché, un cuadro viejo que representa la agonía de un personaje histórico. Tengo que esperar, parece ser, por lo cual decido entrar en el cine. ¿Decido? He pagado ya la entrada cuando me doy cuenta de que estoy en las tinieblas y percibo la energía, casi cósmica, que allí flota. La atracción-repulsión de los cuerpos. Las manos que buscan y las manos rechazan. Los ojos que horadan la espesa negrura. La carne del hombre. No quiero mirar a la pantalla, y con los ojos cerrados me imagino en algún lugar del universo toda la carne de todos los hombres y mujeres del mundo, formando un astro, inconmensurable masa que palpita, algo así como el corazón del universo. La vida. Late entre las galaxias, rojizo y blando. Día tras día engorda y bulle de sangre nueva. Uno de sus tentáculos me alcanza. Creo reconocer la respiración que revuelva junto a mi oreja. Es ella.

Las pastillas no la han matado. Habrá dormido, supongo, escondida en los servicios, o debajo de las butacas, o detrás de los sillones de la antesala. Alguién le habrá ofrecido una golosina. Aprieto su mano dentro de la mía. Cualquiera conoce tus poderes, pequeña, murmura, pero me alegro de que estés viva, de que puedas regresar conmigo y ver la cara que pondrán ellos cuando nos vean, otra vez juntos, como siempre. Supongo que ya es demasiado tarde para que puedan separarnos. Supongo también, o lo conciencio ahora, aquí, que la libertad tiene que ser compartida.

BIBLIOGRAFIA:

Los diablos, No encontré rosas para mi padre, Oscar Wilde, Fiesta en el polvo, El rito, Señora muerte, Rey de ruinas.

FRANCISCO GARCIA PAVON *

CONFIDENCIAS 1916

...A estas alturas, prima, no tengo más remedio que hablarte del tío Leopoldo, el que murió de tuberculosis amorosa el año 1916, según me contaron milenta veces en aquellos años tiernos. Su retrato, ampliación del que se hizo con toda la familia para el kilométrico, estaba colgado en el comedor de arriba, frontero al del abuelo, pero haciendo una pola diagonal, de manera que tenían que mirarse de reojo y hablarse de reoído, como yo suponía que se hablaban y miraban después de irnos a dormir. Debían ser diálogos tristes, cariñosos y tirantes justamente, el de los dos retratados. Diálogos de hombres solos, porque en el comedor no había fotografías de mamá, de la abuela ni de las tías Dolorcitas... Bueno, sólo uno de la tía Patricia, la prima que vivió en Aranjuez y tenía escasa relación con ellos. (Con el pretexto de verla, me llevaron a la primera excursión de mi vida, según se ve en las fotos que tenemos sobre el Tajo, con los trajes de domingo, camisas muy sport con los cuellos de ala de paloma y la sonrisa de papá al vernos tan contentos en la barca).

En todas las fotos, que era muy retratero, menos en la última (que está sin afeitar y con los ojos tristes que se les ponían a los tuberculosos pocos meses ante de morirse) el tío Leopoldo tiene un bigote juvenil y rubio, los ojos claros, peinado a raya con el tupé brillante, y el aire ágil de un hombre bien bailado. Mamá me hablaba muchas veces de él echándole miradas lastimeras a la fotografía del kilométrico, donde tiene la mano izquierda en la sisa del chaleco y el lacete tieso sobre el cuello alto almidonado. Siempre me decía que fué muy guapo y muy buen mozo. Tu tío fué el hombre más hermoso del pueblo, coreaban los domingos por la mañana la hermana Raimunda, que fué criada en la casa de nuestros abuelos; la hermana Francisca, vecina de toda la vida; y la Eustaquia, ama de cría de mamá. Y al mirar la foto ampliada de su busto, colgada frente al balcón del comedor de arriba (algunas tardes se reflejaba el sol en su cristal), me

* Nace en 1919. Doctor en Filosofía y Letras y Catedrático de Literatura. Premios de la Crítica, Nadal, Hucha de Oro, Antonio Machado, Sara Navarro.

lo imaginaba de cuerpo entero, sin sacarse el dedo pulgar de la sisa del chaleco; paseando por la Glorieta de la Plaza; a caballo sobre la montura que guardaba mamá en el arcón grandísimo de la cocinilla de lavar; o dando vueltas muy rápidas en los bailes del Casino del Círculo Liberal, según contaba en la «sección de noticias» El Obrero de Tomelloso. Pero la imagen de su figura tan apolínea, se me alteró muchos años después, el día que enterramos a mamá, y tu madre (q.e.p.d.) sentada en el patio de casa (donde vivíamos desde 1942), al recontar los familiares muertos de su marido —que aquél día ya eran todos— y tocarle el turno al tío Leopoldo, después de alabar, como todos, su belleza; lamentar sus amores dramáticos y tuberculosos; recordar lo bien que bailaba y la alegría de sus decires, añadió con tono reticente (y perdona) lo de sus defectos físicos. Mi abuela paterna, tu madre y otras señoras hacían corro en el patio, muy cerca del jardín rodeado de la alambrera de los ojos anchos. Yo estaba con los amigos en el patizuelo de cemento, nada más bajar la escalerilla de hierro de la casa, junto a la única puerta del jardín. El corro de mujeres hablaba tras la yedra, y sólo nos llegaban sus palabras los ratos que callábamos y encendíamos los cigarros entre lutos y ojeras. Fué entonces cuando tu madre dijo nada más y nada menos, que el tío Leopoldo tuvo dos defectos físicos... dentro de su hermosura, claro está. Uno —fíjate— las piernas demasiado largas. Tanto, que al ponerse de pie, se le combaban hacia atrás como arcos de ballestas. Y aquello, la verdad sea dicha —añadió— le afeaba mucho el tipo, porque los hombres perfectos tienen las piernas rectas y proporcionadas al cuerpo. A pesar de que ya era hombre hecho y derecho, aquella declaración fue chinazo en el cristal de mi evocativa. Desde entonces, cada vez que pienso en tío Leopoldo —al que no conocí porque murió tres años antes de que yo viniera al mundo— lo veo de pie, con las piernas curvadas como perfiles de toneles.

El otro defecto lo sabía desde hacía mucho tiempo, pero lo olvidé por la necesidad inconsciente de no lesionar al ser perfecto que desde niño me trazaron. Me refiero al ojo de cristal. Y después de oír a tu madre recordé, que de niño, miraba y remiraba el retrato del tío colgado en el comedor, para sorprender el brillo del ojo artificial cuando el sol pega en aquella pared a la caída de la tarde. Pensaba entonces que a un ojo de vidrio, aunque retratado, el sol debía sacarle reflejos más rígidos que a los ojos de carne.

Enterrada mi madre aquel día, la segunda generación de Pavones quedaba al abrigo de los dos nichos cubiertos de tejas grandes, que están al acabar el paseíllo central de Cementerio Viejo. Se fueron todos, enterrando cada cual un poco más al anterior, y rompiendo con el ataúd flamante la corona ya seca que metieron en aquella oscuridad en el sepelio precedente.

Sí, los muertos entierran a sus muertos, pero dejan flotando como mariposas transparentes algún rasgo dicho o hecho de su biografía (por ejemplo, el ojo de cristal o unas piernas demasiado largas) que precisan muchos muertos más para enterrar definitivamente.

La abuela Manuela me hablaría cien veces de su hijo Leopoldo desde que empecé a entender, hasta que ella murió cinco años antes de mi nacimiento... La música de sus palabras y ciertas penumbras de su imagen, me zumban todavía en los ángulos pequeños del cerebro. Pero no fué ella la que me dijo lo del ojo de vidrio. Me hablaría de los viajes del tío Leopoldo a Avila y Zamora; de que su novia se casó con otro cuando murió el abuelo y se quedaron pobres; de su buen genio y risotadas. Cosas tristes y contentas, pero siempre dejándolo bien parecido y varonoso.

En la fotografía tamaño postal, que no es la del kilométrico, está el tío con un traje de cuadros escoceses y la mano izquierda en el bolsillo del pantalón (y no en la sisa del chaleco. Que el chaleco que lleva en la fotografía que ahora te digo es de fantasía, cruzado y con solapillas) su cuerpo queda cortado a la altura de las rodillas y claro, no se ve la total longitud de sus piernas, y menos la curvatura hacia fuera... Sin embargo, fijándose mucho, podría deducirse que su cuerpo resultaba corto en proporción a la talla total, por la longura de los muslos que asoman bajo el faldón de la americana (tiene el pico de ella levantado distraídamente con el antebrazo derecho) y la de las piernas que se adivina si el retrato fuese de cuerpo entero. ...Y lo que refuerza más esta deducción: un chaleco por largo que sea no puede cubrir todo el tronco de un hombre alto y proporcionado como lo cubre en esta foto.

No sé si tu madre contó aquellos defectos del tío Leopoldo, con cierto resentimiento, porque era el más guapo de la familia, incluido su marido o sea tu padre. O si lo dijo sin quedarle otra, porque de verdad era así... e ignoraba que yo pudiera oírla a través de las yedras del jardín.

Y ahora, otra mengua que no me llegó por boca de tu madre. Una de las cosas que hizo el tío Leopoldo para sacar adelante a la familia, además de viajar vinos por Avila y Zamora, fué poner un establo de vacas en la cocina de abajo. Todavía recuerdo sobre el muro donde debieron estar adosados los pesebres, las anillas para atar los vacunos... Pero lo peor fué, que pasados muchos años, y por eso te recuerdo lo de las vacas, cuando yo tenía bien metido en la cabeza que el tío murió de tuberculosis amorosa, consecuencia del desgraciado final de su noviazgo, una noche de verano su íntimo amigo que fué Salvador, recordando su guapeza y buen humor, me dijo que la verdadera causa de su enfermedad fueron aquellas vacas que tuvo un tiempo para ganarse la vida. ¿Te das cuenta? es decir, una tuberculosis de babas y de ubres, en vez de la tisis becqueriana que siembre contaba la familia. Añadió, que desvelado por tantas desgracias, el tío se acostaba muy tarde, paseaba solo por las orillas del pueblo, se bañaba en las albercas a altas horas de la noche con otros amigos noctívagos; y en invierno le veían entrar en el casino embozado en la capa como al hombre más desgraciado de la historia local. Me añadió que nunca pasaba por la bodega que fué de su padre, ni por la casa de su antigua novia. Y que precisamente cuando ella se casó, empezó a quedarse tuberculoso poco a poco hasta yacer palidísimo y con toses de pecho sobre la cama de aquella alcoba que estaba junto a la cocina de arriba (en la misma que murió la abuela, y luego pusieron las camas amarillas con pájaros pintados para mi hermanillo y para mí).

No sé si viste alguna vez el estuche que conservo con sus recuerdos personales (el de terciopelo azul con chapitas doradas). En él tengo la pitillera y estuche de cerillas de plata, con sus iniciales grabadas, que le regaló la novia (manchas oscuras, oscuras, así como relejes de nicotina deslucen mucho la plata mate de la pitillera); las cartas que escribió desde Avila y Zamora; y aquella fotografía que te dije en la que está tan abandonado de sí mismo, sin lazo y sin afeitar ante una tapia enjalbegada, y los ojos tristísimos fijos en un lugar que no es el objetivo de la máquina... Es decir, que él tiene cara —y es a lo que iba— de una tuberculosis tan melancólica, que no pudo producírsela de ninguna manera la respiración o la saliva de una vacas, como me dijo su amigo Salvador aquella noche de verano sino la desesperación del amor perdido.

Con su última salida por el portal de las estatuas (no sé si te diría tu madre que en el portal de la vieja casa de la calle de la Independencia había unos pedestales con estatuas), cuyas figuras nunca consigo recordar, quedaron mi madre y la abuela —tus padres ya estaban casados— totalmente solas. Otra vez de luto y con un muerto más que recordar el resto de sus días. El entierro debió resultar muy romántico y lloroso por la calidad de su tuberculosis y ser el muerto más hermoso del pueblo... Pienso que de cuerpo presente, así tumbado, se le notaría mucho más la desproporción de las piernas. Aunque eso sí, sería imposible comprobar si se le curvaban hacia atrás, pues por la rigidez cadavérica, digo yo que estarían completamente pegadas a las tablas del féretro. También me preocupó mucho aquellos años chicos (y volvió a preocuparme cuando me lo recordó tu madre), qué habría sido del ojo de cristal. Supongo, que al amortajarlo, se lo dejarían en su sitio. Porque de haberlo extraído, metiéndole la uña entre los párpados para conservarlo como reliquia, liado en un papel fino, estaría en el estuche de terciopelo azul donde mamá guardaba con otros recuerdos familiares la foto tuberculosa de aquellos meses ante de su muerte... Por cierto que no recuerdo cómo contaban que el tío perdió el ojo. ¿Fué un chinazo? ¿Una perdigonada? ¿O el picotazo de una avispa en la huerta del tío Vicente Pueblas? Siempre me imaginaba el ojo de vidrio como medio huevecete, con su pupila, iris y córnea muy bien pintados de azul y blanco, e incluso un poco transparente como parecen los ojos muy azules.

Creo que uno puede olvidar lo que vio muchas veces, incluso con amor (como las estatuas del portal de casa) y recordar hasta el día de la agonía al que sólo conoció por unas fotos y los relatos cariñosos que te metieron por los ojos del cerebro desde los días de la cuna... Por ello unas pocas palabras oídas tras la yedra del jardín en una tarde de duelo; o en la Glorieta de la Plaza una noche de verano, pueden impresionarte tanto como la realidad más tocadera y desdichada.

Pero todo ha pasado.

Verás. Cuando hace unos meses mandé arreglar el tejado de los nichos de nuestra familia en el Cementerio Viejo, al quedar al descubierto el de arriba, en el que yace el tío Leopoldo, me asomé un poquito... Y no puedes imaginarte qué paz tan grande beatificó mi cuerpo. Allí estaba su esqueleto color verde-morado, tan distante de sus viejas historias de amor y de bacilos; de los bailes del Círculo Liberal, de la ruina de su casa; de lo que pudiera decir tu madre y el amigo Salvador; y claro está de lo que sintiera de niño o de bárbado su ignorado sobrino (ego). Sin importarle el sol que por primera vez daba color a su esqueleto... Tenía vacías las cuencas de los ojos. Menos mal. ¿Te imaginas lo que hubiera sido verle el óculo de vidrio encajado en una órbita de su calavera? Por más que miré —no me atrevía a tocarlo, a alterar su yacencia— no vi el ojo de cristal entre los restos. Seguro que estaría volcado, lleno de pelusilla y sin colores, en el fondo mismo de la bola del cráneo.

Entre las sombras y las tablas del ataúd desguarnecido era difícil comprobar la longitud y desproporción de los huesos de su piernas... aunque, claro está en los esqueletos por la falta de músculos y demás tejidos, las extremidades parecen más largas que en los cuerpos completos, ¿me comprendes...?

BIBLIOGRAFIA:

El reinado de Witiza, El rapto de las Sabinas, Las hermanas coloradas, Una semana de lluvia, Vendimiario de Plinio, Voces en Ruidera, El último sábado, Otra vez domingo, El hospital de los dormidos, Historias de Plinio, Nuevas historias de Plinio, Cerca de Oviedo, Cuentos de mamá, Cuentos republicanos, Los liberales, La guerra de los dos mil años, Los nacionales, Ya no es ayer, Antología de cuentistas españoles contemporáneos, Teatro social en España, Textos y escenarios, España en sus humoristas.

ALFONSO GROSSO *

CARBONEO

Apagó el boliche. Es su obligación. Terminar y apagar es todo una. El «forestal» acecha donde menos se piensa. El «forestal» conoce tan bien como el carbonero la trocha, los canchales escalonados por donde sube el ganado cabrío; todo el camino, toda la andadura; cada brezal, y cada mata de helecho. El «forestal» tiene buenos botines, buenas polainas, buen pantalón, buena puntería.

Se cerciora de que en la carbonada no queda siquiera ni una chispita de candela ni un rescoldo. Luego, se deja caer sobre la ladera un rato a descansar, y a liar un pitillo y a no pensar en nada. Las dos sacas de carbón están ya cargadas, bien dispuestas sobre las angarillas, sobre el baste del muleto.

A su derecha crece el pinar; el pinar joven, el pinar nuevo, el pinar que cada año roba al monte una parcela de brezo, una cresta, un carrascal. El pinar que avanza y hace cada día más difícil el carboneo; el modesto, el duro carboneo de la raíz del brezo, de la raíz nudosa que se agarra a la arenisca serrana como una mandrágora.

El «Patronato» tiene guardias jóvenes, fuertes, con buenas espaldas y buenos pulmones para subir, y buenas piernas y buen traje. No se engaña al «forestal». El «forestal» es como una «pajarita riera» que salta de un lado a otro, que huele la carbonada a media legua, que monta en un santiamén el cerrojo de la carabina, que sabe interrogar —como la Civil—, que tiene desparpajo y alegría en los ojos y conoce el oficio. Casi le hubiera gustado ser «forestal», de conocer las cuatro reglas y tener veinte años menos. Pero con sus cincuenta y cinco a las espaldas, ni fuerzas para sacar carbón tiene ya.

Ahora no piensa en esto, no piensa en nada. Da largas chupadas a su cigarro, ensalivado, mugriento de carboncilla, y mira para el valle, para el hilo platino del río, para las casas —para su casa— que se amontonan en la otra vertiente de la sierra a la izquierda de los pe-

---

* Nace en 1928. Premios de la Crítica, Alfaguara.

queños huertos de cerezos, de los escasos, de los pobres huertines que no dan ni para vivir —para echar fuera— un par de semanas del año siquiera.

Buena jornada. No se puede quejar. Calcula que, por poco que valga la carbonada, sacará los diez duros. Desayunó un buen trozo de pan y unas ciruelas y tuvo hasta la suerte de atinar —horas después del mediodía— con un cantillo a un lagarto de a vara, que despellejó y asó luego bajo la ceniza del boliche. No hubiera cambiado el bocado por un trozo de tasajo. Ha conservado la piel —verde, hermosa, veteada de ramalazos cárdenos, de ramalazos de añil— en el zurrón para que le crean. Más de la vara tenía.

Más de la vara tiene la piel. No vio otro mayor. Simón Cruz, en la taberna, al caer la tarde, entre dos luces, no le porfiará el tamaño como otras veces. Como Santo Tomás, ver para creer; así es Simón.

Aunque parece que el caserío lo tiene allí a dos pasos, a un tiro de honda, han de pasar tres largas horas antes de llegar hasta él —una y otra vuelta a la serranía—. Antes verá el sol caer rodando por la vertiente, y el río que es ahora como una astilla de «cuadrante», será luego como el rastro del animal que se pega a la tierra haciendo eses, del animal que no se nombra, del animal que lleva en la lengua el mismo veneno que tiene la luna en menguante, el rayo que mata a los niños.

Se encuentra bien allí, tendido, perezoso; pero sabe que la vida no está hecha para el sesteo, que le quedan casi dos leguas para andar, y se levanta y toma el muleto por el ronzal, y hasta ganas de cantar siente, si supiera, mientras toma el caminito del macho cabrío.

En el cruce, el «alto» le sorprende, porque a los «jurados» el terreno no les cae de jurisdicción. Saliendo del coto, si el «forestal» encuentra al carbonero por el camino de herradura, el «forestal» saluda como un paisano. Se sorprende, pero obedece. Está acostumbrado a obedecer El «forestal», se acerca sonriente con la carabina terciada.

—¿De vuelta?

—De vuelta, de vuelta.

—¿Qué tal la jornada?

—Para no llorar.

—¿Brezo?

—Brezo.

—¿No habrás hurgado en la pinada? ¿No habrás quebrado los retoños? ¿No habremos quemado varetones?

—Sabe que no, que no se quema. Sabe que se respeta el «Patrimonio».

—¿A qué hora saliste a la carbonada?

—Al alba, como siempre.

—¿Cómo te llamas?

—Frasco, Francisco, Francisco el de Bretones.

El «forestal» toca la culata de la escopeta y se quita el sombrero. El «forestal» se rasca tras la oreja y tuerce la boca. Al «forestal» se le encasquillan las palabras. Dice: «Anda, corre, Francisco; este mediodía se te ahogó un hijo en la presa. Vete. Yo te bajo el muleto. He subido a buscarte de parte del cura.»

Los chicos bajaron a la presa por mor de los franceses. Se corrió la noticia. En el último pupitre se concertó la novillada para el mediodía. Los franceses habían acampado a orillas de la presa; los franceses habían llegado en un pequeño automóvil; lo franceses no habían subido siquiera al pueblo. Los franceses habían instalado su tienda de campaña cerca de los juncos. Tres colleras; tres mujeres, tres hombres.

Desde la víspera vivaqueaban la orilla de calzón corto; fumando, leyendo un libro bajo el sotillo de los álamos, zambulléndose, escuchando la radio portátil.

Había que bajar a verlos. Se aprovecharía la tarde para darse un chapuzón en la vadina. Bajaron los tres chicos luego del almuerzo: Alejo, Matías y Frasco. Al llegar a la orilla del sotillo, los franceses habían ya desaparecido. Removieron la fogata campamental, todavía humeante; hurgaron en las latas de conserva vacías; lucharon por el papel de estaño de los paquetes de cigarrillos, por las hojas de «couché» de las revistas a todo color. Luego, se desprendieron del calzón sujeto con una tiranta, de la blusilla descolorida, de las alpargatas. El agua estaba demasiado fría. Se salpicaron. Acabaron por vencer el escalofrío. Nadaron.

El lagarto tomaba el sol soñoliento y desprevenido sobre el canchal pulimentado, al otro lado de la presa. Era un lagarto grande, de seis palmos, de más de una vara; un lagarto perezoso y verdiazul con vetas rojizas.

Frasco lo presintió. Acababa de salir; acababa de sacar la cabeza del agua después de un buceo y se le pusieron de punta los pelos de gusto, de placer. Nadó indiferente hasta la orilla, como haciéndose el tonto, sin mirarle siquiera. Salió del agua y dio un recorte al canchal. A menos de un metro, el lagarto tomaba el sol, quieto, feliz, indiferente.

Todavía queda que buscar el guijarro, el cantillo, el arma para asestar el golpe. Entonces es cuando suenan los gritos de Alejo y Matías; los gritos que rompen la quietud, la siesta reptil. Un gol en la propia portería, una traición. El hombre avisa al animal que el hombre le acecha. El lagarto hace un sesgo, rodea el junco y entra en una grieta de la piedra ancha como una herida de asta, en una grieta profunda como una garganta de cordero, en una grieta a nivel del agua. Frasco no se da por vencido. Se chapuza y mete el brazo —el pequeño brazo— en la hurera, profunda como un corazón. La recorre de arriba abajo, de derecha a izquierda fieramente. De pronto siente como un estremecimiento, como una desazón, como un latigazo. El dolor llega luego. Se siente incapaz de mantenerse a flote. Un hilillo de sangre recorre el brazo; un hilillo de sangre clarita, como un geranio. Entonces le llega una luz alta, azul —una luz como el faro de los camiones al subir al puerto—, desvaída. Después, el banco de la escuela y la fotografía iluminada que preside la tarima del maestro y la bandera en un rincón sobre su pedestal de hojalata y el mapa, y la carpeta de hule, y los tinteros de porcelana, y las plumillas «La corona», y los tomos de las enciclopedias, y el armario donde se guardan las tizas, y los lápices, y los cuadernos, y las pizarras. Después, otra vez la luz azul; luego, nada. Parece como si todo el chorro de agua de la cascada montañera le hubiera caído en la garganta, como si se hubiera tragado de un golpe cien huesos de cerezas.

El lagarto se asomó a la grieta y miró al agua. El lagarto no vio los círculos concéntricos, ni las burbujas, ni la mano que se asomó tres veces a la superficie. El lagarto, cachazudo y perezoso —inconsciente de su triunfo—, cruzó el chacal pulimentado y trepó por la ladera, entre los brezales.

Alejo y Matías, desde la otra orilla, rompieron con sus gritos guturales, entrecortados, la quietud de la siesta. «Frasco... Frasco... Frasco...».

Frasco soñaba aún, en una postrera palpitación, con una cordillera terrosa sobre la raya de Portugal del mapa ibérico, hundido en la lama gris.

Simón Cruz aventa ceniza de su cigarro.

Cruzadas las piernas, sentado en la banqueta de castaño, dibuja un palote —una raya con un tizón— cada vez que un carbonero entra en la casa y deja un saco en el corral; uno más en la pira amontonada para una nueva remesa a Salamanca.

Cuando Francisco el de Bretones entra, Simón Cruz se levanta y echa una mano a los hombros del carbonero:

—Sentí la desgracia, mandé a la mujer al velatorio.

—Cumplido quedaste.

—Cosas que han de pasar, que están escritas.

—¡Cosas!

—De no ser por el trajín del negocio te hubiera acompañado a darle tierra.

—Cumpliste.

—¿Cuántos sacos traes?

—La docena. Como ayer no subí, perdí una pareja.

—Más perdiste.

—¡Más!

Francisco el de Bretones tiene a punto de la lengua una sonrisa, una sonrisa descolorida, una sonrisa un poco turbia. Parece que Francisco el de Bretones haya bebido un vaso de más. Francisco el de Bretones saca de la camisa —de dentro de la camisa— una tira de pellejo húmedo, una tira de pellejo fláccido verdoso, entreverado de azules y violetas.

—Lo acerté el día de la desgracia.

Simón Cruz casi no puede creer lo que ve.

—¿Lo acertarse?

—Del primero.

A Simón Cruz se le sube la envidia cazadora a las sienes. En buena ley ha de admitir que no vio un lagarto parecido en todos los años de su vida.

—Tres duros te doy por la pelleja.

—¿Tres duros?

—Cuatro.

—Ni por diez. Es un recordatorio. No se da todos los días un cantazo como éste.

—No se da, no.

BIBLIOGRAFIA:

La zanja, Un cielo difícilmente azul, Germinal y otros relatos, El capirote, Con flores a María Testa de Copo, Los días iluminados, Inés Just Coming, Guarnición de silla, Florido mayo, La buena muerte, Los invitados, El correo de Estambul, Duelo en Alejandría, Giralda, Otoño indio, El crimen de las estanqueras.

RAUL GUERRA GARRIDO *

VIDA Y MUERTE DE UN FUMADOR DE PIPA

La puerta de roble giró silenciosamente para dar paso al camarero.

—Su whisky, doctor.

—Gracias.

El tintineo de los dos hielos se destacó nítido en el salón, en el silencio apenas roto por el pausado pasar las páginas del periódico. Sotero Flores tomó un sorbo y se dispuso a cargar la pipa.

Es un momento perfecto, el respiro que me doy del trabajo a casa y viceversa, una vez a la semana el club, un respiro fresco y suave como la brisa de una mañana de verano junto al mar, como la mezcla cavendish de virginias aromáticos cuyas briznas deslío entre los dedos saboreándola de antemano, presionando el tabaco en pequeñas porciones hasta rellenar el cabezal, no a tope, la última capa con fuerza, lista la obra de arte para echármela a los dientes, es mi favorita saddle bit bulldog de brezo, los años recorren verticales toda su superficie de un brillante pulido, su forma proporciona humos menos cálidos y un sabor más mórbido, enciendo con parsimonia, con cerillas de madera, con inhalaciones lentas, profundas, un vicio sibarítico y a partir de cierta edad menos peligroso que el tenis no se da el cáncer de pulmón entre los fumadores de pipa, no necesito revistas para distraerme, es el más maravilloso reposo del guerrero que conozco, le permite a uno conocerse a sí mismo, la contemplación narcisista de una vida sin grandes relieves, pero con la satisfacción del deber cumplido, de darse a los demás en un ejercicio profesional duro, pero reconfortante, y con un matrimonio feliz, mi mujer me comprende, la quiero y no necesito recurrir a otras aventuras que no sean esta pequeña escapada, nos compenetramos y nos adaptamos a los nuevos tiempos, no importa la edad, se es joven de corazón, hasta ensayamos nuevas po-

* Nace en 1935. Doctor en Farmacia. Colaborador en diarios y revistas. Premios Ciudad de Oviedo, Eulalio Ferrer, Nadal. Ciudad de Nueva York de Cuentos, León Felipe de Artículos Periodísticos. Presidente de la Asociación Colegial de Escritores de España.

siciones y con los cuarenta cumplidos a ninguna de sus amigas le harán el cunilingus, contemplo el humo azul, una vez prendida las pipadas se esparcian hasta convertirse en un dulce respirar y los pensamientos fluyen con la misma facilidad fisiológica, pruebo a empuñarla con tres dedos, jugueteo con la boquilla, mi clientela me quiere, por ellos sigo en el seguro, por los desheredados como el pobre Alfonso de esta mañana, le paso las recetas, le doy la baja y así llegará con su amenaza de úlcera hasta la jubilación, poco se puede hacer en una sanidad tan caótica, las pequeñas incorrecciones compesadoras la humanizan, si cumpliéramos a rajatabla el sistema saltaría, no se puede ver a decenas de enfermos en una hora, quitó la primera ceniza y con el pomo aprieto la mezcla, la cazoleta está caliente, pero no demasiado, la paso por la frente para despejar las ideas, por las aletas de la nariz, la grasa cutánea aumenta el brillo de la madera, la pipa es un objeto refinado un amigo íntimo, su calor dilata los vasos sanguíneos de la región nasal aumentando el riego con la consiguiente optimación de la sensibilidad, es un animal vivo, me viene a la memoria el perro destripado en la carretera y por la misma asociación de ideas aquel pobre hombre haciendo auto-stop, hay que estar loco para subir a un desconocido con los tiempos que corren, pero su aspecto de indefensión absoluta me obligó a ello, una historia que se está haciendo común, el paro, el hambre, quería volver al pueblo, comer algo, le di un lila, la limosna retrasa la revolución, pero a él maldito lo que le importaba la política, quería un plato de lentejas y su caso individual, de momento, se solucionó, están difíciles las cosas, a todos nos gustaría marcharnos, volver a nuestro lugar de origen, el utópico muelle pesquero que evoca el aroma del virginia, un olor agridulce, picante y suave al mismo tiempo, un tabaco excepcional, sensible como un purasangre, el suyo es un viaje sinfónico marca la diferencia entre el hombre y el robot cosificado, se merece tres estrellas porque no hay cuatro, miles de estrellitas relajando las circunvalaciones corticales como no hay marihuana que puede hacerlo, no comprendo la afición a la hierba existiendo ésto, una moda en realidad una fuga de las responsabilidades comunitarias, también hay que optar por lo nuevo en política, por un orden más justo, por eso voté a la socialdemocracia, porque su opción me parece la más justa, les voté en contra del voto útil para mi especialmente inútil y negativo ya que todos mis colegas están a la derecha y a la larga lo pagaré con algún oscuro escalafón que no funcionará a tiempo, hasta dejé utilizar mi nombre al final de una candidatura, puede que me perjudique, pero no me arrepiento, alguien tiene que dar la cara el viejo lobo de mar que nunca seré, el filósofo ensimismado en que me transformo cuando aprieto el mordido en cola de pez de este maravilloso brezo, pieza única conformada por mis manos como el humo azulenco en que me envuelvo para aislarme en un, creo, merecido descanso.

La puerta de roble se abre de nuevo el estupor cunde entre los socios del club de fumadores de pipa, pues jamás lo había hecho con un estruendo parecido.

—Caballeros...

Son tres los muchachos que irrumpen en la sala uniformados con pantalones vaqueros y jersey de cuello alto, no llevan capucha, ni antifaz, ni media, a rostro descubierto una misma cara de gesto duro y barba bíblica. Empuñan la legendaria Marietta M-10, el arma ideal para llevarla al cine, un subfusil pleglable, con silenciador capaz de disparar diez tiros en un segundo y que cabe perfectamente en un bolsillo de mano.

—...al primero que se mueva lo dejo frito.

—Pero oiga, esto es un club privado.

—Pues por eso.

El sorprendido doctor intenta mantener figura y serenidad. Saca el dinero del bolsillo y lo deposita sobre la mesa.

—Imbécil, esto no es un atraco.

—¿Entonces?

—Arriba, carroza, de cara a la pared.

—Venga, todos contra la pared las manos en alto.

Tiemblan los adultos, sin el carisma de su profesionalidad se sienten débiles, flaquean algunas rodillas, resaltan las calvas por donde empiezan a deslizarse gotas de sudor. Se ordenan dóciles en fila patética, como si fueran a hacer gimnasia.

Desde niño no me encontraba en esta situación castigado de cara a la pared, atemorizado, pero no sorprendido, estoy viviendo la noticia diaria en la página de sucesos un miedo profundo pues lo peor flota en el aire tenso, según los psicólogos, los únicos estímulos innatos capaces de producir miedo son sólo el ruido, la pérdida súbita de soporte y el dolor, ninguno se ha producido aún pero no todo es hipotálamo y los estímulos adquiridos mediante aprendizaje son infinitos, los llaman amenazas y nos están amenazando con, ¿con qué? ¿qué pretenden?, la vida pasa por la mente del ahogado en segundos, la siento nada más oir el chasquido metálico presursor de la ráfaga, nos van a ametrallar, voy a perder una vida absurda que mi mujer soporta hasta en la cama en donde el único que disfrutó en su tiempo fui yo, puede que la pobre no haya alcanzado jamás el orgasmo, jamás la oí gritar, clavarme las uñas ni siquiera jadear como algunas circunstanciales aventuras de enfermera o fulana, la quise sin amor, más que compañera fue acompañante, un motivo de decoración, como la pipa quizá es tremendo reconocerse básicamente egoista, apegado al dinero de un fácil pluriempleo la seguridad social como complemento de la consulta privada, a destajo y con horarios absurdos, plegándose servil al consumo drogadicto de Alfonso como al inspector jefe que me impedía su ingreso por falta de camas si cumpliéramos a rajatabla con nuestro deber el sistema saltaría y esa es la solución, sólo que yo saltaría con el sistema, es más fácil dar una limosna y quitarle el estorbo del medio retrasa la revolución, si, pero no tanto como quisiera, la tengo aquí en el crepitar de los proyectiles de 9 mm. caen los cuerpos de amigos conocidos de vista, de charlas entre meterológicas y políticas, no recuerdo mi infancia, sino el absurdo doble juego actual de tranquilizar mi conciencia con una candidatura de izquierdas seguro de que era imposible mi elección, tan abajo en la lista, me daba prestigio entre los internos y los médicos jóvenes de cara a otras aspiraciones jerárquicas, pero es el sistema con su amor a lo ambiguo el cúlpable, no yo, la sociedad me tituló doctor sin necesidad de doctorado, la saddle bit bulldog se puede adquirir por unos pocos miles de pesetas, no es un animal vivo que se necesite amaestrar, su presencia da cierto prestigio, por eso me gusta, siento el impacto brutal en no sé qué parte de mi cuerpo, raciocinio y vista se me nublan, no me encomiendo a nadie, pienso en mi última esperanza: ojalá se les haya ocurrido disparar a las piernas.

> Alguien va a morir
> eso es moneda frecuente
> morir es una costumbre
> que suele tener la gente.

El doctor Sotero Flores murió, según el informe del forense, de muerte natural. Nada más natural cuando se reciben trece impactos de bala en el cuerpo.

BIBLIOGRAFIA:

Ni héroe ni nada, Cacereño, ¡Ay!, La fuga de un cerebro, Hipótesis, Pluma de pavo real, Lectura insólita de El Capital, Medicamentos españoles, Copenhague no existe, La costumbre de morir, Escrito en un dólar, El año del Wolfram.

RAMON HERNANDEZ *

EL DIVINO CESAR, TORERO DE CARTEL

> «*Según Plinio, Julio César introdujo en Roma la
> práctica de las corridas de toros, al torear él mismo
> desde su caballo con una pica a los nobles brutos.*»
>
> J. M. GIRONELLA

Un espeso olor a arcilla, refrescante y convulso en el aire, se mezcla al aroma de los rosales esplendentes que pueblan el vasto y umbrío jardín de la mansión de César. El Palatino, en este mes de mayo de las celebraciones bélicas, es una apoteosis de verdor primaveral, y del Tíber llegan, envueltos en la leve brisa de la mañana, olores de agua verde. Cayo Julio César, descendiente del divino Eneas por vía de sangre de la gens Julia, dueño del mundo, amado de Júpiter, tendido sobre el mármol de Carrara, desnudo y cubierto de olorosos aceites, con los ojos cerrados para protejerse del resplandor del sol del mediodía, deja que sus dos hermosos esclavos de Bitinia, silentes en su viril arquitectura de musculado ébano, den masaje a su cuerpo. Su imaginación, excitada ante la proximidad de su enfrentamiento con las agudas astas del toro bravo, le ha hecho evocar aquellas tierras de España, cálidas como el suave mistela lombardo que, a intervalos, bebe a sorbos de la áurea copa enjoyada de rubíes y zafiros que perteneció al rey Ptolomeo, tras derrotar al tenaz Pompeyo en Farsalia, persiguiéndole a Alejandría. Entonces, siendo procónsul de la España ulterior, fue quizá más dichoso que nunca. Recuerda la áspera serranía de Ronda y aquellas manadas de fieros toros que, como míticos seres, volaban

* Nace en 1935. Ingeniero Técnico, estudios de Filosofía y Ciencias Políticas. Honorary Fellow de la Society of Spanish and Spanish-American Studies. Catedrático Visitante de la University of Nebraska-Lincoln. Ex-Presidente y Ex-Secretario General de la Asociación Colegial de Escritores de España y Ex-Vice Presidente de la Twentieth Century Spanish Association of America. Director asociado para Asuntos Europeos de la Twentieth Century Spanish Association of America. Ex-Director de *República de las letras*. Colaborador en diversos periódicos y revistas. Premios Internacional de Novela Aguilas, Hispanoamericano Villa de Madrid. Casino de Mieres. Sara Navarro.

raudos como el viento, más veloces que los caballos mauritanos que él y sus centuriores espoleaban para darles caza. Fue allí donde se aficionó a tal aventura, excitante como pocas, por más que conociera las faenas de acoso y derribo del noble toro en las llanuras de Tesalia. Sin embargo, España era diferente. Allí el toro no era una bestia a la que se rendía extenuada por la carrera, sino una constelación celeste de cuernos, pezuñas y ojos de fuego que se acuchillaba a lanzadas, tras ofrendar la propia vida a los hados enfrentándose a los puñales de sus cuernos. España y sus toros bravos eran la sangre derramada, caliente y espesa, el deleite del riesgo, la estética de los jinetes en la sombra dibujada de las fauces, de la embestida, del asta del toro entrando en los vientres de los caballos, mientras el sol abrasador quemaba la tierra y el guerrero, alzando su mirada al tiránico astro, sentía dentro del corazón la grandeza de haber nacido hombre. Allí se aficionó a tal caza, y con su lanza de pica dio muerte a más de un bravo ejemplar de toro salvaje, que regaron con su sangre la áspera tierra que olía a tomillo y romero, a hierbabuena y a menta. ¡Oh, España, remoto sueño de besos y de fantasmas armados de cuernos como espadas dálmatas, ojos de incendio de mujer y de bestia, talle de palmera y fieras taurinas que escarbaban las montañas del mundo antes de acometer con su embriaguez de amor y de muerte a los dioses de Roma! ¡Oh, nostalgia de marisma, de almizcle y de luz, donde vio con sus propios ojos las columnas de Hércules y el misterioso inicio del fin de la tierra!

—Basta ya —ordena a los esclavos bitinios—, es hora de que me vista para la lidia

Hoy es el gran día en el que saldrá a la arena del circo Máximo, jinete en su caballo «Dédalo», para alancear y dar muerte a ese toro enamorado de la luna que trajeron las galeras en el último botín de España. Ayer, impaciente por ver cara a cara a su enemigo, bajó a los fosos del circo y le contempló largo rato prisionero de las tinieblas. Olía a nobleza y a muerte, a desafío y a imperio, mientras le miraba fíjamente con sus grandes ojos de lucero y escarbaba resoplando con ira contenida aquella tierra extraña de la dictatorial Roma.

—¿Cómo se llama este toro? —preguntó César al centurión que iluminaba el foso con la antorcha alzada.

—«Indómito» es su nombre, César, y tiene ya cumplidos los cinco años o yerbas, justamente estos idus de marzo. Sólo pudimos cazarlo cuando, acosado por nuestros jinetes de la legión de Domicio, se encontró inesperadamente con el mar.

El Circo Máximo rebosa de un gentío exultante y ruidoso, ebrio de festejos y de acontecimientos. Al pueblo de Roma, a los ciudadanos imperiales de la dominación romana, se unen hoy gentes de remotos confines. De la Tracia y del Helesponto, de las islas Filicudi y de la Galia, de Britania incluso, han venido antiguos pretores. La plebe se-

142

dienta en las gradas bebe en botos de cuero el refrescante vino de Liguria, se bromea y canta, se polemiza y se apuñala bajo las túnicas al odiado enemigo que cae rodando sobre los fosos mientras la algarabía crece y la guardia se lleva al homicida. El senado en pleno está en los palcos, la familia de César, con su esposa Calpurnia al frente, meditativa y descontenta, preside el espectáculo. Líctores y pretores, generales y sacerdotes del templo de Venus Generátrix, vestales disfrazadas de buhoneros, saltimbanquis, libertos y personajes insólitos de diversas razas, esperan la lidia del toro «Indómito», español de nación, venido en las últimas galeras encerrado en una jaula, como botín de guerra.

—¡César, César!—grita el gentío, impaciente.

Quema el sol de fuego, aves migratorias pasan camino del norte vikingo. Al combate sangriento de los gladiadores, ha seguido una representación teatral de mimo que nadie entendió. Furio Leptino, descendiente de pretorianos, ha contendido espada en mano con Calpeno, un senador. Danzas pírricas han sido bailadas por nobles familias venidas de Asia y Mitilene. Han evolucionado cuádrigas y caballos amaestrados. Un león acaba de dar muerte a un gladiador acorralado. Los atletas lucharon desde el amanecer del día sexto de los festejos al crepúsculo de ayer mismo. Del Campo de Marte han traído en volandas, cubiertos de laurel, a los vencedores del maratón. Sin embargo, todo esto ha caído en la fosa del olvido justo en el instante en que el centurión de las puertas batientes, tras cerciorarse de que ya Julio César está bien centrado en la arena del coso, rutilante y altivo, sobre su alazán «Dédalo», que monta autoritario y solemne, cogida la brida con la mano izquierda, abre el portón donde muge premonitorio el toro. «Indómito» surge recortándose en la oscuridad del antro, el sol le ciega, la expectante multitud, un instante en silencio, estalla en una exclamación de vítores y aplausos cuando la fiera española inicia la galopada hacia esa sombra ecuestre, estatutaria y dictatorial, armada de lanza y de deseos de triunfo, que se erige hegemónica en el centro de esta circunferencia de gritos, de luz y de colorido jamás visto desde el Tíber al mar Tirreno. Calpurnia, la esposa de César, asustada, aprieta convulsa la mano de su doncella Servia, rubia como el trigo y ardiente como lava de volcán, presos sus ojos de esmeralda en Fabio Andrónico, un senador de Capri que envióle un escrito de amor secreto valiéndose de una paloma mensajera. Calpurnia teme a la fiera, no sabe por qué los idus de marzo que hoy se celebran en la primavera, le traen presagios de muerte. Ese toro que llega y embiste al caballo, es como una guadaña. Sin embargo, Julio César, como un dios, se halla en posesión del valor y del orden moral del caballero, busca al toro cara a cara, solemnemente, con el caballo al paso para elegir la distancia precisa. Llegado que ha a la jurisdicción del miedo, con un movimiento de muñeca de la mano de las riendas sesga lo imprescindible la cabeza de su corcel fogoso e inquieto, cuyo calor de fuego percibe entre sus muslos de atleta. Engendra «Indómito» la acometida, el griterío es ahora ensordecedor, la emoción alcanza cotas insospechadas. Gracias a los dioses el pecho del alazán ha quedado fuera de las puntas de la fiera española, el pitón derecho, no obstante, ha sido como un presagio de agonía en la madrugada, mientras el pitón izquierdo golpea el estribo produciendo un ruido que se alza al azul del cielo, llevándose el eco de la ovación del respetable. El rejón de muerte, tras varias citas, caracoleos, intentos y apoteosis, está clavado en el vértice de un mundo mítico, justo sobre el morrillo de la fiera, hasta la cruz. Sin embargo, una nube insólita se cierne en el cobalto azul del cielo cuando «Indómito», sacando fuerzas del dolor que le arde arriba, cerca de la raíz de sus cuernos, arremete con furia de nuevo, amenaza al viento, engancha el estribo, derriba al imperator cuando el estupor se adueña de las gradas y Calpurnia siente en el pecho de esposa últimas angustias de agonía.

—¡Fuera, fuera!—vocifera imperioso César a los peones palestinos que, tatuados en el rostro infamemente, vienen a su auxilio con grandes lienzos púrpura que portan de dos en dos, abanicando al toro a la manera griega—. ¡Dejadme solo, cobardes!

Es su honor el que está en juego, es Roma entera la que le observa, el mundo conocido está pendiente de su valor. Enemigos, conspiradores, todos quisieran verle huir o morir en la arena que arde bajo el sol de la hora tercia. Ha sido derribado por el viento de Hércules que «Indómito» trae en las fauces. Sin embargo, César lo sabe. Un no escrito código del honor, un tratado de tauromaquia que él adivina, le ordena levantarse como el rayo, olvidar a «Dédalo», que yace agonizante en el redondel de la muerte, desenvainar la espada de enjoyada empuñadura que, por todos los dioses, no envainará de nuevo si no es ensangrentada por esa atroz puñalada que clava en el corazón del toro español una y otra vez, con furia, con un vertiginoso anhelo de hundirse en el ardor de la sangre derramada. En la garganta sintiendo también la cuchillada de los presagios que, como guirnaldas de flores, le atraviesen las astas del toro aguerrido que muere a sus pies como fulminado por el rayo.

Nunca en Roma oyóse una ovación semejante. Ni siquiera el gran gladiador Calpenator, al vencer él solo a diez adversarios armados con red y tridente, mereció un aplauso tan enfervorizado y delirante como este César ensangrentado y victorioso que, alzando la espada al cielo olímpico, brindó a la multitud la muerte de «Indómito», toro bravo de España, traído en galeras desde Gibraltar como botín de guerra.

—¡Salve, César! —clamaba el gentío— ¡Salve!

Calpurnia, desfallecida por la emoción, temblaba como una hoja de otoño en el árbol de la vida y de la muerte. La celebración de los idus de marzo que evocaban las pasadas victorias en las Galias, en

Hispania, en Egipto, en Britania, se clausuraban con la fiera que arrastraba una cuádriga de caballos de Arabia, mientras restallaba el látigo, y Julio César, junto al burladero, tras enjugarse con hiel y vinagre la boca y secarse el pegajoso sudor del rostro con una gasa perfumada que le envió Palmira, su a la sazón amante, ordenó al centurión de los corrales que le guardara la cabeza embalsamada de «Indómito» para ponerla en lo alto de su universo de sueños, como preciado botín, más valioso que el oro y las piedras preciosas.

—Mejor no hacerlo, César —se aventuró el centurión, temeroso de la ira celosa de los dioses.

—¡Lo harás como te he dicho, quiero su cabeza embalsamada! —gritó con nerviosa rabia el imperator.

Fueron otros idus de marzo, muchos años después, cuando sombras taurinas de duendes flotaban por la mansión de César cada noche y cada aurora.

Susurrantes voces de conspiradores se cernían en torno a su lecho. En las copas del agua que bebía sospechaba Calpurnia venenos y virus vertidos por manos asesinas. Según el augur, una sombra de toro deambulaba en torno a la carta astral de César, como buscando vengarse. En Capua, durante unas excavaciones, se había hallado una tablilla de bronce con esta inscripción: «Signo del toro Hispalis: Un descendiente de Eneas caerá muy pronto bajo los golpes de sus amigos y toda Italia expiará su muerte con terribles desastres». El ruedo del imperio se entenebrecía con nubes densas, cargadas de odio y de envidia.

—César, protégete —le dijo el augur—. He sabido que los espíritus de los caballos con que cruzaste el Rubicón para hacerte dictador del mundo se han convertido en toros bravos de España, por nombre vengadores, que desde la lidia de aquel malhadado «Indómito», que tú mataste en el circo, no cesan de clamar derramando lágrimas.

¡Oh, presagios malaventurados! Debilitado por el insomnio, César vio que volaba por encima de un gran coliseo taurino y allí estaba él, acosado por un toro bravo que tenía la expresión de «Indómito», su voz y su mugido terrible, su aire de furia. Y aquel toro español le acorralaba junto a los burladeros de piedra y le hablaba, soy un hombre, no un toro de lidia, mi nombre es Címber Tilio y estos son los idus de marzo en los que vas a morir. Y aquel toro, en sueños, tenía manos de conspirador y le cogía de la toga y aquella plaza de toros era como las estancias del Senado y vio a uno de los dos hermanos Casca, también convertidos en toros vengadores, que venían y le apuñalaban por debajo de la garganta.

—¡Maldito! —gritó César, dándo a su toga un giro como de viento que engaña a la res que embiste.

Y, aunque herido, todavía le hirió el imperator con su estilete y quiso apearse del caballo de la angustia para lidiar a sus asesinos con la espada, puesto que ya su alazán estaba muerto en la arena y Calpurnia temblaba convencida de que era la muerte la que llegaba. Y entonces supo César que le atacaban con astas de toro como puñales por todas partes y se cubrió la cabeza con la toga, mientras con su mano izquierda hacía bajar los pliegues para cubrirse las piernas para morir con más decencia, como después escribiría Suetonio en su libro «Vida de los doce Césares». Y Marco Bruto, su amigo querido, también se había convertido en res indómita y le acuchillaba también y se lo dijo con voz enronquecida por la agonía:

—¿Tú también, hijo mío?

Mugió Bruto su envidia y todos huyeron desordenadamente, dejando en el aire del Senado, que era un circo máximo de lidia y de toros, un perfume a serranía de Ronda y a marisma española, un olor a toro bravo y a espadas, a pasodoble y a clarín, mientras el asesino imperator, todavía consciente, agonizaba tendido solo en el mármol del suelo, sin dejar de ver, entre las nieblas de la muerte, aquel rostro fiero de «Indómito», la fiera hispánica que llegó en una galera surcando el Mare Nostrum como botín de guerra, con el designio de vengar un día a la sojuzgada España, su patria natal.

BIBLIOGRAFIA:

Presentimiento de lobos, Palabras en el muro, El tirano inmóvil, La ira de la noche, Invitado a morir, Eterna memoria, Algo está ocurriendo aquí, Fábula de la ciudad, Pido la muerte al rey, Bajo palio, Los amantes del sol naciente, El ayer perdido, Contaminados.

RAMON JIMENEZ PEREZ *

LOS NEGROS

Unos negros.

Unos negros en el lavabo de señoras, acicalándose. El uno quitán-
dose los pendientes, el otro planchándose el pecho con las manos,
un tercero encasquetándose un sombrero verde con una pluma roja
en la cabeza; todos, buscando un sitio en el espejo.

—No nos reconocería ni nuestra mamaíta querida —dice uno—;
y qué me decís de estas camisas sin-teticas, tan amplias —ríe otro.

Unos negros a la captura de hilachos de naranja de postre entre
los dientes mientras se estudian la sombra de la cara.

Compresándose un discreto bulto de papel higiénico en la entrepierna y ajustándose los pantalones hasta donde es conveniente.

Y desmidiendo frases de este tipo:

—Anda, recógeme el pelo.

—¡Ay si voy con lo que te doy!

—Mirad qué bola.

—Déjalo estar que nos das grima.

Concentrados ante el espejo, arremangadas las camisas, acomodán-
dose el papel extrasuave como la palma de las manos...

Un perfume ambientador en los lavabos de señoras, como hilo
musical por sobre alfombras inexistentes, sin duda para que los negros
bailen y se partan de risa y la crisma porque qué traseros tan volu-
minosos, sinceramente.

---

* Nace en 1957. Licenciado en Derecho por la Universidad Complutense
de Madrid. Premio de Cuentos Pluma de Oro de Alcorcón en 1979
y 1980.

Así que unos negros cayendo tan de pronto de culo al suelo o realidad: chapoteo de agua, barrillo y aguapringues —o suciedad de las palomas inmigrantes.

Unos negros en tendido supino —c'est à dire— con el pino para arriba.

Y o sea, que uno por fin se levanta y le da al grifo, y le cambia el color de la cara, o sea veloz como humor femenino, y exclama hecha un basilisco:

—Que le den por saco al carnaval.

(Soltándose el moño con qué humos).

LA ULTIMA MUERTE DEL GATO

El gato se había levantado a una hora prudente —hacia las diez—, se había duchado —incluso había cantado en la ducha—, y también desayunado —su desayuno no había estado nada, pero que nada mal—. Luego, había salido a darse un garbeo, ignorando el infeliz que era día de domingo, lo cual era lógico y comprensible que ignorara, ya que los gatos no tienen festivos en su calendario, se los toman, con muy buen criterio, cuando SE les apetece. Así pues, el gato vestía corrientemente, no podía buscarse en su atuendo la causa de su desgracia, ninguna elegancia capaz de desatar animadversiones envidiosas. Para él que aquello había sido cosa de extraterrestres, una descomunal e innecesaria agresión que se le salía de su órbita. Bueno, se supone que de haberlo contado se habría hecho estas cábalas.

El caso es que el gato —padre de familia, cuarenta y pico de años (séptima vida), cinco hijos (los cuatro primeros ya casados y muy bien por cierto, y el pequeño que estudiaba violín todas las noches en el tejado de uralita) —se encontraba parado al borde de la muerte de la carretera, intentando atravesarla. En un comienzo, sonriente, admirando el rutilante día, la chaqueta abrochada y las manos a la espalda.

(Pero no dejaban de pasar los coches)

Y el gato, que tenía la santa paciencia de permaner de puntillas una noche entera vigilando sombras de ratones, empezó a atusarse el bigote.

(Los autos venían cada vez más seguidos).

Y también se desabrochó la chaqueta.

(Los autos, vertiginosos, eran un auténtico ventilador para los bigotes del gato).

Y se la quitó y arrojó a la cuneta, y se arremangó las mangas de la camisa color frambuesa.

(Realmente, lo que los autos andaban —corrían— haciendo era provocar una trampa remolino de los nervios).

Y el gato, ya sin poderse contener —buen padre de familia, cinco hijos cinco, uno aún en casa con su madre esposa dulce gatita— adoptó las formas de una salida de cien metros lisos— cinco metros negros.

(¿Pero quién iba en los autos, qué los conducía, y de qué se guturaba en ellos?)

Y justo en el centro de la estampida, COMO ERA DE ESPERAR, la muerte roja del asfalto del atardecer lo esculpió como un chicle pegado con el dedo gordo —preocupado pater familias, una esposa dulce gatita, y un hijo que toca el violín todas las noches sobre la uralita del tejado.

TONELETE

Tonelete se aprieta la barriga por igual, erupta, nos dice que se ha cortado el pelo y le roza un pitón a la muchacha —lo que hay qué aguantar con estos mamones—.

Cognac.—Es el producto de la destilación de vinos naturales y conservado en toneles especiales, a cuya madera debe el color.

Tonelete barrigón y narigón, vete.

Kirsch.—Es el producto exclusivo de la fermentación alcohólica y destilación de las cerezas y guindas.

A Tonelete se le marcan las rayas de la vida de las manos de un rojo burdeos amapola preocupante que se muere por coger el río abajo.

Cerveza.—Bebida obtenida por fermentación alcohólica del mosto elaborado con lúpulo, cebada germinada, levadura y agua.

Tonelete, cuando está bien chispa, mueve las orejas y luego hace con que pasa la gorra —mecagüenla—.

Vino.—Bebida resultante de la fermentación alcohólica de la uva fresca y madura.

A Tonelete le centellea la cianosis azul de Lyon de la noche en los labios.

Brandy.—Es el producto de la destilación de los buenos vinos de mesa.

A lo lejos, la noche es un jardín de lilas agachadas que se cuentan secretos por lo bajini.

Ginebra.—Es el producto de la destilación del mosto fermentado de cereales en presencia de las bayas de enebro.

Tonelete, enjugando lágrimas verdes, se echa otra taza y pone un disco de amores.

Whisky.—Este aguardiente procede de la fermentación del trigo de la cebada y centeno o del maíz.

A Tonelete le cae una cucaracha en la taza, oye niña mira a ver, que te estás volviendo muy fino, Tonelete.

Rom y tafla.—Son productos alcohólicos obtenidos por la fermentación y destilación del zumo de la caña de azúcar.

Oye mocosa que me chivo a tu padre de ciertas cosas, sé complaciente, qué.

Sidra.—Bebida procedente de la fermentación alcohólica del zumo de manzanas frescas o de una mezcla de manzanas y peras.

A Tonelete las noches le parecen redondas celdas de castigo, negros globos que él sabe por dónde hay que pinchar —más vino niña que pago.

La muchacha le susurra sonriéndole perdonándole Tonelete que vamos a cerrar.

Tonelete sale a la noche derecho como si se hubiese tragado una estaca el jodido y se lo lleva un remolino de caracoles.

(Por las violetas calles de la noche los borrachos se te mueren encima y van atornillando las aceras de una baba peor aún que las pieles de los plátanos —cómo anda el patio—.)

MARIO LACRUZ *

VIEJOS AMIGOS

Sólo al bajar del tren, que paró con puntualidad suiza en la pequeña estación, comprendí que había sido una imprudencia no haber anunciado con tiempo mi llegada, no haber concertado una cita. En ese pequeño país las cosas no se hacen atolondradamente. Poco me habría costado anunciarle por teléfono mi visita; o al menos escribirle insinuando que un viaje de negocios (pagado por la empresa, claro) me llevaría cerca de su casa, y por fin podría ir a verle, como tantas veces le había prometido. Pero, ¿de verdad tenía que pasar tan cerca? ¿No había forzado yo un poco el itinerario? Y el no haber telefoneado, ¿era sólo por no echar a perder la sorpresa? ¿Qué podía temer? Ahora me arriesgaba a no encontrarle, a un viaje inútil.

Pero el conductor del taxi parecía dar por descontado que el gran hombre estaría en casa, en el chalet que se había convertido en lugar de peregrinación. Muchos le visitaban, dijo; gentes de todas partes. No me atreví a preguntarle si eran bien recibidos. Ni siquiera cuando se volvió para mirarme con curiosidad y me dijo que en seguida había adivinado que el gran hombre y yo éramos compatriotas. Eramos más que compatriotas, éramos viejos camaradas. Siempre que yo insinuaba algo y me preguntaban si le conocía, me echaba a reir. ¿Si le conocía? ¡Eramos amigos desde niños! Compañeros de escuela, inseparables en la Universidad, en la que su paso dejó una huella devastadora. Y seguíamos unidos cuando se marchó al extranjero, escribiéndonos a menudo y haciendo proyectos para reunirnos un día, aunque no fue posible. Y lloré sin poder contenerme cuando leí en los periódicos la noticia de que había muerto de una pedrada durante una manifestación. Pero pronto se desmintió aquella estúpida y falsa información. Y también por los periódicos me fuí enterando de los premios internacionales que le eran otorgados, y por fin que el solterón se había casado con una mujer mucho más joven que él. ¡Vaya chica avispada tenía que ser, capaz de atrapar al viejo zorro!

---

* Nace en 1929. Estudió Derecho en Barcelona. Ha escrito guiones cinematográficos. Premios Simenon, Ciudad de Barcelona de Novela.

Por la ventanilla del taxi se deslizaba un paisaje otoñal de árboles tupidos, con algunos tejados sembrados entre la espesura, porque el bosque se confundía con los parques que rodeaban las mansiones. Desde cualquier ángulo el panorama era de tarjeta postal, de fotografía de calendario, iluminado por un sol bajo que no calentaba pero que obligaba al taxista a protegerse los ojos con una de las pantallas colocadas en lo alto del parabrisas. El coche abandonó la carretera y avanzó por un sendero que moría ante una verja alta. Habíamos llegado. Y cuando apareció la chica gordita con aspecto de criada a quien entregué mi tarjeta (inmediatamente me arrepentí; habría sido mejor decir sólo mi nombre), volvió la aprensión. ¿Habría llegado en un momento inoportuno? ¿Me vería metido en una reunión de desconocidos? ¿Por qué no había telefoneado previamente? ¿No sería mejor decirle al taxista, que estaba maniobrando para dar la vuelta, que aguardase un instante? Pero al ver que la criada reaparecía con un manojo de llaves, me sentí a salvo. Cierto que él no había salido de la casa corriendo y dando gritos de alegría, pero lo importante era que la verja se abría para admitirme en el santuario de mi amigo tanto tiempo añorado.

Nos estrechamos la mano en una estancia dominada por un inmenso ventanal.

—Muchacho, muchacho... —decía él.

Yo apretaba con fuerza, y con mi mano libre palmeaba su antebrazo, emocionado.

—No conocías a mi mujer, ¿verdad?

—No, claro. No en persona...

Era todavía más joven de lo que me había imaginado, y francamente guapa, en realidad, aunque no muy expresiva. Me dijo que comprendía perfectamente mi idioma, de modo que no había razón para esforzarse. Menos mal, no podía imaginarme intentando conversar en italiano con mi amigo para no desairarla a ella.

—Lo entiende y lo habla. Habla seis idiomas...

El estaba algo avejentado, pero no me sorprendió porque aparecía con frecuencia en la televisión. Mayor impresión debió de causarle a él el trabajo operado en mí por el paso de los años. Pero decía:

—Tienes un gran aspecto. Te conservas, ¿eh?

—¿Tú crees?

Superado el primer minuto de aturdimiento, podía observar detalles; el pelo rubio de la chica recogido en la nuca, las revistas abandonadas en el sofá que seguramente estaba leyendo cuando fue anunciada mi llegada, el jardín bien cuidado al otro lado del cristal, que llegaba de pared a pared y del techo al suelo. Enmarcada en plata, una fotografía del matrimonio en compañía de John y Jacqueline Kennedy; los dos hombres, de frac; una dedicatoria extensa del fallecido Presidente.

—Fue poco antes de lo de Dallas...

La decoración era extremadamente funcional, obra sin duda de la joven políglota que sonreía en la foto junto a los Kennedy. Nada, en toda la sala, recordaba otros lugares, otras épocas que yo había compartido con su marido.

—Espero no haber llegado inoportunamente...

—No, no, de ningún modo.

—Quizá pensábais salir, o tienes trabajo.

—No, no... Te quedarás a cenar, ¿verdad que sí?

—No, no me esperábais...

—¿Qué importa?

Ahora saltaba a la vista que yo contaba con esta invitación, que la había provocado al elegir la hora de mi aparición. Estaban obligados. Pues bien, sí. Había planeado que cenaría con él, en su casa o en cualquier parte, y que pasaríamos una larga velada juntos. Pero en mis proyectos no contaba con la presencia de su mujer.

—Seguramente tu amigo querrá lavarse.

Yo dije que casi no era necesario, porque los trenes suizos son extremadamente limpios y el viaje había sido corto. Pero la seguí por el pasillo. Era una chica dominante.

—¿Sabe usted? Hubo un tiempo en que su marido y yo éramos como hermanos...

—¿Está usted casado?

—Soy viudo

Por lo visto no hablaban mucho de mí.

Ella abrió la puerta de un cuarto de baño.

—Encontrará todo lo necesario.

¿Todo lo necesario? Pastillas de jabón protegidas todavía por el envoltorio, toallas rusas que parecían por estrenar colgando profusamente, una báscula de precisión y hasta un botiquín repleto como las estanterías de una farmacia. Un teléfono al alcance del ocupante de la bañera. Ni un solo objeto en desorden, como si nadie utilizara la pieza. No pude menos de recordar el lavabo de la pensión en donde habíamos vivido mi amigo y yo, los cartones claveteados en la ventana, en el espacio abandonado por los cristales rotos.

Ella estaba escribiendo concentradamente en una libreta de tapas de piel verde cuando volví a la sala de estar. El miraba por el gran ventanal, distraído. Le hablé de mi viaje profesional, gastos pagados.

—Te ha sorprendido mi visita, ¿eh?

—Sí, sí... Estupenda sorpresa...

—Era la ocasión. Y he venido...

—Claro. ¿Quieres tomar un aperitivo?

—Vamos a cenar en seguida —intervino la mujer.

—Aquí cenamos temprano. ¿Te apetece un Fernet Branca?

— En seguida vamos a cenar, cariño —insistió ella.

—Mi mujer es enemiga del aperitivo.

—Es malo beber con el estómago vacío —dijo ella sin levantar los ojos de la libreta.

—Mi mujercita me cuida.

El sonreía. Quise participar en la broma.

—¡Te tiene bien atrapado! —dije— Ya lo veo.

Aquello resultó tan inadecuado como si me hubiera sentado al piano sin ser invitado a hacerlo, y hubiese desafinado. El me preguntó por mi hija para desviar la conversación.

—Se casó hace cuatro meses. Ya te lo contaba en la carta.

—Sí, sí...

—Ya ves... Pronto, abuelo.

—¿Oyes, amor? Está en camino de ser abuelo.

Me pareció que lo decía para mortificarla, para recalcar la diferencia de edad que había entre ellos. Pero la chica no hizo comentarios.

—Le debo a tu hija el regalo de boda...

Yo, en cambio, apenas supe que él se casaba le mandé el cortapapeles con mango de marfil que fue todo cuanto heredé de mi abuelo y que a él siempre le gustó; algo que tuvo que emocionarle, sin duda, pues sabía cuánto me habría costado desprenderme de aquel recuerdo. Pero no era éste el momento de hablar del cortapapeles.

—Dile a tu hija que no me he olvidado.

La luz exterior languidecía, las palabras languidecían. De no haber aceptado la invitación a cenar, habría pensado que era hora de empezar a despedirme. Tal vez nos era difícil a los dos encontrar las palabras justas, hallar el puente idóneo para salvar los años transcurridos lejos uno de otro.

En la mesa del comedor, apta para comidas de gala con muchos invitados no había mantel sino un minúsculo tapete debajo de cada plato. Y los tres estábamos como perdidos en ella, refugiados en un extremo de la gran plataforma. La camarera que me había abierto la verja servía la mesa sin hacer el menor ruido, ni con los platos ni al andar.

—...Y ya puedes imaginarte qué susto me llevé cuando leí lo de la manifestación. Pero inmediatamete desmintieron la noticia. Yo me acordaba de lo que decía de ti «el Dinamitero»: Ese siempre cae de pie, decía, como los gatos. ¿Te acuerdas del «Dinamitero»?

—«El Dinamitero», sí sí, ¡Claro!

No sé por qué me esforzaba yo en querer resucitar los viejos tiempos. Era evidente que no me esuchaba, que estaba pensando en otra cosa. Me miraba con fijeza, como si yo fuera transparente y él estuviera observando algo situado a mi espalda. Y a la mujer no le hacía ninguna gracia mi empeño en hablar de nuestros días de bohemia, de lugares y nombres a los que era ajena. Evocándolos, la excluía, le arrebataba una parte del gran hombre. Y ella se defendía, devolvía golpe por golpe. Sacaba a relucir *sus* temas de conversación con la vivacidad de un prestidigitador extrayendo palomas de un pañuelo. Desparramaba invitaciones pendientes de respuesta, hacía revolotear problemas de impuestos, arrojaba sobre la mesa nombres de amigos que nada significaban para mí; y poco a poco había pasado a hablar en italiano, lo que me hacía sentir un intruso en la mesa.

—Tomaremos el café en la sala —sentenció, de pronto, regresando a nuestro idioma.

—Ese café suizo, clarito, que no quita el sueño. ¿Te apetece un coñac? Tomaremos el Courvoisier que se guarda para las grandes ocasiones. Tráelo, guapísima.

Ella iba a decir algo, pero se quedó callada.

—Por mí, en realidad... —dije.

—Nada, nada. ¡La ocasión lo merece!

Hubo un ligero forcejeo, disimulado con palabras dichas en broma, por la botella de coñac. A pesar de que él hablaba en tono ligero, quitándole importancia, era indudable que existía una pugna entre marido y mujer a causa del alcohol. Durante la cena no se había servido vino.

—Ya lo ves, muchacho. Estoy en libertad vigilada. Ella es mi médico y mi enfermera. Y mi administrador contable. ¿Verdad, amor?

De pronto tuve la certeza de que la libreta de tapas verdes estaba llena de números; ella manejaba el dinero, ella gobernaba la casa y la vida social del matrimonio hasta el más pequeño detalle. Veinticinco años más joven que él, voluntariosa y competente, suave como una máquina bien engrasada, tenía a su marido en un puño. Lo exprimiría como un limón.

Conectó un televisor que estaba oculto en el mueble librería.

—A esta hora siempre escuchamos las noticias —me dijo.

Sentí deseos de marcharme en seguida. Había esperado demasiado tiempo este viaje, para sentarme ahora a ver la televisión.

Estaban transmitiendo un concierto.

—¿Cuántos días piensas quedarte en Suiza? —decía él.

—Tengo que irme mañana, temprano...

Ella anunció que el último tren pasaba por el pueblo a las nueve menos cuarto.

—Se puede pedir un taxi por teléfono. El chofer está ausente. Si no, le acompañaría él.

—Yo te llevaré —dijo de pronto el amigo.

—De ningún modo. No quiero que te molestes...

—No es ninguna molestia. Me da gusto hacerlo.

Vi que a ella no le entusiasmaba el ofrecimiento.

—No, no; déjame pedir un taxi...

—Ni hablar. Voy a ponerme el abrigo. ¿Dónde están las llaves del coche?

El sonido del televisor era tan tenue, que les oí discutir al pie de la escalera del vestíbulo.

—¡Conduzco perfectamente! ¿Te imaginas que no voy a acompañar a un amigo al que no había visto desde hace un siglo?

Esta vez no se dirigía a ella en italiano, y en su voz vibraba el tono de rebeldía y resolución de antaño. Ya era hora.

De golpe todo renacía. Las imágenes inmóviles en la memoria cobraban vida. Nos escaparíamos juntos una vez más, lejos de los dominios de la enfermera-contable, dispuestos a cualquier locura. Y él haría o diría algo, ¿qué sé yo?, algo que borraría los años y la distancia que la vida hubiera podido poner entre dos auténticos camaradas. Ya ni me acordaba del desencanto que sintiera durante la cena. Estaba orgulloso de que el gran hombre quisiera acompañar a la estación a un don nadie como yo.

El garaje estaba situado cerca de una pista de tenis.

—¿Juegas al tenis? —pregunté.

—¡Bah! —hizo un ademán de repugnancia—. ¿Imaginas algo más ridículo que un tipo como yo en calzoncillos persiguiendo una pelotita?

Este era mi auténtico amigo, el de la pedrada en la manifestación.

Conducía con algunas vacilaciones debido —dijo— a la falta de práctica.

—Siempre conduce el chófer. O ella...

Nada veía ahora del paisaje que horas antes distinguía desde el taxi; sólo el arco luminoso que precedía al morro del coche, el centelleo de unos faros que se cruzaban con los nuestros o nos adelantaban y desaparecían en un momento. Apenas hablamos durante el recorrido, pero yo me sentía a gusto sentado allí, al lado de mi recobrado amigo cuyo perfil iluminaba el resplandor del *tablier*.

Me pareció que maniobraba apresuradamente al dejar el coche frente a la estación

—No hay prisa —dije—. El tren no pasa hasta las nueve menos cuarto.

—Esperaremos dentro.

Nadie aguardaba ante la taquilla, pero él se impacientaba mientras yo pedía el billete. Me precedió al cruzar la sala de espera y se fue derecho a la barra del bar.

—Un Fernet Branca —pidió—. ¿Qué quieres tomar?

El camarero de la barra le habló con confianza mientras le servía. No había duda de que se conocían. Mi amigo apuró el vaso y le hizo una seña para que volviera a llenarlo.

—¿No tomas nada? —me preguntó, y se quedó mirando el reloj de la sala de espera.

Era duro admitirlo, pero comprendí que no le preocupaba mi partida inminente, sino los tragos que podría tomar antes de volver a casa. Porque seguramente no se atrevería a llegar demasiado tarde y verse obligado a dar explicaciones.

—Me ha gustado verte, muchacho... —decía

Trataba de poner calor en sus palabras. Pero era demasiado tarde para volver a engañarme. Pase una vez —cuando imaginé que de verdad quería estar un rato a solas conmigo—, pero no dos. Se había escapado de casa para beber en paz. Era cierto; ella le tenía en libertad vigilada. Las palabras cobraban su verdadero significado. El coñac de las grandes ocasiones. ¿Acaso no puedo acompañar a la estación a un viejo amigo? Pero el viejo amigo le importaba un pito; sólo le interesaba el bar de la estación. ¡Qué suerte que el chófer estuviera ausente esta noche!

—Tienes que volver pronto, y pasar unos días en casa...

¿Bebía más de la cuenta para evadirse de la hermosa y dominante joven? Me daba igual. Estaba muerto, para mí. Más muerto que cuando leí en los periódicos la falsa noticia de su fallecimiento. Porque entonces, de no haberse desmentido, yo le habría recordado siempre con veneración. Le habría recordado envuelto en una aureola de esplendor. Ahora, el viejo revolucionario se había convertido en un niño que se ocultaba para fumar en el retrete.

—Dile a tu chica que le debo el regalo de boda... —hablaba ya un poco estropajosamente—. Que no lo he olvidado.

Había olvidado muchas cosas.

Cuando sonó la campanilla en el andén no supe si era mejor despedirme de él o dejarlo tranquilo contando sus Fernet Branca y preparando su coartada. El tren se detuvo en el mismo momento en que las agujas del gran reloj se superponían sobre el número nueve. Los trenes suizos, además de limpios, son puntuales hasta la exageración. Su fama es merecida.

BIBLIOGRAFIA:

El Inocente, La tarde, El ayudante del verdugo.

JOSE LOPEZ MARTINEZ *

CALLEJON SIN SALIDA

Se casaron el primer día de feria, cuando ésta comenzaba ya bien entrado septiembre. Lo hicieron así para aprovechar íntegramnte la temporada de vendimia y poder ganar un dinero que luego les vendría bien en el invierno, cuando el mal tiempo trajese muchos días de paro y de necesidad. Ella, lo dijo muchas veces, no se casaba únicamente porque estuviese enamorada de quien iba a ser su hombre, ni por recogerse y solucionar de alguna manera su miedo a envejecer sola. Se casaba, también, porque Luisito tuviera alguien que lo cuidara como una verdadera madre, pues Ramón era viudo desde hacía unos cinco años. Su primera mujer, Juana, había muerto de parto, dejándole bastante alicaído. Se contaba en la vecindad que se retrasó tanto en dar a luz que, cuando al fin lo hizo, el niño tenía ya dos dientes. Tuvieron que operarla a vida o muerte y resultó lo peor, para ella y para el crío.

Cuando yo conocí a Encarna, ya en el otoño de su vida, daba gusto hablar con ella. Era de mediana estatura, rubia, con ojos extraordinariamente expresivos. Tenía una voz agradable y una gran bondad. Recuerdo que se pasaba el día trajinando en la casa, llenándola de sosiego con sólo su presencia. De vez en cuando cantaba canciones que había aprendido oyendo la radio en casa de sus señores, cuando estuvo sirviendo. De Luisito cuidaba con tanto cariño como si se tratara de su propio hijo, privándose hasta de lo más imprescindible para que el niño no careciese de nada. Y del mismo modo quería a su marido, aunque éste anduviese cada día con el gesto más indiferente, cosa que tanto le preocupaba.

Ramón estaba recordando siempre a su primera mujer. Para él, después de la muerte de Juana, mejor que se hubiese acabado el mundo. No había otro tema en su conversación. A su hijo le decía continuamente que dónde iba a parar una cosa con otra, que mil veces más valía

---

* Nace en 1931. Ejerce el periodismo y la crítica literaria en diarios de España y México. Premio Internacional de Poesía Rabindranath Tagore. Dirige la revista *La Hora de Castilla-La Mancha*.

su madre que aquella madrastra que no tuvo más remedio que darle. Entonces Encarna desaparecía del comedor y rompía a llorar, pues todo lo que tenía de buena, lo tenía de cobarde. No era capaz de hacer frente a aquella situación, por lo que, poco a poco, fue perdiendo terreno, marginándose, viviendo su propia soledad. Hasta tal punto que, cuando llegaba la noche y estaban todos reunidos, sentía la amarga impresión de vivir con personas desconocidas, con seres de los que nunca podía esperar el menor cariño.

Tanto fueron empeorando las cosas, que una mañana Luisito, ya con nueve años cumplidos, le plantó cara abiertamente, creando una situación que la sumió en la más profunda desesperanza. Le dijo, porque el desayuno no era de su agrado, que las madrastras eran todas unas lagartas y unas zorras, unos seres despreciables que ejercían una misión que no les correspondía, que lo mejor que podía hacer era largarse, dejarlos en paz, volver a su antiguo oficio de marmota, pues tanto él como su padre tenían suficiente con el recuerdo de su pobre madre. A la noche Encarna contó a Ramón lo que había pasado.

—Esto no puede seguir así. El niño me ha perdido el respeto y hoy ha llegado, incluso, a insultarme. Por la santa memoria de mis padres, quiero me digas en qué os he defraudado, qué puedo hacer por vosotros que no haya hecho. Porque estoy dispuesta a todo, a daros mi vida si fuera menester, a cambio tan solo de un poco de comprensión y de cariño, aunque sea fingido. Me casé enamorada de tí y no he cambiado absolutamente en nada; he cuidado de tu hijo como si lo hubiese parido. ¿Qué más puedo hacer para merecer siquiera vuestra atención? Yo no tengo la culpa de la muerte de Juana, ni de que seamos pobres, ni de ser analfabeta, pero todo lo que soy, todo lo que tengo es vuestro, bien lo sabes.

Ramón escuchó con la mayor indiferencia las palabras de su mujer, mientras apuraba el postre de la cena, un plato de natillas que Encarna le había preparado.

—Lo peor que puede pasarle a una mujer es volverse histérica, hacerse más vieja de lo que es, querer que todo el mundo esté pendiente de ella. No te das cuenta de que mañana tengo que levantarme al pintar el día, que estamos trabajando de sol a sol y que lo que ahora necesito es dormir, no monsergas tan impertinentes como la que me estás dando. Lo que pasa es que tú estabas acostumbrada a otras cosas, a vivir con los señoritos y quien sabe si hasta acostarte con ellos. Es algo que tenía ganas de decirte...

Y levantando la voz:

—¡Cualquiera se fía de vosotras!

Era una cruda mañana de finales de enero. Puro invierno sobre las calles del pueblo. Al salir de la escuela, Luisito me pidió que le acompañara a su casa para enseñarme una totovía que su padre le había traído de las viñas.

Vivía en la casa que sus abuelos —los padres de su madre— tenían cerca del parque viejo. En las aceras de la umbría aún no se había quitado la escarcha, pese a ser ya mediodía. Se oyó decir a un anciano:

—La helada de esta noche se va a juntar con la de mañana...

Subimos la escalera a todo correr, como si fuéramos de apuesta. Luisito aporreó varias veces la puerta con el llamador de hierro, el cual tenía forma de cabeza de perro. En vista de que nadie abría ni contestaba, dio un empujón y nos metimos dentro.

La escena que se ofreció a nuestra vista fue horripilante, dantesca. Colgada de una viga, con un tozo de maroma al cuello, estaba Encarna. Ahorcada. Con la lengua fuera y los ojos entreabiertos, desde los que se desprendía una profunda frustración. Totalmente asustados nos echamos a la calle, dando gritos, llamando a los vecinos, pues Ramón estaba en el campo y no regresaba hasta la noche.

Apenas recuerdo más cosas de aquella horrible impresión. Sólo que a los niños nos apartaron de allí y que Luisito, muy disgustado, me dijo que su madrastra, como decía su padre, era una cursi y una metepatas, porque ahora, tratándose de un suicidio, ni siquiera los curas querrían venir al entierro lo cual les pondría en ridículo ante todo el barrio.

BIBLIOGRAFIA:

En carne viva, La geografía literaria del Quijote, Lugares de La Mancha, En el mar riguroso de la muerte.

JESUS LOPEZ RUIZ *

EL CONCIERTO

La Luna daba saltitos de nube de polución en nube (de polución) sobre la ciudad del teatro.

En ella sólo existía un teatro rodeado de desierto por los dos lados.

Una cola de gente que se desvanecía en el horizonte, esperaba para entrar; y otra, de igual longitud a la que entraba, salía por el lado opuesto para enlazarse luego a la primera.

Las personas que aguardaban, eran todas iguales y tenían todas la misma expresión (sonriente y de ojos saltones en máxima etiqueta y seriedad) sobre caras de porcelana viviente (algo así como si llevaran todos una misma careta).

Yo estaba entre ellos y tengo suerte al poder narrarles esta realidad, aún reciente.

La taquilla, cuando por fin llegué hasta ella, estaba oscura en su interior y por un momento creí que no había nadie en ella, pero no; una voz recalcitrantre me preguntó por la cantidad de entradas que deseaba y le pedí una.

—Mil —dijo el taquillero, en un tono no menos horrible.

—No es mucho— pensé y le entregué la cifra.

El billete desapareció en la negrura, y una mano huesuda me entregó la entrada.

Asomó la cabeza, cubierta por una saya, al exterior y me deseó una feliz noche, al son de un crujir de huesos.

Cogí veloz la entrada y me introduje, aún más rápido, en el edificio.

Un hombre bizco me cogió la entrada, le pegó un mordisco y con la boca llena, me dijo:

---

* Nace en Viena en 1968. Estudiante.

—Piso veinte, señor.

—¡Maleducado!— le gritó su compañero y le atravesó con una daga malaya, pero él siguió mordiendo entradas.

Fuí al ascensor y leí: «Sólo baja».

Así pues, me tocó subir a pie. (Lo admirable es que el edificio no pasaba de un décimo piso, y yo estaba en el veinteavo).

En un recodo de la escalera, había un borracho en estado de putrefacción; yo pasé corriendo y me crucé con una empleada que bajaba un tanto excitada.

—¡Hay que ver lo puercos que son! —exclamó, recogiendo los restos del cadáver con una escoba.

Llegué al supuesto 2°. piso y leí «Piso 9.°», el siguiente era el 3.ª y 1/4 y el 4.° el sótano 1.°. En el ví una única puerta. Se abrió y salió Clark Kent con una cartera de ejecutivo. Me saludó sonriente y salió volando por una ventana.

Cansado de trepar escalones, me quedé en el piso siguiente (este sin n.° ni indicación alguna, pero al fin y al cabo era el único con entrada a la sala).

El acomodador, un buzo con casco de minero, me indicó el camino. Atravesamos un túnel rocoso y húmedo casi agachados.

Nos topamos con una gitana anciana (por el aspecto una castañera) que freía ojos en su barbacóa (por lo tanto «ojera»).

—¿Les apetece alguno?— dijo con voz y expresión falsas.

Daba por hecho, desde ese momento, que el acomodador estaría de acuerdo conmigo en contestar con una rotunda negativa; pero no. Completamente serio y sin ningún asco, pidió una docena.

¡Pero de repente!, una viscosidad que salía de la pared, se deglutió a la vieja sarnosa, que antes de ser devorada preguntó entre gritos y alaridos:

—¿Algo más?

El acomodador, sin inmutarse siquiera, hacía rato que había seguido adelante. Le seguí, y finalmente llegamos a la sala.

Tenía la forma de un rectángulo perfecto.

—Menuda acústica— pensé.

Los asientos, habían sido instalados al libre albedrío, incluso los había clavados a la pared; en ellos era necesario el cinturón de seguridad y las bolsas para el mareo.

El alboroto era general en el teatro, y diversos utensilios, incluso personas, volaban por los aires.

A todo esto, el acomodador, haciendo uso de la luz de su casco me condujo hasta mi asiento giratorio. Me entregó el «Menú» de este concierto y, extendió la mano; yo (judío y usurero de toda la vida) le extendí la mía. El, sin embargo, sonrió y me dió su dirección y su teléfono.

A mi lado, sobre unos enormes cojines de seda, se sentaba una opulente dama (Duquesa de Grasals) acompañada de toda una troupe de enanos.

La Señora, comiendo de una fuente de muslos de pollo chorreantes en aceite, me miró e hizo un gesto sonriente, en señal de saludo, que yo devolví al instante.

A mi derecha, pues la Dama se sentaba a mi izquierda, había un Señor elegantemente vestido, pero de nervios desbocados.

Tal era su nerviosismo, que al mirarle yo, huyó aterrorizado saltando de asiento en asiento (con ocupante o sin él).

Entre los cientos de disparates que ví sólo antes de comenzar la función, el que más me llamó la atención, quizás por el olor que desprendía, fue un hombre que usaba un retrete por asiento y que hacía «sus cosas» sin cesar ni un segundo.

Por fin se apagaron las pocas luces que quedaban encendidas, o supervivientes a los «OVNIS», y se abrió el telón del escenario, pues la primera obra era una ópera.

(Lo extraño es que el director no había salido aún a escena, o yo no le veía.) Inmediatamente de suceder esto, el público comenzó a arrojar tomates, flores, jarrones, incluso a arrojarse los unos a los otros, al escenario. (Y aquello era el principio).

Luego de establecerse la calma, una figura asomó deJ foso de la orquesta (era la cabeza del director).

Al avistar un asiento vacío en primera fila, me cambié de sitio, pues aquel olor empezaba a ser insoportable, y la visualización no era muy buena, por cierto.

Al momento de sentarme, el director se volvió y me miró con la cara de «fijación» de Buster Keaton.

Volvió a mirar hacia delante, y sentándose en el sillón de su escritorio, pues su posición era una oficina completa, llamó por un intercomunicador a su secretario. Al momento entró un refinado, algo anciano y minibigotudo hombre, en el foso.

Ajustándose sus gafas, sin dejar caer la cartera, que llevaba bajo la axila izquierda, se inclinó ante el director y recibió de él unas palabras al oído.

El secretario se volvió hacia la orquesta y dió la entrada a los músicos. A continuación se fue por donde había venido y comenzó la función.

Hojeé el «menú» y lo único que ví, fueron un montón de fotos y palabras desordenadas (algunas se cayeron al suelo al abrir el programa).

Las sandeces que se podían descifrar, eran semejantes a esta:

«Estudia con - tres por cuatro en un pasaje de Viena - Sostenuto - y en un desmayo - conoce a - su Padre en el cuarto acto.»

Y la foto que encabezaba esta sandez era la de un futbolista paralítico.

A todo esto, no me había dado cuenta de los terribles alaridos que procedían del escenario; lógico: la soprano tenía las cuerdas vocales casi destrozadas; otros tres cantantes eran afónicos y otro tenía bronquitis.

Sin embargo, había otro al que no se oía; estaba muerto (con un cuchillo en la nuca, tres en la columna vertebral y una en la pierna —había muerto de una hemorragia pernal—). Pero ni corto ni perezoso, y andando como una tabla, salió del escenario.

El director se levantó de su confortable sillón y abrió un fichero. Del interior sacó una botella de ron y comenzó a ventilársela allí mismo, tomando, entre sorbo y sorbo, un cubito de hielo ¡A pecho!

Volvió a su sitio con la botella en la mano y sacó un teléfono de los de su escritorio. Después de contestarlos todos, se levantó y volviéndose hacia mí, me entregó el rojo, alegando:

—Es para usted.

Yo, asombrado, se lo cogí y pregunté.

Un agudísimo grito roto penetró en mi oido. (Era del bajo que había en el escenario).

El director tiró del cable y colgó el teléfono.

De improviso, sonó un timbre escolar en mitad de un pianísimo y todos, músicos y cantantes inclusive, salieron corriendo de la sala. Sólo quedamos unos pocos en ella: los muertos, los heridos y yo. Supuse que aquella señal indicaba el intermedio.

Al ver que no había mucho que hacer allí, decidí salir a tomar algo.

El bar estaba abarrotado hasta los techos, sin hablar literalmente, pero era más rentable estar por los aires, pues la barra del bar estaba instalada a la altura de un primer piso.

Los que no tenían la suerte de estar a esa altura, lo que después sería un incoveniente, recibían al cráneo lo que pedían, por vía aérea. Yo, afortunadamente, logré atravesar el tumulto y descubrí detrás de éste, lo inconcebible.

Un salón como un estadio olímpico se extendía a lo largo y a lo ancho.

Me senté tranquilamente en una de las miles de mesas que había instaladas (con sus correspondientes cuatro sillas) y contemplé, no sin cierta diversión por mi parte, como cuatro mil personas se apretaban en una esquina del bar.

De pronto, tuve a mi alrededor diez y seis camareros preguntando a coro:

—¿Qué tomará el señor?

—Un café y un bollo —contesté, no sin cierto alucine.

Los camareros se fueron en un sprint y en un sprint volvieron y volvieron a irse, dejando sobre la mesita diez y seis tazas de café y quince bollos.

No sé cómo ni por qué, le di cuenta del error numérico a un camarero y éste, sin apenas dejarme terminar mi frase, fue al bar y volvió con una bandeja repleta de bollos y después de esto, trajo una llena de cafés y asi fue llenando todas las mesas:

¡Todas! ¡Veinticincomil mesas!

En total, había en la sala casi un cuarto de millón de cafés y el mismo número de bollos menos uno. Al darse cuenta del error, siguió llenando y llenando hasta haber casi diez millones de cada unidad.

Al terminar, me trajo la cuenta: «100 pts.»

Estallé a reir y pagué.

El camarero, se sentó a la mesa y comenzó a beber y a comer tranquilamente, con intención de tomárselo *todo*.

Mientras esto sucedía, sonó de nuevo aquel timbre escolar, a lo que una avalancha de gente salió del bar, cayendo al suelo de cabeza todos los que había en el aire. Aún teniendo partida la cabeza, corrieron a la sala desesperadamente, menos los muertos.

Sin embargo, fui a salir de allí, y una voz me llamó desde el suelo.

—Lléveme, por favor— dijo un hombre, mejor dicho, ¡medio hombre! —de cintura para arriba— que se retorcía en vano. La otra mitad del cuerpo, si no suya de otro, colgaba de la lámpara. Tan mal le vi, psicológicamente, que agarrándole por los brazos, le llevé hasta su sitio. Le senté y vi, horrorizado, como extraía de su angustiosa herida la otra mitad del cuerpo. Me miró monstruosamente y partió a reir de la misma manera.

Nadie se inmutó ni los más mínimo, al revés, contribuían con sus carcajadas, pero yo casi «volé» a mi sillón.

Al poco rato, comenzó la segunda parte de aquel morboso concierto.

Un enorme piano pendía de una grúa en el vacío. Salieron a escena el director, como una cuba de ron, y el violinista, y cada uno fue a su sitio, el violinista a la oficina y el director hasta el piano (no sé cómo).

Comenzó el concierto (n.º 1203 de Qacalkl —famosísimo famoso en el mundo del circo—) y a los quince minutos, comenzaron a oirse, primero aisladamente, después en toda la sala, papeles de caramelos y tosidos.

—¡Qué escándalo! —pensé avergonzándome de los causantes, pero mi asombro fue aún mayor al ver que la orquesta hacía lo mismo —todos locos— me dije suspirando.

Apremiaba, ya el tiempo para acabar el concierto, y para horror mío, el solista comenzó a golpear el piano con dos martillos (uno por mano).

Saltaron teclas, martillos (del piano), cuerdas y maderas, pero al verlo ya poco aprovechable en ese aspecto, lo aserró por donde pudo, y para rematar la obra, soldó las cuerdas que quedaban.

En los últimos compases de la obra, comenzó a saltar sobre la tapa y justo en el acorde final, se desprendió el piano (los restos) del cable y ambos se precipitaron sobre la orquesta. Yo me retiré de la impresión, pero la gente se dedicaba sólo a aplaudir.

Dejaron el foso y orquesta tal y como habían quedado y prepararon lo obra siguiente (el lago contaminado de los patos muertos —ballet).

Se cayó el telón, elevándose el escenario del lado opuesto, y entró el director, apoyándose en los músicos.

Ya empezada la obra, concretamente en mitad del preludio, se oyó un terrible estruendo de porcelanas rotas, y tras ello un profundo murmullo acuático que se acercaba velozmente a la sala.

¡De pronto!, una enorme tromba de café inundó las butacas hasta las rodillas. El foso se inundó, pero los músicos siguieron tocando. Supuse enseguida lo que había sucedido y se confirmó mi suposición al aparecer de entre el oscuro líquido un camarero de dos toneladas de peso.

Pronto estuvo ajetreado sirviendo tazas de aquél café a la gente que lo solicitaba.

Y entre tazas, y aberturas en el suelo, enseguida desapareció el café.

Aparte de este detalle sin importancia, nada había cambiado. Terminó el preludio y una mujer gruesísima (yo diría que era la Duquesa de Grasa's) entró en una exhalación al escenario, nivelándolo al pisar en la parte elevada.

Por el lado opuesto entró un bailarín delgadísimo y muy refinado que cargó en brazos con la bailarina (o bailarona). Pronto desapareció bajo ella y fue retirado por la recogedora de animales muertos.

En su lugar, reapareció en escena el tenor de la opera anterior (el de los puñales). Surgió jubiloso y cantando felizmente, pero casi al momento, volvió a tener otras tantas dagas repartidas por todo el cuerpo, además de una lanza atravesándole el vientre. Volvió a retirarse, completamente lívido y finalmente entró a sustituirle el apuntador.

Mientras se bailaba sobre el escenario, los montadores del material decorativo, instalaban tres ametralladoras de posición en el foso, apuntando hacia el público, y atricheraron, parapetaron y alambraron tanto el foso como el escenario.

También observé movimentos en los palcos (en uno incluso habían montado un antiaéreo).

Empecé a sentirme incómodo.

—Disculpe— pregunté a un joven que se sentaba a mi izquierda, pues a la derecha estaba el pasillo central— ¿Qué es todo esto?

—¿Acaso no sabe que es para el final? —contestó.

Sin dudarlo un momento, me retiré a las filas traseras, cercanas a la salida principal. En esta fila sólo se sentaban los «caraporcelana», como yo los llamaba.

Volvieron sus cabezas hacia mí, al sentarme, y sus expresiones normales (las ya descritas al principio) se tornaron, todas a la vez, descontentas, enfadadas y con gesto de desaprobación; pero al poco tiempo volvieron a mirar al escenario, con sus expresiones alegres y ojos saltones.

Todo aquello me estaba ya hartando de morbosidad.

En un monstruoso final, en el que se destartalaron instrumentistas, instrumentos y bailarines, llegó el final del concierto. ¡Y menudo final!

Inmediatamente rebosó la sala de aplausos, que precedieron a una guerra de hortalizas, y frutas, inaugurada por los mismísimos músicos.

La mecha estaba ya encendida.

A los pocos segundos, la atmósfera de la sala estaba repleta de objetos y seres volantes que se cruzaban, o chocaban, en todas las direcciones.

No se hicieron esperar los tiros; y las ametralladoras ya estaban echando fuego, respaldadas por diversos explosivos.

En una de las explosiones, se derrumbó el lateral izquierdo del primer piso.

Y pronto se hundió también el escenario, pues utilizaron como proyectil a la Duquesa de Grasa's.

Durante unos instantes pude ver, desde mi puesto defensivo, el foso rebosante de cadáveres, lo que me recordó a ciertas fotos que vi en un museo antinazi.

Mis compañeros de filas, los «caraporcelana», me miraban, sin moverse de sus sitios, con una expresión de diversión y alegría, como la de un niño con un juguete nuevo.

¡De pronto!, se oyó un tremendo estampido, y se derrumbó el techo.

¡La aviación!

Elevaron los focos del escenario hacia el cielo e hicieron cantar al antiaéreo.

Pronto se estrelló el avión, un meserschmit, pero no a campo descubierto, sino en el gallinero; ¡y vaya si se alborotó la gente ahí arriba!

Una vez liquidado el avión (que sólo era —o mejor,— había sido de inspección) el antiaéreo, sin pensárselo dos veces los encargados, fue apuntando hacia el interior. ¡E hizo fuego!

Allí bulló la gente como el agua en una olla a presión.

De pronto se posó un Harrier sobre una montaña de muertos. Se abrió la cabina y del interior salió el tenor de los cuchillos.

Comenzó a cantar apasionadamente, y apasionadamente abrieron todos ¡*todos*! fuego contra él, continuándo después con lo suyo, ¡EL CAOS!

Viendo que no quedaba mucho por destruir, inclusó los señores de porcelana estaban esparcidos en trocitos por la sala, lo que me dio cierta pena, no sé por qué, salí de la sala.

Me hice camino entre los escombros, y salí al exterior.

Me pareció imposible respirar el aire y la «supuesta» tranquilidad de la Noche.

En el exterior había un gran revuelo, entre jeeps, cañones, una división Panzer que tomaba posiciones y una interminable fila de camiones con provisiones, municiones y soldados.

¡Se había movilizado al ejército!

¡Incluso había un destructor anclado en la arena! ¡EN MEDIO DEL DESIERTO!

Una nube de aviones, de todos los tipos, se confundía con la Noche.

¡AQUELLO ERA LA GUERRA! ¡¡POR UN CONCIERTO!!

Caminé unas dos horas hasta el aparcamiento y encendiendo el motor de mi coche, el único que allí había, contemplé, con cierta dificultad, cómo surgía un enorme hongo del teatro. ¡Se acabó!

Pero no, algo se movió a mi lado, era el tenor, calcinado, agujereado, destrozado. Con una voz potentísima comenzó a cantar. Después de las monstruosidades que había visto allí aquella noche, no me costó pegarle un tiro en la frente, e inmediatamente, quedó fulminado. Lo tiré del coche y me fuí a mi casa. Esa noche descansé como un santo. Y terminada esta horripilante narración, me tienen que disculpar, pues si no me doy prisa, llegaré tarde al CONCIERTO.

JULIO MANEGAT *

EL COLECCIONISTA **

Más que tocar, se diría que acaricia los relieves de la figura esculpida en marfil. Sus dedos, como poseídos del tacto de los ciegos, recorren pacientemente el rostro, los brazos en flácida tensión, los músculos pectorales que se resaltan, el hundimiento del vientre, la inacabable largura de las piernas, los pies, uno encima de otro, y los clavos que apenas se apuntan sobre las manos y los pies. El artista supo sin duda de los caracteres anatómicos del cuerpo humano. De otro modo no hubiese podido plasmarlos con tanta exactitud en la marfileña dureza que, al cabo de los años, ofrece una sombra amarillenta, envejecida por el tiempo o por los pensamientos de cuantos se postraron ante el crucificado, en quién sabe qué iglesia de pueblo, rincón familar o capilla de catedral.

Apenas oye la voz susurrante, persuasiva, casi tediosa, del anticuario:

—Es una pieza magnífica. De fines del XVI o principios del XVII. Y menos aún percibe su propia voz al comentar:

—Sí. Lo es. No obtante, me parece un precio un tanto elevado...

El vendedor se quita las gafas y con ellas en la mano izquierda pretende abarcar todo el local colmado de muebles, cuadros, mayólicas y porcelanas, espejos antiguos y docenas de objetos que pertenecieron a alguien que les comunicó un poco de su propia vida.

—Usted es un entendido y sabe que el precio se ajusta a la realidad de nuestros tiempos.

* Nace en 1922. Licenciado en Filosofía y Letras; estudios profesionales de Periodismo. Colaborador y crítico literario de *El Noticiero Universal* y de numerosos periódicos y revistas. Director de la Escuela Oficial de Periodismo de Barcelona hasta 1978. Premios Ciudad de Barcelona, Selecciones Lengua Española, Ciudad de Gerona, Nacional de Teatro de la Real Academia Pontificia de Lérida, Hucha de Plata de Cuentos, Hucha de Oro de Cuentos.
** (Premiado en la «Hucha de Oro» de la Confederación Española de Cajas de Ahorro).

Sí, de nuestros tiempos... Pero, ¿qué son, dónde están, qué significan nuestros tiempos? Acaso antes fue distinto y era posible, como él hace ahora con la escultura de marfil, medir, aceptar el tiempo, incluso compartirlo con naturalidad...

—Lo cierto es que nuestros tiempos...

¿Por qué lo ha dicho? Quizás el anticuario crea que se trata de una insinuación de peligrosas intenciones políticas...

—No lo digo, claro es, por las circunstancias del país, sino porque, a mi edad ,las cosas se ven de muy distinta forma. Los años son como sus gafas y las mías: nos hacen ver desde otra dimensión y perspectiva.

El vendedor, halagándole, le acompaña:

—¡Cuánta razón tiene! Bueno, no es que yo presuma de viejo, pero ya sumo un buen montón de años y de experiencias. También contemplo el mundo de una forma distinta de como lo veía, y vivía, años atrás. Da gusto hablar con usted. He de atender a tanto nuevo rico que sólo tiene dinero...

¿Por qué le adula, si sabe que ya está decidido, que comprará ese crucifijo sea cual fuere la cantidad que le pida? El anticuario lo ha comprendido desde que él le ha solicitado que se lo mostrase, mucho antes de preguntarle el precio. Sin embargo, insiste una y otra vez en el halago porque éste forma parte de su profesión:

—No crea... Uno, ¿sabe?, acaba por tomarle cariño a ciertas piezas y le cuesta desprenderse de ellas. Pero, claro, se tiene que vivir...

¿Cuándo comenzó él a vivir? ¿Tan sólo hace sesenta años? Era un niño al iniciarse la guerra, y el tiempo transcurrido tan rápido... Los juegos se confundían con el silbido de las bombas al caer sobre la ciudad, con la crispación asustada del padre, con las palabras que se ocultaban en la noche, en los silencios de la habitación compartida con su hermano mayor. Hasta que éste desapareció. Sus padres le ordenaron que no lo comentase con nadie, que Rafael se había ido «a la otra zona» y que, de descubrirse, correrían un grave peligro. La madre añadió: «Tenemos que rezar mucho por él»

Rezar era un rito, una obligación que acabó por convertirse en una molesta regla, en un imperativo sin sentido, noche tras noche. Como las mismas bombas. Hasta que terminó todo, si es que algo puede concluir de una forma definitiva. Rafael murió en una cualquiera de las batallas. Los padres lo aceptaron resignadamente: Tenemos que rezar mucho por él».

La ausencia del hermano formó parte del absurdo, o de la misma iniquidad. Unas voces sucedieron a otras voces, y unas banderas a otras banderas. Como los himnos, y las canciones, la cotidianidad cambió de sentido, de intención, de impertinencia.

El anticuario no muestra el menor signo de impacientarse ante el silencio del cliente que, una y otra vez, deja resbalar sus dedos, un tanto temblorosos, sobre la pulida superficie del marfil. Sabe que la venta está hecha y que salda la jornada con el necesario beneficio. Para acabar, insinúa:

—Tratándose de un hombre como usted, incluso le haría una rebajita...

¿Un hombre como yo? ¿Qué sabe de mí? Lo mismo que yo de él, o menos. Aquí soy un cliente, sólo un cliente, y lo demás no cuenta. Tratándose de un hombre como usted... ¿Cuándo nació aquello que él mismo nunca calificó de afición coleccionista? Sus padres le dejaron lo suficiente como para vivir sin estrecheces. Intentó seguir diversas carreras universitarias, pero en ninguna hallaba el estímulo que el permitiera seguir adelante. Y todo por esa locura que se le metió dentro hasta convertirse en una obsesión. Renunció a la Universidad. Estudió mucho, sí, pero no en las aulas, sino en las bibliotecas y en los libros adquiridos en España o en los dos países que con mayor placer visitó: Italia y Grecia.

Pero entonces ya había madurado la semilla que, poco a poco, fue convirtiéndose en árbol rebosante de ramas que le envolvieron en una espesura de la que no pudo librarse. Al principio fueron láminas, reproducciones de lienzos famosos que iban desde el arte bizantino al Cristo de Dalí, o de Gregorio Prieto, y pasando por los frescos e imágenes del romántico, por las pinturas y tallas góticas, por la exaltación renacentista y la exuberancia del barroco. Empezó a enmarcar copias de obras maestras y a comprar más o menos buenas imitaciones. Hasta que un día entró en el almacen de aquel comerciante, entre anticuario y chamarilero. Tenía varios crucifijos, producto sin duda del expolio de alguna iglesia de pueblo, sobre una restaurada consola isabelina. Los compró todos Y, después, anticuarios, tiendas, mercadillos, ocasiones...

Fue una pendiente que se desliza hacia un pozo interminable. Y ya no pensó en otra cosa. En definitiva, tras el fracaso de su matrimonio con Luisa y aquella, dijeron, amistosa separación, se encontraba de nuevo solo y los bienes que poseía eran únicamente suyos y bien suyos. ¿A quién iba a importarle que se gastase los cuartos comprando crucifijos, o en delicadas y codiciosas amantes? Ni siquiera se inmutó cuando los vecinos, y la desagradable portera, comenzaron a murmurar y a extender la noticia, si de noticia podía calificarse, de su enfermedad o, como concedieron otros, de su manía. Incluso el vecino de su mismo rellano, un ingeniero de todos los caminos, canales y puertos, le insinuó una tarde que no descuidase la salud: «El alma, ¿sabe?, también es del cuerpo. ¿Por qué no consulta a un psicólogo? Perdone que le hable con tanta franqueza, pero creo que, conociéndonos como nos conocemos desde hace años, puedo permitírmela. No es posible considerar, ¿cómo le diría yo?, normal, esa afición a coleccionar crucifijos... Rara es la semana, o el día, en que no viene con uno nuevo a casa...»

No le respondió descortesmente, pero sí dejó muy claro que a nadie debía dar cuenta de sus actos, y menos aún de gastarse su dinero como le viniese en gana. ¡Faltaría más!

Y de nuevo la voz insinuante, pero ya un tanto recelosa:

—Créame que lo siento... Es un poco tarde y debo cerrar. Así es que...

Respondió distraido, absorto en la finura de las líneas que como nervios mínimamente oscurecidos presentaba el marfil.

—Sí, tiene razón. Le ruego que me excuse. Me lo quedo, por supuesto.

Sin percatarse de la sonrisa de triunfo del vendedor, extrajo del bolsillo del pantalón los billetes de cinco mil pesetas y los fue depositando sobre una mesilla.

El anticuario, mientras los recogía y contaba como sin darle importancia, aún se atrevió:

—Si desea pagarme con un talón... Tratándose de usted...

La suma era considerable y supo que apenas le quedaban ya unos pocos billetes.

—¿Quiere que se lo envíe a su domicilio o prefiere llevárselo?

Y ahora caminaba por las antiguas callejas de la ciudad apretando bajo el brazo aquel casi insignificante paquete que, sin embargo, tanto representaba para él. Sabía que era algo así como el punto final porque comprendió que sus recursos, sus bienes, la pequeña fortuna, eran ya menos que nada y se habían convertido en lo que hoy era su hogar, tan lejano de las canciones matinales de Luisa, de los oscuros rezos de la guerra, de las enfermedades y la muerte de los padres. El ingeniero de todos los caminos, canales y puertos le dijo una noche que entró para llamar por teléfono por tener el suyo averiado: «¡Qué barbaridad! ¡Es un verdadero museo! ¡Aquí hay, sin duda, cuadros y tallas de gran valor! ¡Ahora lo comprendo! ¡¡Qué inversión, amigo mío, qué inversión más inteligente!»

¿Inversión inteligente? Sí, un museo repleto de ojos suplicantes, de párpados cerrados o semiabiertos, agónicos, de regueros de sangre que no cesaba de brotar de miles de manos, de cientos y cientos de pechos heridos por el cincel de los escultores, de incontables rostros torturados, o apacibles como sonrisa dibujada en niños de primera comunión... Desde todos los rincones, incluso en la cocina en la que él, en los últimos años se preparaba las frugales comidas, le miraban ojos y clavos, manos y pechos tallados en madera, esculpidos, como el que llevaba bajo el brazo, en marfil, incluso en coral y jade, y también en cursilísmo alabastro, o en la fría elegancia del mármol, o moldeados en yeso, arcillas populares, cerámicas en bajorrelieve cocidas al fuego y procedentes de tan inesperados caminos...

¿Por qué pesaba tanto el paquete que el anticuario —«Para disimular— introdujo en una anónima bolsa de plástico? ¿Por qué se le hacían tardos los pasos y hasta el pensamiento parecía recoger, relámpagos de oscuridad en la luz, una cadena de recuerdos, de años, de niñeces y libros, de novias y amantes que desaparecían a la vuelta de la primera esquina?

Supongo que aunque no sea un viejo, los años empiezan a dar señales de vida o, lo que es lo mismo, señales de muerte. Sí, claro, la muerte... Y Landsberg, Platón, Unamuno, Ferrater Mora, Richter, Moody, Kübbler Ross, Morin y toda esa panda... ¿Es que alguien sabe algo de la muerte? Rilke habló de ella muy bien, muy lírica y rilquianamente... Más vale no pensar en ello. No saber qué haré mañana, suponiendo que esté en condiciones de hacer algo. Loco, naturalmente. El ingeniero dirá que me venda alguna de las «piezas», que incluso haré un buen negocio y me será posible seguir, como él dice, con mi afición, mi hobby de coleccionista de cristos...

Levantó muy digno la cabeza cuando la portera se le quedó mirando con la sonrisa burlona, o tal vez piadosa, con que le saludaba diariamente.

—Buenas noches. Ya veo que se trae una nueva compra, ¿eh?

Respondió amable, pero escuetamente:

—Sí, gracias. Buenas noches.

Como siempre, le tembló el corazón al enceder la luz del recibidor. En un instante convergieron sobre él ojos, pechos salientes y abdómenes hundidos, regueros de sangre violenta o de ingenuo color rosado en dibujito de cromo. Con la mano que le quedaba libre trazó en el aire un movimiento impreciso de saludo, de recepción que al propio tiempo se siente tentada por la entrega. Fue encendiendo las luces del pasillo, de las distintas habitaciones que se abrían a él, incluso las de la cocina y el baño, hasta que llegó a su despacho, donde culminaba el delirio de lienzos y de imágenes crucificadas.

Lentamente extrajo el paquete de la bolsa, deshizo el nudo del cordel y fue separando los papeles de seda que envolvían aquel prodigio esculpido en marfil y que reposaba sobre una cruz de ébano. Con delicadeza depositó el crucifijo sobre la carpeta de cuero y, después, se sentó en su sillón, frente a él.

Una vez más contempló en la habitación la revuelta presencia de músculos, de silencios que le acosaban desde tantos años atrás que apenas era posible recordarlo. Y de nuevo se dejó mecer por el miedo, por la soledad, por la tristeza. Sus ojos, inclinados a la ancianidad, se humedecieron levemente. Había realizado su última compra. A partir de entonces lo difícil sería sobrevivir, incluso con la mayor sobriedad. Su futuro se había concretado de un modo definitivo en la transacción con el ladino comerciante. «Tratándose de usted, que se ve que es entendido en arte...» ¿En arte?

Miró con fijeza, buscando una expresión en los cerrados ojos de marfil. Y pronunció las palabras de súplica y de rebeldía: Ahora ya sólo me falta creer en ti.

BIBLIOGRAFIA:

La ciudad amarilla, La feria vacía, El pan y los peces, Spanish Show, Cerco de sombra, Maíz para otras gallinas, Amado mundo podrido, Historias de los otros, Ellos siguen pasando, Canción en la sangre, La función crítica en la prensa, Todos los días, El silencio de Dios.

JOSE GERARDO MANRIQUE DE LARA *

CONCIERTO DE ARANJUEZ

Siempre recordaré el efecto mágico que me produjo la película «Asesinato en el Oriente Express». Dejando aparte el boato de aquellos trenes sólo comparable a la decadente superfluidad de los grandes trasatlánticos, las cosas que allí sucedían quedaban envueltas en un halo de misterio que aún perdura como elemento de inefable nostalgia.

Ha transcurrido mucho tiempo desde entonces. Casi toda una vida en la que ya empiezan a ser rentables, sentimentalmente hablando, aquellos inquietantes recuerdos. De pronto, un anuncio de la reinstauración de los servicios del *tren de la fresa* me ha hecho conectar con el pasado. He sentido la tentación de navegar la paz bucólica de Aranjuez escuchando la música del maestro Rodrigo. He acudido a la estación de Las Pulgas. He tomado billete y me he visto, apenas sin darme cuenta de mi trivialidad, sentado como el bueno de don Antonio Machado en un vagón de tercera rodeado de las tristes Euménides que acompasaban como sombras funestas sus escapadas de Segovia a la Corte. Pero hete aquí que súbitamente acude a mi compartimento una bella dama con polisón, vestido rojo fucsia adornado con encaje negro, una gran limosnera y un cestillo de fresas frescas y apetitosas que me ofrece una amable sonrisa.

—¿Cuántas puedo coger?

—A voluntad, señor. Son fresas de bienvenida. Los clientes pueden comerlas *a go-go*.

El asunto era para reflexionar cuidadosamente sobre el estímulo de lo temporal en las relaciones humanas. Hay una extrapolación del tiempo —la que aquí se produce— que sirve para que el presente nos parezca más útil y más verosímil. Sobre las cenizas de ayer se cimenta nuestro actual existir. Incluso sucede así con las huellas de la historia.

---

* Nace en Granada. Periodista, ensayista, crítico, poeta y novelista. Secretario General de la Asociación de Escritores y Artistas Españoles. Premio Ciudad de Barcelona, Elisenda de Montcada, Virgen del Carmen y Ancla de Oro.

Los castillos árabes se afincan en cimientos romanos. Los clanes del poder se forjan en los viejos linajes. La invención creadora se apoya en los antiguos mitos. Aquella muchacha de la fresa estaba sirviendo de vehículo o de mágico tren imaginativo entre dos dinastías de recuerdos; entre dos árboles legendarios que ahora iban a convertirse en un conato de efímera aventura iniciada en la terraza del Hotel de La Rana Verde, junto a los jardines del Real Sitio.

Violines, jardineras de mulas, sensación de que *la vida es un río* y esas cosas que se piensan cuando el Tajo y el tiempo nos sirven de alcahuete.

Aquella vestimenta anacrónica me recordaba a *Baile en Capitanía* de Agustín de Foxá a cuyo estreno asistí en el Teatro Español hace ya muchos años. De aquel escenario partía ese tren y ahora, en la memoria, el concierto de Aranjuez arreciaba su *crescendo* entre álamos, encinas, sauces, eucaliptos y frondosos quejigos.

Se llamaba Victoria y estudiaba en Madrid, en el pabellón de Filosofía en la Universitaria, y cuando volví a verla, casi un año más tarde —como era de esperar— ya no llevaba aquel vestido tan complicado para una *quick adventure*. El aire serrano subía hasta la Moncloa. Llegada la primavera, suele hacerse borrascoso y sopla hasta producir un remusgo de mal agüero que arrasa la paciencia de los pájaros. Se dice que para perpetrar esas agresiones el aire ha instalado su cuartel general en un edificio herreriano con una cierta mixtura del socorrido barroco madrileño. Un Escorial a lo Gutiérrez-Soto. Ese viento levantaba las faldas de las azules montañas serranas dejando ver un casto refajo de nubes blancas. A veces se comportaba como un viento sin cuartel y se atrevía también con los vuelos ligeros de las muchachas que bajaban de la facultad o de las inmediaciones del Rectorado.

Estaba seguro de que aquella muchacha era Victoria, la del *tren de la fresa*. Iba en compañía de otra chica rubia. Oí que le decía:

—No corras, Alicia, que no puedo seguirte. Se me caerán todos los libros que llevo en el colo.

Usaba una suave expresión galaica que me enternecía. Una *uve* y una *a* son casi lo mismo pero al revés. Signos opuestos, idénticos y contrarios. Victoria es triunfo y Alicia, aliciente. Se triunfa por aquello que se logra. Las matronas augustas son doncellas que el tiempo consagra convirtiéndolas en seres matriarcales, en hembras de partido o, si se quiere, en diosas del placer. La virginidad es el aliciente, la promesa de ventura, lo intacto, lo sagrado, lo entero. Por eso Alicia era el aliciente, la tentación, la perversidad, el participio de presente que provoca la acción inicial. Por eso se comprende que todo arquitecto del amor se complazca en el rito de la primera piedra.

Victoria llegó hasta un R-25 que estaba aparcado frente al cuartel del aire. Ella sabía por experiencia que los vientos de la sierra campaban por sus fueros en aquel descampado. Campar en descampado viene a ser como llevarle a Dios la contraria con razón o sin ella. Algo así como cuestionar la pureza de la Virgen cuando no se abriga conciencia de culpa.

El caso es que yo la ví desde lejos y observé cómo el viento urgía su desnudez presentida. Vestían las dos muchachas sencillos camiseros de organza con amplio vuelo. Iban bordeando el edificio de Los Mártires de la Guerra Civil que ahora se revocan para ocultar las inútiles cruces multiplicadas en el muro semicircular que ochava el bastimento conjugando el relieve de su fábrica de ladrillo cerámico.

Caminaban abrazadas a sus libros erotizando sin pudor alguno *La Naúsea, La Decadencia de Occidente* y las *Memorias de Adriano*.

Si Sartre fue capaz de quedar estrábico ante los modestos atributos físicos de Simone de Beauvoir, si Spengler denunciaba a Occidente por su contextura amoral y froidiana y si Adriano era un héroe que venía de vuelta de las cosas, ¿que clase de remoción historicofilosófica cabía esperar de aquellos textos acogidos cálidamente, como los fundadores de Roma, a los senos más provocativos del —mundo culto— latino en los albores de la primera estación?

Aranjuez, mon amour, aquellos senos eran busto reventón de viejo guardapelo.

Recuerdo que siendo yo Secretario General del Ateneo de Madrid, recibí la visita de un *pequeño filósofo* que venía a formularme la más sorprendente de las denuncias.

—Soy estudiante de cuarto de filosofía y socio del Ateneo.

—¿Y bien?

—Vengo a solicitar formalmente que se prohiba a las mujeres entrar en esta Institución si no llevan sujetador.

—¿Pretende usted la plaza de inspector de sostenes?

—No, señor.

—¿Motivo de su demanda?

—Es que para preparar oposiciones o redactar una tesis se necesita ante todo concentración.

Mi respuesta fue absurda e incoherente, lo reconozco, pero no se me ocurría nada mejor para salir de aquel atolladero.

—¿Acaso lleva usted sujetador?

—Yo no lo necesito.

—Ellas, por lo visto, tampoco.

—Pero, no hago daño a terceros.

—Lo haría usted si se impidiese la libertad de los senos en un régimen democrático.

Teníamos ya a la puerta *el cambio* socialista. Boyer, un amante en potencia de la *cofee society,* pretendía la vicepresidencia de la Institución. Imposible dudarlo: aquel *pequeño filósofo* había sido destetado prematuramente.

El sol penetraba en las débiles telas de los vestidos de aquellas muchachas desnudando sus cuerpos en secreta simbiosis con la fibra de nylon. Victoria intentaba abrir la portezuela del R-5 pero el llavero resbaló cayendo al suelo. Instintivamente, Alicia que tenía ocupadas sus manos por culpa de Spengler, se agachó a recogerlo no sin rozar brusca e inadvertidamente el sexo de su amiga con la consabida *Decadencia.* El filósofo debió de estremecerse desde lo más íntimo de su inmortalidad. El caso fue que todos aquellos libros magistrales se desparramaron por el suelo. Desgraciadamente había un bache cuya existencia era conocida por el Ayuntamiento. Lo prevenían dos balizas amarillas y cónicas y las vallas con el escudo del oso y el madroño. El agua estancada en el bache puso a las muchachas como las solapas del terno raído de don Antonio Machado. Victoria lanzó un grito lamentando exageradamente las salpicaduras.

—¡Vaya grito que has dado! —censuró Alicia.

—Me has metido *La Decadencia* en el túnel de los senegaleses.

—¿Te has hecho daño?

—No sé. Me siento como cuando se pierde la virginidad.

—Tú la perdiste en tercero de Filosofía.

—Y de la forma más inesperada. Fue en Aranjuez vestida de Madame Rénard.

—Sería un poeta ¡cuéntamelo todo!

—Lo haré si tanto te interesa pero antes deberíamos secarnos con algo.

Recogieron los libros extendiéndolos para que se oreasen en el maletero. Entraron en el interior del coche semidesnudas y nerviosas. Gritaban y reían sin que viniese a cuento. Quiero decir que faltaba alguien allí que moderase aquellos nervios y justificara la razón de aquel extraño y delirante retozo.

Las dos demostraban una cierta ansiedad, un deseo desmedido de comunicación. Se acercaba la hora de las confidencias. Siempre pasaba lo mismo. Las situaciones se crispaban en una ansiedad sin posible desahogo. Victoria inició el debate.

—No sé cómo decirte. Perder la virginidad es como desprenderte de unas ligaduras. Te quedan las señales pero te sientes feliz. Todo te parece distinto. Al mismo tiempo te da la sensación de estar desprotegida, aniquilada, pero sin pena.

—¿Con sentimiento de culpabilidad?

—Nada de eso. Te sientes liberada.

—¿Más feliz?

—Yo no diría más feliz pero sí más consciente de la realidad. Es una manera de entrar en sociedad, libre de escrúpulos. Algo serio y comprometido que te hace responsable de la felicidad que eres capaz de sentir y de aportar. Y también del riesgo que supone tu nueva situación. Es a partir de entonces cuando realmente te sientes mujer. No sé si te has dado cuenta: todos los pactos de futuro se firman con sangre. Los judíos se circuncidan. En cambio los que renuncian al futuro para consagrarse a lo que no conocen firman un pacto incruento: se tonsuran. Un estigma del que no sale sangre. Eso me lo dijo mi hombre de Aranjuez.

Victoria palpó los muslos de Alicia todavía húmedos por la salpicadura y deslizó sus dedos hasta la curva del pubis jugueteando con el vello inicial de las ingles. Alicia se estremeció.

—¿Tienes frío? —preguntó Victoria—.

—Es una sensación extraña. Has logrado ponerme la carne de gallina.

—No me extraña —sonrió Victoria.

—Tienes una expresión muy rara en los ojos. Se diría que te ha puesto nerviosa Spengler con su visión desesperanzada de ese lugar por donde muere el sol.

Alicia se extendió todo lo larga que era sobre los dos asientos delanteros. Tenía un cuerpo pálido y elástico con las areólas del pecho henchidas de placentera plenitud.

Victoria salió al exterior y se apoyó en la puerta. Contemplaba el caballo de Bolívar que estaba de manos en su pedestal y corveteaba sobre sus patas poderosas.

Yo avanzaba hacia las chicas abandonando los árboles en que difícilmente me podía ocultar. Era urgente poner término a aquella equívoca situación. Se incorporó Alicia y ambas se dirigieron al maletero del coche. Había una manta de muletón, cuerdas y algunas fundas de cretona. En unos instantes se disfrazaron de mujeres exóticas. Podían dar el golpe en St. Rémy, discoteca horteril en la que solían exhibir atuendos *ad lib.*

—Tengo que tomar gasolina —dijo Victoria—. Con la reserva no llegaría más lejos de la Plaza de España.

—¿Alcanzaría hasta el *Alphaville*?

—Creo que sí.

—Entonces no te apures. El marido de María es gasolinero.

—Allí podríamos seguir hablando de la pérdida de la virginidad desde el punto de vista de Jean Luc Goddard.

—¿Puedo besarte en la boca?

—Si eso te hace feliz...

—No me interpretes mal. Sólo quiero agradecerte la idea que me acabas de dar.

—Ya lo sé. Vas a escribir un libro sobre Safo de Lesbos.

—Nada de eso. Quiero escribir un ensayo sobre el Casto José. Dicen que Balbín va a hacer una *Clave* sobre el misterio de la Encarnación.

Me acerqué a Victoria decididamente, saliendo del árbol como quien se cae de un guindo.

—¿Puedes ofrecerme fresas de tu cestillo? —dije a Victoria.

En la radio del coche sonaban los líquidos arpegios del *Concierto de Aranjuez*.

BIBLIOGRAFIA:

Pedro, el ciego, Elegías y gozos temporales, Retablo, Río Esperanza, Requiem y Poema del Buen Amor, Crónica del cosmonauta, Homenaje a Miguel Hernández, La rebelión de los sentidos, Etimologías de la sangre, Confesión de parte, El borracho del Nimbus, Pasaje de primera, El pequeño doctor, Antonio Machado, Gerardo Diego, Vaquero Turcios, Guillermo Díaz-Plaja, El mundo negro, Arcángel de la niebla. Poetas sociales españoles, Narrativa africana actual, Poesía africana actual, etc.

ALFONSO MARTINEZ GARRIDO *

LA SUICIDA CORDIALIDAD DE MI PERRO «DOS»

> A la perra «Landa», mi mocita y la mejor de
> mis compañeras, muerta entre mis brazos aquel
> martes y trece de junio de 1976.

Las otras tardes, mientras recordaba una puesta de sol frente a nosotros, llena de niños y de golondrinas, y extrañaba también mis paseos vespertinos junto a «Dos», pensé en ti, mocita. Y como sé —y mucho menos, en donde estás— que tú no eres una de esas criaturitas a las que les gusta de recibir cartas para coleccionar los sellos (¿Te acuerdas...? Nosotros sólo coleccionábamos arcoiris y soledades.), comprendí que eras la ¿persona? más indicada para referirte esta pequeña historia, pues otros me tomarían por loco.

Pero, no, mocita; no te voy a hablar con palabras que te pongan más lejos de su significado, sino con un lenguaje que sea como el pan, que nunca enfada. Puesto que tu sabes muy bien que hay historias llenas de palabras que son como algunas gentes; que se visten de brocados, porque están huecas, y luego respiran por pura melancolía, igual que si se las hubiera puesto en alcanfor.

Sin embargo, entre nosotros —estemos en donde estemos cada uno—, es muy distinto, pues nosotros somos los mismos de siempre: los que hemos aprendido a amar, a enseñar lo mejor de nuestras manos; los que hemos regalado diamantes a los puercos y tratamos de ser la buena persona que no quema la casa con su ira; los que nos acostamos heridos al fin de la jornada, pero nos dormíamos felices, pensando en cuando éramos chiquitos y crecíamos a pedazos de caramelo; los que llegamos a la punta de alfiler de la pirámide y decimos que un millón de años hace realidad lo deseable, que un instante constituye el tiempo en que se arruga un castillo y que es precisa una eternidad para construir una catedral; los que, a veces, hemos de meter la cabeza en un charco para no desangrarnos por la nuca; somos, en fin, lo que somos,

---

* Nace en 1936. Colaborador en diversos periódicos. Premios Nadal, Gemma.

y no hay que darle más vueltas a nuestra reconocida inconsciencia. De forma que ahí va la historia prometida...

Es la historia del perro «Dos», que murió sin confesarse por lo que supongo que ahora andará perdido por el purgatorio de los perros, ladrándole a la luna de las indulgencias. Sin embargo, hasta hace pocos días, yo lo tenía aquí, a mi lado. Todavía está caliente su rincón y la arpillama en donde solía echarse durante las tardes de lluvia y de neurosis. No te puedo decir quiénes fueron sus padres, pero estarás de acuerdo conmigo, mocita, en que «Dos» no vino al mundo por generación espontánea, aunque, en ocasiones, yo lo ponía muy en duda. Me lo encontré una noche sobrada de viento y de agua, de truenos y de relámpagos, en que toda la ciudad era mía, puesto que no había justicias ni ladrones por las calles. Acaso —muerta tú—, yo había salido a buscar un perro perdido, acaso a buscar tu alma; y él (Dios sabe por qué) precisamente también de un compañero.

Estaba «Dos» (le llamé «Dos», porque tú, mocita, siempre ocuparás tu puesto, el primero, en mi corazón) acurrucado en el quicio de la puerta de un rascacielos en construcción; y gemía el perrín, gemía y se quejaba, como pudiera hacerlo una criaturita abandonada, desesperanzadora y trágicamente. Yo había salido aquella noche, ya te digo, con la intención de que me partiera un rayo si no encontraba un ruiseñor entre tanta bandada de cuervos. De modo que cuando presentía el crujido de una nube, corría y me situaba intencionadamente debajo de ella, pero los pararrayos municipales ordenaban la circulación de todas las chispas eléctricas, así que resulté ileso. Después me alegró infinito. Pues, de pronto, el viento se posó en su lecho de brisas, una escoba de amor limpió de nubes el cielo y se echaron las estrellas a la calle, cogidas de la mano, como niñas. Y, luego, al encontrarme a los panaderos, con sus cestos de pan recién sacado del horno sobre sus hombros, que me daban los buenos días entre combas de sonrisas, me puse más contento todavía, si es que cabe. Así que tomé en brazos al animalito y me lo llevé a casa.

Recuerdo muy bien cuando «Dos» rompió a hablar. Fue un día en que me hallaba yo preparando una jornada de pesca, y «Dos» me dijo —así, de repente— que la cosa de la pesca constituía un buen ejercicio, sobre todo para los peces. Le di la razón y le respondí que, en realidad. si yo me echaba al mar con el alba, era más bien animado por algo así como una añoranza ancestral que me impelía a ponerme en contacto con mis atavismos mediante la práctica de la pesca; pues a mí lo que, en verdad, me entusiasmaba era el navegar, el navegar con cualquier viento que ensanchase mis pulmones y soltara el lastre contaminado de los aires de la ciudad.

Como es natural, mi primera conversación con «Dos» me causó un poco de impresión. Luego me fui acostumbrando, y lo encontré natural. Nada tenía de extraño: La excepción confirma la regla, y no hay perro en el mundo acerca del que su propietario no haya dicho en alguna oportunidad: «Es tan inteligente, que sólo le falta hablar». Por lo demás, «Dos» era igualmente inteligente; y pronto aprendió a jugar al ajedrez, con lo que nuestras veladas se hicieron más entrañables.

Sin embargo, aunque «Dos» poseía el don de la palabra, ignoraba el sentido de muchas de ellas, así que traté de enseñarle a manejar el diccionario. Entonces me contestó «Dos» que quienes escriben los diccionarios no saben contar bellas historias, y menos aún susurrar cuentos de hadas al oido de los niños a punto de dormirlos. Otra vez quise enseñarle los números, le quise enseñar las sumas y las restas, pero me respondió que él no esperaba herencia alguna y que no tenía que rendir la declaración de Hacienda. Tomó la costumbre de irse muchas noches a dormir a la terraza, desde donde se escuchaba el canto de los grillos, pues alegaba que quería aprender idiomas. Le ladraba al administrador de la finca, porque se le había metido entre ceja y ceja que nos estaba desangrando, y murmuraba entre dientes que la solterona del cuarto izquierda coleccionaba amantes en tarros de cristal con anís dulce. Me confundía el ayer con el hueco del ascensor, y el mañana, con el cubo de la basura. Así y todo, cada día nos entendíamos mejor, y realizábamos prometedores progresos, aunque, a veces, me desconcertaba su desfachatez. Porque si era yo el que elegía el tema de la conversación, él movía el rabo, como para buscárselo, y se tumbaba a la última vuelta, sin hacerme el más mínimo caso; pero como fuese él quien sintiera deseos de dialogar, entonces tenía yo que dejarlo todo y situarme a la escucha. Era un egoísta; cuando salíamos a pasear, husmeaba por todas partes y daba saltos como una cabra loca; luego salía de estampida, se detenía al final de la calle y ladraba para que lo siguiera y tuviese tiempo de cansarme, y así le dejaba en paz un rato con sus cosas.

Sobre aquellos paseos, me contaba luego en casa (le tenía prohibido hablar en público, no fuese a robármelo algún titiritero para un circo) que había muy pocas cosas que le agradaran. Una vez me dijo que había visto a muchos hombres en estado de descomposición, circulando en automóviles; y a esqueletos que aguardaban en las aceras, esperando la luz verde de los semáforos para cruzar la calzada. Llegué a pensar de «Dos» que pudiera mi perro tratarse de un vidente, y tal vez lo discernía en sus ojos, aquellos ojos llenos de agua y del color de la pizarra, que, cuando te miraban fijamente, parecían contemplar un mundo más allá del que todo el mundo ve.

Y así, mocita, podría seguir contándote millones de cosas más a propósito de «Dos». Pero sólo te voy a decir cómo me lo mataron.

Una mañana le mandé al estanco, a comprar mis habituales paquetes de tabaco. Yo estaba afeitándome y tarareando una canción ante el espejo. Era una mañana, de otoño, dorada y azul, con sabor a miel y a hojas quemadas; con un solecito tibio derramándose sobre los árboles que se desangraban en los parques y en las avenidas. Al salir «Dos» a la escalera, se encontró con la solterona del cuarto izquierda, y le dio los buenos días. Entonces, la solterona, en lugar de quedarse perpleja, le dijo a la portera en forma airada.

—¡Qué barbaridad! ¿Ha visto usted que poca vergüenza? ¡Un perro que habla! A dónde vamos a llegar...

Inundado por aquella luz y aquella alegría de la mañana, «Dos» se había olvidado de mi recomendación. Continuó, cordialmente, dando los buenos días a todos cuantos se cruzaban en su camino. Las gentes se asustaban, si bien algunas, en la tertulia de una terraza, empezaron a elucubrar sobre la posibilidad de que seres de otras galaxias convivieran entre nosotros, ya fuese en forma humanoide, o, acaso, ¿por qué no?, disfrazados de animales.

Yo no sé de quién había aprendido «Dos» aquella regla de urbanidad, ya tan en desuso. Y si aún se les permitía a los panaderos que continuaran dando los buenos días era porque no se había descubierto la píldora sustituta del pan, y era menester el estar a bien con ellos. El caso, pues, es que «Dos» iba dando los buenos días a diestro y a siniestro, hasta que se topó con un señor de uniforme, que barría la calle silenciosamente; éste, aterrorizado, telefoneó al Ayuntamiento.

En el estanco le apresaron. Cuando yo me enteré y fui para rescatarle, ya le habían gaseado. Me contaron que murió como los héroes: dándole ánimos a los compañeros que con él compartieron el suplicio y lamiendo la mano de un verdugo, a la vez que, moviendo cariñosamente la cola, le deseaba toda clase de bienaventuranzas.

En cuanto a mí, me pusieron en observación durante dos semanas. Pero cuando se dieron cuenta de que yo sólo sabía ladrar, mocita, me colocaron la vacuna antirrábica y me dejaron suelto.

BIBLIOGRAFIA:

El miedo y la esperanza, El círculo vicioso, Ha nacido un hombre.

DOLORES MEDIO *

LA ULTIMA XANA (1)

Fue la noche de San Juan, cuando el mozo de Ca Martín, el de la Alameda, estuvo a punto de enloquecer por mor de una xana.

¡Brava comedia!, comentaban los vecinos de la aldea, decir que una xana... Y en estos tiempos, en los que nadie crée ya en esas cosas... Vaya patrañas... Claro está que lo de enloquecer, bien pudiera ser cierto, que el mozo, más de una vez ha dado señales de no estar muy en sus cabales, pero de eso, a decir que una xana lo ha enmaridado... Lo de la xana, sólo como fábula puede tomarse, que Antón es de sí muy dado a fantasear y a enredar a las muchachas en sus calenturas... ¡Anda, que ya tiene chifla, contar que una xana le ha cautivado, le ha enloquecido, y que, como hombre y mujer había yacido sobre la pradera!... Digo yo que sería como en los romances de los tiempos de Maricastaña, que la Rámila solía contarnos cuando nos reuníamos en las esfoyazas, y a mí me parece que esto, es demasiado maíz para un solo pollo... Si el pollo tiene espolones y ha aprendido ya a picotear la cresta de las gallinas...

De entre las voces alteradas del mujerío, sobresalió la ronca y reposada de Miguelón de La Ferrería:

—Bah, bah, bah, bah... Diría yo mejor, que el bueno de Antón y la señora Xana, se habrán apareado como animales, y es un decir, siendo así que Doña Xana, mal podía darle al mozo lo que no tiene, y para mí, está claro, que lo que hicieron, si es que hicieron algo, debió ser contranatural, como diría Don Siro, que en lo de apareamientos o emparejamientos o ayuntamientos debe saber mucho el hombre de tanto escuchar historias tras de las rejillas del confesionario.

Le atajó Rosana, la del Portugués:

---

* Nace en 1911. Estudia Música y Dibujo en la Escuela de Bellas Artes de Oviedo. Fue maestra y periodista. Premios Nadal, Concha Espina, Sésamo.

(1) Deidad de la Mitología Asturiana, que mora en las aguas de los ríos y de los manantiales.

—Que no, Miguelón, que no, que en eso estas errado, sin pasar por la fragua de ca el Armero, que si el cura sabe mucho de esas cosas, ya será por sus vivencias, que la mocedad de ahora no le va con esos cuentos al confesionario... En cuanto a las beatas, otros son los pecados que le llevan en sus costales.

—Pues el cura anda también soliviantado con lo de la xana, que para su capote debe pensar el hombre que la tal xana, debe ser una turista de esas roxas y enlunadas del top-less, que ahora le dicen, que anda por esas playas en cueros vivos, y digo yo, que no será sólo para ennegrecerse...

* * *

Fue el cura de la aldea, precisamente, el bueno y cegarato de Don Siro, quien hubo de intervenir en lo de la xana, para cortar tanta faladuría y aquella boba historia que parecía inventada por la Rámila, para volver a sus tiempos de brujerías y encantamientos.

—Habráse visto, lo que inventó ese zoquete... ¡Ay, Santo Cristo de los Milagros, a lo que hemos vuelto!... Y aún dice Filipona, la del Marino, que habría que exocizarle... Malaventura le dé Dios a esa enredadora, que si como es vieja y mediotúllida, fuera moza blanca y galana, yo diría que las apariciones de la sirena eran cosa suya, pero ¡ca!, de eso ni hablar, aunque la verdad sea dicha, aquí hay gato encerrado, aquí pasa algo que uno no entiende y que no entra en mis latines, como dice el pueblo...

Renqueando, sujetándose sobre su roma nariz las gafas de miope, a ver si podía ver algo de aquellos encantamientos, se echó don Siro al camino, bajó hasta la carretera y se dirigió, pasito a pasito hacia Pradollano, donde, a no dudar, debía encontrarse Antón de Ca Martín el de la Alameda, envarando la yerba seca, antes de que la nube que amenazaba con derramar su carga sobre el valle, fuera a dañársela.

Le vislumbró, satisfecho.

—Pues, sí, señor, allí está mi Antón, como había supuesto... Siempre a su trabajo. que si el mozo es dado a fantasear y a crear engendros en sus calenturas, es también hombre cabal y trabajador, como el mejor de la aldea, que lo cortés no quite lo valiente, y yo me entiendo... En lo de trabajar, no hay quien le ponga el pie por delante, pero anda, que ahora, bien la ha organizado ese mamarracho... Diablo de rapaz... Encoñetarse con una sirena, habráse visto...

El cura caminaba haciéndose cruces, santiguándose a cada paso, según se iba acercando a Pradollano, hasta que se quedó varado por la sorpresa. Allí estaba Antón, el de Ca Martín, efectivamente, pero si aquello era trabajar, él debía estar ahora diciendo misa.

—Concho, concho... ¿Trabajando?... Lo que está haciendo, es el sanisidro, así Dios me salve. Pensando andará el hombre, seguramente, que los ángeles van a ayudarle a levantar la yerba y a dejársela envarada, mientras él se dedica a contemplar las nubes.

Se quitó Don Siro las gafas, alentó sobre ellas, se las limpió cuidadosamente con su pañuelo y volvió a colocárselas para contemplar la extraña figura que representaba Antón, el de la Alameda, plantado en medio del prado, con el tridente de envarar en alto, dejando que la yerba se le derramara y se fuera esparciendo en torno suyo.

—Iluminado, eso es, iluminado... El rapaz está extasiado, pienso yo que como aquella sublime loca, Teresa de Avila, cuando el angel le clavaba un dardo ardiente en el corazón, y Dios me perdone la comparanza... Me pregunto, qué bebedizo le habrá dado la extranjera para tornarle el seso en pasta flora. Concho, concho, estos rapazos...

Se fue acercando al prado hasta situarse a pocos pasos del alucinado que desparramando yerba a su alrededor, continuaba contemplando un punto invisible en la lejanía.

El cura le gritó desde la calleja:

—¡Eh!, Antón... ¿Qué te pasa? ¿Estás en las nubes?... A ver si es cierto lo que comentan las buenas gentes, de que una sirena te ha sorbido el seso.

Antón de Ca Martín, el de la Alameda, huído quién sabe hacia qué paraíso extraño, tardó algunos momentos en regresar a su prado, tomó el rastrillo, agrupó la yerba que el tridente había esparcido sobre el campo, ya rastrillado, y se acercó a saludar al cura, que le contemplaba desde el mismo borde de la heredad.

—Hola, cura, buenas tardes... ¿Vamos de entierro?

—Buen entierro te dé Dios cuando te mueras, si es que no estás muerto ya, que quién te vea, así lo creería... Me estaba preguntando, qué bebedizo te habrá dado esa sirena para alelarte.

Con la naturalidad de quien razona sobre un caso corriente, corrigió Antón:

—No fue una sirena, cura, que fue una xana... La moza más hermosa que nunca he visto, más blanca que la leche, que de tan blanca, casi azuleaba dentro del agua, y tan rubio era su pelo, tirando a rojo, que mismamente me parecía como las barbas del maíz cuando está madurando. Los ojos eran de color del agua cuando se remansa y se queda quieta reflejando el cielo. Tenía los pechos duros y fríos como las piedras, también sus muslos, pero por dentro eran tiernos y cálidos, como de una ternerilla recién nacida, y...

El cura, repartiendo bastonazos a diestro y siniestro sobre el bardial cuajado de moras verdes y rojas, entre las que negreaban ya algunas maduras, bastonazo va, bastonazo viene, iba descargando su perplejidad, e increpando al mozo:

—Calla, calla, empecatado... Habrase visto semejante sarta de disparates que estás enhebrando para hacernos creer que de verdad te has enamoriscado de una sirena.

—De una xana, cura, de una xana... Pero, ¿qué sabe usted de ésto, si ha venido de tierras secas y no conoce los hechizos de nuestras aguas?

—¿Hechizos, dices?... Lo que nos faltaba... A ver si tiene razón esa pazguata de Filipona, cuando dice que hay que exorcizarte... Aquí quisiera yo ver a la Inquisición para acabar con estas brujerías... Pero ven acá, rapaz, ¿de verdad crées que en estos tiempos en los que el hombre sube a la Luna a bordo de un cohete motorizado, andan todavía esos bichos entre las aguas y una vez al año asoman sus... bueno, sus rotundeces, y es un decir, para tentar a los hombres?... Ay, Antón, Antón, has perdido el juicio... ¿No te das cuenta, hombre, de que, lo que en tu borrachera has tomado por una xana, era una de esas veraneantas de Santa María, que anda luciendo... eso... eso que te ha encandilado, para ligar como ahora se dice, que en buena Ley de Dios, es foyar a calzón quitado, como cualquiera de esas tunantonas que están en los lupanares?

—Que no, cura, que no, que nada de eso, que mi xana era tan pura como el agua limpia de los manantiales, y ni usted, ni todo el pueblo van a convencerme de que mi xana, porque ya es mía, es una de esas mujeres que andan por las playas y las romerías y son como cualquiera de las mozas del pueblo, pero más engalanadas... Que no, cura, que no... Si usted la hubiera visto, mismamente se hubiera prendado de ella.

Bastonazo va, bastonazo viene, continuaba el cura arrasando el tupido seto de zarzamoras, para descargar su ira y acompañar su protesta:

—Calla, calla, empecatado... Jesús, Jesús, las cosas que se te ocurren. ...Prendarme de ella... Qué barbaridad... Porque no vas a decirme que ese pez, o lo que sea, era de carne y hueso, más carne que hueso, según parece, y que vosotros, el pez y tú, habeis hecho, lo que habeis hecho, como debe hacerse y no esas bestialidades que algunos hacen para aliviarse, cuando se calientan.

—Que no, cura que no, que no es un pez, ni hemos hecho nada de lo que usted dice, que era así, como un hada de los cuentos, más blanca que la leche y...

—...«y más hermosa, que el prado por abril de flores lleno», ya me sé ese cantar... Antón, Antón, no estás en tus cabales... O dejas esos

192

cuentos y esas papanaterías, con las que me estás alucinando a toda la aldea, o acabarás encerrado en un manicomio, así Dios me salve.

Cesó el cura en su apaleamiento y en su indignación, para aconsejarle reposadamente:

—Mira, Antón, que eso de ver visiones, con las que el diablo nos tienta, suele curarse con el matrimonio, que según dice San Pablo, que era un santo y no un botarate, más vale casarse que quemarse, y yo te digo que si no te casas, y te casas pronto, van a tener que encerrarte. ...Tu madre quiere que le des nietos y tu padre, una buena dote en tierras y ganado, que aumente vuestra hacienda, conque ya sabes, galán, déjate de fantasías y búscate alguna xana entre las mozas del pueblo, más o menos roxa y más o menos blanca y arrecachada, y es un decir, y yo os echaré las bendiciones con mil amores y bautizaremos a lo que venga, en paz y gracia de Dios, como manda la Santa Madre Iglesia... Ya verás, ya verás, como se te pasan esas calenturas y te olvidas de tu sirena.

—De mi xana, curita, que no es lo mismo, que la sirena tiene su cola desde la cintura y las xanas... pues eso, que son mujeres como las otras, aunque viven debajo de las aguas.

Cambió de tono la voz del cura, para preguntarle, confidencialmente, con fuerte curiosidad:

—Quieres decir entonces que lo habeis hecho como Dios manda... ¡Jesús, Jesús, El me perdone!... También me estás embaucando a mí con tus fantasías... Dejemos esto, dejemos esto, y a ver si te arrepientes de esas locuras y te vuelve el sentido a la mollera, como hombre cabal que eres.

Ya se alejaba el cura, pasito a pasito, apoyado en su cayada, cuando se volvió de pronto, como aquel al que se le ha olvidado algo y se le mudó de nuevo el tono de su voz, para añadir con cierta picardía:

—Carina, la del Molino, es una guapa moza, y fresca como una rosa recién abierta, y por lo que se dice, ella no te mira con malos ojos... Esa sí que es una sirena, digo... una xana, aunque no se peine con peines de oro, ni sanjuanée en las amanecidas de las fiestas... La tendrías en tu cama todo el año..., y eso saldrías ganando, digo yo.

* * *

—Quién podía hacerlo, dijo: Vosotros, los varones, moraréis en lo sucesivo, en el fondo de los mares, más no como dioses omnipotentes, sino como miserables seres humanos, castigados por vuestra concupiscencia a vivir eternamente en ese estado, y a ellas, a las hembras que entre sí han pecado, también hundidas en los abismos, serán en adelante, mitad mujeres y mitad peces, dotadas de una cola, que en ocasiones se presentará bífida, pero siempre nacida desde la cintura, para que no pueda cohabitar con los varones que consigan seducir, en cuanto a las doncellas inocentes, las enviaré a los ríos y a los manantiales, en su forma natural y podrán salir de sus grutas las noches de plenilunio, para danzar sobre la fresca yerba de las praderas, recoger flores, tender su ropa al sereno, hilar como cualquier muchacha de la aldea y convertir en oro cuantos hilos salgan de su rueca, pero han de huir de todas las miradas cuando la luz del día asome por el oriente, mas, al no tener macho que las fecunde, cuando llegue el solsticio del verano, se dejarán sorprender por los varones que aún crean en su existencia, para que puedan conocer el amor.

Don Sucho humedeció el dedo en sus labios y pasó la hoja, para continuar leyendo:

—Fue así como en Asturias, donde los manantiales brotan generosamente de entre las peñas y el agua corre abundosa por las azules venas de sus ríos, unos y otros fueron poblándose de esos seres maravillosos, a los que se les conoce, generalmente, con el nombre de janas o xanas, tomado de la diosa Diana o Jana, que las ha engendrado, y a las que Menéndez Pidal designa como «hadas o ninfas de las fuentes».

Don Sucho, el Erudito, cerró su libro y dijo a las mujeres que le escuchaban boquiabiertas, sin entender ni una palabra de aquellas historias.

—Como veis, buenas mujeres, bien pudiera ser cierto lo que me habéis contado y de lo que ya tenía noticia vaga, porque Antón de Ca Martín, el de la Alameda, es un poco simple, pero no embustero, y a mi modo de ver las cosas, lo sucedido, aunque no corriente, no es imposible, aunque no sabemos de otros casos que hayan ocurrido y que los protagonistas no han contado para no sentirse envueltos en chanzas y burlas de los que no creen en esas cosas.

Fue Filipona quién se atrevió a preguntarle:

—Entonces, Don Sucho, usted lo da por cierto. Crée de veras que una xana...

—Digo sólo que no es imposible. Cualquiera sabe, cualquiera sabe...

Pensativo, como hablando consigo mismo, fue confesando:

—Cuando yo era muchacho, poco más o menos con los años que Antón cuenta ahora, volvía un amanecer de la Ferrería montado en mi caballo, se me espantó éste y al buscar el motivo de sus relinchos, me pareció que bajo el Puente Alto, se me esfumaba una blanca silueta de mujer, como una nube resplandeciente. No le dí mucha importancia por aquellos días creyéndola alucinación de mis sentidos o, peor que eso, una broma molesta de mis amigos. Pero el caso es que el suceso me tuvo turbado durante algún tiempo, hasta que lo fuí olvidando... Lo he recordado ahora, cuando por la aldea se empezó a hablar de los amorios del bueno de Antón el de la Alameda con una xana.

—Faladurías, faladurías, como dice el cura, no nos dirá usted que lo de la xana...

—Yo no digo nada, nunca creo nada, pero tampoco dejo de creér aquello a lo que no encontramos explicación. ¡Qué sabemos nosotros! Nadie sabe nada, de los misterios de la Naturaleza. La ciencia está en pañales todavía y cuando da cuatro pasos, siempre nos descubre un nuevo misterio.

Los nuevos misterios de la Naturaleza no interesaban a las buenas gentes de nuestra aldea, y así se despidieron las mujeres de Don Sucho, el Erudito, como le llamaba el boticario de La Ferrería, sin conseguir saber a ciencia cierta, si Antón había cohabitado con una xana, o todo era una fábula de aquel mozo tan fantasioso.

Cuando Serafa de Ca el Farruco contó en la taberna lo que dijo el cura y todo aquel embrollo de las historias que les soltó Don Sucho, el Erudito, cuando fueron a preguntarle lo de la xana, Jeromo, el madreñero, soltó también el trapo de su comentario, para burlarse un rato de Antón, el de la Alameda:

—Mirad aquí al don Simple el Papanatas, que pescó una xana, como aquel que pesca una trucha, así, con la mano, sólo que uno, con la trucha no puede hacer lo que don Lindo de la Alameda ha hecho con su xana sobre la yerba.

Quinito, el chamaquito de la Marina, que le decían por la aldea, por lo de sus calzones blancos y chaqueta azul que usaba verano e invierno, con el sol o con lluvia, añadió a las burlas de sus vecinos, una cancioncilla que le pareció muy propia para el caso:

—Voy camino de México... Voy buscando a Lupita, es tan bonita, me hará feliz.

Ya desde la puerta de la taberna, le gritó Serafa:

—Cállate ya, pazguato y no cojas el rábano por las hojas... Qué Lupita, ni qué México... Las mexicanas son morenitas y nuestra xana es blanca como la leche, azulea dentro del agua y tiene los pechos duros como las piedras de la cantera y la ha pescado a mano, sin correr tras ella, como dice su enamorado.

El enamorado, el ingenuo Antón, bebía en silencio su vaso de vino bajo el emparrado de la taberna y parecía no molestarle demasiado las chanzas de sus vecinos pero la idea de su simpleza, o de su ingenuidad, que tan mal se avenía con sus años mozos, le iba calando hondo y llegó a pensar que, efectivamente, su amor con la xana del Puente Alto, había sido sólo un sueño —por lo hermoso no quería nombrarlo una pesadilla—, que había sido una alucinación de sus sentidos, provocada la noche sanjuanera por la sidra escanciada generosamente, por el calor del bailoteo agarrado, que calentaba los cuerpos y entorpecía la mollera. ¿Y si todo lo que daba por vivido, fuera sólo imaginado?... Bien podría haberse corrido como cualquier mozo, con tanto jaleo, y salir de ello como de un sueño... Pero el caso es que él, había amanecido tendido sobre la yerba, en la orilla del río, que se deslizaba rumorosamente, cantando bajo el Puente Alto, su canción del agua, y aún parecía sentir, cerca de los suyos, el helor de los muslos de la xana y la calentura de su intimidad y hasta las manos se le humedecían, recordando su contacto... ¿Y sus besos tan húmedos y fríos que, a pesar de ello, le encendían la sangre?... Y estaba también su charla, emparejada a la canción del agua, en ondas que se cortaban unas a otras, para interrumpirse, cuando le ofrecía vivir en un palacio de rocas vivas e iridiscentes, adornadas de estalactitas y estalagmitas, formando hermosas columnas, como las de la cueva que, siendo niño, había visitado en una excursión escolar y que, durante largas noches, le había hecho soñar con un mundo mágico. Pero la gruta existía, estaba seguro de ello, porque él la había visto y la habían visto sus maestros y sus compañeros, en todo su esplendor de belleza blanca, estática y rumorosa, por el suave goteo del agua, que se escuchaba como una música lejana y triste... Ella había dicho que moraba bajo las aguas en su gruta encantada y que sólo en el solsticio de verano podía abandonar su bella prisión para amar a un hombre, pero sólo al hombre que creyera en ella, que le prometiera amarla aquella amanecida y aguardarla allí mismo, cada año, cuando el calendario se desprendiese de sus hojas secas y volviera a señalar la fecha del solsticio. ¿También aquello había sido una bella fábula de sus sentidos?... Un año debería aguardar para que se produjera un nuevo encuentro. Todo un largo año de incertidumbre... Se resistía a aceptarlo, porque la duda le iba calando hondo y le helaba el alma. Cada día que iba a la taberna o se tropezaba con sus vecinos, como él gente sencilla, pero nada entregada a las fantasías, bajaba algunos grados su credulidad y los ganaba su duda y sus sueños empezaban a desvanecerse como azucarillos en agua.

* * *

Andaba la aldea revuelta y alborotada, la víspera de San Yago, por aquel nuevo suceso que iba a causar el pasmo de propios y extraños.

Se dice que el romance lo hizo la Rámila, que de romances entiende mucho y ¡hay que ver las cosas que saca de su cabeza!... ¿No será cosa de la maestra?... Quita allá, la maestra, de esas cosas no hay nadie que sepa lo que la Rámila... Pues las viñetas de los carteles, todos sabemos que los ha hecho «el Dalí», el hijo pequeño del caminero, que

196

anda con eso de la pintura, estudiando en la Academia de Bellas Artes que hay en Oviedo... Digo yo que según pinta ese mamarracho, no va a haber quien los entienda, que así Dios me salve, como dice el cura, pintan mejor los párvulos de la escuela... Y, ¿ya se sabe quién va a cantarlos? ...Se dice que Machín, el de la villa, que anda por las romerías y las ferias con sus carteles y ya está acostumbrado a vocearlos... Pues sí que vamos a divertirnos y se van a divertir los forasteros, que como gracia, sí la va a tener la cosa...

Y la cosa tuvo gracia y con el suceso se divertieron los campesinos y cuantos llegaron a la romería, que Machín, muy en su puesto, golpeaba las viñetas del cartel con su puntero y recitaba con voz gangosa, monótona y reposada, como venía el caso.

Peinábase Doña Xana, a la orillita del río,
peinaba cabellos de oro, con un peine de oro fino.

Al agua le cayó el peine y se lo llevaba el río
en remolinos de espuma... ¡ay, mi peine tan querido!
Ya no peinaré mis trenzas, la mañana de San Juan,
Ya no podrá sorprenderme ni enmaridarme un galán.

Pasó por allí Antón Lindo, el mozo de la Alameda,
galán de muy pocos años y de muy poca sesera,
y así que cató a la moza, quedose prendado della,
y consoló a Doña Xana, hablando desta manera:

No pases pena, raitana, por tu bien abandonado,
que yo peinaré tu pelo, con dedos de enamorado.

¿De dónde vienes doncella, tan blanca y tan zuleada?

Yo no vengo, vivo aquí, en el fondo destas aguas.

El puntero de Machín rasgaba ligeramente el blanco papel de estraza donde «el Dalí» había pintado unas extrañas figuras que las buenas gentes que andaban en el asunto, suponían que era una xana peinándose los cabellos y el mozo campesino que la cortejaba. En cuanto a los forasteros, que lo contemplaban, aún burlándose del romance y riéndole la gracia, no acertaban a descubrir lo que significaban aquellos extraños trazos, porque la figura de la mujer, ni los ojos tenía en la cara, ni sus pechos estaban colocados en su lugar descanso. En cuanto a la del hombre, todo se le suponía, porque, como Doña Xana, tenía sus partes pudendas ocultas por unas líneas entre curvas y quebradas, que bien pudieran representar las ondas del agua.

Y holgáronse Doña Xana y el mozo de la Alameda,
ayuntándose en la yerba húmeda de la pradera,
ella, apasionada, dulce, caliente... Y fría por fuera.

El, torpe, desmadejado, gozándose en la sorpresa.

197

Era tal el revoltijo de cuerpos, brazos y piernas, que el cartelón de «el Dalí», más que un enlace carnal, aparentaba una guerra, pero Machín de la Villa, sacaba partido de ella.

Contó el mozo por la aldea, sus amores con la xana,
y solazáronse todos, con historia tan galana.

¡Ay, Antón de Ca Martín, Don Simple de la Alameda,
aparta tus fantasías y ponte a cuidar tu hacienda,
que si tú no la cuidaras, nadie se ocupará della!

Y a la xana la increpaban, hablando desta manera:

¡Ay, Doña Xana del Diablo, que confundida te veas,
rompe tu hechizo maldito, libra este alma de su pena!

Antón, el de la Alameda, en llanto se deshacía:
¡Entre burlas la espantaron, que todos la zaherían.
y al pie del espino en flor, al pie de la fuente fría,
matáronme a la mi xana, mataron mi fantasía!...

¡Ay, Don Simple, la tu xana, matótela la razón!

¡Pues a quien me la matara, déle Dios mal galardón!

Y aquí termina la historia de Antón, el de la Alameda,
el Don Lindo de los sueños y de las locas quimeras,
que mejor hará buscando una moza casadera,
que una su hacienda a la suya y críe su prole en la aldea.

No, no es posible... Una quimera, claro... Debío ser un sueño... Cuando todos lo dicen... Cualquiera sabe... ¡Y he esperado todo un año, un largo año, y ahora que ha llegado el día!... ¿Y si fuera cierto?

Antón abrió los ojos, lanzó un rugidito al desperezarse y uno de sus brazos fue a reposar sobre los pechos desnudos de la mujer. Carina dormía a su lado plácidamente. Aquel brusco contacto no consiguió despertarla, pero sí desveló por completo al hombre, que saltó de la cama apresurado, se vistió rápidamente, sin hacer ruido, bajó al corral y por la puerta de la tranquera salió al camino, oteando el horizonte, por el que asomaba ya tímidamente, la luz rojiza del amanecer. Contrariado Antón, comenzó a caminar a grandes zancadas, hollando, sin cuidado, la mullida alfombra que la yerba y el trébol habían ido tejiendo aquella primavera. Un trébol de cuatro hojas, que se destacaba ostensiblemente de entre los otros, dándole la bienvenida, colmó su ansiedad. ¿Y si fuera cierto...? La encontraré, la encontraré... Me estará aguardando. Sabe que he desafiado todas las burlas y las chanzas de la aldea, pero, ¿y lo de Carina?... ¿Sentirá celos como las mujeres?... Comprenderá que soy un hombre, que aún ensoñándola durante el año, pues, eso, un hombre tiene sus necesidades, y uno... uno...

Cuando Antón de Ca Martín, el de la Alameda, llegó bajo el puente y se tendió sobre la yerba, para aguardar la realización de aquel hermoso hechizo, observó que las aguas se habían arremolinado durante unos instantes, pero enseguida se quedaron quietas, reflejando la pálida luz de aquella amanecida.

—Alucinaciones, bah, alucinaciones... uno, pues eso no va a créer... Tal vez ellos tengan razón... A ver si esos bichos, como dice el cura, van a salir de las aguas, convirtiéndose en mujeres para poder amar a los hombres. ...Patrañas, sólo patrañas... Si supieran que he creído, que he dudado...

Pero, de pronto, Antón de Ca Martín, el de la Alameda, se irguió sobresaltado. Su mano había tropezado con un objeto duro, abandonado entre la yerba. Era un peinecillo de oro, en el que se enredaban unos cabellos rubioazafranados, como las barbas de las panochas del maíz cuando están maduras.

BIBLIOGRAFIA:

El milagro de la noche de reyes, Nosotros, los Rivero, Con paz te espera, Mañana, Funcionario público, El pez sigue flotando, Diario de una maestra, Bibiana, El señor García, Biografía de Isabel II de España, Andrés, Guía de Asturias, Biografía de Selma Lagerolf, La otra circunstancia, Farsa de verano, El bachancho, Atrapados en la ratonera, El fabuloso imperio de Juan Sin Tierra, El urogallo.

JUAN JOSE MILLAS *

TRASTORNOS DE CARÁCTER (1)

A lo largo de estos días se cumplirá el primer aniversario de la extraña desaparición de mi amigo Vicente Holgado. La primavera había empezado poco antes con unas lluvias templadas que habían dejado en los parques y en el corazón de las gentes una humedad algo retórica muy favorable, sin embargo, para la desesperación, aunque también para la euforia. El estado de mi amigo oscilaba entre ambos extremos, pero yo atribuí en un principio su inestabilidad al hecho de que poco antes había dejado de fumar.

Vicente Holgado y yo éramos vecinos en una casa de apartamentos de la calle Canillas, barrio Prosperidad, Madrid. Nos conocimos de un modo singular un día en que venciendo yo mi natural timidez llamé a su puerta para protestar no ya por el volumen excesivo de su tocadiscos, sino porque sólo ponía en él canciones de Simon y Garfunkel, dúo al que yo adoraba hasta que Vicente Holgado ocupo el apartamento contiguo al mío, irregularmente habitado hasta entonces por un soldado que —contra todo pronóstico— murió un fin de semana, en su pueblo, aquejado de una sobredosis de fabada. Vicente me invitó a pasar y escuchó con parsimonia mis quejas al tiempo que servía unos güisquis y ponía en el vídeo una cinta de la actuación de Simon y Garfunkel en el Central Park neoyorquino. Me quedé a verla y nos hicimos amigos.

Sería costoso hacer en pocas líneas un retrato de su extravagante personalidad, pero lo intentaré siquiera sea para situar al personaje y contextuar así debidamente su para algunos inexplicable desaparición. Tenía, como yo, treinta y nueve años y era hijo único de una familia cuyo árbol genealógico había sido cruelmente podado por las tijeras del azar o de la impotencia hasta el extremo de carecer de ramas laterales. Poco antes de trasladarse a la calle Canillas había perdido a su padre, viudo desde hacía algunos años, quedándose de golpe sin familia de ninguna clase. Pese a ello, no parecía un hombre feliz. No podría afirmar tampoco que se tratara de una persona manifiestamente des-

---

* Nace en 1946. Estudió Filosofía y Letras. Crítico literario. Ha colaborado en revistas. Premio Sésamo.
(1) Publicado por el diario «El País», el 26-12-85.

201

dichada, pero su voz nostálgica, su actividad general de pesadumbre y sus tristes ojos conformaban un tipo de carácter bajo en calorías que, sin embargo, a mí me resultaba especialmente acogedor. Pronto advertí que carecía de amigos y que tampoco necesitaba trabajar, pues vivía del alquiler de tres o cuatro pisos grandes que su padre le había dejado como herencia. En su casa no había libros, aunque sí enormes cantidades de discos y de cintas de vídeo meticulosamente ordenadas en un mueble especialmente diseñado para esa función. La televisión ocupaba, pues, un lugar de privilegio en el angosto salón, impersonalmente amueblado, en uno de cuyos extremos había un agujero que llamábamos cocina. Su apartamento era réplica del mío y, dado que uno venía a ser la prolongación del otro, mantenían entre sí una relación espectacular algo inquietante.

Por lo demás, he de decir que Vicente Holgado sólo comía embutidos, yogures desnatados y pan de molde, y que bajaba a la tienda un par de veces por semana ataviado con las zapatillas de cuadros que usaba en casa y con un pijama liso sobre el que solía ponerse una gabardina que a mí me recordaba a las que suelen usar los exhibicionistas en los chistes.

Un día, al regresar de mi trabajo, no escuché el tocadiscos de Vicente, ni su televisión, ni ningún otro ruido de los que producía habitualmente en su deambular por el pequeño apartamento. El silencio se prolongó durante todo el día y al llegar la noche, en la cama, comencé a preocuparme y me atacó el insomnio. La verdad es que lo echaba de menos. La relación espectacular que he citado entre su apartamento y el mío se había extendido ya en los últimos tiempos hasta alcanzarnos también a nosotros. Así, por las noches, cuando me lavaba los dientes en mi cuarto de baño, separado del suyo por un delgado tabique, imaginaba a Holgado cepillándoselos también al otro lado de mi espejo; y cuando retiraba las sábanas para acostarme, fantaseaba con que mi amigo ejecutaba idénticos movimientos y en los mismos instantes en que los realizaba yo. Si me levantaba para ir a la nevera a beber agua, veía a Vicente abriendo la puerta de su frigorífico al tiempo que yo abría la del mío. En fin, hasta de mis sueños llegué a pensar que eran un reflejo de los suyos, todo ello —según creo— para aliviar la soledad que esta clase de viviendas suele infligir a quienes permanecen en ellas más de un año. No he conocido todavía a ningún habitante de apartamento enmoquetado y angosto que no haya sufrido serios trastornos de carácter entre el primero y el segundo año de acceder a esa clase de muerte atenuada que supone vivir en una caja.

El caso es que me levanté esa noche y fui a llamar a su puerta. No respondió nadie. Al día siguiente volví a hacerlo con idéntico resultado. Traté de explicarme su ausencia argumentando que quizá hubiera tenido que salir urgentemente de viaje, pero la excusa era increíble, ya que Vicente Holgado odiaba viajar. Su vestuario, por otra parte, se reducía a siete u ocho pijamas —todos ellos de colores lisos—, tres pares distintos de zapatillas, dos batas y la mencionada gabardina de exhibicionista, con la que podía bajar a la tienda o acercarse al banco para retirar el poco dinero con el que parecía subsistir, pero con la que no podría haber llegado mucho más lejos sin llamar seriamente la atención. Es cierto que una vez me confesó que tenía un traje que solía ponerse cuando se aventuraba a viajar (así lo llamaba él) por otros barrios en busca de películas de vídeo, pero la verdad es que yo nunca lo vi. Por otra parte, al poco de conocernos delegó en mí tal responsabilidad. Cerca de mi oficina había un video-club en el que yo alquilaba o compraba —según el dinero que me diera— las películas que por la noche solíamos ver juntos. Bueno, la explicación del viaje no servía.

Al cuarto día, me parece, bajé a ver al portero de la finca y le expuse mi preocupación. Este hombre tenía un duplicado de todas las llaves de la casa y, conociendo mi amistad con Holgado, no me costó convencerle de que deberíamos subir para averiguar qué pasaba. Antes de introducir la llave en la embocadura, llamamos al timbre tres o cuatro veces. Después decidimos abrir y nos llevamos una buena sorpresa al comprobar que estaba puesta la cadena de seguridad, que sólo era posible colocar desde dentro. Por la estrecha abertura que la cadena nos permitió hacer, llamé varias veces a Vicente sin obtener respuesta. Una inquietud o un miedo de difícil calificación comenzó a invadir la zona de mi cuerpo a la que los forenses llaman paquete intestinal. El portero me tranquilizó:

—No debe estar muerto, porque ya olería.

Desde mi apartamento, llamamos a la comisaría de la calle Cartagena y expusimos el caso. Al poco, se presentaron con un mandamiento judicial tres policías que, con un ligero empujón, vencieron la escasa resistencia de la cadena. Penetramos todos en el apartamento de mi amigo con la actitud del que ha llegado tarde a un concierto. En el salón no había nada anormal, ni en el pequeño dormitorio, ni tampoco en el baño. Los policías miraron debajo de la cama, en el armario empotrado, en la nevera. Nada. Pero lo más sorprendente es que las dos únicas ventanas de la casa estaban cerradas también por dentro. Nos encontrábamos ante lo que los especialistas en novela policíaca llaman el problema del *Recinto Cerrado*, consistente en situar a la víctima de un crimen dentro de una habitación cuyas posibles salidas aparezcan selladas desde el interior. En nuestro caso, no había víctima aparente, pero el problema era idéntico, pues no se comprendía cómo Vicente Holgado podía haber salido de su piso tras utilizar mecanismos de cierre que sólo podían activarse desde el interior de la vivienda.

Durante los días que siguieron a este extraño suceso, la policía me molestó bastante. Sospechaban de mí por razones que nunca me explicaron, aunque imagino que el hecho de vivir solo y de aceptar la amistad de un sujeto como Holgado es más que suficiente para levantar toda clase de conjeturas en quienes han de enfrentarse a las numerosas manifestaciones de lo raro producidas a diario por una ciudad como Madrid. Los periódicos prestaron al caso una atención irregular, resuelta la mayoría de las veces con comentarios, que pretendían ser graciosos, acerca de la personalidad del desaparecido. El portero, al que dejé de darle la propina mensual desde entonces, contribuyó a hacerlo todo más grotesco con sus opiniones sobre el carácter de mi amigo. Sólo una revista se preocupó de hacer un reportaje medianamente serio, que finalmente decidieron no publicar por razones que nunca averigüé.

Pasado el tiempo, la policía se olvidó de mí y supongo que también de mi amigo. Su expediente estará archivado ya en la amplia zona de casos sin resolver situada en cualquier sótano oficial.

Yo, por mi parte, no me he acostumbrado a esta ausencia, que es más escandalosa si consideramos que su apartamento continúa en las mismas condiciones en que Vicente lo dejó. El juez encargado del caso no ha decidido aún qué debe hacerse con sus pertenencias, pese a las presiones del dueño del piso que, como es lógico, desea alquilarlo de nuevo cuanto antes. Me encuentro, pues, en la dolorosa situación de enfrentarme a un espejo que ya no me refleja. Mis movimientos, mis sueños, ya no tienen su duplicado al otro lado del tabique; sin embargo, el espejo gracias al cual se producía tal duplicidad sigue intacto. Sólo ha desaparecido de él la imagen, la figura, la representación, a menos que aceptemos que yo sea la representación, la figura, la imagen lo cual me dejaría reducido a la condición de una sombra que careciera de realidad. En fin.

Tal vez por eso, por el abandono y el aislamiento que me invaden, he decidido hacer público ahora algo que entonces oculté, de un lado por no contribuir a ensuciar todavía más la memoria de mi amigo y, de otro, por el temor de que mi reputación de hombre normal, conseguida tras muchos años de esfuerzo y disimulo, sufriera alguna clase de menoscabo público. No dudo que esta declaración va a acarrearme todo tipo de problemas de orden social, laboral y familiar, pero tampoco ignoro que la amistad tiene un precio y que el silencioso afecto que Vicente Holgado me dispensó he de devolvérselo ahora en forma de pública declaración, aunque ello sirva para entretenimiento y diversión de aquellos que no ven más allá de su cuarto de baño.

El caso es que en las semana previas a su desaparición Vicente Holgado había comenzado a prestar una atención desmesurada al armario empotrado de su piso. Un día que estábamos aturdiéndonos con güisqui frente al televisor, Vicente hizo un comentario que no venía a cuento:

—¿Te has fijado —dijo— en que lo mejor de este apartamento es el armario empotrado?

—Está bien, es amplio —respondí.

—Es mejor que amplio; es cómodo —apuntó él.

Le di la razón mecánicamente y continué viendo la película. El se levantó del sofá y se acercó al armario, lo abrió y comenzó a modificar cosas en su interior. Al poco, se volvió y me dijo:

—Tu armario empotrado está separado del mío por un debilísimo tabique de rasilla. Si hiciéramos un pequeño agujero, podríamos pasar de un apartamento a otro a través del armario.

—Claro —respondí atento a las peripecias del héroe en la pantalla.

La idea, sin embargo, de comunicar secretamente ambas viviendas me produjo una fascinación que me cuidé muy bien de confesar.

Después de eso, los días transcurrieron sucesivamente, como es habitual en ellos, sin que ocurriera nada digno de destacar, a no ser las pequeñas, aunque bien engarzadas, variaciones en el carácter de mi amigo, que la semana antes, por cierto, había dejado de fumar. Su centro de interés —el televisor— fue desplazándose imperceptiblemente hacia el armario. Solía trabajar en él mientras yo veía las películas y a veces se metía dentro y cerraba la puerta con un pestillo interior que él mismo había colocado. Al rato, aparecía de nuevo, pero no con el gesto de quien hubiera permanecido media hora en un lugar oscuro, sino con la actitud de quien se baja del tren cargado de experiencias y en cuyos ojos aún es posible ver el borroso reflejo de ciudades y pueblos que quienes han ido a recibirle a la estación desconocen.

Yo asistía a todo esto con el respetuoso silencio y la callada aceptación con que me había enfrentado a otras rarezas suyas. Perdidos ya para siempre los escasos amigos de la juventud y habiendo aceptado al fin que los hombres, en general, nacen, crecen, se reproducen y mueren, con excepciones como la mía y la de Vicente que no nos reproducíamos por acortar este incomprensible proceso, me parecía que debía cuidar esta última y cómoda amistad en la que el afecto y las emociones propias de él no ocupaban jamás el primer plano de nuestra relación.

Un día, al fin, se decidió a hablar, y lo que me dijo es lo que he venido ocultando durante este último año con la esperanza de llegar a borrarlo de mi cabeza. Al parecer —según me explicó— él tenía desde antiguo un deseo que acabó convirtiendo en una teoría, según la cual todos los armarios empotrados del universo se comunicaban entre sí. De manera que si uno entraba en el armario de su casa y descubría el conducto adecuado, podía llegar en cuestión de instantes a un armario de una casa de Valladolid, por poner un ejemplo.

Yo desvié con desconfianza la mirada hacia el armario y le pregunté:

—¿Has descubierto tú el conducto?

—Sí —respondió en un tono algo afiebrado—; lo descubrí el día en que tuve la revelación de que ese conducto no es un lugar, sino un estado, como el infierno. Te diré que llevo días recorriendo los armarios empotrados de las casas vecinas.

—¿Y por qué no te has ido más lejos? —pregunté.

—Porque aún no conozco bien los mecanismos para regresar. Esta mañana me he dado un buen susto, porque me he metido en mi armario y, de golpe, me he encontrado en otro, bastante cómodo por cierto, desde el que he oido una conversación en un idioma desconocido para mí. Asustado, he intentado regresar en seguida, pero me ha costado muchísimo. He ido cayendo de armario en armario, sin atreverme a asomar la nariz a ninguna de las habitaciones, hasta que al fin —aún no sé cómo— me he visto aquí de nuevo. Si vieras las cosas que la gente guarda en esos lugares y la poca atención que les prestan, te quedarías asombrado.

—Bueno —dije—, pues muévete por la vecindad hasta que adquieras un poco de práctica.

Al día siguiente de esta conservación, Vicente Holgado desapareció de mi vida. Sólo yo sabía, hasta hoy al menos, que había desaparecido por el armario. Desde estas páginas quisiera hacer un llamamiento a todas aquellas personas de buena voluntad, primero para que tengan limpios y presentables sus armarios y, segundo, para que si alguna vez —al abrir uno de ellos— encuentra en él a un sujeto vestido con un frágil pijama y con la cara triste que creo haber descrito, sepan que se trata de mi amigo Vicente Holgado y den aviso de su paradero cuanto antes. En fin.

BIBLIOGRAFIA:

Cerbero son las sombras, Visión del ahogado, El jardín vacío, Papel mojado, Letra muerta.

ESTEBAN PADROS DE PALACIOS *

EL TONEL DE LAS DANAIDES

En el Tártaro, las Danaides se esforzaban por llenar un tonel sin fondo.

Amalia Grimaldi de Ortega era insaciable. Imposible de colmar. El barril sin fondo de las exigencias. No era feliz si no cambiaba de casa. No era feliz si no cambiaba por completo la nueva casa. Y no era feliz si cuando había transformado la nueva casa no la cambiaba por otra sin la cual la felicidad no era posible.

La casa es sólo un ejemplo de sus apetencias inmuebles, de las otras es mejor no hablar. De los brillantes a las perlas, de unas amistades a otras, de la ropa exterior a la interior y del coche verde al amarillo, pasaba su espíritu anhelante y saltarín sin que llegara jamás a superar el listón olímpico de las insatisfacciones.

Lo único que parecía en ella perfectamente saciada era la sexualidad. Y esto simplemente porque la desconocía.

—¡Querida mía! —decía extasiado el infeliz Edmundo Ortega, ante el último deshabillé de su esposa que velaba apenas la tensa escultura de su cuerpo.

—¿Sí?...

—¡Querida mía! —repetía avanzando hacia ella convertido todo él en una suerte de gran beso ambulante y progresivo.

—He pensado, Edmundo, que esta habitación es insoportable. Habrá que cambiar el empapelado. He decidido una tonalidad rosa que combine con un techo azul celeste. Los López, sin ir más lejos...

Y una interminable lista de peticiones y sugerencias guillotinaban todo lo guillotinable del entusiasmo erótico del conmovido, pero no conmovedor esposo.

---

* Nace en 1925. Médico, crítico literario, ensayista e historiador.

El sexo, en su versión adulta, supone aceptación, entrega. ¿Y qué iba a entregar Amalia Grimaldi si estaba vacía? Ella vivía para recibir, pero sin contrapartida. No deseaba nada que la obligara a prestar nada de sí, ni siquiera el esfuerzo de una actitud corporal determinada.

Que Edmundo iba a la ruina era evidente. A la ruina económica y a la ruina moral. Durante mucho, muchísimo tiempo, satisfizo todos los caprichos de su mujer. Con un optimismo que delataba más bien una cierta opacidad mental, consideraba que aplacada la última fantasía de Amalia, sobrevendría la licuación del bronce, y obtendría una parcela de amor aunque fuera por la vía del agradecimiento. Tiempo perdido.

—Amalia, ¿a qué no sabes lo que te traigo aquí?

Un esperanzador destello de curiosidad.

—No sé...

Edmundo abría de improviso, con empaque de prestidigitador, un estuche de terciopelo.

—¡La gargantilla de brillantes! —exclamaba el buen hombre como una tropenta destinada a exaltar la multitud.

Amalia la consideraba con circunspección.

—Preciosa, Edmundo, pero... mira, te diré que la de Capdevila me hubiera hecho más feliz.

Y así no se había ganado ni un beso, ni un abrazo, ni la aquiescencia para recoger, ufano, la alpina geografía corporal de su mujer. El pastel seguía, tentador, detrás del escaparate que parecía de cristal a prueba de balas.

Edmundo, en funciones de esforzado escalador que espera alcanzar lo inaccesible, no se negaba a nada. Incluso acentuaba las extremas sutilezas de la ropa interior de su mujer. Y con un evidente mecanismo de proyección, que hasta un psicoanalista habría detectado, consideraba que todo aquel refinamiento erótico exaltaría a su mujer en la medida que lo exaltaba a él.

Pero Amalia, invulnerable, surcaba la vida llena por completo de su dilatada vaciedad. ¿No le bastaba acaso a Edmundo la apasionante tarea de satisfacer sus originales apetencias? ¿Qué más podía pedir? Amalia no carecía de buen gusto. Se vestía bien, se desnudaba bien e incluso hablaba bien en la medida en que casi no hablaba.

Ya al borde de la quiebra, un buen día Edmundo tomó una decisión drástica. Decidió violar a su mujer. O si se quiere de una forma más matizada, hacerle comprobar que su vida podía llenarse con nuevas y placenteras exigencias. Pero, escrupuloso y civilizado, se lanzó a la empresa más bien con una actitud didáctica que reivindicatoria.

Entró en el boudoir de Amalia y, más pulpo que persona, se lanzó sobre ella. La levantó en vilo —hecho que aumentó su propia estimación— y la arrojó sobre el lecho. Acto seguido, le hizo compañía con todos esos balbuceos inconexos que forman parte de la elocuencia retórica de la pasión. Amalia no opuso resistencia. Simplemente dilató un poco sus bellos ojos azules, como un espectador más intrigado que inquieto. A los pocos momentos, Edmundo, sin ser un lince, tuvo no obstante la clara intuición de que su partenaire estaba probablemente considerando el último modelito de la revista «Sensuality Fair». Y su terapia conductista terminó. Abandonó la empresa, y antes de dar un portazo concluyente tuvo tiempo de escuchar:

—Querido Edmundo, he pensado que tendríamos que adquirir...

Esto fue el fin. El cambio de mente. La ruptura interior. Edmundo comprendió que nunca podría satisfacer a su esposa. El no era nada. Y la nada no puede colmar el vacío. Desde este momento arrastró los caprichos de Amalia como una cadena rematada con una bola que lo mismo podía ser una perla que una casa. Y por si esto fuera poco, dio en pensar en su vida y abarcó su absoluta inanidad. Durante años había sido un galeote, un forzado cuya condena consistía en llenar un pozo sin fondo. Recordó el espantoso problema matemático de la bañera con un agujero. Jamás entendió por qué un cretino ha de empeñarse en calcular el agua que necesita para llenar una bañera horadada en lugar de cambiarla por otra. Y ahora resultaba que la vida le había hecho protagonista del estúpido enigma que, por otra parte, nunca supo resolver.

Perdió el estusiasmo, se entristeció y los deseos de su mujer dejaron de interesarle en la medida que ella tampoco le interesaba ya. Se hallaba casi arruinado, y restringió los gastos como quien enarbola una pancarta de protesta. El asombrado azul de los ojos de Amalia se endureció, y su infelicidad juguetona pasó de una voluptuosa complacencia vital de poder a una frustración de criminal resentimiento.

En aquellos años la separación o el divorcio —casi imposible— hubieran acabado con el puesto que Edmundo ocupaba en la empresa. No cabía pensar en ello. El choque de dos vacíos puede ser terrible. Y en el hogar de los Ortega planeaba la negra severidad de la tragedia.

La larga sumisión al dinamismo adquisitivo de Amalia, había apartado a Edmundo de «La Danaide», antiguo y escondido amor que, con sus últimas decepciones, volvía idealizado a su memoria. Lejos de lo que pueda parecer, «La Danaide» no era el nombre de guerra de una gran vedette, ni el apodo mítico de una bailarina con tutú, ni siquiera el alias poético de una idílica doncella que turbara su adolescencia. Se trataba, ni más ni menos, que de una finca rústica, bautizada así por unos abuelos terratenientes que sublimaban las labores agrarias con lecturas de Virgilio y que hacían de sus conocimientos mitológicos la baza fuerte para confundir al médico y al boticario.

En «La Danaide», Edmundo había gozado los mejores momentos de la infancia, y pensaba ahora que de la vida. Sus juveniles vacaciones en «La Danaide» movilizaban en él todas las fantasías de lo posible y todas las sólidas adquisiciones de lo real. Y la fatiga nocturna ya no se pareció a ninguna de las fatigas que después vinieron con los años. Era una fatiga tan plena como la alegría, tan acogedora como un abrazo. Y dormir no era una simple recuperación, sino el júbilo de penetrar en una nueva vida.

Perdió a su madre de pequeño. Pero recordaba bien a su padre con aquella autoridad natural que era un orgullo obedecerle, y con aquella tolerancia socarrona que conducía a la liberación y amor por él.

En otros tiempos, la explotación de «La Danaide» producía beneficios que garantizaban un bienestar suficiente. Extensos viñedos, tierras de labor, ganado... Con la muerte de su padre y la inserción de Edmundo en una gran empresa ciudadana, en la que ascendió rápidamente, la finca fue perdiendo esplendor. Luego vino la boda, y una parte de Edmundo y de su futuro murieron aquella misma noche. Enamorado y generoso, Edmundo Ortega tardó mucho tiempo en aceptar que había equivocado gran parte del único camino que la vida nos concede. Cuando se dio cuenta, «La Danaide» apenas sobrevivía. Extensas parcelas se habían sacrificado en la insensata carrera de comprar afecto, de sacar algo de la nada. Pero si Edmundo Ortega había perdido las ilusiones, conservaba algo más profundo: la esperanza. Quería volver a «La Danaide» para reencontrar allí al hombre que pudo ser, para soldar el pasado con el futuro olvidando el inútil paréntesis que entorpeció el discurso de lo que tenía que haber sido una consecuente narración biográfica digna y prometedora. Y en el fondo —siempre la proyección—, pensaba que la noble casa solariega podía aún actuar sobre la propia Amalia convirtiendo la mujer deseada en la mujer que deseba que fuera.

Pero Amalia era enemiga del campo, de la vida natural, de los animales y de los valores rústicos. Sería preciso dar un rodeo.

—Amalia, ¿te acuerdas de «La Danaide»?

—¿La Danaide»?...

—Sí, mujer, la finca de mis abuelos.

—Es verdad, algunas veces me has hablado de ella.

—Pues mira, he decidido deshacerme de esta reliquia.

—¿Lo has decidido?

—Sí. Con lo que saque pienso adquirir algunas cosas que hace tiempo que deseo.

—¿Vas a gastarte este dinero?

—Qué quieres, uno tiene sus caprichos. Ya te contaré...

—Me parece una tontería. Un sacrilegio. ¡«La Danaide»! ¿Te das cuenta? Yo nunca haría una cosa así. Precisamente hace tiempo que quiero proponerte pasar allí unas pequeñas vacaciones. Es algo que me pondría tan contenta...

Y sus ojos azules se empañaron de turbadoras promesas que no significaban nada.

Así de sencillo. Así de fácil. Amalia se retrataba con un impudor casi vegetal. ¿Podía entender, acaso, que dejara de ser por un instante el centro de la gravitación universal?

«La Danaide» venturosa de su juventud, copiosa de sol y de promesas, ya no existía. La casa conservaba su prestancia, pero la niebla otoñal la avejentaba con un velo de viuda melancólica. El tiempo cambia las cosas y los ojos con que las vemos. Edmundo se dió cuenta de que no es posible restablecer, después de años, la afectividad de una historia tal como quedó en el recuerdo. Nada nos dispensa del esfuerzo de recrear la realidad para hacerla digna de vivirse.

De los antiguos colonos sólo quedaban Eulogio, que le mostró las mutilaciones que Edmundo perpetró, lejano y anónimo, sobre la abstracción inexpresiva de unos planos catastrales. Las múltiples cesiones de parcelas personificaban su propia inmolación. Nuevas caras desconocidas y sin afecto habían substituido las antiguas sonrisas de colaboradores amistosos que incitaban al diálogo. Pero «La Danaide» no había sucumbido. Bien atendida, podía resurgir. Con dedicación y nuevos procedimientos, resultaría rentable. Edmundo tenía mucho que reflexionar. Pero, ¿podría?

—¿Qué te parece este traje esport?

—Precioso, te sienta muy bien.

—¿Y las botas?

—Ideales para el campo.

Tuvo que asistir al defile de modelos que comprendía incluso un atuendo de caza realmente apropiado para quien no tenía ni escopeta, ni permiso, ni caza en la región. La inconsciencia de Amalia era casi candorosa. En su cabeza no cabía la pregunta de cómo podía su marido aguantar el tren de vida que le imponía su avidez. Al parecer Edmundo había sido creado para eso, ¿y por qué entrar en más detalles? Pero los detalles se impusieron a los tres días.

—Edmundo hemos de regresar.

—Imposible.

—¿Cómo qué imposible?

—Amalia, estoy tratando de levantar la finca. ¿Es qué no te das cuenta? Tengo quince días de permiso, y en este tiempo he de resolver nuestro futuro. He de tomar una resolución.

—¡Quince días! Tú hablarás de tu futuro, no del mío. ¿Pero es que crees que se pueden aguantar quince días en este lugar?

—Habrá que aguantarlos.

Inverosímil. Absurdo. ¿Es qué su marido se había vuelto loco? ¿Es qué el destino podía ser tan injusto con ella?

Amalia estalló, indignada.

—¡Ah, por ahí no paso! ¿Pero tú que te has creído? Estamos en este caserón porque lo exigiste. Yo accedí amablemente, pero ya basta. No voy a pasar quince días pisando fango. Tengo cosas muy importantes que hacer en la ciudad. Edmundo, nos vamos.

—No.

Ahora no estaban en una habitación de paredes rosadas y techo azul celeste. Estaban en «La Danaide». En una habitación severa y rústica, ante una gran cama de roble para un matrimonio de carne y hueso que reposan en ella la fatiga compartida y el amor.

—No.

¿Es que se hundía el mundo? Todos los grandes decorados de su quimérico teatro mental se desplomaban sobre la cabeza de Amalia.

—Eres un pobre hombre, Edmundo. Tosco y egoísta. Y este es tu lugar. Nunca me has comprendido. No me quieres. Eres incapaz de apreciar mi sensibilidad. Eres un cerdo.

Y creía sus propias palabras. Miraba con odio. Trataba de elevar a las estrellas el dramatismo de un resentimiento que se generaba en las profundidades abismales de su vaciedad. Nunca entendió nada. Y, con todo, estaba bellísima. Fue por eso que Edmundo le dio una bofetada. Un cachete dubitativo, simbólico, casi la caricia de la impotencia.

Amalia, lanzada ya por las rutas del tremendismo, sobreactuó. Recibió el golpe como quien encaja un puñetazo. Había que culpabilizar a Edmundo hasta los límites del remordimiento. Se tambaleó y se dejó caer al suelo con todas las precauciones dictadas por el histerismo. Pero su cabeza chocó contra la cama de roble y luego fue deslizándose, inerte, hasta quedar tendida sobre el piso.

—Vamos, Amalia. Basta ya de tonterías.

Pero las tonterías de Amalia habían acabado para siempre. Un hilillo de sangre salí por su oído derecho. Edmundo se arrodilló. En seguida se dio cuenta de que su mujer estaba muerta.

El hecho era tan brutal, tan definitivo, que su amplitud, su significado, sus implicaciones, escapaban de la mente de Edmundo que en cambio captaba con extraña claridad los detalles exteriores. Oía el viento silvando en la azotea y el golpeteo de una contraventana. Percibía la desigualdad del suelo, la grieta de una baldosa, la noche detrás de la ventana y el cadáver de su mujer tan concreto y a la vez tan abstracto como cualquiera de aquellas observaciones banales.

Se sentó en una silla. Poco a poco abarcó todo el alcance de la situación. Un accidente estúpido, causado por una actitud más estúpida todavía. Pero sin testigos. Nadie le libraría de un cargo de homicidio. Tendría que pagar por ello. Y tendría que pagar un precio muy elevado. Era la pérdida de la libertad, la ruina. Amalia al morir acababa de despojarle de sus últimas esperanzas. Pago siempre, desde la primera noche hasta la última. Extraño destino que tenía algo de la ineluctable fatalidad de las tragedias. Pero si en la tragedia el héroe desafía a los hados, Edmundo iba también a desafiar al destino.

—No, Amalia. Ya no pagaré más.

Y tomó la gran decisión. Haría desaparecer el cuerpo de Amalia.

No se le ocultó la gravedad de esta medida desesperada. El fracaso del intento, el descubrimiento del cadáver, supondría una acusación con el más riguroso de los cargos y de previsible sentencia.

Si de una forma irracional no hubiera sentido la muerte de Amalia como el supremo gesto para encadenarlo, quizá no habría tomado aquella determinación. Bien mirado la idea no era descabellada, y tenía posibilidades de éxito. Amalia era una mujer sin rastro en los demás. Carecía de familiares y amigos íntimos. Su belleza perfumada y elegante surcaba un mar de amistades superficiales y mudables. Si nadie se interesaba en su desaparición...

A la caída de la tarde, la asistenta se iba a dormir al pueblo. En aquel momento, en la casa sólo estaban ellos dos. Edmundo cargó sobre sus espaldas el cuerpo todavía flexible y cálido de su mujer. Y lentamente, con esfuerzo y dolor, con lágrimas de adiós a tantas cosas, pero sin vacilar, bajó hasta la bodega. Abrió la puerta. La humedad y el vino mezclaban sus olores. Todo seguía igual que en tiempos de su padre. El polvo y las telarañas, el tiempo detenido y como conservado en aquel antro, daban al lugar el paradójico contenido de algo inmaculado. Barricas, toneles, pipas y las enormes cubas, descansaban ordenados sobre los firmes soportes de madera añeja. Unos repletos, otros a medio llenar, meditaban los diversos caldos elaborados en sus entrañas.

Abrir un barril no es fácil. Y además podía desvencijarlo. Por otra parte, le repugnaba, como un acto indecoroso, la inmersión del cuerpo en la alcoholizada panza de un tonel. Eligió una barrica nueva, de madera noble y pulida, bien embreada y con aros robustos. Una barrica tan proporcionada al cuerpo y tan digna como un ataúd. Y en ella, con fatiga y delicadeza, con respeto e indiferencia, introdujo el cuerpo de Amalia. Claveteó cuidadosamente la tapa. Y allí, en un ángulo apartado de la cava quedó, rellena por completo, la barrica. Algo colmó, por fin, el cuerpo de su mujer.

—Adiós, Amalia...

Consideró por qué se habría frustrado una felicidad que él siempre adivinó próxima, posible y deseable. No halló respuesta. Y sintió pena, una amargura dolorosa clavada en su alma como la tapa de la barrica. El no tenía la culpa de aquella muerte accidental, pero lamentaba el sórdido sepelio de una mujer a la que realmente amó. Tras tantos años de satisfacer caprichos, le remordía ahora la falta de flores, de cirios, de oraciones y condolencias con que Amalia posiblemente soñó, si es que alguna vez pensó en la muerte.

—Adiós, Amalia...

Y cerró la puerta.

Pasaron algunos años. Edmundo abandonó la Empresa con honores y una buena gratificación. El éxito de sus gestiones fue cordialmente reconocido. Conservó un piso en la capital y dedicó todos sus esfuerzos a la convaleciente heredad. Nadie se preocupó por la suerte de Amalia. Nadie consideró que había desaparecido. Edmundo iba y venía regularmente de la ciudad al campo. Para unos Amalia, si llegaban a nombrarla, residía en la finca, para otros «la señora» vivía en la ciudad. Como máximo se llegó a murmurar sobre una discreta separación. Y en poco tiempo la existencia de Amalia se borró del recuerdo superficial que su persona había dejado en las memorias.

Con mucho esfuerzo la finca prosperó lo justo como para vivir con digna modestia. También en este caso las exigencias resultaron superiores a los logros. Edmundo había agotado su reserva de ilusiones. Era un hombre envejecido, algo melancólico, con una llaga en la conciencia que no acababa de curar. La soledad se instaló en su vida. Soledad interior y soledad exterior voluntariamente forjada como medio de defensa y ocultación. La libertad que perdió con Amalia no la recuperó con su muerte. Su natural generosidad fue un caudal desperdiciado.

—¿Pero usted no sabe que Danton perdió la oportunidad de desmontar a Robespierre y la propia vida a causa de su amor por la joven de quince años Louise Gély? ¡Qué historia, señor! Vale la pena de oírse...

El doctor Fortunato Calomarde, descendiente directo, según él, del ministro que trocó bofetada por cumplido, era un sólido anciano que, retirado ya de la profesión, llenaba sus ocios con visitas y tertulias de ámbito comarcal cuya finalidad consistía, sobre todo, en mostrar que su prodigiosa memoria era inasequible a la arterioesclerosis. La bofetada de su antepasado había determinado en él una vocación por la Historia cuyos pormenores dominaba con amena erudición. La conferencia de los sábados la dedicaba a Edmundo Ortega. Y al personal deleite de oírse tan rememorativo, añadía la convicción de que su compañía ejercía benéficos efectos psicosomáticos en aquel hombre retraído y tristón que escuchaba con tanta inteligencia.

Cualquier asociación de ideas era buena para disparar el reflejo de sus saberes. Si se hablaba de maquinaría agrícola podía decir, por ejemplo:

—Esto me recuerda el asunto de la Máscara de Hierro. Un mito creado de cabo a rabo por Voltaire, que lo coló en la credulidad de sus coetáneos mediante insidiosas y hábiles entregas. ¡Endemoniado periodista, ese hombre! La leyenda la popularizó Alejandro Dumas. Lo importante es que deformado por el mito, se oculta una historia realmente extraña...

Y, al punto, el doctor Fortunato Calomarde superaba como narrador al propio Dumas, al desmontar con la verdad la poderosa inventiva del novelista.

Llegaba, puntual, a las siete de la tarde, montado en un carrocín con el que desafió desde joven, gallardo y medicinal, inclemencias y caminos. Exprimía la mano de Edmundo y le dedicaba una sonrisa confidente y paternal casi más de pediatra que de amigo. El tiempo y la política le ocupaban hasta que llegaba la copita de anís. Durante este lapso de tiempo otorgaba opciones verbales a su protegido. Pero después del primer sorbo y de encender la pipa, alzaba el telón, avanzaba hasta las candilejas e iniciaba su gran aria histórica.

El final del otoño avanzó, solapado y viral, llenando la comarca de toses y estornudos. Aquel sábado de nieblas lagrimeantes, Edmundo recibió, con signos evidentes de contagio, al doctor que se mostró amistosamente consternado.

—Esta tos no me gusta nada.

—A mí tampoco. He pensado ir a la ciudad para que me examinen. No ando muy bien, doctor. Me conviene un chequeo.

—¡Craso error, que dirían los escolásticos! Los chequeos son los padres de la aprensión. Radioscopias, análisis que rozan la metafísica...

Siempre hay algo que no cuadra. Todo maquinal, impersonal, sin integración nosológica.

—¿Entonces?...

—El gran clínico ha desaparecido. ¡Adiós, señor pantiatra! Los médicos han perdido el oído, la vista, el tacto y el olfato. ¿Adónde habrá ido a parar la propedéutica clínica?...

Y la mirada del doctor recorría los rincones de la estancia buscando inútilmente la propedéutica perdida.

—Anamnesis rigurosa, observación, palpación, percusión y auscultación, esos eran todos los aparatos de nuestros grandes maestros. Y diagnosticaban. ¡Vaya si diagnosticaban! Recuerdo todavía a mi viejo maestro, el profesor Ivern, delimitando una caverna tuberculosa mediante la percusión.

—Eso debe de ser muy difícil...

Pero el soplo de Clío había avivado los rescoldos históricos en la mente de Fortunato Calomarde.

—Esto me hace pensar en Leopold Auenburgger. ¿No sabe usted quién era Leopold Auenburgger?

—No.

—¿Qué no sabe usted quién era Leopold Auenburgger? —repitió el doctor, no con desprecio, sino con entusiasmo.

—Le aseguro que no.

Calomarde sonrió agradecido. La ignorancia de los demás era para él una muestra de exquisita cortesía.

—Pues merece la pena de que lo oiga. Auenburgger es un caso notable de modestia, de capacidad de observación y de probidad científica. Con una metodología impecable no sólo descubrió, sino que dejó sentadas las bases más firmes de la percusión digital como medio diagnóstico.

Edmundo asentía resignado. Se notaba enfermo, con dolor en la espalda, quizás con algo de fiebre. Y el apologeta del ojo clínico lo ignoraba por completo. Edmundo se decía pesaroso que los efectos estimulantes que creía ejercer el médico hablando, en realidad los ejercía él al escucharle.

—Lo más curioso de la historia de Auenburgger, que luego le desarrollaré en detalle, es su inicio. Auenburgger, era hijo de un tonelero. Y durante años observó que su padre golpeaba los toneles para inferir por medio del sonido la cantidad de líquido que contenían. Ahí surgió la genial intuición.

—¿Es posible?

—Es histórico, amigo mío. Antes de seguir adelante me gustaría hacerle una demostración práctica que pondrá a prueba mi propia habilidad de clínico tradicional. Yo había visitado muchas veces la bodega de su padre. ¿Supongo que existe todavía?

El malestar de Edmundo aumentó. Siempre trató de olvidar aquel lugar que le perseguía en sus pesadillas.

—Pues sí, pero...

Fortunato Calomarde, incontenible, estaba ya en pie.

—Pues vamos allí. Le propongo una distracción que le sentará de perlas.

Edmundo no dio con una escusa oportuna para negarse. Calomarde lo arrollaba. Y, después de todo, ¿qué podía ocurrir?

Bajaron las estrechas escaleras. Aumentaron el frío y la humedad. Edmundo temblaba.

—¡Qué fresquito tan agradable! ¿No le parece?

Edmundo abrió la puerta y encendió la luz.

—¡Igual, igualito que en tiempos de su padre! Un gran tipo, su padre. Yo le quería mucho. ¿Usted tendrá una idea del contenido de los barriles, no?

—Hombre, más o menos...

—Ahora observe usted.

El doctor Calomarde apoyó extendido el dedo medio de la mano izquierda sobre un tonel y con el pulpejo del dedo medio de la derecha golpeó la falangeta del primero. El tonel respondió al requerimiento con un sonido retumbante.

—Timpanismo —diagnosticó el doctor— Este tonel está vacío.

—Creo que tiene usted razón.

—No le quepa duda. Veamos este otro.

Repitió la operación en una cuba.

—¡Ah, matidez considerable! Esta cuba está casi llena.

—¡Exacto! —exclamó Edmundo que no tenía la menor idea del contenido, pero que deseaba acabar de una vez aquella grotesca inspección.

—¿Ve usted lo que puede un oído bien afinado unido a la experiencia? Terminada esta demostración preliminar, antecedente real y práctico de la percusión, arriba me extenderé sobre la historia de Auenburgger y de Corvisart.

—Muy bien, muy bien...

Y Edmundo casi empujaba al doctor. Pero éste, deseoso de agotar todos los matices que la bodega ofrecia a la percusión, se mostraba remiso.

—Veamos antes esta barrica.

La barrica de Amalia, claro.

Edmundo sentía vértigo. Los objetos de la bodega se difuminaban. La marea del miedo le invadía irreprimible. Los golpes del doctor no serían una mera percusión, sino la llamada a una puerta. Y de un modo irracional, temía la respuesta.

—No se moleste, doctor. Esta barrica está llena. Estoy seguro.

—Lo comprobaremos.

Y los dedos de Calomarde, inexorable en su apoteosis didáctica, entraron en acción.

De la panza de la barrica surgió un sonido fosco, profundo, hueco...

—¡Error, mi querido amigo! Este barril está vacío.

—¿Vacío?

—Absolutamente vacío. Va en ello mi honor profesional.

—Pero, no es posible...

—¡Convénzase usted, caramba!

Y sin dudarlo un instante, el hombre de ciencia abrió lígeramente la espita.

Sonó un tenue silbido, y con él salió una emanación putrefacta, nauseabunda. Nada más.

La descomposición había consumido el cuerpo de Amalia. Era el fin. Estaba descubierto. El invencible, el insuperable vacío de Amalia hacía acto de presencia para denunciarle, para vengarse. Aquel hedor decía, como un grito: «Aquí estoy, porque no estoy». Edmundo no tenía salida.

Calomarde, triunfal, levantó la vista, pero la faz de Edmundo ya no estaba ante él. Edmundo yacía en el suelo con la mano en el corazón.

El médico se arrodilló preocupado.

—¡Demonios, parece un infarto!

Cerró la espita.

—Puede que no. Quizás una lipotimia. Veamos...

Y mientras trataba de ayudar a Edmundo se dijo:

—¡Qué impresionable! Seguro que le ha trastornado el olor de una rata muerta. Ahora que iba a contarle lo mejor de la historia...

BIBLIOGRAFIA:

Aljaba, La lumbre y las tinieblas, Velatorio para vivos.

MELIANO PERAILE *

PASION

JUEVES, 18 de Abril.

Ha venido el padrino Miguel. Mamá lo llamó por teléfono esta mañana, temprano. Entró en la alcoba. Me traía la «Historia del mirlo blanco», que me faltaba en la colección de Biblioteca Junior. «Cuando acabe el curso la leeré» —dije, mientras él me miraba los párpados por dentro. Los párpados tienen cara y cruz como los días. Cara: las doce de la mañana, cuando el sol es un ángel ventanero que trae una dorada anunciación a la Virgen de mi cabecera. Cruz: las doce de la noche, cuando la lechuza atraca el aceite de las iglesias, y el buho ilumina el olivar con la filosofía de sus ojos. Pues mientras el padrino, doctor Miguel Solera, le tomaba las medidas al color de mis párpados, yo pensaba que los médicos son restauradores de estatuas menos duraderas, y el padrino me decía que me daba unos días de vacaciones durante los cuales podía leer la «Historia del mirlo blanco», a momentitos de lectura, sin esforzarme, piano, piano. «Pero, padrino, ¿y luego te examinas tú por mí, del movimiento uniformemente variado y de la Guerra de las Galias?...» Mamá tenía el gesto alicaído, la mirada oscura, como fundida o, quizá, como quien apaga para que no vea lo que ocurre. Mamá había descuidado esta mañana el maquillarse la alegría, el iluminarse la mirada antes de su diaria cita con mi despertar. «En cuatro días de no sentarme frente a don Julián a decirle a todo que sí con la cabeza, me pierdo la matrícula de literatura». Mamá sonreía, por fin. El padrino escribía la orden para el laboratorio de análisis. Un médico manda más que un general: manda al farmacéutico; al enfermo: «eso no»; a la cocinera: «eso tampoco», «eso sí»; al tabernero: «se queda usted sin un cliente»; a la estanquera: «ni Winston ni Fetén, a este señor, una engañabobos de brea». El médico es un dictador nato. «Por antonomasia», diría don Julián con su voz hinchada y vacía. Don Julián Redoblante y frase hecha. «Y a ver cuándo me lees tus últimas poesías» —repentizó el padrino, sin duda por asociación de ideas, mientras me dedicaba recetas a pares— «¿Se

---

* Nace en 1922. Fue profesor de lengua y literatura. Premios La Hora, Ignacio Aldecoa, García Pavón, SEREM, Sara Navarro, Hucha de Oro.

las has leído al profe de literatura...?». «¿Qué dices, padrino? : don Julián, liras y octavas reales : y, concretismo y caligramas. Ya me contarás. Si le vacilo y me trasluzco, me suspende. Pero pronto, dentro de dos años; en cuanto cumpla dieciséis, publico mi primer libro». Mamá sonreía con su sonrisa cierta. «A mi costa mantiene el padrino— Es promesa».

> Pausa mientras el camarero siembra el mármol y a la mesa le florecen instantáneas rosas de cristal y vino. El doctor Miguel Solera sigue leyendo con emoción las hojas a él dedicadas por su ahijado, el estudiante escritor.

VIERNES, 19 de Abril.

El padrino casi inaugura la mañana en mi alcoba. Que de paso para el hospital le ha entrado la querencia de mis versos y el tirón los ha desembarcado en mi alcoba. Venía con Natalia, esa chica que me cura el recuerdo de Nuri, aunque sea novia o algo del padrino y tenga los veintiocho. Me registra el revés de los párpados. Como cuando el abuelo se quedaba de pronto sin tabaco, a sol puesto y estanco candado, y se volvía los bolsillos para extraer de aquella mina un bacisclo de piedras de mechero, harinilla de tabaco, migas de diversas especies, de distintos calibres, con ganga de pelusa. Venía con el anhelo de mis versos, pero me cachea los párpados, me escruta con más ansia que Rodrigo de Triana, autor, en su púlpito de jarcias y viento, del más elocuente, ancho sermón en lengua castellana. Nuri es como Natalia, pero con menos capítulos. Como Natalia abreviada. Antes que mis poemas, el padrino lee el informe del analista. Miguel traduce el curriculum vitae de mi sangre mientras Natalia inicia, para sí, la lectura de mis versos. Mamá acecha la frente del padrino. Deben de estar saliendo de clase, cruzando la explanada, centrándose los botes del muladar instalado entre mi colegio y el de Nuri : un establecimiento de armarios desvencijados, somieres roídos por la intemperie, un negocio de frenesíes usados y sentimientos oxidados. Ahí yacen algunos camaradas caídos : el patín que me regaló papá contra la presentación de mi aprobado en ingreso; la bicicleta a cuya grupa llevé muchas tardes a Nuri, el rompecabezas descabalado, junto al vaso en que bebió su última agua el abuelo y reconoció mi pie a punto de chutarlo; marchito, el retrato aquel de tía Rosa, que murió soltera con su vestido de moaré, en un marco de cornucopias y purpurina. Los días de limpieza en los armarios también se mueren las fotografías. Pues por ese huerto en que florece el verdín y el óxido trotan ahora las carreras que salen de los colegios, sin mirar atrás. Paco, instalado en mi hueco, espera a Nuri, al socaire del fisgoneo de la monja de salida. El padrino y Natalia, con las sienes en cortocircuito, a la par, leen mis versos. Puede que ahora mismo Paco y Nati estén partiendo el chicle, labio a labio. Si le gusta tanto como a mí... Paco no es mal amigo. Lo malo es que abusa de mi avería y juega con ventaja. «¡Fenómeno, muchacho! Estos poemas son de poeta; lo cual no es lo normal. El año que viene, Adonáis. El premio Adonáis más joven». Me duelen las tres inyecciones. Entra en la alcoba el reflejo de la conservación de papá con alguien. El no ha entrado en todo el día. «Mañana vuelvo, sólo por que hablemos de una preciosa edición del libro. Mi regalo a tu próximo cumpleaños». Se va Natalia. Quiero decir que se marchan Miguel y ella. Cuando está Natalia, el recuerdo de Nuri se escribe con letras minúsculas. Tío Clemente irrumpe en la casa. Tío Clemente no entra en las casas, las toma, las inunda y arrasa, con el vino entinajado, acumulado, acaparado en su bodega donde cien tinajas engordadas por la especulación, cebadas por un ansia patética de lucro y, de pronto, arruinadas por la baja, hechas trizas por el desplome del precio. No la avaricia, no. Un ministerio inepto habrá de dar cuenta del capitalísimo de mi tío Clemente.

SABADO, 20 de Abril.

Me he despertado muy tarde. Pero aún falta un rato para la una. La marca del sol comienza a bañar los pies de mi cama, en agua de oro. Todavía no han salido del colegio. Me duelen los pliegues de los brazos. Otras dos transfusiones. Anoche perdí el conocimiento: un colapso. Anoche me perdí. Me acabo de encontrar. Vuelvo de muy lejos o de muy hondo. Y me encuentro un galgo de luz tendido y esperándome a los pies de mi cama. Todos los días, el sol galguea, cruza la llanura de los vientos, zarcea entre las nubes y viene a tenderse fiel al lado de su ama: mi enfermedad. Más amoroso que Nuri, que no ha venido a verme. Más amigo que Paco, el cual no se atreve a asomar su cara dura por esta alcoba: el remordimiento y la vergüenza. Se necesita rostro para venir aquí desde la cintura de Nuri, desde los besos de Nuri, que él ha tomado después de mi retirada por culpa de esto. Y Nuri no me ha vuelto a llamar. Porque todo está dicho cuando el médico calla. En el solar aún no las ha piado la desbandada del cuarto curso. Todavía Roger y su piquete no han fusilado a pedradas su diaria cuerda de botes contra el paredón del almacén. Estoy como difuminado, como una ciudad que comienza a regresar de la niebla. Por el pasillo viene mamá, de puntillas, componiéndose el gesto, preparándose una sonrisa, como una flor de plástico, encendiéndose una lucecita artificial que le diluya algo en el semblante la enorme negrura de su horror. Entrará y le diré que me traiga algún libro, que quiero aprobar el curso. Y le brotará una fugaz sonrisa auténtica, pura, del antiguo manantial, casi agotado, de su alegría. Mamá se acerca por la sala, viene, a entrar en escena. Entra con el gesto aderezado, con un ánimo de ortopedia, con un enorme esfuerzo oculto que le tapa la piquera de las lágrimas y le pone bridas en la garganta para que no se le desboquen los alaridos. Una tejedora íntima le teje el desgarro del alma. Porque ella sabe que mi crédito de catorce años vence un día de estos; que con esta provisión de sangre no voy lejos. Ella sabe que no me queda ocasión de ganarle a Nito una partida. No volveré a la ribera adolescente de la mesa de billar, en las escapatorias de entre la clase de latín y la de física. Ya no tengo escapatoria. Tal vez las tres gemelas de marfil, macizas y redonditas, me echen de menos algo más que Nuri que alguna vez ha presenciado, al borde mismo de ese aprendiz de ring, las fintas del mingo, la esgrima del pasabolas para evitar el K.O. del retruque. Como el mingo hacía la redonda del lunar, así mi alma tras Nuri. El alma no está en casa. Madre me arregla el embozo, con un sucedáneo de manos y aire alegres. Tiene un buen humor falsificado, una alegría retocada, el semblante en dos planos, el fingido, plácido, somero, le camufla el propio, el horrorizado, crispado de espanto, consumido en el disimulo y la farsa. «Dame el texto de Física. No quiero perder el curso». Porque quiero que crea en mi esperanza. «Y que pasemos todos el verano en Gondomar». Porque no quiero que sepa que lo sé desde el principio. Que me voy. Que no tengo arreglo. Cuando la lengua sabe a palabras contadas... Que en mayo no me quedará mirada para repasar, ni pasos que me lleven a recoger la matrícula en literatura.

BIBLIOGRAFIA:

Las agonías, La función, Tiempo probable, Cuentos clandestinos, Insula Ibérica, Matrícula libre, Episodios Nazionales I, Molino de tiempo, Episodios Nazionales II, Un alma sola ni canta ni llora.

ANTONIO PEREIRA *

PALABRAS, PALABRAS PARA UNA RUSA

Pocas veces he tratado de cerca a una rusa. Pero una vez, en Moscú, tuve una relación tan íntima que no he llegado a olvidarla. La historia empezó con la llegada de unos turistas argentinos.

Al hotel había llegado un grupo numeroso y ruidoso de turistas de Buenos Aires, en su mayoría varones. Yo me los encontré cuando regresaba a medianoche, alborotando delante de la gran puerta de cristal, y bastó que supieran mi condición de español para molerme con sus abrazos. Les advertí que en Rusia son gente seria y que no se anduviesen con bromas. No acababa de decirlo cuando apareció una pareja de milicianos. Eran unos agentes muy jóvenes, tímidos, parecían más confiados en su emisora portátil que en sus armas. Los gauchos cantaban, bebían de botellines que llevaban en los bolsillos de sus abrigos, demasiado delgados, un bailarín arrastraba los pasos de un tango brindándolo en alargados ademanes a los rusos. Vino un coche patrulla. Los policías rusos se mantenían a una distancia que me pareció diplomática. Siguieron observando, quizá perplejos, pero no llegaron a intervenir.

Los argentinos venían a Moscú para un partido de fútbol, y a la mañana siguiente los encontré en el desayuno, perfectamente sobrios y correctos. Me tocó desayunar con un matrimonio joven y un profesor de Tucumán que sobre la mesa cargada de frutas y de flores, de huevos y de panecillos de muchas clases había puesto la cajetilla de Jockey Club, un tabaco negro como nuestros Celtas, más un libro de cuentos de Cortázar. Con el Kremlin a un paso, las dos cosas me parecieron exóticas. Fumamos después del café. El comentario de «La autopista del sur» y la ternura por el joven enfermo de «La señorita Cora» nos dejaron unidos, y de allí salió la idea de que aquella misma noche nos fuéramos a un restaurante para continuar la amistad. Yo llevaba en la ciudad más días que ellos; no muchos días, pero bastaba para que me confiasen el mando. Los guías de Inturist me habían hablado de un lugar donde nunca faltaba el *stérliad*, una variedad fa-

---

* Nace en 1923. Premio Leopoldo Alas.

mosa del esturión, de manera que les hablé a los argentinos del *stérliad* como si me hubieran destetado con ahumados y con caviar.

Por la noche, en un taxi, llegamos los cuatro al lugar decidido por mí. Era en la avenida de Kalinin. En el guardarropa inmenso parecía que no iba a caber un abrigo más. Pasamos ilusionados, expectantes, al vasto comedor recargado de plantas y de escayolas. Yo hubiera preferido verme entre los troncos íntimos y el ambiente rústico del «Rússkaya izbá», donde conocí una sopa de col agria con hongos y cierta bebida agreste y fermentada con sabor a centeno; o en el «Praga» de la calle Arbat con la música de Dvorak filtrándose delicadamente para una aristocracia de comensales. Pero no dejaba de ser interesante aquella fiesta numerosa donde acabábamos de caer, animada por el vodka y las cervezas y los vinos espumosos de Georgia, mientras que por fuera de los ventanales caían cortinas de nieve.

No una, sino tres o cuatro fiestas.

Al fondo del salón comía y bebía la gente porque un camarada profesor de Conservatorio había llegado a la jubilación. En otra zona, apenas marcada por unos biombos, se comía y bebía porque a un camarada obrero especializado lo habían condecorado con una medalla. A nosotros nos colocaron casi casi en una boda rusa, parecía que aquella noche no estaba previsto que llegara nadie a cenar por su cuenta... Pegando a nosotros teníamos las mesas adornadas y alegres del casorio, con gentes que se conocían y hablaban y bromeaban de mesa a mesa. Si no fuera por esas diferencias ligeras pero inevitables en el corte de los trajes, en el corte del pelo, incluso en las monturas de las gafas, nosotros mismos hubiéramos podido pasar por invitados o parientes, un poco tímidos y lejanos. No nos pusieron el adorno de flores rodeadas de muérdago, que nos hubieran integrado definitivamente. Pero el caviar de esturión y el caviar rojo, los pescados fríos y a la parrilla, el lechón rodeado de rabanitos silvestres y los pasteles que iban llegando a nuestros manteles, todo el menú yo creo que provenía de aquel Caná espléndidamente regado, aunque luego nos lo cobraran en nuestra cuenta...

No se puede vivir una situación así a cara de perro. Nadie sería capaz de comer y beber en un banquete o en sus aledaños sin prestarse a concelebrarlo para los adentros del alma. Yo no sé cómo caí en la ocurrencia de sacar mis sentimientos al exterior. A medida que progresaba la sucesión de los platos, y principalmente de las bebidas, los rusos y las rusas arreciaban en sus brindis sencillos pero que sonaban a sincero y noble.

—*Priviet!*, *Priviet!* —se escuchaba a nuestro alrededor como una consigna.

En el local había una temperatura ensoñadora, como de noche de Nochebuena en nuestra casa lejana... Afuera era la estepa y unos grados por debajo de cero y las calles por donde habían transcurrido las comitivas de los zares y las avanzadas de la revolución... De manera que yo copié el brindis sacramental y levanté mi copa (no sé qué número alcanzaba esa copa), en un estado de ánimo que casi me traía lágrimas a los ojos:

—Priviet!, Priviet!

Me había olvidado para siempre de los argentinos, che. A mí me interesaban los rusos. Yo quería que los rusos y yo y el mundo oriental y el occidental fuésemos felices, me hubiera puesto a besar a todos aquellos hombres y mujeres de aspecto trabajador, generalmente coloradotes... Entonces, con mi copa todavía en alto, me llegó de la mesa de enfrente una simpatía fugaz. Instintivamente supe hacia dónde tenía que mirar. Encontré una sonrisa que ya se estaba cerrando con un gesto temeroso de arrepentimiento, unos ojos que jugaban al código universal de la mujer que quiere y no quiere. Juro que me replegué con prudencia, convencido de que hay en el mundo suficientes mujeres como para no tener que buscar a las que ruedan acompañadas. Esta de ahora estaba visiblemente asociada a un marido de cara sana y honrada (o sea, una cara de marido), y yo siempre he sentido un gran respeto por este tipo de hombres.

Luego, el ambiente siguió cargándose. Mis ideas eran menos claras, pero al mismo tiempo eran más cabezonas. Los gruesos cigarros de Crimea extendían sus velos de paraíso artificial sobre el espíritu de los alcoholes, y yo me sentía ensimismado, pero también exaltado, con el sonar nostálgico de las balalaicas. Porque supongo que serían balalaicas aquellas guitarrillas triangulares que con tan pocas cuerdas nos bañaban en un río de olvidos. Todo esto lo alego para que se comprenda la continuación, porque no quisiera pasar por un irresponsable que sale de casa y deja mal a su patria: Cuando los comensales más folclóricos se habían desfogado con las danzas típicas y la orquesta de señoritas (o de matronas) empezó con los bailes de sociedad, cuando vi que salían al ruedo parejas de chicas con chica como en mi pueblo y me aseguré de que era costumbre el cederse la pareja o sacar a la mujer del vecino, todo tan bien intencionado y fraterno, no supe resistir el embrujo lento de los violines burgueses y como si llevara a un extraño dentro de mi traje cruzado a rayas me vi marchando hacia la mesa de la desconocida, que acaso había decidido olvidarme...

Todavía tuve un amago de reflexión.

Fue cosa de unos segundos. Pero suficiente, como dicen que ocurre en el trance de la muerte, para recibir una sarta de pensamientos. El último pensamiento que me vino fue el de pedir fuego para el cigarro, la más estólida y universal de las aproximaciones. Ahora estaría contándolo con mucha vergüenza. No pedí fuego, por fortuna, sino que esbocé un saludo que abarcase a los diez o doce convidados del grupo, que no sé si serían del novio o de la novia.

—Buenas noches, con permiso —algo así les dije a los compañeros invitados, en el mismo castellano que si la hablara a gente de Madrid.

Los vi callarse en seco. Los vi mirar hacia cualquier parte, una señora se echó el chal sobre los hombros como si acabaran de abrir una puerta que diera a la calle. Yo sostuve el tipo como un caballero español que no tiene nada que reprocharse. Esto hizo que los rusos reaccionaran, hubo sonrisas tímidas, luego fueron caras divertidas y hasta bondadosas. Es verdad que los rusos son reservados con los extranjeros. Creo que hubo leyes sobre eso en los tiempos de Stalin. Pero a la prevención inicial suele suceder la curiosidad y muchas veces la simpatía. Yo he alcanzado un cierto grado de amistad con un funcionario que había trabajado en los Balcanes y hablaba un castellano con palabras del poema del Cid. Y con lo grande que es Moscú, tres veces me recogió el mismo taxista, un tipo que conocía el español de La Habana... Si el idioma no fuera un barrera más áspera que las leyes, seguro que me hubiera relacionado con más gente. Recuerdo una dama —pero aquí me valió mi francés de la Alianza Francesa— que en la estación del Metro de Mayakóvskaya, me sujetó para que no me partiera los huesos en una escalera rodante:

—*BEREGUÍS! BEREGUÍS!* —o un aviso parecido que yo imaginé en grandes letreros con letras rojas y mayúsculas. Y casi levantándome en vilo: —*Attention monsieur, il faut faire attention!*

He dicho que apenas había conocido mujeres rusas. Bueno, aquella del Metro vestía un traje sastre algo ancho, con su tarjeta de identificación en la solapa de la chaqueta, después del susto me explicó que venía al frente de unos comisionados de Alma Alta, capital de la República Socialista de Kazajstan, y la fuerza de sus músculos no viviré yo bastantes años para agradecerla... Pero me estoy alejando de lo suave y lo dulce que iba a tener en mis brazos, al compás de un blue o como se diga en ese otro mundo de los comunistas, tan diferentes, tan parecido al nuestro. Ya he dicho que los de la boda empezaban a mirarme bien. La mujer de mi obstinación se había quedado perpleja cuando después de la cortesía general al grupo me incliné mirándola en una petición inequívoca. Casi aterrada, pero conmovida, así es, discretamente conmovida, esbozó una negativa cortés. Entonces ocurrió el gesto abierto y civilizado del marido que la autorizaba e incluso la animaba con una afirmación de la cabeza que no necesitaba palabras.

Accedió perezosamente. Se puso de pie, y un momento sonrió a sus acompañantes como diciendo qué otra cosa podía hacerse con un forastero. Llevaba un vestido sedoso y negro, modesto pero distinguido, se me ocurrió que no procedía de los almacenes del Estado y que acaso se lo hubiese hecho ella misma. Entonces la conduje hacia la pista, tan llena que apenas podía verse el mármol suntuoso sobre el que bailaban las parejas. Nos enlazamos con cautela. A mí me bastaron los primeros pasos para saber que la mujer era falsamente delgada, honesta, y probablemente sensible. Bailábamos como quería San Ambrosio, o sea que un carro cargado de hierba pudiera pasar por entre nuestros cuerpos. Podía mirarla a la cara, pero la rusa, entonces, sentía una curiosidad urgente por las otras gentes o las lámparas o lo que fuera, con tal de no tropezarse con mis ojos. La verdad es que yo no tenía más deseos que la admiración decente de aquella belleza delicada, cómo iba a imaginarme que llegaríamos a lo que luego llegamos.

Me parece que empecé hablándole de la concurrencia tan alegre del restaurante, del frío que había llegado de repente a Moscú, de cosas sin importancia.

Le hablaba despacio. Le hablaba reclaro. Ella enseñaba una sonrisa cobarde y ladeada, y con un movimiento de la cabeza negaba toda posibilidad de entenderme. No importa, le hice saber no sé de qué manera.

Poco a poco dejó de negar y yo vi que empezaba a prenderse en el hilo de las palabras. Alguna vez me han dicho que tengo una voz grave y sonora, próxima a lo abacial —no sé si me elogian—, incluso a lo enfático. Yo no sabría decirlo, porque nadie escucha su propia voz. Me gustaría que se pareciese a la de don Dámaso Alonso, a la de Cunqueiro, a la del poeta de mi pueblo, Ramón González Alegre... Luego, en el excitante ambiente del lugar bastaba una leve intención artera para que las palabras se vieran realzadas por el misterio... Sin forzar las cosas, nuestros cuerpos mortales se acercaron un poco, pero sin llegar al protagonismo.

Fue entonces cuando empecé a ser claramente consciente de mis armas. Me puse a inventar cadencias, explotaba las pausas entre frase y frase como se gobiernan los tiempos del amor cuando se tiene a una mujer para toda una noche hermosa. Nadie en el mundo que nos viera bailando hubiera podido tacharnos de promiscuidad, ni siquiera de inconveniencia. Pero yo veía subir a mi compañera por una escala de emociones que se reflejaban en el rostro huidizo, en el ritmo de la respiración sofocada... Ahora me convenía descuidarme totalmente de los significados, concentrarme en el hálito que se desprendía de las palabras como una caricia o un veneno. Se me ocurrió recitarle la Salve, que es la única oración que recuerdo de cuando yo era bueno. «Reina y madre / de misericordia... / vida y dulzura... / esperanza nuestra...» Jamás hubiera sospechado la eficacia de este invento piadoso. Mi amiga, mi dulce amiga, no podía descifrar «en este valle de lágrimas», y sin embargo sus ojos verdosos se humedecieron. Yo le enseñé a que nos comunicáramos con la presión solapada de las manos, y me alegré porque la orquesta no hacía ninguna pausa, era como nuestras orquestas de los veranos que tocaban series muy largas. El caso es que no se me acabara la cuerda. Hubiera querido recordar todas las oraciones de la catequesis. Debí de asociar la catequesis con la escuela y encontré como un tesoro la tabla de multiplicar —tres por una es tres; tres por dos, seis; tres por tres, nueve—, y ella dejándose mecer —cinco por cuatro, veinte; cinco por cinco, veinticinco; cinco por seis, treinta...— hasta que me atasqué en la tabla del 7...

Fue el único desfallecimento. Aquel silencio lo empleé en hacerme figuraciones sobre esta mujer, porque me moriré sin saber su nombre, su profesión, el origen de aquella tristeza vaga de sus ojos. En vano intenté ponerle el guardapolvo de una fábrica, la bata blanca de un laboratorio, porque nada podía quitarle su aire de dama romántica de una novela de Tolstoi o de un poema de Puchkin.

¡Pero cómo no se me había ocurrido antes lo de los poemas! La inspiración me llegó en el momento justo, cuando la Karenina o como se llamara recuperaba la tibieza inicial y un aflojamiento de su mano enlazada me estaba diciendo que debíamos volver a nuestras mesas tan separadas como nuestros mundos. Yo no la solté. La orquesta tocaba las mismas piezas sentimentales que se oían en Pasapoga en los años 50, y despacio, muy despacio, empecé con el romancero. Volvió la tensión oculta a soldarnos con más fuerza que antes, ahora angustiosamente, como si ella y yo supiéramos que esta locura estaba a punto de terminar. Lástima que yo no sepa de memoria mis versos asonantados de Garciasol que a mi compañera le hicieron entonar los ojos bellísimos, y eso que no sabía que hablaban del cementerio de Tobía. Pero no habíamos llegado al climax, que yo auguraba próximo gracias a esas antenas erectas y sensibles que son cualidades del amante.

Jamás hubiera sospechado que la llave secreta la tuviera Victoriano Crémer.

«Que cercano a las nubes ese límite de fuego...» —me escuché decir, imparable en mi determinación.

«...Bajo la bóveda sombría arde la catedral.
Cuatro farolas la guardan
con verdes ojeras de soledad
y lentos ríos de sombra
avanzan por calles de cristal
con lunas como cuchillos
resplandeciendo en el fondo del mar.»

Con la lucidez de un viejo sátiro que experimentara sobre la doncella llegué a advertir que mi pareja me clavaba sus uñas afiladas al caer de los versos pares, allí donde el acento hace agudas como lanzas a las palabras. Y cuando

«Un desnudo viento arranca
hebras de serenidad
a los rostros de piedra y de lluvia
de San Pedro y de San Juan»,

mi rusa, mi amor, me entregó ese gemido anhelante de la hembra que no puede más. Entonces rompió su silencio de palabras y yo escuché la súplica que me sonó como un grito aunque ella lo dijera en un susurro para mí solo:

—*Niet, niet.*

O sea —era fácil de traducir—: «No, no, basta ya, por favor, usted y yo hemos ido demasiado lejos.»

Se soltó de mi abrazo, que no había dejado de ser un abrazo de salón a los ojos de todo el mundo, y yo la seguí hasta su mesa, a donde llegó astutamente recobrada de su aventura y con el aire más inocente del mundo. Deseché el *továrisch* (camarada) que me habían enseñado en ruso:

—*Gospoyá...* —o sea, señora agradecí inclinándome como si estuviéramos en el casino de Palencia.

Y al marido:

—*Gospodín...* —que quiere decir señor.

BIBLIOGRAFIA:

Contar y seguir (incluye entre otros: *El regreso, Del monte y los caminos, Cancionero de Sagres, Dibujo de figura*), *Un sitio para soledad, La costa de los fuegos tardíos, País de los Losadas, Una ventana a la carretera, El ingeniero Balboa y otras historias civiles, Historias veniales de amor, Los brazos de la i griega.*

MERCEDES SALISACHS *

FELIZ NAVIDAD, SEÑOR BALLESTEROS

Se despertó como se despertaba todos los años al llegar la fecha señalada; entre emocionado, alegre y un poco incómodo: «Debo ir allí», se dijo, «no tengo más remedio», y venciendo la pereza, saltó de la cama.

El rito de su traslado había empezado hacía ya varias navidades. Era una costumbre impuesta que guardaba celosamente para que no se burlaran de él.

Pocos días antes del acontecimiento, lo iba preparando todo entre masaje y masaje. Había infinidad de cuerpos averiados, obesos, deformes o simplemente aburridos, que los médicos se empeñaban en poner en sus manos: «hernia discal», «artrosis en las manos», «piernas recién desescayoladas...»

—Ya sabe usted, Ballesteros; no es preciso indicarle cómo debe tratar al enfermo.

Ballesteros era ducho en la materia:

—Descuide usted, doctor.

Tenía fama de ser el mejor masajista de la ciudad y él lo sabía Pero no se vanagloriaba. Vivía solo y la soledad no suele prestarse a alentar soberbias y vanidades.

Aquella mañana fue a la cocina y se preparó el desayuno sin prisas. Nada de «apresúrate, Rogelio, que vas a llegar tarde» Los clientes no ignoraban que los días de Navidad eran sagrados para él, y apenas se atrevían a solicitar sus servicios.

Después echó una ojeada al cesto. Era preciso cerciorarse de que no faltaba ningún ingrediente: pavo trufado, ensaladilla rusa, pastel

---

* Nace en 1916. Perito Mercantil, Premios Ciudad de Barcelona, Planeta, Los Mejores de España, Ateneo de Sevilla, Sara Navarro.

de manzana, barquillos, turrón, café, champán... Como hacía frío no creyó conveniente meter la botella en la nevera. «Total...»

Se vistió despacio. El traje dominguero, la cobarta de seda natural que le había regalado Catalina poco antes de abandonarlo, el pañuelo blanco asomado por el bolsillo de la chaqueta... Al mirarse al espejo, Rogelio Ballesteros torció el gesto. No era un hombre agraciado. Nunca lo había sido: cuerpo abreviado, piernas cortas y arqueadas, brazos excesivamente largos, rostro como hecho a pedazos y manos desmesuradamente desarrolladas. Nada en su porte justificaba el que una mujer bonita como Catalina se hubiera fijado en él. Por eso, mucho antes de que Catalina se fuera, Ballesteros solía repetir a todo el mundo que su boda había sido un milagro.

—Pero, ¿tú me quieres? —le preguntaba de buenas a primeras entre asombrado e incrédulo.

Y ella, acaso para eludir la respuesta, rompía a reír. Tenía una risa sonora, un tanto burlona, pero que se metía muy adentro y resultaba difícil olvidar:

¿A ti qué te parece?

Lo que de verdad le parecía era que sólo aquella mujer podía hacerlo feliz. «Da lo mismo que me quiera o no me quiera. Yo no podría vivir sin ella.»

Luego nacieron los hijos: Luis, Federico y Lorenzo. Se parecían a su mujer y Ballesteros, cuando los miraba, volvía a decirse que aquello no podía ser verdad, y que si lo era, no podría durar demasiado. «Nadie tiene derecho a ser tan feliz mucho tiempo...»

Durante años y años fue llevando las fotografías de aquellos hijos en la cartera para enseñárselas a los clientes: «Este es Lorenzo, éste es Luis...» Los clientes lo felicitaban, le decían que sabía hacerlo todo muy bien y en seguida volvían al tema de sus dolencias: «Esa pierna, ese hombro...»

Su trabajo era cansado, pero bien retribuido y Ballesteros tenía posibilidades de ahorrar para que el día de mañana, aquellos niños pudieran ser hombres de provecho.

A veces Catalina estallaba en entusiasmos:

—Eres el mejor hombre del mundo. No hay masajistas como tú.

Y los hijos, cuando la veían tan eufórica, sonreían. Así fueron aprendiendo a respetar y a admirar a su padre.

Casi todos los veranos, cuando el calor arreciaba, Ballesteros se permitía unas vacaciones y se llevaba a la familia a un pueblecito de la costa. Allí dejaba de ser «el masajista» para ser únicamente don Rogelio Ballesteros.

Su mayor ilusión era jugar con los hijos, bañarse con ellos y enseñarles a lanzar piedras contra el horizonte dejando redondeles en el mar.

—Algún día tendréis más fuerza que yo —les aseguraba cuando los redondeles que los chicos dejaban en el agua, se quedaban a medio camino de los que él provocaba con sus piedras.

Catalina, desde la playa, los miraba complacida. De pronto la risa de siempre y el «preparaos para el almuerzo» y el «dejaros de juegos que hay que comer...»

Almorzaban bajo el toldo de lona que habían instalado en la terraza: la piel sensible por la tostadura, los ojos chispeantes algo irritados y los proyectos apuntando en cada palabra.

Pero lo que más regocijaba a Rogelio Ballesteros era la celebración de la Navidad. Solían reunirse los cinco en torno a la mesa de su casa, sin más testigos que las cuatro paredes del comedor, los muebles, los cuadros y el Belén que Catalina preparaba, allá en el hueco de la chimenea.

Los niños rompían a cantar villancicos y las horas pasaban sin que se dieran cuenta de que el tiempo se les iba.

Súbitamente un año dejó de tener relieves. No hubo verano en la playa, ni brotes en los árboles de la calle, ni lluvias de otoño, ni frío de invierno ni, por supuesto, Navidad. Fue un año arrancado del calendario. Un año despegado del tiempo.

Ballesteros dio un bajón muy grande aquel año. Los clientes decían que ya no tenía la fuerza de antes y que sus masajes no eran los mismos... Sin embargo el desmoronamiento del masajista no duró mucho tiempo. Todo fue cuestión de mentalizarse. En fin de cuentas los niños eran ya mayores y su mujer, aunque todavía bonita, iba para vieja.

Por otro lado, ¿qué puede hacer un hombre si lo dejan solo? Rehacer su vida. No le quedaba más remedio. Lo primero que había que ahuyentar era el rencor. Era preciso someterse y dejarse de venganzas inútiles. La vida era así y había que aceptarla tal cual era. «En fin de cuentas la felicidad no puede durar eternamente...»

Al principio alguno de sus clientes más antiguos, se atrevía a abordarlo:

—Así que se han ido...

Y él, metiéndose el dolor alma dentro, esbozaba una sonrisa resignada.

—Fue una fuga. Sí: una auténtica fuga.

—¿Se despidieron de usted?

—No. Sólo se fueron.

Para no herirlo, dejaron pronto de hablarle de aquella fuga en masa. Y el fraseo se reducía a los temas de siempre: «El hombro me duele; esas malditas humedades...»

Ballesteros asentía. Se quitaba la chaqueta, se arremangaba las mangas de la camisa, se colocaba el delantal y se abocaba al masaje con los bríos habituales.

Al llegar a su casa se preparaba él mismo una cena frugal, se metía en la cama, pensaba en la injusticia de aquella huida y se perdía en seguida en los vahos del sueño.

No tardó mucho en acostumbrarse a la soledad. Como era una soledad llena de recuerdos resultaba bastante fácil soportarla, incluso podía imaginar que los hijos lo seguían admirando y que la mujer, a pesar de haberse ido, lo continuaba queriendo. Bastaba evocar los pasados años de unión perfecta para recuperar un poco aquella felicidad perdida. «Nada puede barrerse de la noche a la mañana —se repetía una y otra vez para convencerse de ello —siempre queda algo...»

Un buen día se le ocurrió hacer gestiones para pasar la Navidad con ellos. No hubo inconvenientes. Nadie le negó su deseo. Por eso, cuando algún cliente solicitaba sus servicios en la jornada navideña, Ballesteros respondía que no, que lo sentía mucho, pero que aquel día lo reservaba para la familia.

Lo cierto es que nadie se acordaba ya de que la familia lo había abandonado y que su mujer y sus hijos se habían separado de él sin despedirse.

—Tiene usted razón Ballesteros. La Navidad hay que pasarla en familia.

El recorrido desde su casa al lugar del encuentro, era largo, por eso, casi siempre lo hacía en taxi. Se apeaba junto a la verja y aguardaba a que le abrieran:

—Feliz Navidad, señor Ballesteros.

—Feliz Navidad —contestaba él casi sin mirar al que le franqueaba la entrada.

Después, con el cesto colgado del brazo, Ballesteros rompía a andar jardín adentro; el paso cada vez más torpe, las piernas más arqueadas y la bufanda bien sujeta al cuello para evitar que el frío quebrantara su precaria salud.

De pronto se detenía. Dejaba la cesta en el suelo. Extendía el mantel sobre un fragmento de grama y leía la lápida: «Aquí yacen en la paz del Señor Doña Catalina G. de Ballesteros y sus tres hijos Lorenzo, Luis y Federico, víctimas de un accidente de circulación ocurrido en...»

Comía despacio, hablaba con ellos y por último, alzando su copa de champán, brindaba por la felicidad de todos.

BIBLIOGRAFIA:

Primera mañana última mañana, Carretera intermedia, Más allá de los raíles, Adán helicóptero, Una mujer llega al pueblo, Pasos conocidos, Vendimia interrumpida, La estación de las hojas amarillas, El declive y la cuenta, La última aventura, El gran libro de la decoración, Adagio confidencial, La gangrena, Viaje a Sodoma, El proyecto, La presencia, Derribos, La sinfonía de las moscas, Feliz Navidad Sr. Ballesteros, El volumen de la ausencia, Sea breve por favor.

FERNANDO SANCHEZ DRAGO *

ANABASIS

«*Querían cohabitar a la vista de todos con las cortesanas que iban en el ejército: tal es la costumbre entre ellos. Todos los hombres y las mujeres son allí blancos. Los griegos decían que éste era el pueblo más bárbaro que habían encontrado, aquél cuyas costumbres diferían más de las griegas. Hacían en público lo que otros en secreto y a solas se conducían como si estuvieran entre gente; hablaban consigo mismos, reían y se ponían a bailar en cualquier sitio donde se encontrasen, como si alguien pudiese verlos*».

Jenofonte, *La retirada de los diez mil*, lib. V, cap. V.

La noticia venía en las páginas dedicadas al consejo de ministros. Decidí releerla meticulosamente por si había truco en la redacción o desliz de mis ojos, aún aletargados por el sueño, al interpretarla. Puse el periódico a la luz y deletreé con lengua estropajosa: «*Gobernación*. Decreto-ley disponiendo el cierre definitivo de las casas de mancebía o lenocinio y similares. Las productoras del ramo podrán acogerse a los subsidios de desempleo y asistir, si así lo desean, a cursos de rehabiltación organizados al efecto en los centros de beneficencia adscritos a este Ministerio. La medida entrará en vigor a partir de la publicación del presente decreto-ley en el Boletín Oficial del Estado. Mientras tanto, los agentes de seguridad podrán intervenir a título preventivo, ya sea de oficio u obedeciendo a denuncia, en todas aquellas situaciones que a su leal entender atenten contra el espíritu de esta disposición. Las infracciones serán castigadas de acuerdo con lo señalado por el Código Penal en lo tocante a la tutela del decoro y al manteni-

---

* Nace en 1936. Licenciatura en Filosofía y Letras (Filología Románica e Italiano) por la Universidad Complutense de Madrid. Ha sido profesor dentro y fuera de España. Corresponsal y columnista de varios diarios españoles y colaborador de numerosas revistas. Fundador y director de la revista *Aldebarán*. Premio Nacional de Literatura.

miento de las buenas costumbres». Un recuadro en negrita comentaba favorablemente la decisión del gobierno.

Aparté el periódico y volví al desayuno. El reloj del comedor dio campanudamente la hora. Mi padre se recortó bajo el dintel.

—Buenos días —dijo. —¿No vas a la universidad?

—Sigue cerrada.

Corría febrero del 56.

Añadí con un hilo de voz y de esperanza:

—¿Cuánto tiempo suele pasar desde que el consejo de ministros aprueba una ley hasta que se aplica?

—Depende.

—Depende ¿de qué?

—De lo que diga la ley.

Era un maestro de la tautología. Le tendí el ABC —estaba ya instalado en su silla habitual, frente al tazón, las galletas María y la mermelada de albaricoque y me levanté. Pero los padres de aquella quinta no soltaban así como así una presa.

—¿Por qué lo dices? ¿Han aprobado alguna ley que rece contigo?

Siempre tuvo buena puntería. Grazné:

—Simple curiosidad.

Y salí de la habitación antes de que la metódica lectura del evangelio matinal lo condujese al punto crítico.

Como crítica era mi situación, aunque —de momento— no desesperada. Cabía curarse en salud. Fui al cuarto de estar y marqué el número de Jaime. Contestó de malas pulgas: dormía. Expuse fríamente los hechos, mis intenciones y la jugarreta del destino.

—Desolé —comentó entre afónico y taciturno. —Mi madre tiene gripe y no hay la menor posibilidad de que abandone la garita. Prueba con Rafael.

Lo hice. Me preguntó que si estaba borracho.

Llamé, por inercia y espíritu castrense, a otros amigos. Quiniela fácil. Todos vegetaban en el seno de familias tan apestosamente burguesas como la mía. No hubo novedad.

Escogí la puta rue, tiré hacia el Retiro —mejor eso que gastar un solo duro de los setenta y dos que llevaban nueve días encaneciendo en la cartera— y me senté a masticar rencores en un banco.

Iba a dar la una, con sol de invierno y gris del Guadarrama. Miércoles laborable: los varones en el tajo y las hembras a gallear. Un desfile de criaditas madrugadoras, de colegialas con uniforme, de novias requetecompuestas, de adolescentes teticapullas, de vejesterios culengreídas, de enjambres sin zángano, de empollonas con libros de latín, de abadesas en maxifalda, de gallinas rumbo al estanque, de hipertropes líricas y de gamberras en flor. Todas, inúltimente, me recordaban lo mismo.

Asentí con un gesto maquinal. Tenía yo entonces veinte octubres en el carnet y eran lo que se dice otros tiempos. Tiempos de no jalarse una rosca, de cinco contra uno por las noches, de salivosos besos a hurtadillas y carnaza de foxtrot, de mirar, soñar y pasar de largo. Quien lo vivió, lo sabe. No existían coches, ni parientes comprensivos, ni jardines sin vigilancia, ni amiguetes con apartamento, ni comunas ecológicas, ni chicas que no fueran vírgenes, ni casi oscuridad o alrededores. El sexo era dimensión a solas y, de tarde en tarde, un guateque, un anuncio de lencería, una calleja con los faroles descosidos a pedradas, un quiero y no puedo de tranvía o autobús, una sorda escaramuza en la retaguardia de cualquier cine y —a veces, a lo mejor y a secas— el culo de una marmota inclinada para fregar.

Joaquín —premio Adonais antes de hacer la mili— se achicharraba en los vagones del metro, entre Sol y Cuatro Caminos y a las horas punta, arrimando la tela de su gabardina con grenchudo forro de borrego, e imaginen por qué parte, al tafanario de candorosas modistillas envuelto en paño de Béjar, franela tubular, corsé de hormigón armado y bragas de lona virgen. Después —calofríos y sudores— historiaba el tripoteo en el bar de la Facultad.

Rafael —imposible conciliador de Marx y Bakunin— fundía las vacaciones en campos mixtos de currele. Y el resto del año, a silbar (afilándose la verga). Aclaración inútil: tenía pasaporte.

Julián le tentaba las carnes y le sacaba los cuartos a una señorita de doble joroba que a la sazón, tras siete lustros largos de servicios, desempeñaba ambiguas funciones en un achacoso despacho del tercer piso del Ministerio de Educación. Cierto día, en el cine y en lance masturbatorio, el frenesí de la rijosa hizo saltar una ballena metálica desde Dios sabe que ortopédicas honduras y al pobre Julián tuvieron que darle cinco puntos en un párpado.

Otros, menos camorristas, preferían el placer de la lectura. En la Biblioteca Nacional estaba prohibido casi todo, inclusive Boccaccio, pero la represión es la escuela del ingenio. Así que rellenaba el obsexo la ficha con cualquier título irreprochable o, mejor aún, piadoso (*Florilegio mariano, Apotegmas del Corazón de Jesús, Gracias de Santa Teresita...* Todo colaba), especificando a continuación la signatura correspondiente al volumen de *carne* y *hueso* —Vargas Vila, Belda, Zamacois, Felipe Trigo: de ahí no pasábamos— que su lujuria impetraba. Y ¡alemanita!, como decían los chuletas de entonces sugiriendo una hache inicial y separando las dos primeras sílabas de las tres últimas.

Otros bálsamos, lenitivos y desahogos consistían, para los bachilleres, en espiar parejas por los desmontes del alfoz urbano, importunándolas cuando la erección cedía— con gruñidos porcunos o misteriosos proyectiles (que a los cuitados debían de antojárseles verdaderos ovnis); y, para nosotros, en perseguir infructuosamente a las zorrastronas del curso de extranjeros o en esperar a que salieran entre función y función las coristas de La Latina con objeto de espetarlas a quemapechuga cualquier piropo salaz. Los más audaces merodeaban jueves y domingos, a eso de las cuatro y para arponear marmotas, por las inmediaciones de *La Flor Mallorquina* —metro de Sol, salida Mayor— o se adentraban, a partir de las siete y por lo mismo, en los bailongos subterráneos de criadas y de horteras. Audaces, dije, porque la bizarra intentona se resolvía las más de las veces en soplamocos y pies para qué os quiero. Las maritornes de aquella década prodigiosa eran tan resbaladizas, colmilludas y asilvestradas como Moby Dick. ¿Burladero? Sólo uno, los uniformes del glorioso ejército de tierra. Anjel Conjota (dicho sea con el apodo fonético que motu proprio se adjudicó) sacaba los domingos por la tarde unos astrosos arreos de sorche —arma de Intendencia— procedentes del Rastro y allá que se iba, rumbo a cazaderos de fregonas, para ligárselas con el incentivo del caqui. Ocho años duró el asunto, hasta que el mílite de quita y pon sentó plaza de archivero en una biblioteca de pronvincia. Lo gracioso es que Anjel tenía un cojón colgado y, aduciéndolo, se libró de servir a la patria (y a sus defensores).

Más sucedáneos: las turistas (a condición de no ser irlandesas. Que se lo pregunten a Lucas, víctima de un botellazo en la chola sacudido por una cristiana de Dublín a la que precisamente, aunque en reflexivo, quería sacudirse), las novias (punto y aparte. Por cuatro sobos y tres pellizcos te pasaban la factura en tul ilusión), las marmotas domésticas (entre emputecidas y amaestradas), las profesionales (oh, témpora) y los golpes de suerte. Ahí mi caso.

La racha empezó seis meses antes y duró menos de uno. Veraneaban los míos, y yo también, en la alicantina playa de San Juan. Cerca, en el hinterland, funcionaba por aquel entonces una residencia femenina de Educación y Descanso, FET y de las JONS, Juventudes Nazis, Auxilio Social o algo por el estilo, pues no hay memoria capaz de retener las muchas chorradas en siglas que la postguerra nos trajo. Sería, digo yo, lo de Auxilio Social, a tenor de como lo practicaban las pupilas, casi todas pimpollos de buenas agarraderas y breves entendederas, que durante las horas diurnas recibían lecciones tuttifrutti —zapatitos de bebé, puntos de cruz y de la Falange, budines de bacalao— en los salones de Villabragas, y que al caer el sol, con la fresca, salían como mihuras de paseo, ora en grupo y hacia el chiringuito de Carrasco, ora por lo bajinis y de una en fondo escoltadas por el moscón de turno y con los mascarones de proa apuntando hacia el sabroso cobijo de la oscuridad en que voluptuosamente se bañaba el pueblo.

Las internas de aquel antro no pertenecían ni por ley de apellido ni por decreto de monises a lo que entre bromas y veras, y alrededor de una horchata, llamaban mi mundo sino a lo que mis padres y los padres de mis compadres hubieran llamado, caritativamente, el medio pelo con champú de borrajas (etiqueta que nunca llegó a esgrimirse porque nunca se percataron de mi promiscuidad *off limits*). Y —oh, bondad y prodigio de la lucha de clases! —aquellas chavalas, por mi fe, jodían. No todas, claro, pero sí algunas: las necesarias, las suficientes.

Manoli, por ejemplo. La conocí en una refriega de buguibugui y dejé que se me llevase al huerto en mi escuter con sidecar. Sabía del asunto. Catalana (no. Charnega), rubiales, pechugona, labios de saxofonista, ombligo helicoidal, amelocotonada, caderas de besamel, dedos vigorosos, culo grande, algo de bigote, dos michelines en la barriga y todo el intríngulis salvado in extremis por la juventud. Calzaba veinte primaveras cabales y salía, sin un mal gesto, de tres noviazgos sucesivos y desvirgadores. Quería ya ser, y llegó a ser, azafata de muslos cruzados en el vestíbulo de cualquier empresa. Me enseñó latín: el que me faltaba (aunque luego viniese la vida a enseñarme todo lo que se ignora después de saberlo todo). Fue un verano —apenas un mes— de sexo, sexo en la playa, sexo de gándara y matorral, y de algarroba, y de rosquillas con hinojo, y también puesto que no hay jodienda prolongada sin su poquito de amor, eso, un verano de diminuto amor.

Después, lo de siempre: octubre, el otoño, alguna carta, un pensamiento, casi nada más... Y ahora, de sopetón, nueve días antes de que don Francisco Franco (¡madera!) volviese a cagarla por enésima vez con el invento de redimir prostitutas y escachifollar usuarios, tate, la extremaunción en forma de lacónico billete remitido por Manoli, el anuncio de una visita al galope, entre tren y tren, llegada del correo de Barcelona a las quince y quince, salida del expreso andaluz —una tía por parte de madre ha parido en Morón. Hay que ayudarla— a las veintitrés, casi ocho horas de libertad madrileña para reverdecer ardores, los dos con ganas, los dos con la ilusoria huella de un encoñamiento olvidado, los dos —o quizá yo solo— con seis meses de furiosa abstinencia sobre el espaldar, muy bien, pintiparado, Dios no ahoga, árnica para un moribundo, pero... ¿dónde, entre qué sábanas, bajo qué desconchado techo, sobre qué mohoso jergón, en cuál indecente escondrijo?

¡A Roma por todas, por lana, por lo que sea! Será, al fin, en una casa de citas. Están para eso, ¿no? Leyendas que corren de boca en boca, mitos que se deshacen en dulce semen, fábulas que atizan el sueño pegajoso de los impúberes. Dar con ellas no resultará difícil. Amigos de más edad y mejor pedigrí se habían encargado de desviar mi atención, en tardes de asueto y picardía, hacia el peristáltico sucederse de oscuras parejas tragadas por la sombra de portales oscuros. Que yo no había olvidado: Echegaray, Matute, Tirso de Molina, un chaflán ominoso cerca de los Mostenses, dos o tres espeluncas por Espíritu Santo... Manoli es de Barcelona, emporio de los *meublés*. Aceptará. Segundo problema: los años. Resuelto. Cumplió ya los veintiuno. A mí faltan meses, pero con los tíos hacen la vista gorda: una propineja y a menear el colchón. En cuanto a la pasta... Empeñaré la máquina de escribir.

Nueve días de paladeo, de contención nocturna, de manos en los bolsillos. ¡La gran fecha! Y zas: por la espalda, a traición, el decreto-ley de esos hijos de puta que se atreven a dejar a sus madres sin trabajo. ¿Y ahora? ¿Una copita y barajar? ¡Por aquí! Queda el recurso —la obligación— de probar suerte. No pueden desactivar el tinglado en una tarde.

Conque miré el reloj: la una y media. Hora de bajar, sin prisas, hacia la estación. El monstruo de metal y vidrio seguía allí. Las gachises me citaban, como a un burel, con el revuelo de los abrigos. Las gamberritas —ojos irónicos, muslos mordaces— me rozaban. Busqué el tablón de anuncios: treinta y cinco minutos de retraso. O sea: tiempo de sobra para un bocata de calamares. Crucé la glorieta, localicé un tascucio y me acodé junto a una furcia de perfil oxigenado. Furcia de nacimiento. Furcia a rajatabla, prueba de bomba y machamartillo. Furcia del pezón al clítoris. Y Furcia pico de oro, despachándose sobre el tema del día con la labia de un cura en el púlpito. Pero ningún interlocutor —el camarero, el grifo de la cerveza, el cartel de toros, el borracho *full time,* el espejo de estilo floreal, ella misma reflejada en él— parecía interesarse por su discurso. Así que la emprendió conmigo:

—¿Y a usté que le parece, joven?

—Una vergüenza.

Bebí, me limpié la espuma, aclaré la voz y cogí la ocasión en marcha:

—A propósito... ¿Sabe usted si la cosa afecta también a las casas de citas?

Casi un trabalenguas y con rubor. Pero ahí estaba.

—Natural. Si las dejasen abiertas, el negocio seguiría por libre.

—¿Cuándo cree que las cerrarán?

—Eso, a saber... Depende de los redaños de la patrona.

—¿Conoce algún sitio por aquí cerca?

Sonrió de babor a estribor. Sus bucles daban calambre. Las tetas se le asomaron al escote. Me acercó un muslo zalamero. Apeó el usté.

—Chacho...

Deshice con precipitación el mal entendido:

—Perdone... No iba por usted. Tengo una cita.

Las tetas regresaron a su lugar de origen.

—Bueno, hay dos o tres... —parecía resignada. —Pruebe ahí detrás, enfrente del San Carlos. No tiene pérdida. Es en el portal de la churrería. Tercer piso...

Ya se orientaba hacia otros apostaderos.

El tren llegó resoplando, estornundando, escupiendo, meando, cagando. Frenó entre rechinar de dientes. Vi su cabeza —la cabeza de Manoli asomada al pretil costroso de una ventanilla. Tardé más de lo prudente en reconocerla: me faltaba la piel oscura del verano. Se había puesto de dulce, muy arreglada y muy pintada, casi con rabia.

Lo primero, después de intentar besarnos con agudo déficit de convicción, fue el trajín de la maleta y la consigna. Le pasé el resguardo.

—No vaya a ser que en el último momento se nos olvide.

Salimos de la estación rechazando taxistas, mozos de chupa azul y expertos en la suerte del tocomocho. Me volví hacia ella. Estaba más delgada, más guapa y más lejana. Se lo dije. El primer adjetivo suscitó una sonrisa, el segundo la acentuó, el tercero la borró.

—Tú también.

Daban las cuatro: pésima hora para tertulias metafísicas. Derivé hacia argumentos más tangibles.

—Tendrás hambre.

—Algo.

Repetición del bocadillo de calamares, esta vez sin furcia. Aproveché su rastro para plantear crudamente la cuestión.

Pausa. Se puso a hurgar con una uña granate en las rendijas de la mesa.

Insistí:

—No veo otra solución.

Levantó la mirada, se echó a reir y dijo:

—Claro.

Sólo entonces la reconocí. Ya se nos enredaban las manos, las intenciones, las rodillas...

—Pues al ataque.

Me esperó frente a la churrería. Gesto inquisitivo.

—Nada. Que si estoy loco. Que a quién se le ocurre en un día como hoy.

Repitió el gesto.

—La verdad, no sé... ¿Y si nos pusiéramos en manos de un taxista? Los taxistas son unos linces para estas cosas. Se conocen todos los tugurios al dedillo.

Volvimos a la estación.

—Pasa dentro y espérame junto a las taquillas.

Elegí un tipo de bigote, huesudo, cuarentón, con entradas, tirando a zarzuelero. Al principio no entendía. Tuve que repetírselo tres veces.

Me miró con sorpresa y con burla.

—¡Pero si no das la talla!

—Dentro de unos meses cumplo veintinuo.

—¿Y ella?

—Mayor de edad.

—No va a ser fácil. ¿Sabes qué...?

—Sí, lo sé.

—¿Dónde hay que recogerla?

—Está aquí.

—Tráela. Pero sin compromiso. ¿eh? Luego no me vengas con reclamaciones.

La contempló a sus anchas, con retíntin y regodeo, como si fuera suya y de todos: el precio de la época. Pero no dijo nada y se lo agradecí.

También le agradecí a Manoli el desparpajo, la naturalidad. No parecía azarada. Pensé que en Madrid éramos unos palurdos, me arrellané a su vera, arimé el anca, le eché el brazo por el hombro, la empotré en la axila, enchufé la red, noté la sangre, trinqué de un zarpazo su rodilla y barboté:

—¿Has ido otras veces?

Los ojuelos del taxista me miraban por el retrovisor.

—¿Adónde?

—¿Cómo que adónde? A sitios así, como el que estamos buscando.

—¿Tú no?

La primera parada fue en la calle de la Cruz. Nuestro hombre ordenó perentoriamente que le esperáramos, se apeó y desapareció por una esquina. Aproveché el resquicio para chutar un beso. La falda resbaló. Atisbé la empuñadura de la entrepierna tiznada por el liguero. Se resolvía en ángulo agudo. Busqué su vértice. Toqué humedades rugosas. El ángulo pasó a obtuso. Me demoré, me distraje. Notaba algo desconocido en aquella piel invernal: la urdimbre insolente de las medias. Sostuvimos el beso. Reincidimos en él. Lo retorcimos. Nos vio una viejecita (siempre había viejecitas. Eran las columnas del Régimen). Rezongó. Manoli jadeaba al ralentí. El taxímetro hacía tictac.

—Nasti —dijo su propietario, reapareciendo. —En el primer sitio no había ni Dios. En el segundo se han cabreado, porque éstas no son horas.

Traía los mofletes a cien. ¿Una robustiana en el portal? ¿Un desahogo furtivo a nuestra salud?

Masculló:

—Como si para eso hubiera horas...

Segunda tanda de bandazos por las calles de un Madrid que se desperezaba. Las cinco y veinte. Tictac. Vueltas y revueltas. Chaflanes. Esquinas. Semáforos. ¿Estiraba adrede los tiempos para trabajar con la vista? Sus ojos seguían chispeando en la superficie del retrovisor. Los peatones —jetas, lentes, sombreros, tabardos— dibujaban una cinta continua más allá de los cristales. Manoli y yo nos arrimábamos y desarrimábamos con la inercia de las curvas. Llevaba la ropa a la remanguillé, caído el busto, desparejadas las piernas, roto el perfil, arriado el pelo.

Parón en los bulevares.

—Quedaros ahí, en la taberna. A lo mejor me entretengo.

Caricias varadas. Algunos clientes por el mostrador. Un café solo, un carajillo. Cuchicheos.

—¿Hay que tomar precauciones?

—Por desgracia.

De cajón. Otro gaje de la época. No había entonces diafragmas, píldoras ni término medio: o joder con funda o apearse en marcha por la tremenda. Y más valía el condón, porque lo segundo originaba reacciones absolutamente imprevisibles. Al borrico de Colás le espetó cierta fámula consentidora después de un casquete interruptus:

—Guarro, me has meado.

Y el hombre no volvió a levantar cabeza.

Conque dejé a Manoli en su rincón, busqué una farmacia e invertí tres machacantes en un estuche de cinco gomas. Al pasar junto al taxi, ya de regreso, eché un vistazo al contador: sesenta y seis. En consumiciones y coñas se me habría ido otro tanto. Mermaba el capital, crecía la lujuria y se despepitaban los minutos. Miré el reloj: menos de cinco horas por delante y casi tres por detrás, tiradas limpiamente a los perros. El taxímeto seguía a lo suyo.

Deseché la posibilidad de pedir una copa.

El auriga asomó la gaita y dijo:

—Vamos.

Luego, ya en el coche, aclaró:

—La señora de aquí arriba, una rubiales de armas tomar...

Pausa, torsión de la cintura para comerse con los ojos a Manoli y análisis del efecto producido.

—...dice que no quiere follones con guayabos.

Requetepausa y, en sordina, aparte con Manoli:

—Lo de guayabo es por él...

Gesto de costadillo.

—...que todavía está a Pelargón.

Y remate del asunto principal:

—Pero me ha dado unas señas.

Salí por los fueros de mi virilidad:

—¿Puede saberse cuáles?

—Por Jardines.

—¡Pero si venimos de esa zona!

—¿Quieres o no quieres una cama?

Me la envainé. Clavé los ojos en el trasportín. Escuché de soslayo la Gran Vía.

Manoli, seguramente para quitar hierro, me la desenvainó. Parecía un as de bastos. La miró, la admiró, la sopesó, la oprimió y, rinran, la encapuchó y descapulló in crescendo. El retrovisor estaba hipnotizado.

Jardines. Espera en Jardines. Salida de Jardines.

—¿Y ahora?

—Por mi barrio conozco un par de sitios, pero hay una tirada...

Su barrio era la Ciudad Lineal. En resumen: doce kilómetros de tumbos y virajes hasta naufragar en una procelosa geografía de hojalata, desmontes, merenderos y chalés desportillados. Reloj: las siete y diez. Taxímetro: ciento noventa y ocho. Empecé a preocuparme.

—¡Oiga, que no llego ni a las cuatrocientas pelas y además se lo aviso!

—Tranquilo. Por estos andurriales va todo muy barato. Con cien del ala te arreglas.

Manoli susurró:

—Yo puedo poner otras cien.

—¿Y quién pone el tiempo?

Nos depositó en un ventorro —más gasto— y se fue para organizar sus pesquisas. Manoli me preguntó:

—¿Por qué prohiben las putas?

—Porque son gilipollas, tontos del haba, maricones y esbirros a sueldo del Vaticano.

—¿Has ido alguna vez con ellas?

Le devolví la pelota de los *meublés*:

—¿Tú no?

Y cogí carrerilla. Me explayé. Eche mano de la literatura y de la historia. Arranqué de Egipto, pasé por Grecia, mencioné Cádiz, recalé en Bizancio, di un rodeo hasta Oriente, dormí en Mongolia, paré en

249

Calcuta, volví por el Asia Menor, visité Génova, insistí en Barcelona, crucé el charco, inventé Las Vegas, recordé a Faulkner, me fuí a Moscú, tropecé con Dimitri Karamazov, cité a Maupassant, declamé al Aretino, regresé a Petronio, jodí en Copenhague, me extravié en Saigón, imaginé Acapulco, salté a La Habana y terminé en la calle de la Reina. Hablé de mí y de mis amigos. Exhumé episodios, rescaté anécdotas, confesé sinsabores.

—¿Dónde lo hiciste la primera vez?

—En Alicante y por un duro. Tenían el cuartel general en la puñetera playa, junto al ferrocarril de la Marina. Se te llenaban los zapatos de arena.

—¿Y la segunda?

—En Mérida. Fuimos un montón de gente de la Facultad para representar una obra de teatro. El despelote padre. Hubo quien se tiró tres días sin salir de la casa de putas. Ganado de primera, aunque talludito y maternal. Un polvo costaba siete duros, pero por una pela podías quedarte toda la noche de cháchara en la camilla, y menuda camilla, una plaza de toros... Bueno, pues allí, a tu aire: meter mano, leer la prensa, estudiar, lo que se terciara, incluso dormir... Y charlar, claro... Sobre todo, charlar, charlar de cualquier cosa, de Platón, de política, de fútbol, de mares del Sur... La tertulia más pipuda que haya visto. Por aquella habitación pasaba todo Dios: arqueólogos del Consejo, curas de paisano, maricones, intelectuales antifranquistas, guardias de la porra, señoritos de yegua jerezana... Yo tuve que joder un par de veces en un tabuco iluminado por una claraboya que daba al pasillo y en mitad de la faena la levantaban —a saber quién, una puta, un cliente, la señora de la limpieza, averígualo— y te decían: ¡ale, cachondo!, o cualquier otra chuminada por el estilo. ¡Qué tiempos! En Huelva conocí a una prójima que se había afeitado el coño para tatuarse encima la palabra *cochera*. En Cádiz me enredó una individua como de diecisiete años, lo que se dice un bombón, y fuimos a su casa, una de esas casas pobres andaluzas, con patio en el centro y todas las habitaciones dando a él, sin puertas, separadas sólo por unas cortinas, y carajo, junto a nosotros, pared por medio, seguro que no te lo crees, estaba palmando su madre, o por lo menos pasándolas canutas, pero que muy canutas, con estertores y quejidos de aquí a Lima, te lo juro, y sobre la cama había un cuadro de la Virgen, un cuadro no, un recorte de periódico con un marquito de mierda, y debajo la clásica lamparilla de aceite, bueno, pues va la chorba, ya despatarrada y en cueramen, por cierto, qué pelambrera, va, digo, y moja los dátiles en el aceite y se los pasa por el chocho, y yo me quedo pasmado, me suelta: es para lubrificar. Aunque todavía peor, o mejor, que con el puterío no hay quien se aclare, era lo de Madrid, precisamente por Atocha, en la cuesta de Moyano, con un carcamal de cien castañas, bueno, quítale treinta, me quedo corto, que tenía, increíble, una pata de palo, y la hincaba, qué digo, la atornillaba en un agujero, siempre el mismo, que ni pensado a propósito, y así, apalancada, pues eso, a follar por unas gordas. O también las que montaban el negocio en unos jardincillos con árboles, de noche, claro, y lo hacían recostadas en el tronco, qué escena, y antes de empezar te preguntaban: ¿con o sin clavo?, y tú: ¿cómo que con o sin clavo?, y la tía: como lo oyes, primavera. Con el clavo te sale por cinco duros más, y tú: explícate, y ella: ¡anda éste! Si será paleto... Y por fin te descubría el intríngulis, o sea, echar el muslo, el muslo de la pájara, se entiende, sobre un clavo de la hostia, pero de la hostia, como para jugar a robaterrenos, que la muy guarra había hincado en el árbol, a media altura, y con eso el coño se abría más, tipo ventosa, y te daba un gusto diferente o adivina qué... Y aquellas reputas del Bernabéu que tasaban al milímetro sus habilidades pidiéndote cinco pavos por un polvo normal y ocho por uno con ilusión...

Pero ya volvía el chófer: pupilas dilatadas. Os quedan dos horas. Arreando. ¿Y dónde? Allí mismo, al ladito. Una viuda que vive de su difunto, asesinado en Paracuellos, ya veis, medalla, pensión y enchufe, pero que redondea el peculio con cosas así. ¿Cuánto? Lo que te dije: veinte machacantes. Eso sí: sólo hasta las nueve y media, porque su hija sale del trabajo a las diez.

La casa era popular, subvencionada, falangista, mugrienta. Subimos al segundo: otra rubiales de aquí te espero. Bata con floripondios. Bigudíes. Tufillo a yogur. Pecho amelonado y temblón. Culo temblón y amelonado. Gran papada. Y lo peor: cejas fruncidas al verme.

—¡Pero si es un crío!

Hablaba con el postillón. Que se echó al quite:

—En el catre no hay diferencias.

—Pero en el carné sí. A ver, sácalo.

Intervine:

—Es inútil, señora. Tengo veinte años. Cumpliré los veintiuno en octubre.

—Pues te esperas a entonces.

Y sacudió sus cabellos de ángel oxigenado.

El taxita cambió de táctica:

—Desde hoy tan prohibido está para los unos como para los otros Así que...

—Así que nada. Con los mayores, multazo y resuelto. Pero con los chaveas, ¿sabes tú lo que me pasa con los chaveas? ¿Eh? ¿Lo sabes?

Pausa y expectación.

—Pues que me quitan el piso. Ni más ni menos. Porque éstas son casas protegidas. A ver si lo entiendes... ¡Pro-te-gi-das!

Conque dieron las ocho y otra vez estábamos en la calle. El taxista nos dijo:

—¿Por qué no os vais a bailar? Yo que vosotros me iba a bailar. Aquí mismo en La Casuca. Por quince duros tenéis merienda y poca luz. Os atomatáis y a otra cosa.

Le crucifiqué con la mirada.

—Está bien, está bien... Allá películas. Son doscientas veintinueve pesetas. Me quedo en el barrio.

—¿Y nosotros cómo volvemos?

—¿A Atocha? Tenéis que coger dos autobuses...

Se interrumpió bruscamente y dijo que nos iba a llevar a la parada. A los pocos minutos, en un recodo negro, paró el coche y nos miró. Las piernas de Manoli rasgaban la oscuridad.

—¿Por qué no lo hacéis aquí?

—¿Aquí? Está todo lleno de barro.

—No digo fuera. Digo aquí, en el taxi.

—¿Y usted?

Tardó en contestar. Casi no le veíamos la cara.

—Yo también.

Manoli me apretó el brazo. Dije con voz tensa:

—Llévenos al autobús.

Eramos muy jóvenes.

Arrancó y condujo unos instantes en silencio. Después, sin volverse, dijo:

—Me conformaría con ver.

Eramos muy jovenes. Ni siquiera tuve que responderle.

Nos dejó en la parada. Estábamos junto a un farol y aproveché la penumbra para mirarle. Había envejecido.

El autobús tardó en llegar. Y en irse. Madrid, cada vez más tupido, nos engullía. Bajamos en General Mola y cogimos el metro. Al entrar en la estación daban las diez. Gente por todas partes: una muchedumbre casi oriental.

Recuperamos la maleta, compré unos bocadillos y me despedí de Manoli. Dije:

—Avísame cuando pases de regreso.

Asintió.

Llegué a casa con sabor a carbonilla. Mi padre empezaba a releer el periódico. Mi madre formuló las preguntas de ritual:

—¿Dónde te has metido?

—Por ahí...

—¿Lo has pasado bien?

—Psch...

—¿Qué has hecho?

Contesté lo de siempre:

—Nada.

Y era verdad.

BIBLIOGRAFIA:

España viva, Gárgoris y Habidis: Una historia mágica de España, Cartas asiáticas y otros papeles de pan llevar, La España mágica.

RAFAEL SOLER *

LAS LUCES DE HIROSHIMA

El río Cam es un viejo tramposo que deja en la ciudad un leve rastro de algas, un tatuaje oscuro como la grieta aquella del baño, ¿te acuerdas, Kate?, que vigilaba paciente nuestro aseo personal, tus escurridos besos tempraneros. Marion dice que Cam es un río sabio porque guarda en sus orillas el testamento de todos los reyes de Inglaterra. Pero Marion tiene apenas nueve años, pronuncia tu nombre con frecuencia y ahora señala con su dedo rubio a esa tibia multitud que puebla lentamente las orillas.

—¿Dónde está?

—¿Dónde está qué, Marion?

—Hiroshima.

Robert coge las pequeñas barcas construidas por Marion, que son unas barcas hermosas con un flotador de corcho y unos juncos sosteniendo el papiro blanco, y dentro un dadito de cera con su mecha, y dice «aquí, hija», mientras lee en voz alta «peace», «1945», «Hiroshima». Robert insiste, «aquí» y luego me ofrece la barca en que Marion puso «SaLVi y KATe» con letra azul.

No debiste hacerlo. Después de veinte, años nadie abandona a su pareja con unos golpes en la espalda «adiós, Salvador», y una sonrisa desde el coche que tal parecías la novia que no fuiste, Kate, ojillos brillantes por la vida que aguardaba con él en otra parte, «también tú puedes intentarlo, Salvi, anímate». Eso dijiste, que lo intentara sin ti y mucha suerte. Yo levanté el brazo sin entender muy bien por qué te ibas, y allí quedó, colgado en el asombro mientras Luis se despedía, «perdona, chico, yo». Qué culpa tuvo él por recogerte.

Qué culpa tengo yo, Kate. Cuando hoy, al filo de las ocho, dieron la noticia por la radio, un silencio grande se puso con nosotros, y

* Sociólogo e Ingeniero Técnico. En Madrid comparte la docencia universitaria con su trabajo de Urbanista. Premios Cáceres, Ambito Literario, Ateneo de La Laguna.

yo me enredé con el nombre que Marion escribía en la barquita, K-A-T-e, hasta que Robert dijo «my God», y luego «Dios mío», y se miró el costurón de los zapatos «God, God», y otra vez el silencio, y la radio, y así hasta que Chris rompió a llorar, «¿qué vamos a hacer?, y Robert dijo «por favor, la niña» y luego mirándome, «¿Salvi?». Entonces el silencio se astilló por dentro en trozos pequeñitos, y cada trozo eras tú, Kate, y dolía. Así que dije «iremos» y Chris se sorprendió, «pero...», y Robert me lanzó un punterazo con ojos tristes de sabio.

—¿Podemos echar la barquita?

—Todavía no.

—¿Y encenderla?

Al río llega un rumor suave, pasos acolchados que dejan su pánico junto al pretil del puente. Un orador ofrece este Memorial por Hiroshima mientras cae la noche y Cam nos observa crecer a sus orillas. Hace agosto y frío y nuestro silencio es el silencio de todos, Kate, incluso de aquellos que ahora se cobijan en sus casas pidiendo que nunca más el fuego.

Nunca más nosotros, Kate. ¿Qué hago en la ciudad de Cambridge? ¿Por qué acepté la invitación de Chris y Robert para escapar de tí y cobijarme? Pero tú no estabas, Kate. Te fuiste deprisa con Luis Ramirez Denis, un hombre vulgar que anda por la vida haciendo fotos. Y yo no luché por retenerte. Ni supe, ni podría. Yo te gané una vez Kate, y a un cuerpo limpio. Y Luis lo comprendió, y aceptó tu decisión de inglesita propensa al matrimonio. Luis era mi mejor amigo, y un caballero: me rompió la mandibula y se fue del país por unos años.

Que buen reportaje haría aquí Luis R. Denis, corresponsal de guerra. Sobre el río desfilan ya las primeras sandalias blancas, reflejos que espejean en la mojada espalda de Cam. A nuestro lado, una señora intenta escuchar el transistor, y Robert se lo impide. La señora apricta levemente los labios mientras Robert le ayuda a fletar una llama más, «Hiroshima». Pero ella insiste, «déjeme, aún no han confirmado que», y Robert nos aparta un poco señalando al corazón del río.

—Qué hermoso.

—¿Han dicho algo más?

—Por favor, Chris.

La señora ha puesto una moneda en la barquita. Y eso, Kate, es algo que no logro comprender. ¿Recuerdas la Fontana que inventamos en aquellos parajes hostiles de Galicia? No había fuente, y tampoco sobraban las monedas. Pero mojamos mi cátedra de Historia con un ácido vino de pensión, espumoso y risueño como la fina lluvia que entonces envolvía a tus palabras: «la Historia del mundo es la historia de sus guerras...». Tenías razón. La guerra del mundo, nuestra guerra. Yo me esforzaba por explicar a mis alumnos que todo depósito de armas ha sido siempre utilizado; «¿siempre?», preguntaba algún escéptico. Siempre. Después volvía despacio a la mesilla donde ibas guardando esas cosas horribles y pequeñas: grisura, tedio, un levísimo y persistente insomnio. Acumulabas hastío como otros siembran disculpas nucleares. Y la Historia, Kate, es la historia de una misma guerra que utiliza en cada instante su arsenal: hacha, dardos, toses, silencios y misiles.

Rugen luminosas las velas sobre el Cam, y la señora despide a su nave y su moneda. El viento sopla fuerte ahora, y las luces guiñan su mensaje, «peace» y una con otra se acompañan. Pero la radio, my God, la radio.

—Salvi.

—¡...

—Deberías...

Asustada, Chris se arrebuja en su chal de oro mientras Robert me invita a terminar. El río se ha ido despoblando y cada vez son más los transistores que cruzan el puente para volver a casa, ¿dónde irán? Pero yo abrazo la barquita, «un momento», y los ojos sabios de Robert parecen entender.

Qué culpa tuvo nadie, Kate. Todo arsenal termina utilizándose. La Historia, que ha sido nuestro pan, es inflexible en este punto. Y tu arsenal, Kate, era un granero peligroso que estalló por sorpresa, «no soporto otro domingo en casa»; ¿por qué?», me pregunté sin sospechar que Luis había vuelto guerrero de Camboya. Nuestros domingos eran un apacible trotar por el periódico, un paseo sin lluvia, mi refugio. Y con tu marcha estallaron dejando un agrio sabor a soledad, un dolor, Kate, de buscar tus escurridos besos tempraneros. «Si quieres algo», se ofreció Luis al despedirse. Y yo golpeé su mentón sabiéndote perdida. Sirvió de poco: me astillé el pulgar y tres días después partías con él en viaje de trabajo.

—Quedas tú.

—Déjale, Marion.

Por el río descienden ahora todas las luces de Hiroshima, y yo te acaricio en esta torpe tela que pronto flotará hacia la noche. Y me pregunto, Kate, por qué tu muerte de novia que buscaba la aventura, qué hacías precisamente allí, subida con Luis R. Denis a un jeep que volarían los soldados: niños, Kate, que saludaron al intruso con su honda. Cuando sonó el teléfono, «es usted el marido de», yo apreté los puños apretándome contigo, «sí» y una voz lamentó el trágico accidente, «no respetaron la bandera blanca». Luego pregunté que a dónde enviaban tus objetos personales: un gemelo de nácar, la pulsera, tu cuaderno de hojas chamuscadas donde anotaste «Beirut, parar, no hay tiempo».

Si estuvieras aquí. También la radio dice que apenas queda tiempo. Y al salir de casa, Chris y Robert me cogieron del brazo como si nada pudiera suceder en este instante, cuando ya existen hachas y dardos suficientes. Robert insiste en que nada ocurrirá, demasiadas lanzas apuntando al centro de Moscú y de New York. Pero su gesto le traiciona cuando Chris dice «no se atreverán», y se encoge de hombros, y suspira.

Servidumbres de mi oficio historiador: se atreverán. Es la tercera alarma en pocas horas, y el mundo parece resignado a su explosión final, inútil y rotunda como tu muerte a las puertas de Beirut. Qué pensaría tu inocente verdugo si supiera que ya todos vivimos como él, pendientes de un grito que anuncie por radio a los misiles. Yo vuelvo entonces a nuestra vieja Fontana de Galicia, que nunca existió, y brindo por todos los que ahora nos sentimos ruines y pequeños.

Si estuvieras. Si ellos escucharan a la Historia, recuerda, Kate, los arsenales. Si nunca más un seis de agosto en Hiroshima, cuántos dardos quedarán en las entrañas de la tierra.

Huele a vida, Kate. Alguien me ofrece una cerilla, y yo me resisto a prender este último rincón donde te habito, mientras flota tu nombre por el Cam con el color del fuego.

BIBLIOGRAFIA:

El sueño de Torba, El corazón del lobo, El grito, El mirador, Cuentos de ahora mismo, Los sitios interiores.

258

VICENTE SOTO *

LA MANO ENCONTRADA

No sé, yo creo que es un zorro. Un animal ágil y cauto. Lo adivino en la noche, borroso entre unos matorales. Ha levantado la cabeza en el aire, apenas un dibujo de cabeza atenta y fina en una neblina de aire y de luna. Me siente. Sospecha que no estoy dormido. Huirá si muevo un dedo, un dedo sólo. Si sabe que sé que está ahí. Pero yo no quiero saber que está ahí. ¿Comprendes, idiota? Te lo digo lealmente. Te digo desesperadamente. No quiero saber que has levantado la cabeza, apenas un dibujo en un ramaje de rayas y sombras.

Pues mira, casi no lo sé. Ni eso ni que ya me he tomado una tableta de dormir y al rato, o al siglo, dos aspirinas. Porque eran aspirinas, porque no me he equivocado de frasco, porque no puedo querer equivocarme ni he podido equivocarme. Casi no sé nada de eso ni que me duele la cabeza. Aquí, así. Eléctrico. Un dolor de luz. Y de hielo. Aquí, detrás de los ojos. Ni que estás ahí ni que eran aspirinas. Y menos, aún lo sabré menos si das un paso, dos o tres pasos más hacia mí. Dalos como sólo tú sabes darlos: saltando en el arco de una llama a la luna, tu piel de zorro relumbrando a la luna y apagándose. Venga, ayúdame, ayúdate. Ayúdame a irme de mí mismo de manera que yo me quede aquí sin mí. Tendido y vaciado de mí, todo para ti. Mientras yo me voy por ahí. ¿Comprendes, idiota? Por ahí. ¿Eh? Yo qué sé. Por... la nada. ¿No?

Por la nada. No te vayas. Que te veo que te asustas y te esfumas para dejarme a solas con mi no dormir, sólo, todo yo sólo este hielo de dolor de luz. No te me vayas. Oye, palabra: ni te estoy viendo ni sé nada. Palabra de honor. Mira, ni tú ni yo ni nadie. ¿De acuerdo? Pero un momento, hombre, no te... Mira: hipnosis. ¡Un momento! Fíjate: ni tú, ni yo... Eso, hipnosis, fíjate, uno dos tres cuatro cinco seis siete ocho nueve diez once cincuenta y uno cincuenta y dos cincuenta y tres... setenta y nueve... ciento tres ciento cuatro cien...

* Nace en 1919. Traductor. Premios Nadal, Novelas y Cuentos, Hucha de Oro.

Es un resplandor que irá abovedando la noche en un túnel. Pasa el camión exhalando un chorro de ruido. Mi mujer se estremece en su cama, cambia de postura, sigue respirando hondo. Llenándose de descanso. El camión pasa impaciente, entrecortando su chorro de ruido mientras decelera para doblar por la North Circular Road. Y el resplandor llena un largo momento nuestra habitación y la bambolea. Suavemente, con mareo de mar. Hala, hala, para arriba, y hala, hundiéndose en la oscuridad. Una oscuridad de guerra, de ciudad en la noche de la guerra. Dicen que esa huelga de los mineros no tardará en terminar. Volverá el carbón a las centrales, volverá a las calles la luz. Ahora es como en la guerra. El cielo negro, de vez en cuando explorado por unos faros.

Ya ha doblado por la North Circular Road. Irá para allá, hacia Dover. O para allá, hacia Southampton. Era un camión inmenso. Irá para allá, hacia...

Pero claro. El resplandor ha pasado como un tumbo por dentro de mi chabola. Ha aparecido el capote colgado del clavo en el palo central, ha desaparecido. Me ha despertado el camión entrecortando su chorro de ruido para detenerse ahí fuera, en la explanada. Uno ha gritado: «¡Apaga, loco, apaga!». Casi sólo con rabia, casi sin voz. Y la oscuridad ha vuelto. Estoy muy despierto de pronto. No despierto en el insomnio. Han aparecido el capote y luego, en el suelo, la colchoneta de Collar, que se ha ido a Madrid con dos días de permiso, y mis botas y, apoyado en las botas el libro. «El Dr. Arrowsmith». En rústica, Editorial Zenit. La portada y las primeras hojas, abarquillándose por la punta. Voy por la página trescientas ochen... Ya no lo sé. Siempre me pasa. No tenía papelito para poner la señal, miré el número de la página y me dije: «Segurísimo que me acuerdo». Y apagué la vela. Y ya no sé si era la página trescientas ochen... Estaba tan... ¿dormido ya? Leora se ha quedado sola en este sitio de la isla mientras Martín se ha ido a seguir con sus experimentos contra la peste. Leora me hace suspirar. En Penrith, allí es donde se ha quedado Leora. Yo tendré un día una novia como Leora y la llamaré Leora y me casaré con ella. Leora me hace suspirar. El camión me ha despertado, pero ella es quien me tiene despierto. No despierto en el insomnio, en una noche que pudo no haber llegado nunca, espectador atónito porque sabe —lo piensa un segundo, sin desmenuzar una vieja idea suya que conoce demasiado bien— que todo «flash-back» literario o cinematográfico contiene una imposibilidad óptica que lo hace literario o cinematográfico, falso; porque sabe, pues, que está no recordando algo —no lo ha recordado en treinta y tanto años, no lo vio nunca ni volvió nunca a ver aquella chica—, sino mirándolo con los ojos abiertos en la noche, su terrible dolor de cabeza paralizado en un latido: porque sabe de repente que la guerra no ha terminado y que eso está empezando a pasar. Bueno, un camión. Y qué. Traerá chuscos, traerá municiones. ¿Cómo? ¿Mujeres? ¿Risas de mujer? Risas apagadas de mujer y «¡Chsss!» y cuchicheos, chsss, silencio. Una ráfaga errante de ametralladora que también parece pedir silencio. Saldría a ver qué pasa, me siento en la colchoneta, me desplomo en la colchoneta. Demasiado cansado aún. Hice tres horas seguidas de escucha, hasta la una; a Tordesillas lo han evacuado con un trozo de metralla en una rótula (¿qué rótula? No decía nada, aullaba despacito con la boca cerrada) y yo tuve que tragarme tres horas. Quieto como una piedra, sentado en la piedra que tenemos delante de nuestra alambrada. La noche estaba... guapa. Eso es: la noche estaba guapa. Estrellada, fresca. Los grillos del verano y ese relente tan dulce, madre mía, de almendros de almendras verdes, y ese relente después del sol del verano. El agua dulce después de la sed. En la tierra de nadie. Nunca tan de nadie como al sol, en el resol. Se le ve entonces a Nadie. Camina y se vuelve a mirarnos y luego se vuelve a mirarlos a ellos. Cuando vinieron a relevarme me sentía piedra y frío dormido, y gateando para acá y ya enderezándome y ya caminando me sentía piedra, y en la trinchera olía a humo grasiento y a gente callada y dormida y de algunas chabolas salían aún aletazos bajos de resplandores y un bordoneo de plática, y yo pasaba ante ésta y la otra y la otra, ante todas hasta llegar a la mía, que nunca sé si es la última o la primera, ya casi en la explanada. Ya no se oye nada ahí fuera. Cierro los ojos y me arrebujo en la manta para que no sea de día, pero el día me toca en la cara y yo aprieto los ojos, y pasa por el aire un pajarillo gilipollas con unos trinos de gilipollas que lo mataría y me tapo la cabeza y todo, y Juan Manuel el gitano está dándole con el cazo al caldero del café —sí sí, café— bang bang bang bang bang bang «¡Ya está liada, ya está liada!» y ya estoy yo fuera, cabreado y descalzo y remetiéndome la camisa en el pantalón, los ojos cerrados apuñalados de luz. Los entreabro una raya. El camión. Está a medio descargar. Apoyados contra la trasera y desparramados por el suelo hay unos armatostes metálicos, un lío de varillas y bastidores y cajas Y guitarras, guitarras me parecen, tres o cuatro, en sus fundas. De la oficina sale una chica. Da unos pasos hacia el camión y se vuelve a meter en la oficina. Lleva una falda-pantalón azul y botas altas. El corazón me patalea un poco. Hay ahí rumor de gente, en la chabola del capitán y en la oficina; hay gente que entreveo por las rendijas de la madera yendo y viniendo de la chabola a la oficina. No sé qué hacer. Vuelvo a meterme en mi chabola, me calzo, me peino un poco, cojo mi bote. Me acerco con mi bote a que me echen del caldero. Alrededor del fuego ya en ascuas, todos miramos al camión y la chabola del capitán. Nuestras sombras llegan adonde nuestras miradas. Nos pega por detrás un sol de rayos horizontales y tibios y nuestras sombras se alargan por la hierbecilla aún mojada de rocío y esperan amontonadas a la puerta del capitán. Talón dice que los que han ve-

nido serán estudiantes y el Safa dice que no, que son artistas de va-
rietés, y Juan Manuel el gitano dice que no, que son enchufaos y golfas.
Cada cual dice lo suyo en voz muy baja, entre soplos al bote y tragos.
Un morterazo seco y no muy lejano hace retemblar el aire. Sale de la
oficina la chica de antes y luego, de la oficina y de la chabola del capitán salen tres, cuatro chicas más y ya no sé cuál es la de antes.
Todas llevan falda-pantalón azul y botas y un peto azul de tirantes
cruzados por detrás, como de mecánico, por encima de una camisa
blanca. Detrás de las chicas vienen el capitán y cuatro o cinco ti-
pejos de cazadora. Todos se nos acercan pisando nuestras sombras.
Madre mía, qué chavalas. Estoy eligiendo ya una de la que enamo-
rarme. Esa, la que viene delante con ésa. El corazón me duele. La
del flequillo. Va del brazo de la otra y esconde la cara bajándola con
un poco de vergüenza. Van muy apretadas y caminan adelantando
a la vez la misma pierna. Marcando el paso. Izquierda... Izquierda...
La otra no está mal, pero la mía, mecauendiez qué chavala. Pasan por
lo alto dos pajarillos persiguiéndose y riéndose no sé si riéndose, dejándose en el aire crujiditos de madera seca. Pasan unas balas. Suaves,
desgarrando el aire. Las dos chicas miran a lo alto y luego se miran
a los ojos. No saben si han oído balas o pájaros. No se sabe a veces,
al principio de estar yo aquí miraba mucho a lo alto. Pero qué cara,
madre mía, qué ojos. La apretaría fuerte fuerte como a un niño pe-
queñito. Qué ojos de sinvergüenza, madre mía. Me mira de repente
y baja los ojos. Ya me ha hecho la ficha, como dice el Safa. Descubro
que estoy solo con Talón. Todos se han ido largando con disimulo.
El capitán levanta las dos manos y nos grita que no nos vayamos
que nooooo con eco de película de ecoooooo bajando por la escalera
que baja curvándose del metro de Piccadilly y el caballero del abrigo
gris curvándose al bajar con la gente, mucha gente con abrigos largos,
larguísimos y ladeándose todos para caer de un mismo largo largos
larguísimos sin terminar de caer.

No quiero tener alegría. Vete, alegría de mi saber que me duermo.
Lluvia apacible de mi no ser, vete. Que me despiertas y lo espantas,
que me quedo aquí solo, sólo dolor de cabeza ya latiendo otra vez,
otra vez, ay, otra vez.

Es... Sí. Es un zorro. Listo, silencioso como su sombra. Ya estaba
entrando a dormir, ya se me asomaba por dentro. Y ya está fuera.
Ahí. Ha pasado ahí como la luz. Como un soplo de tiempo. Y ya está
ahí fuera mirándome atentísimo, la luna espejeando en su piel de
zorro. Te duele la cabeza también. Lo sé. Jamás supe nada con tanta...
modestia, con tanta pena. Qué haremos, zorro, qué haremos. Mira,
cierra los ojos. Eso, así. A lo mejor te canto un poco. Mi zorro se
va a domiiiiir... No, hombre, no. ¡Quieto! Qué te voy a cantar,
hombre. Hala, a dormir. Porque todo lo que tú quieres —tú no te

fijes, tú no veas esta mano reptando hacia la mesilla—, lo único que quieres es dormir. Que no, que esta mano no está haciendo nada. ¿Ves? Anda. Quietecito, tranquilo, que esta mano, ¿ves?, ni moverse apenas, total no quiere más que una tableta tabletita de morir, pero hombre, si... si... si no ha hecho nada, si ya no se mueve, ¡quieto!, porque es un zorro muy bueeeeeno... ¡Hala, pues, vete a hacer puñetas, hala y piérdete! ¡Sí señor! ¡No una, dos tabletas! ¿Ves? ¡Y otra! ¡Hala y piérdete y muérete! ¡Y otra! ¡Porque me da la gana!

Mi mujer mastica unas palabras en sueños. Ahí, al lado de mi cama. Siento —¿siente?— una cuchillada de alarma. Debería llamarla. ¿A quién? Ya sé, ya. Mi mujer. Pero, ¿quién es? ¿Por qué está ahí? Quizá la he llamado ya. ¿No? Con alargar una mano la tocaría. Pero, ¿quién es, quién es? La zarandearía. Si este dolor mortal de cabeza me dejase quererlo. Porque aún no es demasiado tarde. Este hielo de luz en la frente. No es tarde, ¿para qué? ¿Para quién? Esta angustia, este corazón. ¿De quién? ¿Quién ha sobrevivido treinta y cuatro o treinta y cinco años aquello, quién, con una tranquila máscara de la cara de aquél, una máscara envejeciendo como una cara? Pero que este dolor no me deje querer nada más que a sí mismo, en el fondo es un prodigio: en el fondo del tiempo: atrapar ahí el futuro verdadero como a un pez tomarle el pálpito mientras culebrea para arriba y para abajo y para atrás, a contracorriente del futuro mostrenco del calendario: esa nostalgia inaudita por algo que se apagó en el tiempo y que de pronto se incendia y nos deslumbra en nuestra irrealidad. Se oye otra ovación. Habrá terminado «Caminito». Lo cantaba una chica acompañada de un bandoneón, un violín y una guitarra. ¿Qué chica? Es raro. Un tango aquí. ¿No es raro? Estudiantes tocando un tango. Aquí. Pero sonaba tan sencillo. Yo he oído, como habrán oído ahí enfrente los regulares, trozos sueltos que el aire traía y llevaba. A veces agujereados por balas suaves. Los trozos que habrá oído Nadie. Caminito. Esa voz. Un surco de melancolía alejándose. La canción en el aire, la guitarra en el corazón. Adiós. Por allá, por las vaguadas y los llanos el aire arranca redobles a los tambores del sol, y en mi puesto, en la tronera que acuchilla los sacos de tierra el aire restalla como un trapo al aire. Se le ve a Nadie especialmente bien esta tarde en la luz del Plantío. Corre, juega, yo creo que emocionadillo con la música. Corre alborotando las espigas bordes que ya despuntan. Y los cardos de flor de vino. Como los chavales que corren y hacen payasadas para espantar la emoción cuando oyen música. Deseo acercarme a los estudiantes, decirles que yo también soy estudiante. Pero esa chica. Si no fuera por ella se lo habría dicho ya. Toda la mañana dándoles vueltas mientras ellos armaban el tingladillo de su guiñol en la explanada. Porque la explanada no está batida. Y en cuanto me tropezaba con sus ojos, marcha atrás. Cómo es posible que nos hayamos enamorado de este modo repentino, atroz. Porque ella está como loca también. Yo rondando, torvo, y ella loca de una alegría que le hacía daño y le hacía pegar fuerte a sus compañeros y compañeras y mirarme a mí de resol, de refilón. Hasta que, rondando rondando, me ha llegado el momento de la guardia. Ya podrían relevarme, ya. En la tronera de al lado Cunill canturrea y dispara de tarde en tarde, aburrido. «Anant a la Font del Gat una noia, una noia». Parece que hay que turnarse en la explanada para ver la función. Claro que la trinchera no se puede quedar sola, pero ya podría venir alguien. Más aplausos. Alguna poesía que habrán dicho. No he oído ni palabra. Hay en ese repecho una ametralladora que ladra con una rabia personal. O con cachondeo. Toma, poesía, toma, tango. Toma del frasco, Carrasco, y amos vete, salmonete. Ahora se ríen los soldados. Y ahora retumban dos o tres morterazos, no sé si dos o si tres, casi a la vez. Un retumbo de ecos y de tierra abierta de par en par. El caso es que suena a fiesta. Así, con los aplausos y la música, pólvora. No me extraña que Nadie ande con las pajarillas alegres. Por fin, hombre, y era hora. ¿No, aún te parece pronto? Voy por la trinchera frenando la necesidad de correr, tiro el fusil dentro de mi chabola, salgo a la explanada. Yo no sé calcular. ¿Sesenta soldados? Yo qué sé. Casi todos están sentados a la mora en el suelo. Porque la explanada no está batida, pero menos lo está si te aplastas. Sólo cuatro o seis están de pie en la última fila. La explanada hace terraplén y el guiñol está al fondo, en lo más bajo. No me siento. Ahora me sentaré, cuando me vea. Cuando la vea. Es como si hubiera entrado en un teatro lleno de luz y elegancia. Me gustaría sonreír a alguien, sonreír de lejos levantando una mano. Mundano. Pero no hay quien me mire. Ahora se ríen todos. «Yo soy la madre de doña Rosita...». Me lo sé casi todo de memoria. Cuando fuimos a Alicante —qué atrás, cuán lejano me parece aquello, Margarita y Tulio, nuestro teatrillo de estudiantes— yo hice de Cristóbal. Allí la gente se reía menos, pero aquí... «Yo soy la madre de doña Rosita/y quiero que se case,/ porque ya tiene dos pechitos/como dos naranjitas,/ y un culito/como un quesito,/ y una urraquita...». Imposible oír nada ahora. Se parten de risa. Imposible también verla. Estará detrás, manejando algún muñeco. O en el camión. «¡Borracho! ¡Indecente!/Te voy a poner la barriga caliente./ Cuenta con la mula. ¿Dónde está Rosita?/En camisa en su cuarto./Y está solita./Ja, ja, ja». Ja ja ja ja ja... Imposible. Se parten, se tronchan, y una ráfaga sssss de balas oh no, la cabeza, no.

Me llevan por el aire. Tumbado, liviano. En esta luz de hielo que me ciega. Me falta el mundo así en el aire ponle esto de almohada levántale la cabeza.

El dolor la angustia la cabeza de dolor de hielo.

¿Quién llora? Voces femeninas silencio femenino llorando.

Una mano. A ver.

Yes yes mi mujer el teléfono mi hija yes please hurry up pues en el camión en la camilla aprisa ponle una almohala que. No hombre hay Peñagrande no hospital está muerto no está muerto está huele a alcohol a sangre fresca a flores frescas y calientes a angustia a eléctrico luz luz de ojos de dolor a voz susurrada de hombre de tabaco he might madam he's all right.

Pero sin haber visto llorar ni una vez a esa chica sin conocer su voz, su nombre, su mano...

Una mano, por favor. A ver. Una.

En volandas, en espiral bajando o subiendo, frío de cielo en la cara, levántale la almohada así, mujer.

Habla un poquito más que te llegue a conocer. La voz. Y la mano. Una mano.

Rodar fugitivo suave de camión de ruedas de goma de asfalto de ambulancia de olor a alcohol.

Pobre zorro. Ven que te toque. Ven renqueando de patas sin nervio ya para huir asaeteado de dolor de sueño. No sé dónde estamos, no sé *cuándo* estamos ni me importa. Antes de dormirme quisiera tocarte, acariciarte con la mano.

Pero dormirme ahora, qué mala pata, ¿no?, ahora que la vida me revela su sentido verdadero... Al descubrir que no he vivido muerto. Que mi vida, la única vida que tengo para morirme me fue siempre fiel. Que sin yo saberlo me ha ido haciendo día a día. Precisamente el que yo tenía que ser: la suma de mis contradicciones. Ya tan lejos de España, tantos años sin España. Tan sin España.

No sé si te acaricio ya, zorro, con mi mano anestesiada de sueño. Mano durmiéndose en el apretón de otra mano. Qué alegría, qué sueño. Aunque me duerma para siempre. Su mano. La de mi mujer. Treinta y cinco años buscándola.

BIBLIOGRAFIA:

Vidas humildes, cuentos humildes, La zancada, Bernard, uno que volaba, El gallo negro, Casicuentos de Londres, El girasol, Cuentos del tiempo de nunca acabar, Tres pesetas de historia.

JESUS TORBADO*

EL FIN DEL REY DE LOS YUNGAS

I

Ahora debe de sentirse más solo que nunca.

Si los otros no considerasen que era un signo de debilidad, si él mismo no viera en mi gesto la intención de destronarlo, no sentiría vergüenza alguna en correr hasta arriba, comprobar que continúa allí, olfatear su cuerpo y darle un poco de aliento y de luz. Yo sé que está completamente ciego y que hace tiempo perdió los dientes intentando devorar una piedra que le habían arrojado.

Como aquel día, tampoco hoy se han atrevido los camiones a subir hasta Corioco, antes de seguir su búsqueda de las junglas. Hace más de siete días que las nubes se reunieron a partir del puesto número doce, a partir del pequeño lago verde. Quizá los que están más abajo pueden ver los camiones y, si éstos se han detenido ante la imposibilidad del acceso, conseguirán comida abundante. Cuando los hombres se sientan a esperar, prenden hogueras y comen. Beben y comen y discuten y, finalmente, se fijan en que uno de los vigilantes está allí y lanzan los huesos muy lejos para vernos correr entre las piedras, nos lanzan bananas recién asadas para comprobar si somos tan imbéciles que nos quememos la lengua con ellas. Pero, de todos modos, es una suerte que se detengan durante una noche, o un día y la noche siguiente, pues les sobra comida y después todos ellos —no algunos, sino todos ellos— arrojan las sobras.

Por eso es más fácil estar arriba y más difícil aún estar donde está él, si es que continúa allí. Unicamente los más viejos y los más experimentados consiguen sobrevivir en la cumbre, y por eso es justo que sean los reyes. A él le habían arrojado una piedra desde el último automóvil, pude verlo muy bien porque me hicieron lo mismo: una máquina negra y maloliente, con cristales opacos que impedían ver el interior. A causa de la velocidad no consiguieron acertar y la pie-

* Nace en León en 1943. Estudios de Filosofía y Periodismo. Profesor en la universidad brasileña en Porto Alegre. Conferenciante. Premios Ciudad de Ponferrada, Provincia de León, Internacional de Cuentos, Alfaguara, Familia Española, Hucha de Oro, Planeta

dra quedó junto a sus patas. El debió de sentir mucha furia o mucho desconsuelo, o hambre quizá, e intentó comer la piedra hasta que escupió los dientes en trozos, manchados de sangre.

Hace ya muchos días que bajaron los cosechadores de hielo. Conocen las montañas. Yo pensé, al principio, que tenían cortados bloques bastantes y que por eso abandonaba; pero tal vez pudieron ver que las nubes comezaban a avanzar y a ennegrecerse, según avanzaban, y entonces dejaron sus trozos de hielo a medio cortar, cargaron con algunos y empezaron a apresurarse por esa senda en zigzag, hasta la carretera baja del helero.

Cuando llevaba dos días ocupando este lugar, uno de ellos consiguió darme una patada. Dijo:

—¡Perro, muérete!

Me había encontrado dormido.

Sin embargo, no son hombres malos. Quizás a aquél no le gustaban el color rojizo de mis lanas y mi hocico puntiagudo: parezco extranjero. Nunca he visto a otro vigilante con el pelo rojizo; todos ellos tienen la cabeza ancha y corta, maciza y vulgar, incluso el rey. Pero, aunque yo vivo como ellos y soy más fuerte que todos ellos, salvo el rey, probablemente he tenido un aire más elegante y extraño, apátrida, y por eso el cortador de hielo quiso que muriera.

II

Pues decía que fueron bajando todos los cortadores, rojos de frío, torpes de movimientos, con las orejas tapadas y las piernas envueltas en despojos de frazadas y chompas. Muchos cargaban un bloque de hielo para venderlo en la ciudad a otros hombres que al parecer aman tomar las bebidas frías; allá abajo no hay hielo ni tampoco hasta aquel agujero del que parten los camiones descienden las nubes. Ni siquiera me miraron y tampoco me lanzaron comida, porque siempre los he visto careciendo de comida. Tal vez sólo comen abajo, cuando regresan del helero.

Entonces no sospeché lo que empezaba a ocurrir; debía de estar fijo en sus movimeintos, tenso y seguro, por si me atacaban con piedras o intentaban golpearme. Los conozco desde que vine a la montaña, cuando estaba muy abajo, aún más allá del lago verde, todavía cerca del gran agujero de hombres: nunca llevan comida y, a veces, atacan sin razón.

Ya entonces era rey el rey que sigue ahí. Lo vi algunas veces que abandonaba la cima y bajaba al lago para beber, durante el calor. Es sabio: nunca corrió por la carretera, en donde tantos murieron por hacerlo, ni intentó robar comida a los que ocupaban otros puestos inferiores. Bajaba por el valle, entre las rocas ásperas. Nos miraba apenas, nos olfateaba de lejos, luego bebía y se bañaba y regresaba a su lugar en la soledad de la cumbre.

Era ya viejo, en aquellos días.

Los que iban muriendo de hambre, de frío, de sed, de soledad o de terror dejaban su puesto vacío, y así yo he ido subiendo cada vez más, ocupando el sitio del anterior y dejando mi lugar al siguiente, hasta encontrarme tan cerca de él: el más próximo de cuantos vivimos en estas montañas infinitas, al lado de la carretera. Sin embargo, jamás se ha acercado hasta mí para investigar si mis lanas rojizas huelen de otro modo, o si he descubierto nuevas raíces para alimentarme. Pero aprendí mucho de él, especialmente la forma de esperar a que te arrojen la comida desde los camiones, esperar, incluso, aunque esté la comida muy cerca de ti, porque muchos han muerto por precipitarse. Detrás de un camión viene a veces otro camión y te aplasta, mientras recoges el trozo de pan, o la papa, o los afilados huesos del pollo, o las peladuras de las naranjas.

Es preferible que las ruedas aplasten y destruyan la comida a que te aplasten a ti, desde luego. La sabiduría de esperar que el rey me ha enseñado, el gran secreto de su supervivencia misteriosa y también de la mía, son esos.

III

Pero, antes de que llegaran las nubes negras cargadas de más nieve, mucho antes, él permanecía inmóvil, aplastado contra el polvo próximo al asfalto. Como la nieve había comenzado muchos días antes, los camiones eran raros y los hombres viajaban envueltos en muchas ropas: no sacaban los brazos para tirarnos la comida. Si yo me dedicaba a excavar raíces por la parte del camino de los cortadores de hielo, podía verlo como una mancha grande y negra entre la blancura, en el punto más alto de la carretera, justo donde ha terminado de subir y comienza a bajar hasta las tierras en que crecen las plantas y las flores y ha desaparecido el frío, muy lejos de aquí. La grande e infinita soledad de las montañas y el espanto de la altiplanicie inmensa, en la que todos hemos nacido, las rocas que se agrupan y elevan en masas ocres y grises y negras casi perdidas en el cielo, los estrechos valles heridos por los torrentes cargados de ruido y de fuerza, la tierra toda desnuda como una piedra desnuda y sin aroma, el mundo inhóspito en el que, sin embargo, vivimos, yo mismo y nuestros compañeros intentando, a pesar de todo, vivir, sin compañía y sin alimento, nada de lo que existe le impulsaba a levantar la cabeza, a correr un poco alrededor, a olfatear el aire. Quieto y aplastado como permanecen los troncos de los árboles del lago verde cuando el viento los ha derribado.

Digo, por eso, que debe de sentirse más solo que nunca. Incluso más que yo.

Está vestido de lana negra y fosca que le permite soportar toda la nieve caída y es tan fuerte que no conoce el hambre. Quizá, no obstante, no resistiría un ataque mío. Podría yo llegar a favor del viento que viene de las llanuras y comienza a empujar las nubes lejos de aquí, llegar y sorprenderlo en su sueño y vencerlo y obligarle a huir hacia la tierra de las plantas y del calor a la que huyen todos los vencidos de los Yungas e incluso los que no se atreven a vivir aquí. Me sería muy fácil ocupar su puesto, de modo que los demás sepan que ahora soy yo el rey, a pesar de mis lanas rojizas y de mi cara puntiaguda.

Si él no fuera él...

IV

También, el viento se ha vuelto más poderoso. Viene húmedo desde el lago grande como un mar y va venciendo a las nubes vacías. Los torrentes se han hinchado por las lluvias y huele a sudor de la tierra de las llanuras y el humo del agujero y la remota respiración de los que allí viven. Veo, primero, entre los jirones blancos, la silueta del que está inmediatamente más bajo que yo, negro también como el rey. A lo lejos se oyen los camiones que se preparan a reemprender la marcha, después de tantos días.

Luego siento en la piel la ligereza de un aire nuevo. El tajo del valle empieza a iluminarse en fragmentos, las aguas brillan sin detenerse. Bajo a beber en el torrente e introduzco las patas y muerdo con furia las pequeñas olas irregulares, porque dentro del cuerpo comienza a temblarme una forma distinta del tiempo. Nadie me ve.

Yo no puedo verlo a él. Las nubes han abandonado la cumbre, caen hacia el otro lado, pero no puedo verlo; no distingo la mancha fija y negra. Regreso al agua, trepo agitado por la montaña, regreso a la carretera: no puedo verlo. Pero él no ha podido aplastarse tanto entre las piedras, ni aun estando muerto.

Aunque indeciso, lleno de dudas empiezo a ascender por el borde la carretera. Levanto los ojos y me doy cuenta de que encima brilla lo azul, tan cercano que podría conseguirlo de un mordisco. Y en un extremo de lo azul, como siempre que van terminando los fríos y las desdichas, brotan los colores del arco encima de todas las montañas. Los extremos del arco se pierden en la altura y su centro parece apoyarse en las pocas nubes que se resisten a desaparecer una vez más, el arco ha equivocado su postura. La cordillera se agita con la iridiscencia. Los colores del arco hisado brillan sobre el fondo azul, por encima de las tierras grises.

Si el arco se balancease un poco sería como una cuna desocupada y adornada de flores o de inmensas telas pintadas. Desde la cima donde el rey ya no está veo todo el arco, tan grande y tan limpio. Y hacia su centro, muy arriba, vuela una pequeña mancha negra: parece que busca acomodarse en la cuna luminosa. Quizá es un cóndor o el mismo rey de los Yungas, que se ha ido a vivir a otra parte.

BIBLIOGRAFIA:

Las corrupciones, Profesor particular, El General v otras hipótesis, La contrucción del odio, Historias de amor, Tierra mal bautizada, La Europa de los jóvenes, Jóvenes a la intemperie, Moira estuvo aquí, Enciclopedia de la música pop, Sobresalto español, En el día de hoy, Los topos, La Ballena.

GONZALO TORRENTE BALLESTER *

GERINELDO

I

El Emperante, luego que sorprendió a Gerineldo en el jardín, desvanecido por la fragancia de las rosas y por el amor frecuente, escuchó de sus labios la confesión arrepentida; y aunque luego el paje y Berta pidieron que los matase por aquel delito, de momento suspendió la determinación, porque un Emperador reputado de sabio no puede decidir ligeramente en cuestiones vitales para el porvenir del Imperio, como eran los amores de su hija.

Ordenó a la princesa que se retirase a sus habitaciones; y en cuanto a Gerineldo, lo entregó a sus guardias para que lo encerrasen en el castillo; pero no en una mazmorra, sino en prisión atenuada y llevadera, como quien, al fin y al cabo, era su yerno por la carne.

Después, el Emperante marchó a su Sala de los Pasos Perdidos, en donde se encerraba para las grandes meditaciones, y pasó muchas horas absorto.

Eginardo, el secretario de Estado, no gozaba de la mejor reputación en la corte; pero aun la conservaba buena con su señor; y, con ella, el privilegio de intimidad e impertinencia. Llegaba a donde no llegaba nadie, y ocasiones que a cualquiera de los pares le hubieran valido severa reprimenda, si no castigo, le valían a él benévola sonrisa; porque a la hora de las grandes decisiones, el consejo de Eginardo pesaba más que otro cualquiera en la voluntad imperial.

No fué necesario que se le llamase. Cuando los vidrios coloreados enviaban al salón la luz postrera de la tarde, Eginardo abrió la puerta y se acercó quedamente hasta el rincón donde el señor meditaba.

—¿Estás enterado, Eginardo?

* Nació en El Ferrol, en 1910. Licenciado en Letras, Catedrático de Lengua y Literatura, profesor en la Universidad de Albany (U.S.A.). Premios Nacional de Literatura, Cervantes, de la Crítica, miembro de la Real Academia Española.

273

—Estoy enterado, señor.

—Y, ¿qué se dice en la corte?

—En general, la gente aun no dice nada. Se limitan a envidiar a Gerineldo.

—¿Tú crees, verdaderamente, que su suerte es envidiable?

—La princesa es muy linda. Recuerda, cuando pasa, a un ángel demorado en este mundo. Y es tan espiritual que nadie hubiera esperado de ella una conducta demasiado humana. Claro está que si se le miran los ojos, se advierte en ellos un ardor poco divino. Pero hay muy pocas gentes que se atrevan a mirarla a los ojos.

—Gerineldo lo ha hecho.

Eginardo recordó que también él la había mirado, aunque con resultado muy diferente. Y entre los comentarios cortesanos de la jornada, los suyos le revelaban pesaroso de la fortuna del paje. Eginardo era un intelectual, y sobre la envidia se cimentaban sus mejores virtudes.

—Necesito de tu consejo, Eginardo. Llevo diez horas metido en este laberinto. ¿Debo matar a ese muchacho? ¿Debo matarlos a los dos? ¿Será mejor casarlos? Porque lo que no es posible es no darme por enterado.

—Ciertamente, señor, ya no es posible. Ni tampoco conveniente. Pero debéis tomar una resolución urgente. Gerineldo está preso, y su delito es tan simpático a los ojos del pueblo que debemos temer una sublevación si se retrasa el fallo. El pueblo aceptará que se le aplique la pena capital, porque ha ofendido a un padre en su honor y al Emperador en su prestigio. Aceptará mejor que se les permita casarse, porque Gerineldo es de origen oscuro, y cada quisque verá en su valimento un triunfo personal. (Por cierto, señor, que si se les casa, debemos aprovechar la ocasión para imponer un triunfo extraordinario.) Pero lo que el pueblo no tolera es que se juegue con su ansiedad y permanezca el garzón encarcelado. Os aseguro, que esta tarde muchas mozas populares merodeaban al pie del torreón donde Gerineldo espera el desenlace de sus amores. Una semana más, y habrán hecho de él un héroe, víctima simbólica de vuestras injusticias.

—Luego, ¿opinas que debo casarlos?

Eginardo tardó un poco en responder, no porque dudase en la respuesta, sino porque era de más efecto fingir perplejidad. Frente al Emperador, inmóvil, anduvo unos pasos nerviosamente, como apretado de pensamientos difíciles. Ora miraba al techo, ora al suelo, como buscando solución en las maderas pintadas o en el mármol del enlosado. Y por dos veces pareció como que iba a hablar, pero siguió en silencio. El Emperante, que era un gran guerrero, respondía a maravilla a estos trucos de Eginardo, y su mirada lo seguía, sorprendida e inquieta, admirándolo en lo secreto de su corazón: aquel astuto que desde mucho tiempo atrás Eginardo había adivinado.

—Creo, señor, que la solución mejor es el matrimonio.

Eginardo se había inmovilizado repentinamente, apoyándose en una columna. El Emperante, que solía imitarlo en la intimidad, paseó a su vez, queriendo reproducir de la mejor manera posible las señales externas con que Eginardo expresaba la turbación del pensamiento.

—¿Has pensado en que Gerineldo es un don nadie, indigno de mi hija? ¿No comprendes que los reyes de la tierra sentirán que sus coronas se tambalean si el Emperador consiente en un matrimonio morganático? No dudo que el pueblo me aplaudirá entusiasmado, y hasta pagará con gusto los impuestos. Pero mis doce pares me mirarán con desprecio por haber entregado mi hija a un pobre diablo.

—Tenéis razón para hacerlo, señor.

—Razones sentimentales, que nunca pesan lo que la razón de Estado. Ya sabes que mis pares no reconocen otra. Si elevo a Gerineldo hasta la dignidad de yerno mío, evitaré una revolución popular; pero a costa de provocarla aristocrática.

Eginardo comprendió que era llegado el momento de sonreír. Era la sonrisa su argumento decisivo: sabia, escéptica sonrisa, de vuelta de todas las cosas, intelectual y cortante. Cuando surgía en el rostro de Eginardo, se le revolvían en la mente del Emperador las viejas sospechas de que su secretario se tenía por superior a él sólo porque pensaba mejor y gastaba el tiempo libre en leer libros y hasta en escribirlos. En tales casos, el orgullo le llevaba, no a imponer su criterio, como fuera dado esperar de un testarudo, sino a aceptar el ajeno, elegantemente, como señor educado y discreto.

—Bueno, Eginardo. Los casaré. ¿Quieres, sin embargo, explicarme qué debo hacer para que no se alboroten los pares?

La nueva sonrisa de Eginardo no fué aquella que constituía su especialidad diplomática, sino otra, más vulgar, de simple desdén.

—Señor, teméis demasiado a la gente menos temible del mundo. Hay un procedimiento para halagarlos con ese matrimonio, tan sencillo, que sólo por su extremada simplicidad no se os ha ocurrido. Aumentad en uno el número de los pares: que Gerineldo se cuente así entre ellos. Casándolo después con vuestra hija, los paladines no tendrán motivo de protesta, sino de sentirse honrados.

Se revolvió el espíritu castrense del viejo Emperador.

—Yo no puedo hacer eso. Rolando y los demás han alcanzado su preeminencia a fuerza de batallas. Sus hazañas sobran para admirar a diez siglos. Pero la de ese barbilindo que ha conquistado a mi hija es una hazaña de alcoba, la menos heroica posible. Si lo hiciese par, ellos quebrarían sus espadas, ya inútiles. Y yo mismo pensaría que todo mi coraje no vale lo que una boca fresca y un talle esbelto.

—¿Queréis dejar, señor, de mi mano la cuestión? Yo os prometo que los pares no serán agraviados, y que vos mismo acabaréis esta aventura enorgullecido de vuestro yerno. Y ahora, no penséis más en el asunto. Se ha pasado el día, señor, sin que hayáis repartido vuestras limosnas. A la puerta de palacio aguarda larga fila de menesterosos, implorantes de vuestra caridad. Id a ellos, que vuestra larqueza les socorra. Pero cuando los hambrientos de París hayan colmado sus necesidades, id a vuestra cámara. Allí encontraréis los últimos ornamentos llegados de Bizancio para la capilla de Aquisgram. Estoy seguro de que su belleza os dulcificará la pesadumbre.

II

La mesa del Emperante se elevaba sobre las otras por un entarimado, cubierta de un baldaquino carmesí. Berta, pálida, sabiéndose mirada de todos, estaba a la derecha de su padre, notablemente desganada. Las más murmuradoras entre las damas hacían a Gerineldo responsable de su apetito escaso.

Los doce pares comían en dos mesas sólo un escalón más bajas; seis a la derecha, seis a la izquierda, con sus esposas.

Eginardo se mezclaba con los cortesanos, y en un extremo alejado de las mesas comunes tenía su cotarro adicto.

Eginardo era ingenioso y maldiciente, y la mesa donde comía ,la más alborotada de la corte. Todos los chistes políticos y personales que circulaban por París, Roma y Aquisgram se atribuían a Eginardo.

Habían alzado los manteles, y en el centro de la sala los juglares cantaban, con sus violas, las hazañas del Emperador. Como aquellas rapsodias se habían oído muchas veces, la gente se aprovechaba de la música para charlar a sus anchas.

Eginardo, de vez en cuando, suspendía el cotilleo para mirar hacia la entrada del salón, custodiada por cien guardias.

Una de las veces que miró, los guardias se habían apelotonado en torno a un personaje extraño, sudoroso y cubierto de polvo. Metían bastante ruido con una disputa, porque el recién llegado quería entrar a toda costa, y el sargento de los guardias no se lo permitía hasta cumplir el ceremonial palatino para heraldos y correos.

Eginardo se aproximó a la puerta, y por su intervención cortaron las palabras. El hombre cubierto de polvo y sudor pudo acercarse al Emperante, y, ante el silencio de los cortesanos, hablar.

—Señor: Vengo de la lejana Marca del Este. El Margrave, vuestro vasallo, me envía a pediros refuerzos para su hueste, porque han llegado a la frontera pueblos orientales y bárbaros que amenazan invadirnos.

El recuerdo espantoso de Atila estremeció de terror los corazones, y el propio Emperador se conmovió. Los doce pares desenvainaron sus espadas y lo rodearon. Hubo chillidos y soponcios en las damas. Sólo Berta, absorta, permaneció impasible.

Allí habló Rolando. Bien oiréis lo que dijo:

—Señor: Nuestras espadas están enmohecidas por la paz, y nuestras almas se adormecen en la holganza palaciega. Bendito sea el Dios de los Ejércitos, que nos envía un enemigo.

Los otros pares le corearon, si no fué Ganelón, que, como siempre, rumiaba descontentos y subrayaba con ironías el entusiasmo de sus compañeros. Por algo los cortesanos lo difamaban, atribuyéndole manejos subterráneos con Eginardo y el partido de los intelectuales.

Hubo un momento indescriptible en que de todos los rincones surgieron gritos de entusiasmo, arengas improvisadas, himnos de guerra. Los guardias de la puerta afilaron sus trompetas, y el rumor del peligro se propagó por los ámbitos del palacio.

Eginardo aprovechó la confusión para acercarse al Emperante.

—Sire, le dijo (El Emperante se conmovía fácilmente si Eginardo le llamaba «Sire», porque ése era el título de su amigo el Rey de Wessex, que presumía de nobleza más antigua.); Sire, ésta es la gran ocasión que la suerte os depara para deshaceros de vuestro yerno.

—¿De mi yerno?—protestó el Emperador.

—Quiero decir de ese joven barbilindo que preocupa a la princesa. Enviadlo al frente de las primeras tropas que marchen a contener la invasión mientras los pares aperciben sus huestes. Le hacéis un honor, lo que acredita vuestra generosidad, y, al mismo tiempo, lo castigáis, cumpliéndose vuestra justicia. Como vulgarmente se dice, matáis dos pájaros de un tiro.

—Pero, ¿no me habías aconsejado hacerle par y casarlo?

—Señor, entonces no había guerra. Gerineldo va a defender la patria. Si muere en el combate, su cadáver recibirá los honores de los héroes. Si volviese vencedor...

—Pero no volverá. No sabe de la misa la media.

—Vos, señor, podéis prometeros el oro y el moro de generosidades por sí vuelve.

Un paje recibió una orden, y cuando el escándalo entusiasta había bajado de tono, y ya se discutían serenamente las posibilidades de victoria sobre un enemigo incierto, apareció Gerineldo.

Vestido de negro, sin capa ni ropón, su figura de nardo joven contrastaba con los talles un poco bastos de los militares 'y con las panzas de los intelectuales.Hubo un silencio, roto por los suspiros de las damas que, repentinamente, se explicaron el desliz de la princesa.

—Es realmente lindo—pensó doña Alda. Y miró a su marido con más amor que nunca.

Se deshicieron los grupos, abriendo calle al hermoso doncel, que se llegó hasta el Emperador orgullosamente. Y sólo cuando se hubo al borde de los manteles, Berta advirtió a su amado en su presencia.

Se esperaba un desmayo; pero la princesa había sido educada en una etiqueta rígida y señoril, y se limitó a mirar a Gerineldo con sus lánguidos ojos azules.

El Emperante hubiera preferido que Gerineldo llegase contrito y humilde, como lo estaba por la mañana. Pero no era cosa de tomar en cuenta la soberbia de un plebeyo destinado a morir.

—Escúchame—le dijo—. Los bárbaros de la estepa han entrado por mis tierras, matando a los cristianos y robándoles las mujeres y las hijas. Si mi fuerza no les detiene, me matará a mí y robarán a Berta para esclava de su jefe. He decidido que, con el alba, salgan a presentarles batalla mis mejores soldados. Quiero que seas su capitán.

En el grupo de los pares hubo un rumor de protesta; y Ganelón, siempre dispuesto a incomodar, se adelantó al Emperante:

—¿Es que va a ser Gerineldo nuestro jefe?

El Emperante sonrió, imitando a Eginardo en aquella su sonrisa diplomática, tan expresiva como difícil.

—Confío en que Gerineldo sabrá vencer al invasor. Vosotros, mis pares, sólo iréis como tropas de refresco si él flaquea, o como grueso del Ejército si fuese vencido.

—Debeis consideraros como un tiro en reserva—corroboró Eginardo; y como Gaiferos quisiera protestar, el Emperador lo detuvo con un gesto.

Esperaba la respuesta de Gerineldo; pero el paje continuaba silencioso y erguido, vendiendo su presencia. Se sabía mirado por las damas, deseado por las más de ellas, porque conocía la corte y el prestigio que da en ella una aventura sonada.

Gerineldo aguardaba las palabras de Berta. Más que sus palabras, sus alaridos. Gerineldo no había establecido diferencias entre una princesa y una mujer del pueblo. Deseaba que Berta rasgase sus vestiduras, haciéndole una escena al Emperante por evitar que su amado partise para la guerra, de donde podía no volver.

Pero Berta era mujer sólo en privado, solitaria y nocturna, consumida de amores morganáticos. Públicamente, sabía ser princesa por encima del amor.

Berta se levantó. Le hicieron el silencio, impresionados por su dignidad, y hasta la mano de su padre, deteniéndose, dejó inconfuso un ademán. La princesa, segura, miró a la concurrencia.

—Señor—fueron sus palabras—: En nombre de las mujeres francas, de las bretonas y de las normandas, de las sajonas y de las belgas, os felicito por vuestra elección. Esperamos que Gerineldo nos defienda como un buen caballero y súbdito leal a Francia y a vuestra persona. Y para probarle mi confianza, que es la confianza del Imperio, le entregaré la bandera que ha de llevar al frente de sus soldados.

Con un gesto magnífico se despojo de la capa—larga tela escarlata, con una B dorada y coronada a la altura del corazón—y la puso en las manos de Gerineldo, atónito.

—Quiero que me la devuelvas victoriosa o que te sirva de sudario.

Y añadió en voz más baja:

—Procuraré besarte antes de la partida.

Era conmovedor. Las señoras lloraban, y los pares, poco acostumbrados a aquellas delicadezas, hubieran dado su renombre por recibir de la princesa prenda tal de afecto y confianza. Era una escena irreprochable, y el propio Eginardo, a su manera, expresó la admiración que le causaba:

—Parece cosa de tragedia helénica.

(Como otras tantas veces, su ingenio se desperdició ante la incultura cortesana. Sólo Alquino podía comprenderle, y Alquino se hallaba al otro lado del salón.)

Una hora más tarde se abría banderín de enganche para la expedición, y el pueblo de París recorría las calles aclamando a Gerineldo, el primer capitán plebeyo que defendería la patria de sus enemigos, acompañado de voluntarios nacionales, no de las mercenarias tropas de los señores.

III

Pasó un día y otro día. Las flores primaverales se quemaban en el calor del estío, y sobre la Isla de Francia se abatieron noches densas, que desertaban la sensualidad y ahuyentaban el sueño.

Berta, la princesa, solía pasearse por sus terrazas a la hora de la fresca, sin damas y sin doncellas, en dulce soledad con sus recuerdos.

Las murmuradoras profesionales habían quedado defraudadas, porque la gravidez no aparecía. Y alguien llegó a pensar en una maquinación imperial para justificar la distinción concedida a un pobre paje.

—Esto es atentar directamente contra el orden social y los derechos de la nobleza—protestaba Ganelón—. Si en lo sucesivo el Rey elige sus capitanes entre las gentes del pueblo, ¿para qué le servimos los pares?

No se sabía nada del invasor ni de los defensores. Y Eginardo especulaba con el secreto profesional manteniendo la incertidumbre.

—Pero, ¿cuándo partimos?—preguntaba Rolando, cansado de afilar su Durandal.

—No tenemos noticias de Gerineldo—le espondía Eginardo.

A Ganelón, siempre inconveniente, le gustaba dar por seguros sus deseos.

—Se nos llamará cuando el enemigo esté a las puertas de París.

—El enemigo no llegará a París. No pisará tierra francesa. Lo habrán empujado a sus estepas con castigo para ochocientos años.

—¿Es que vos sabéis algo?—pregunta, diplomática, doña Alda.

—¿Tenéis noticias confidenciales?—inquiría, indiscreta, Melisenda.

—No tengo otras noticias que las que puede saber cualquiera. Lo que se dice por París.

—¡Bah! El populacho acoge toda clase de bulos.

—No olvidéis, Ganelón, que fueron a defendernos sus tropas, mandadas por uno de ellos. El pueblo se preocupa de sus hijos y sabe más que nosotros de las operaciones.

—Luego, ¿lo que sabéis...?

—Yo no sé nada, mi señora doña Alda. Pero vos podéis saberlo. Interrogad a doncellas y escuderos, a pajes y gentes de cocina. Acaso os puedan decir algo.

Lo que contaron doncellas y escuderos, pajes y gentes de cocina fué extraordinario. Gerineldo, con un puñado de hombres había hecho proezas incontables. Los enemigos habían sido vencidos, y cada nueva oleada de centauros que enviaba la estepa sobre Europa, se estrellaba contra la muralla de acero que oponía Gerineldo. Se hablaba de combates singulares, de emboscadas nocturnas, de luchas cuerpo a cuerpo en proporciones numéricas increíbles. Cosas como aquellas no habían vuelto a verse desde los tiempos de Troya.

Gerineldo era el héroe popular. Nadie cantaba la gesta de los pares, sino la de Gerineldo, compuesta, por cierto, en buen latín universitario de reminiscencias virgilianas.

Era evidente que por primera vez un plebeyo conquistaba la gloria militar, y ante suceso tan desacostumbrado, los palaciegos ignoraban *el protocolo*. Los más antiguos códigos nada decían de si debían alegrarse o lamentarlo. Si felicitar al Emperante por su hallazgo o vestirse de luto por aquel primer síntoma de la decadencia aristocrática.

Los pares se reunieron para acordar una conducta unánime ante el nuevo héroe. Allí habló Guillermo, el de la corta naríz, generoso como todos sus iguales:

—Caballeros—dijo—: Ha salido del vulgo un paladín que dicen excedernos en valentía. Ha salvado el Imperio con su tropa de ganapanes, y aunque es muy lamentable que no proceda, como nosotros, de sangre ilustre, me parece lo más discreto darnos por enterados de su triunfo. Debo, no obtante, advertiros que su victoria y fama implican un peligro para nosotros, y me parece lo más político evitar el peligro. Si Gerineldo es hijo de la tierra, que sus hijos se tengan por tan ilustres como los nuestros. La aristocracia se encuentra en el deber de asimilarse al nuevo campeón. Propongo que se le lleve al Emperante un decreto por el que se nombre a Gerineldo par de Francia y duque de Panonia.

La mano extendida de Ganelón impidió el asentimiento.

—Guillermo de la corta nariz, eres un cándido. ¿No se te ha ocurrido pensar que ese cacareado y popular triunfo de Gerineldo sea una falsificación, directamente tramada contra nosotros? A mí me parece increíble tanta proeza en persona de quien sólo se sabe la fortuna amorosa. No me parece Gerineldo hombre capaz de sostener espada, cuando más de ganar batallas.

Allí habló el nobilísimo Rolando, ante quien Ganelón bajaba la vista avergonzado:

—Tu desconfianza aumenta la gloria de Gerineldo, porque nadie es verdaderamente famoso hasta que tú no lo envidias. Empiezo a tener a Gerineldo por mi par.

Ganelón se revolvió en su asiento como toro acorralado:

—Sois muy ingenuos ¿No habéis oído esas canciones que se le cantan a Gerineldo? Comparadlas con las que se os cantaron a vosotros: éstas, salidas verdaderamente del pueblo, están escritas en lengua franca y popular; pero la de Gerineldo parece latín de misa, cosa de curas.

—¿Quieres insinuar—intervino Gaiferos—que el clero le protege? Eres ridículo, Ganelón. He oído a dos obispos despotricar contra el muchacho por sus costumbres inmorales, y de aquella conversación deduje que no es simpático a la clerecía.

—Será entonces manejo de Eginardo.

Los doce pares rieron unánimes.

—Ganelón, no dices más que disparates. Todo París conoce el amor de Eginardo a la princesa. ¿Iba a poner puente de plata al triunfo de su rival?

Ganelón se batió en retirada, y los pares acordaron multitud de cosas favorables a Gerineldo, al que ya contaron por uno de los suyos. Cuando lo supo la princesa, se alegró en su corazón, porque si volvía su amante victorioso y famoso su padre no tendría motivos para oponerse al casamiento.

Se hallaba un día la corte congregada después de misa, y en todos los corrillos se comentaban las últimas noticias de la frontera. El Emperador se hallaba de un humor excelente y en torno a Berta algunas damitas jóvenes recién presentadas en la corte hacían preguntas indiscretas sobre las proezas de Gerineldo.

Las trompetas anunciaron con más estrépito que nunca, la llegada de un heraldo. La curiosidad conmovió el palacio, y el recién venido, sucio del camino se aproximó al trono.

—Señor—dijo al Emperante—: Los hombres de la estepa han sido vencidos, y Gerineldo ha pisoteado el cuerpo inerte del jefe. Nunca jamás nuestras mujeres y nuestras hijas se estremecerán ante el horror del cautiverio.

Un clamor profundo subió a los ciclos, y en todo París los corazones gritaban en triunfo el nombre del victorioso. Sólo Eginardo, extrañado, procuraba explicarse el hecho de que aquel mensajero le fuese desconocido.

IV

Llegó Gerineldo un día cualquiera, al frente de sus hombres. Las torres habían sido engalanadas y el pueblo se asomaba a las almenas. Los niños de las escuelas, llevando en las manos banderitas escarlatas con una B dorada y coronada, formaban a ambos lados de la gran avenida de los tilos; y tras los niños, las madres lloraban en silencio, al paso de los héroes.

Por todas partes aclamaciones y gritos de entusiasmo.

A la puerta del palacio, Gerineldo se apeó. Las doncellas populares, allí congregadas, le arrojaban flores.

Un rey de armas anunció solemnemente:

—¡Gerineldo, vencedor de la estepa!—Y Gerineldo traspasó las puertas de palacio.

Las damas de la corte, a lo largo de escaleras y corredores, le arrojaban flores y papeles en que habían escrito una hora y un lugar.

Llegó al salón del trono, en cuyo fondo resplandecía el sitial del Emperante, y, un poco más abajo, el de Berta.

—¡Gerineldo, par de Francia y duque de Panonia!, anunció un segundo rey de armas.

Las princesas de la sangre y las esposas de los pares, agrupadas a ambos lados del salón, le arrojaban flores.

Gerineldo, con la hermosa cabeza descubierta avanzaba hacia el Emperador. Su orgullosa marcialidad recordó a todos el día de su marcha. Sólo Eginardo miraba extrañado, porque verdaderamente venía como un guerrero: cubierto de cicatrices y con la cota mellada del bote de las lanzas.

Llegado a los escalones se detuvo, y un chambelán, oficioso, le advirtió:

—Debes arrodillarte.

Pero Gerineldo permaneció erguido y soberbio. Todos los presentes pensaron que regresaba borracho de gloria. El Emperante esperaba demasiado visiblemente su pleitesía. Hubo un momento difícil, resuelto por la princesa, siempre discreta y bien educada.

—Gerineldo—le dijo dulcemente, descendiendo hacía él—. ¿Vienes a devolverme tu bandera?

Su amante la miró con pretendida dureza; pero el frior de los ojos se quebró en sorpresa por la belleza admirable. Sin embargo, le dijo:

—Acaso, sí.

Y se volvió a los presentes. Del brazo le pendía la bandera. Componía una excelente figura de orador.

—Majestad—comentó, con voz de energía contenida—. Hace hoy tanto tiempo...

Y siguió un relato de sus desventuras militares, y, conforme lo hacía, se pintaba la sorpresa y el desencanto en los presentes. Había buscado al enemigo semanas y semanas, y el enemigo se alejaba como el mar para aquel pecador de la leyenda. Era enemigo fantasma, que no dejaba de su paso otras huellas que oficiosos avisadores que le decían: «Efectivamente, capitán, los hombres de la estepa estuvieron por aquí.» Y los hombres de la tropa se sentían burlados, y lo mismo el capitán.

—Una tarde, señor, encontramos un heraldo. Lo detuve y pregunté a dónde iba. «Voy—me respondió—a referir al pueblo de París las hazañas de Gerineldo.» Entonces comprendí todo: Era, en efecto, una burla. Se me quería enmascarar de héroe para que a mi regreso vuestra hija me encontrase ridículo, infatuario y vanidoso, y me perdiera el amor. Os aseguro señor, que se me sublevó mi sangre, y qué sólo después de haber ahorcado al mensajero recobré el sentido. Congregué a mis hombres, rabiosos como yo, y hablé con el furor en los labios y el rencor en el alma, y sólo un recuerdo dulce me contuvo, porque no podía creer que ella hubiera participado en esa trama. Y ese recuerdo nunca apartado de mí, me hacía desear que fuera verdadera aquella gloria mentida que se me regalaba. Por eso convencí a mis hombres de que, en vez de volver a París y arrasarlo todo como venganza, debíamos hundirnos en las tierras heladas de la estepa, y buscar al enemigo en sus hogares. Y pasé las fronteras, lo busqué, y lo hallé. Y éstas son—agregó, señalando a un tropel de soldados que le habían seguido, cargados de trofeos—las pruebas de mi victoria. Quiero saber, señor, si debo ponerlos a vuestros pies y recibir a Berta de vuestras manos, o encaramarme sobre ellos y conquistarla como he conquistado la tranquilidad del Imperio.

En el rostro del Emperante había surgido, escuchando, una sonrisa; pero no imitada de nadie, sino original e inédita en su rostro. Expresaba orgullo, seguridad y complacencia; y comprensión para las pasiones humanas. Tanto quería decir que Gerineldo era un caudillo admirable como que Eginardo era un pícaro simpático, y, al fin y al cabo, útil. Demoró la respuesta, acariciando la barba vellida, y, por fin, dijo:

—No cabe duda que Eginardo se ha portado torpemente.

Le complacía en lo profundo el fracaso de su secretario, y tomaba la ocasión como venganza benévola; pero también como medio de convencer a todos de que, por mucho que se dijera lo contrario, la voluntad imperial seguía siendo autónoma, como en los años juveniles.

—El sabe mucho de libros—continuó—; pero yo entiendo mejor el corazón de los franceses. Gerineldo, duque de Panonia y par de Francia: dale a Berta la bandera.

Los presentes comprendieron que aplaudir o gritar eran medios vulgares de expresar admiración. Quedaron silenciosos, como el mar y la noche tranquilos, y se oyó la voz de Berta, transida de júbilo, que tomaba la bandera de manos de Gerineldo.

—Ven. El Rey no quiere que te arrodilles donde lo hacen sus súbditos, sino a sus pies y conmigo, como personas de su amor.

Las damas se atrevieron a hacer juicios laudatorios en voz baja. La esposa de Ganelón fué demasiado expresiva, y su marido, sintiéndose molesto, se decidió a gritar:

—¡Que los casen!

Fué muy oportuno. Por primera vez, los doce pares estuvieron de acuerdo entre sí, con la corte y con el pueblo. París gritaba, plebiscitario y unánime, «¡Que los casen!», y el Emperante, viendo ante sí a su hija, inclinada y sumisa, acabó por decir lo mismo:

—Que los casen.

Y llamando al obispo de las cosas espirituales, Berta, la princesa, y Gerineldo el paje, fueron casados según el rito de Lyón, que difiere un poco del romano.

Eginardo discutía en un rincón de temas metafísicos con Alcuino, sin darse por enterado del suceso, hasta que fué llamado para firmar como testigo.

Su firma, en aquella ocasión, fué más enrevesada que de costumbre.

BIBLIOGRAFIA:

El viaje del joven Tobías, El casamiento engañoso, Lope de Aguirre, República Barataria, El retorno de Ulises, Siete ensayos y una farsa, Javier Mariño, El golpe de Estado de Guadalupe Limón, Ifigenia, Farruquiño, Los gozos y las sombras, Don Juan, Offside, La saga-fuga de J. B., Fragmentos del Apocalipsis, Panorama del Teatro Español Contemporáneo, Panorama de la Literatura Española Contemporánea, Siete Ensayos, El Quijote como juego, Compostela, Los Cuadernos de la Romana, Los cuadernos de un vate loco, Las sombras recobradas, etc.

MANUEL VILLAR RASO *

LA YEGUA DE LOS ESTABLOS

Me había levantado temprano y a media mañana me encontraba frente al Estrecho. Detuve el coche y fijé mis ojos en las montañas fantasmales que se dibujaban débilmente sobre la colina. En aquel lugar había pasado breves temporadas pescando y, aunque hacía tiempo que no había vuelto por allí, mi imaginación lo recreaba y convertía con frecuencia, desde la muerte de Cristina, en tierra de nadie, limpia, segura e inalcanzable. A menudo me proponía visitarla, pero siempre me acometía una pereza inexplicable, temeroso de que la visión no se ajustara a lo real. Finalmente me había decidido y allí estaba.

La mañana era brillante y el primer contacto con el aire me pareció tan tonificante como ese baño de agua caliente que desenmohece la suciedad de largos años de fatiga. Había una nubecilla sobre Gibraltar que presagiaba levante, pero se tocaba con la mano la cadena de montañas de Africa como en los ponientes. La gaviota pescaba inmóvil y a media altura, sentada sobre los bancos aéreos de la mañana, y el chorlito se alzaba de las rocas, a lomos del viento, mientras un petrolero al fondo se movía reflexivamente hacia el Mediterráneo y dos transatlánticos lo hacían en sentido inverso, hacia la boca azulina del Atlántico, teñida de silencio gris.

Como aquellos barcos, también el gran río del Estrecho fluía en ambas direcciones. Una de ellas a lo largo de la costa española hacia el éste, mientras los vientos del sur rizaban el agua bronceada y verde en dirección contraria, y la otra marchaba en sentido opuesto hacia la abertura gris del Atlántico.

Junto a la orilla, el agua era clara y traslucía el apretado mundillo del alga y de las almejas, ahora muertas, así como las ondulaciones diminutas de pequeños peces sobre las líneas doradas por el sol. Más adentro, el agua se ennegrecía ocultando la vida de las interioridades.

---

* Nace en 1936. Master of Arts por la Universidad de Nueva York. Doctor por la de Madrid. Enseña literatura norteamericana contemporánea.

Todos los paisajes están en la imaginación, todos los amores y todos los recuerdos, pero éste parecía tan real como la visión de plenitud que en tantas ocasiones me había revelado un sentido a mi vida cuando, junto a Cristina, soñaba que vivir y morir en este lugar sería dulce y agradable.

Descendí a la orilla. Aquella tierra árida y seca y aquel mar de viejos ovarios gastados siempre me había producido una paz desconocida. Tiré la caña y me quedé mirando en dirección al campo antiguo que ascendía desde Tarifa hacia las montañas del interior, donde me había comprado unas antiguas corralizas abandonadas. En toda la mañana no sentí un solo picotazo. El día se decidió claro y sin corrientes, nostálgico y triste y, cuando desaparecieron las barquillas que hacían al mero en la dura corriente del Estrecho, se fue con ellas la ilusión de la pesca, recogí el hilo y volví al coche, camino de los establos.

La yegua de mis establos tiene el brillo y la lozanía, grabada a fuego en el rostro, de los felices animales de la era prehistórica que pastaban estos prados, junto a la Virgen de la Luz. Trota con soltura, me llama con relinchos insistentes y, como no le hago caso, levanta la cabeza, se alza sobre los cuartos traseros y vuelve a relinchar con mayor urgencia.

En el establo en el que vivo hay fardos de paja y estiércol húmedo, nidos de moscas y enjambres de felices ratones, gordos gatos e insectos, difíciles de imaginar, que habitan las naves y cobertizos en los que hago mi cama, ojos ancestrales, cabezas de serpientes de formas oscuras que escalan las paredes, aullidos que inflaman los nervios y asesinan la tranquilidad. Los viejos caballos que protegían en otro tiempo el cobertizo, grandes, blancos y pesados se fueron a pastar a las montañas de la luna cuando los pastores que los cuidaban dejaron de venir, a la muerte del propietario, abandonando los establos por la libertad de los campos de la confusión y lejos de los monstruos que hoy susurran en la oscuridad, de las arañas que cuelgan de las vigas de los pesebres y de los ojos que miran desde las sombras. En el alero, queda todavía el nido de una golondrina que resiste la decadencia del tiempo como por obra de artista, el graznido de un cuervo que viene a descansar y ver, los pasos de un caminante hacia la fuente, el crujido de sus botas en el barro y, más allá, los estragos del viento de levante en los olmos de la entrada y, por las noches, los murciélagos, medio ratones medio seres humanos, que me despiertan desde el balanceo invisible de sus columpios. Aquí es donde vivo y dormito, alejado del mundo y de las actividades de los hombres, fiel a las pequeñas cosas, en compañía de una yegua abandonada que no ha querido seguir a los caballos y a la que le he puesto el dulce nombre de Cristina.

Grito Cris y ella deja los pastos y se acerca a mí a la carrera, me besa la mano, me lametea el rostro y, aproximándose a la pared, me invita a que la monte. Habito con ella los establos en lugar de la casa entre otras razones por el calor de su compañía, porque es una naturaleza noble y sensible que ama mis caricias y porque, en la oscuridad, se acerca a mi cama, levantada con los deshechos del heno, y calienta mis dedos ateridos con el vapor de su aliento; por que se deja abrazar, tocar, acariciar y montar, aunque no haya sido así siempre (no lo era al principio de nuestro encuentro, cuando vivía tan aterrorizada como yo por la compañía de los demás monstruos y ambos nos acercábamos de puntillas a los establos a mirar por el ojo de la cerradura). Sus músculos son de acero, sus huesos peces resbaladizos que efectúan cabriolas dulces cuando la monto. Vigila las arañas, espanta a las víboras con sus relinchos, me salva al galope de los negros agujeros de la maleza, está siempre vigilante, es bonita, lujuriosa y tiene hermosas tetas que a mí me gusta acariciar, ojos color ágata, llenos de motitas, ancas de anguila que, al pasarles la mano, ella suaviza, levanta su enorme cola, ladeándola a un lado se abre de patas sin ninguna vergüenza para que mi mano cubra la superficie oculta bajo el cuello, inclina la cabeza y se queda en posición rígida, como la estatua viviente más condescendiente, y yo entonces la acaricio agradecido por la luz que es y por el cambio que ha supuesto en mi vida la presencia dulce y amada de Cris, mi yegua.

La acaricio y beso y luego le traigo cubos de agua fresca de la fuente, gavillas de heno y puñados de avena, la cepillo con morosidad y como a ella le gusta mientras come, le masajeo el cuello, la saco a pasear y la llevo a que retoce en el prado de las hierbas más apetecibles, le hablo al oído y ella, en justa correspondencia, acerca su boca y me relincha sueños al oído. Jamás se aparta de mi lado; es decir, excepto en una ocasión a la entrada del invierno en la que apareció un viejo caballo en la dehesa y se fue con él durante la noche, regresando lentamente al amanecer con la luz blanca del sol sobre los lomos. No quise impedírselo. Desde ese día sus movimientos se han vuelto tranquilos y armoniosos. Algo le ha sucedido a Cris, mi yegua. Antes siempre dormía sobre sus cuatro patas, vigilante de las arañas y los ratones, que se abrían paso por las paredes y dormían en las orejas de los demás caballos, jamás en las suyas; pero en cambio ahora, extiende las patas, ladea el cuerpo y se acuesta a mi lado durmiendo toda la noche como un lago. En los huesos de mi dulce Cris canta un pajarillo que la hincha como una semilla y que me obliga, sin ser padre, a una constante vigilancia y atención, convertido en el enfermero y guardían de la más dulce de las yeguas que jamás he montado y que tiene su interior infectado por un enjambre de abejas que me mantiene perplejo y vivo, perplejo y vivo.

La amo más de lo que me es dado expresar con palabras, la amo más que a una madre o a un hermano (y no sé lo que esto significa, pensad lo que queráis) y, por muchas vueltas que le dé al problema y ocurra lo que ocurra, seguiré amándola más que a mi vida, sencillo;

porque, de desaparecer de mi lado algo mío se iría con ella y tampoco se el que: Posiblemente el potencial de ilusión o la capacidad de sueño que hay en mí y que tan necesario me es para vivir, no lo se. Porque tiene el don del amor, amigos. Late en ella la ilusión de que Cristina vive y me basta con verla caminar hacia mí en la cálida atmósfera de la imaginación, con pasos verdes de hierba, con trepar a su lomo, acariciar sus pechos y humedecer mis resecos labios en los suyos para enfrentarme a la noche —a esa terrible violencia de la creación que se come las margaritas del día— sin el menor asomo de inquietud.

Repito. Tiene el don del amor, amigos, y sin una palabra suya —sus labios nunca dicen nada—, sé que no estoy solo, es mitad persona y mitad animal, y la experiencia me dice que no todos los caballos son bestias y que los hombres no siempre somos hombres y, aunque soy consciente de que es mejor hacer el amor con una mujer, también lo soy de que éstas no siempre se entregan con la generosa docilidad de Cris, mi yegua, cuando, desde la máscara de su rostro sin expresión, me mira con ojos azules, vuelve la cabeza contra la pared, abre sus enormes patas traseras, inclina ligeramente el cuello y abre su elegancia angular y recibe en sus anchurosos labios la sonrisa de mi brazo, de mi mano que se hunde de rondón en su cálido, brillante y húmedo regazo, pujando hacia el deseo de algo que todavía desconozco pero que no puedo resistir, que no puedo resistir.

BIBLIOGRAFIA:

Mar ligeramente sur, Hacia el corazón de mi país, Una república sin republicanos, Comandos vascos, El laberinto de los impíos, Las Españas perdidas.

ALONSO ZAMORA VICENTE *

EN LA PLAZA, MEDIA MAÑANA

«Cada día están más bonitas las mañanas...» «¡Claro, ya se está acabando marzo, la primavera está mocita!» «Yo he visto ayer unas chavalas con ropa muy suelta, se ponen alegres, se ríen más alto...» «Ya, es la edad. A nosotros, ya...» «Nosotros somos los viejales, los vejestorios que molestan en todas partes y que nadie aguanta cerca» «¡Hombre, qué me va a contar usted a mí...! Yo ya noto hasta cuándo se van a enfadar conmigo, no solo cuándo lo están o cuándo lo han estado, sino que ya me acuerdo muy bien de cuándo lo van a estar». «Ya, ya, pero tampoco hay que pasarse. No conviene exagerar, también con usted. Es que quizá nosotros nos ponemos algo así, vamos, algo insufribles... Nos nacen tabarras, asomamos la oreja por menos de nada...» «Qué va, hombre, qué va...» «Que le digo que sí, que se estorba y nada más, y debemos notarlo, no esperar la caridad de los nuestros, las buenas maneras, el disimulo... Todo eso duele, hace daño en la garganta, y en los costados, si lo sabré yo...» «Animo, amigo mío, fíjese en mí. Las peguitas que yo puedo dar, yo mismo me las resuelvo. Yo voy solito al hospital a que me observen las dolamas, que si la próstata, que cuánto mejor había sido que me la hubiesen quitado, y que si la tensión y que la hernia... ¡Oiga, es que estamos hechos una cataplasma, no me salga con otra cosa, qué cara...!» «Anda, pues eso no es nada, a mí me han puesto no sé cuántos hierros en esta pata, para, total, llevarla algo más tiesa, es decir, preparándome para la tiesura definitiva. Y estos hierros hasta me suenan por las noches. Mi nuera dice que estoy majareta y que los quiero volver a todos de mi cuerda, pero créanme, es verdad, esta ferramenta me suena por las noches, especialmente si hace frío. Y aquí, con la sierra tan cerca... Será que se contraen, como las vías del tren, ¿no es verdad? Ya ve, lo mismito que los muebles, o los tubos de la calefacción, que, anda, que no meten ruido ni nada al enfriarse... Pues ya ven yo, por dentro igualito que un mueble. Y, encima, contento. Bueno, contento...»

---

* Nace en 1916. Catedrático de la Universidad de Madrid, profesor en numerosas universidades de Europa y América. Secretario Perpetuo de la Real Academia Española. Premio Nacional de Novela.

291

«Pues a mí ya no sé qué me van a hacer... Ahora se le ha metido en la cabeza a mi hijo que me hagan unos análisis, que a lo mejor tengo cáncer, y que me tendrán que abrir, y que, por si acaso, tengo que ir al notario, a arreglar los asuntillos, y que, menuda matraca me colocan, que piense bien en cómo voy a repartir las cosas, no voy a dejar lo mismo al que se fue a Alemania y está rico allá que tiene un puesto de patatas fritas y salchichas y le va de rechupete, que a la soltera de aquí, bruta como seis cerrojos, y que, además de ceporra bizca, machorra desde lejos... ¡A quién habrá salido esta sargentona, ya no va a cargar nadie con ella...! En fin, cosas de familia, no voy a jorobarles a ustedes la mañana con estas puñeterías». «Pues yo ando con este brazo a rastras, talmente una maldición. Y todo viene, de que me hirieron en la guerra y me curaron como pudieron, a ver, no había de nada, tenían que envolvernos con las sábanas que se sacaban de las casas abandonadas, en los pueblos del frente... Usted me dirá... Recuerdo que a un muchacho de Lucena, villa que está, como su propio nombre nos ilustra, en tierras del Sur, más allá de Alcázar de San Juan, pues que a ese chico le hacían dos aguajeros para limpiarle el bandujo, que él, de por sí, no movía las tripas, tenía no sé si galvana o un destrozo por balacera, que de todo había. Le metían tal que así una especie de choricito hecho con tela, por un agujerito así, aquí, mal señalado... ¡Torunda, torunda le decían al salchichón aquel...! Pues se lo metían así, y le salía por el otro lado, por otro agujero. Decían que era un invento patentado por el médico aquel de...» «Ese chico se moriría... Y si las sábanas eran de fusilados o de evacuados. Todo el rencor, toda la pena acumulada se escondería en el desamparo de esas telas, no habría cosa mejor para inficionar heridas, heridas, heridas y corazones... ¡La venganza de los despojados...!» «Pues, no, ya ven, salió a flote, las pasó canutas, tanto que, a fuerza de pensar y pensar en la muerte yo creo que se acagazó y a la final de la guerra, se hizo fraile.» «Es una buena carrera. ¿Y dónde fue a parar? ¿No ha sabido más de él?» «Sí, estuvo en un convento de Cataluña, tierra de gente muy devota aunque republicana, iba muy vestido de largo, y dando bendiciones. Me mandó una foto en las Navidades del año 59. Las gentes de su familia dicen que es un santo, pero yo creo que no es para tanto.» «Será beato solamente.» «¡Y va que chuta...! ¡Tenía unas mañas...!» «De todos modos, la curación sí que fue un milagro. Yo recuerdo ver morir a muchos porque les daban simplemente carne de bote. Claro que se morían hartos, lo que siempre es un consuelo, no me diga que no.» «¡Como que hizo más bajas la carne rusa que la metralla del enemigo...! ¡Hombre, qué me va usted a decir a mí...! Y de aquellas albondiguillas de pescado, ¿es que no se acuerdan ustedes de ellas? ¡Menudos retortijones sacudían...! ¡Batallones enteros tocaban retirada...! ¡Trilita pura, eso eran las latas aquellas...!» «A mí me parece que hoy se han puesto todos ustedes un tanto tristones, venga a recordar desgracias. ¡Hablen de otra cosa...!» «Pero de qué vamos a hablar, si nos está siempre asediando la enfermedad...!» «No me preocupan las enfermedades. Con tener aspirinas cerca y una botellita de ron o coñac... Ya pueden venir gripes. Porque, en nuestra edad, lo peor de todo son las gripes, las caídas de la hoja y las costaladas propias. Traen muchas complicaciones. Ahí tienen a aquel Federico que era de Zarzalejillo, que tenía la voz algo así como blanda, que suspiraba de contino, y le lloraba un ojo, y se le caía la baba... Pues ese se lanzó por la escalera abajo demasiado aprisa y ahí le tenemos, ya tres meses en el hospital, a cuerpo de rey. Y sin oler la salida ni de lejos. Se ha abonado a la comodidad, a ver quién no» «Así, cualquiera.» «En cambio, a mí, las monjas se niegan a darme las aspirinas que les pido, se empeñan en que soy un drogadicto.» «No había oido nunca cosa igual. ¡Serán espías...!» «No, son aragonesas, todas las de la Residencia son aragonesas, que tampoco es mal origen.» «Tierra muy ventilada.» «Sí, pero en hablando de aspirinas, ¡naranjas de la China!, las tías roñas...!» «Esas cantarán jotas, de seguro...» «Yo no las he oido nunca cantar. En cambio, sí se emperran en que cantemos nosotros, en la misa, y nos traen a un grupo de jovencitos del pueblo, con guitarra y toda la pesca, para que nos adiestren.» «Pues menos mal. Pero tendrán ustedes tele, y radio, y así. Yo estoy en casa de mi hijo y no me dejan acercarme al aparato, siempre tienen algo que hacer o decir, invitados, coñas... El caso es que yo, por fas o por nefas, de la tele, ni el himno nacional. Esto de tener unos hijos descastados...» «Yo tengo ahora una mala racha. Me han quitado de fumar y se empeñan en que haga gimnasia respiratoria. Me dan auténticos palizones todos los días. Que si póngase así, boca abajo, y me atizan en el lomo buenos puñazos. Y vuélvase para acá, y más golpes. Y luego... Usted dice que le suenan las hierros, fíjese qué me sonará a mí cuando me obligan a inclinarme y respirar más hondo cuando más doblado estoy, que me atosigo, y vuelta a levantar y vuelta a agachar, y así un montón de veces. Hasta que se me cambian de color los labios... Me aseguran que, a la nochecita, tengo los labios cianóticos... Ande, chúpese ésa. Hay que ver lo mal hablados que son los jóvenes. Cianótico... No te fastidia. Y luego dicen... Y eso no es todo. Cuando por chamba no aparece la que manda los ejercicios, me sientan en un rincón, me dan unos cuantos globos vacíos y, ¡hala!, a inflarlos una y otra vez, sopla que te sopla. Menos mal que con el ruido que hacen al vaciarse nos divertimos algo, diciendo chistes, bobaditas .. Cuando no están las monjas, claro. Hay que respetar a la clase dominante.» «Por lo que veo, usted está en una Residencia, pero yo, que estoy en una de esas casas protegidas, que todo son goteras, y donde no hay calefacción... Podían haberla puesto, pero no se pusieron de acuerdo, y eso que entonces costaba poco dinero. A ver quién es el guapo que se atreve a pensar en eso ahora. Dicen que es culpa de los dólares.¿Usted se ha topado alguna vez con esa gente, los dólares? Deben de ser turistas de un país muy lejano. ¡Hay tanta gente rara por las calles en los días que corremos...!» «¡Miren, miren, por aquí viene Don Acisclo, el veterano militar...! Ha estado también en el hospital...¿Cómo le va...? Cuéntenos, cuéntenos...» «Hombre, tengo muchas cosas en el bolsillo, tantas que... Ya tenía yo gana de este ratito de conversación con ustedes aquí, en el banco nuevo de la olma. Qué bonita, esta plaza y esta luz de media mañana... Después de haber estado en manos de los médicos, cómo brilla todo. Saben mucho, sí, y te dejan como nuevo, pero...» «Lleva razón, Don Acisclo... ¿Y qué tenía usted?» «Huy, una cosa malísima de las venas. Me las han sacado de su sitio casi todas, para rasparlas, limpiarlas, quitarles el polvo, vamos, o sea, las telarañas. Figúrense que por una vena gorda, de aquí, de la pata izquierda, la enfermera soplaba, soplaba, la vena se ensanchaba, se ensanchaba... Venían los médicos de guardia a verla, decían que era una cosa extraordinaria, fuera de toda medida. Debe ser por el aire de mi tierra natal, el valle de Calanca, tierra muy alta, muy fría pero sanísima, como no hay otra. Menudos pulmones se crían allá...! ¿Y las aguas? Bueno, las aguas, eso, ya... ¡Qué le voy a decir yo de las aguas de mi tierra...! Ni comparación con lo que se aprecia por aquí, en la meseta, si lo sabré yo.» «Todos tenemos algo que los médicos creen extraordinario, Don Acisclo...» «Será que todos andan algo desencantados porque no nos morimos deprisa, les alteramos sus planes, sus diagnósticos... Y, la verdad, yo le juro que, por mi parte, de buena gana les hacía fácil su deseo, a ver, para lo que se ve por aquí...» «Considere: ya un hombre de cuarenta años es un anciano. Lo leí en un periódico el otro día.» «En mi tiempo, hablar de pobre y sexagenario era el no va más. ¡Se libraban los mozos del cuartel si su padre tenía esas cualidades...! ¡Libres de la guerra, de los suplicios, del chopo...!» «Ahora yo veo a mucha gente de setenta que está como una rosa, y sin ganas de dejar el sitio a los que vienen detrás.» «Y ¿ustedes vienen aquí todas las mañanas? Me lo explico. ¡Ha dejado el Ayuntamiento tan agradable este banco en derredor del árbol...! Ya no nos podrán decir que somos el anuncio vivo de la funeraria. Con este banco, y esta plazuela y los niños jugando con la arena, y las mimosas en flor... Renacemos, amigos, renacemos, sí.» «Venimos, sí señor, Don Acisclo, pero de vez en cuando hay algunos que no remanece más, tenemos más hueco en el asiento...» «Pues, ¿a quién le...?» «No, no pregunte, don Acisclo, nosotros no preguntamos nunca nada, nunca. Solamente digamos que este último cantaba. Sacaba el chisquero, despacito, liaba un pitillo de colillas y, entre dientes, una y otra vez: *Por donde quiera que voy, qué mala estrella me guía...* Era una canción de sus años mozos, le gustaba, se echaba de ver que le gustaba mucho, ponía en ella tanta emoción... Mire usted, escuche, un pajarillo, loco, canta aquí encima...» «Don Fabián usted está siempre muy atento al canto de los pájaros.» «Los pájaros, claro, los pájaros, están tan sueltos, tan... Canta porque sí, eso es.» «Usted, Don Fabián, es aquí la excepción Nunca nos cuenta sus alifafes, y seguro que los tiene... Usted nos escucha a todos, como a los pájaros, tose, nos sigue escuchando, vuelve a toser y se marcha, despacito, pasito a paso, a la Residencia... Nunca nos cuenta qué tiene, se ve que sus familiares le mandan de todo... ¿No es así?» «No, que va, yo no tengo a nadie, no me pasa nada, solamente una pena, una muy grande pena, maciza, apenas me deja arrastar los pies, para qué voy a contarla... La pena es contagiosa. Déjenme que la disfrute, ya va quedándome poco tiempo para acariciarla...»

BIBLIOGRAFIA

Primeras hojas, Smith y Ramírez, S. A., El mundo puede ser nuestro, A traque barraque, Un balcón a la plaza, Desorganización, Sin levantar cabeza, Mesa, sobremesa, Tute de difuntos, Estampas de la calle.

043C16 FM 1285
10/28/99 32550 SELB

INFORMATION
CONSERVATION, INC.